베스트셀러 작가들의 글쓰기 비법

일러두기

1. 인명·개념어·외래어(인명 등)나 전문 용어는 국립국어연구원의 외래어표기법을 따랐습니다.

2. 장편 소설·신문 등은 『 』, 글·단편 소설 등은 「 」, 뉴스 채널·드라마·영화·그림·뮤지컬·노래 등은 〈 〉로 표기했습니다.

3. 본문에서 ( )와 [ ] 안의 글은 저자가 썼습니다. 특히 [ ] 안의 글은 원문을 일부 인용하면서 지칭하는 대상이 분명하지 않을 경우, 독자의 이해를 돕기 위해 넣은 것입니다.

그들의 글쓰기는 뭐가 다를까?

베스트셀러 작가들의 글쓰기 비법

토니 로시터 지음 | 방진이 옮김

북멘토

차례

제인 오스틴

『오만과 편견Pride and Prejudice』
이란 소설 제목을 들으면 무엇이 떠오르는가? 많은 이들이 너무나 잘 알고 있는 "재산이 많은 독신 남성은 반드시 아내를 원한다는 것이 만고불변의 진리다."라는 첫 문장? 아니면 젖은 셔츠를 입은 콜린 퍼스[1]?

제인 오스틴(1775~1817)의『오만과 편견』은 소설뿐 아니라, 이를 바탕으로 제작된 영화, TV 시리즈로도 우리와 친숙하다. 제인 오스틴은 로맨틱 코미디 장르의 창시자로 널리 인정받고 있는데, 모두 6편의 유명한 장편 소설(『이성과 감성Sense and Sesibility』,『오만과 편견』,『맨스필드 파크Mansfield Park』,『에마 Emma』,『노생거 수도원Northhanger Abbey』,『설득Persuasion』)을 남겼다. 이미 눈치 챘겠지만, 여기서는 주로『오만과 편견』에 초점을 맞출 것이다. 알렉산드르 세르게예비치 푸시킨의 산문시

『예브게니 오네긴Evgenii Onegin』부터 헬렌 필딩의 소설 『브리짓 존스의 일기Bridget Jones's Diary』에 이르기까지 다양한 작품에 영감을 준 것이 바로 『오만과 편견』인 까닭이다.

오늘날 오스틴의 소설은 전 세계 독자들의 사랑을 받고 있다. 하지만 그녀가 사망한 직후인 1817년에는 전부 절판되었으며, 이후 50여 년간 오스틴과 그녀의 소설은 대중의 관심에서 벗어나 있었다. 아마도 오스틴의 절제된 대영제국풍 로맨스(과장된 표현과 과잉 감정의 배제, 극적인 상황이나 묘사의 부재)가 당시 수십만 부씩 팔리던 찰스 디킨스나 윌리엄 새커리의 소설에 비해 구식으로 여겨진 탓인지도 모르겠다. 문학적 취향과 유행이 시대에 따라 변화한다는 사실을 잘 보여 주는 예이기도 하다. 다행히 오스틴의 소설은 1833년에 재출간되지만 그 뒤로 30년 동안은 찾는 이가 적어서 각 소설의 한 해 평균 판매 부수가 150부 미만이었다.

하지만 1870년 상황이 급변한다. 제인 오스틴의 첫 자서전이 출간되면서 그녀의 소설에 대한 관심이 급상승한 것이다. 그리고 약 100년 뒤인 1990년대에 오스틴의 소설이 영화와 TV 시리즈로 제작되면서 오스틴과 그녀의 소설은 두 번째 전성기를 맞이하게 된다.

플롯 짜기

오스틴의 장편 소설은 6편 모두 "시골 마을에 있는 서너 가족"이라고 표현된 인물 집단을 중심으로 펼쳐진다. 그리고 플롯은 거의 언제나 구애와 연애, 결혼, 돈, 그리고 (시골 하층 귀족 계급 출신의) 젊은 여자가 이런 문제에 관해 어떤 선택권이 있고 어떤 식으로 대처하는가에 초점을 맞추고 있다. 오스틴은 당대를 사는 젊은 여자가 실제로 어떻게 생각하고 행동하는지를 서술한 첫 대중 영문 소설가였다.

오스틴은 『오만과 편견』을 통해 로맨스 장르의 전형적인 플롯을 선

보인다. 오늘날 수많은 로맨스 소설가들이 이 플롯을 활용하고 있다. 독립적인 젊은 여자가 거만한 남자를 만나고 첫 만남에서 곧바로 그를 혐오하게 된다. 남자는 여자에게 끌리지만 자신에게조차 그런 사실을 인정하지 않는다. 그러나 남자는 여자에 대한 생각을 떨칠 수가 없다. 결국 남자는 대개 이타적인 행동이나 자상한 행동으로, 자신이 권력도 있고 압도적인 경제력도 있지만 여자의 매력에 무릎을 꿇었다는 사실을 보여 준다. 단순하지만 강력한 플롯이다. 『오만과 편견』에서 이 플롯이 효과를 발휘하는 이유는 여자 주인공과 남자 주인공이 충분히 복잡한 인물이면서도 우리의 관심을 붙들 정도로 그들의 흔들림과 변화가 설득력 있기 때문이다. 엘리자베스 베넷과 다아시가 마침내 맺어졌을 때, 독자는 한때는 상상조차 할 수 없던 이 결합이 실은 처음부터 불가피했던 일이었음을 깨닫게 된다.

인물 설정

『오만과 편견』의 핵심은 엘리자베스와 다아시라는 아주 그럴듯한 인물을 창조했다는 데 있다. 이 두 인물은 아주 다른 방식으로 등장하고 소개된다. 우리는 주로 엘리자베스의 시선을 따라간다. 다아시는 주변부에 머문다. 다아시는 냉정하고 누구에게나 파악하기 힘든 인물이다. 그리고 이것이 그의 매력을 고조시키고 우리의 호기심을 부추긴다. 엘리자베스는 자기 주변에서 벌어지는 어리석은 상황에 실소를 금치 못한다. 그러나 그녀의 내면은 단단해서 콜린스 같은 부적절한 구혼자에게 넘어가지 않으며, 또한 다아시의 친척인 캐서린 드 버그 부인 같은 권력자에게도 굽히지 않는다. 엘리자베스는 선하고 도덕적인 삶을 살고자 하는 의지가 굳건하다. 제인 오스틴의 소설 여주인공 중에 『오만과 편견』의 엘리자베스가 오스틴 본인에 가장 가까운 인물로 여겨지고 있다.

『오만과 편견』에는 기억에 남는 코믹한 인물들도 등장한다. 대표적인 예가 콜린스, 캐서린 드 버그 부인, 그리고 엘리자베스의 부모인 베넷 부부다. 콜린스와 캐서린 드 버그 부인은 각자의 어리석고 우스꽝스러운 행동으로 서로를 보완한다. "자존심과 비굴함, 자만심과 겸손함이 뒤엉킨" 인물인 콜린스는 캐서린 드 버그 부인에게 장황한 찬사를 바침으로써 스스로를 폄하하는 결과를 초래한다. 더 나아가 콜린스는 제인 베넷에게서 엘리자베스로 곧장 관심을 돌리고, 엘리자베스에게 청혼을 했다가 웃음거리가 된 직후 엘리자베스의 친구 샬럿 루카스에게 관심을 돌림으로써 자신의 얄팍한 인격을 적나라하게 드러낸다.

베넷 부부 또한 서로를 보완한다. 베넷 부인은 남편의 언어유희와 예의를 가장한 빈정거림을 이해하기에는 머리가 따라 주지 않는다. 베넷 부인의 행동은 "어리석음과 멍청함, 변덕과 변죽"으로 가득하지만 딸들의 미래를 진심으로 걱정하는 마음에서 비롯된다.

『에마』에서 오스틴은 여주인공이 설득력을 얻기 위해서 반드시 호감 가는 인물일 필요는 없다는 것을 보여 준다. 아버지의 안녕을 걱정하는 에마의 마음은 진심인지 몰라도 그녀는 허영심이 가득한 콧대 높고 교활한 인물이다. 새 친구 해리엇에게 해리엇보다 사회적 지위가 높은 남편을 찾아 주려는 실수투성이 시도에서도 이런 점이 잘 드러난다.

다른 사람들의 감정에 무심한 에마의 성격은 박스힐 소풍 장면에서도 잘 묘사되고 있다. 박스힐에 도착한 뒤 프랭크 처칠은 게임 하나를 제안한다. 아주 재치 있는 이야기 하나 또는 그럭저럭 재치 있는 이야기 둘 또는 아주 지루한 이야기 셋을 해야 하는 게임이다. 수다스럽지만 마음 좋은 베이츠 양이 "나는 입을 여는 순간 지루한 이야기 셋은 분명히 하겠죠."라고 말하자 에마는 참지 못하고 다음과 같이 대꾸한다. "아, 그렇지만 베이츠 양, 그렇게 쉽지만은 않을 거예요. 죄송합니다만 이야기 수에 제한이 있잖아요. 한 번에 이야기를 세 개 이상 해서는 안 된답니다." 베이츠 양은 한참 뒤에야 이 말의 뜻을 이해했고 물론 마음에 상처를 받는다.

아이러니의 활용

오스틴은 아이러니를 잘 활용한 소설가로 유명하다. 널리 인용되는 『오만과 편견』의 첫 문장이 아주 훌륭한 예다. "재산이 많은 독신 남성은 반드시 아내를 원한다는 것이 만고불변의 진리다." 소설을 읽어 나가다 보면 오스틴이 이 문장에 정반대의 뜻을 담았다는 것이 분명해진다. 재산이 없는 독신 여성(또는 그 여성의 엄마)이야말로 부자 남편감을 절박하게 찾고 있기 때문이다. 여기서 아이러니에 대한 한 가지 정의를 알 수 있다. 아이러니는 실제로 말하고 싶은 내용과는 정반대로 말하는 것이다. 또 다른, 이와 살짝 다른 아이러니의 정의는 여러 층의 독자를 염두에 둔 문장에서 드러난다. 이런 문장에는 겉으로 드러나는 것 이상의 의미가 담겨 있으며, 어떤 독자는 겉으로 드러난 의미만을 이해하는 반면 어떤 독자는 문장이 말하고자 하는 바 전체를 이해하는 동시에 다른 이들은 그런 의미를 놓치고 있다는 것도 안다.

오스틴의 아이러니는 소설 속에 빈정거림, 재치, 풍자, 모호함, 희화화, 과장, 절제 등 다양한 형태로 배치된다. 오스틴은 인물들의 어리석음을 폭로할 때 반어적인 유머를 사용한다. 다음과 같은 베이츠 양의 말에도 그런 반어적인 유머가 들어 있다. "우리 어머니가 귀가 들리지 않아도 저는 별로 불편하지 않아요. 불편할 게 전혀 없죠. 목소리를 조금 높여서 두세 번만 더 이야기하면 알아들으실 테니까요." 그러나 『에마』에서 최고의 아이러니는 여주인공 에마가 친구 해리엇의 남편감을 찾는 데 지나치게 몰두한 나머지 자신이 사랑에 빠졌다는 것조차 모르고 있는 것이다. 해리엇이 나이틀리와 결혼할 거라고 믿은 뒤에야 나이틀리가 자신의 짝이라는 것을 깨닫는다.

때로는 윌로비(『이성과 감성』), 위컴(『오만과 편견』), 윌리엄(『설득』)[2] 등의 인물에서 보여지듯이 아이러니가 외형과 실질 간 차이에서 나오기도 한다. 윌로비의 '인물과 분위기'는 "[매리앤] 자신이 가장 좋아하는 이야기에서 빚어낸 환상 속 영웅 그 자체였다." 그러나 윌로비는 비열하게 굴었다. 현대 소설에서는 겉으로 보이는 것과 실제 됨됨이 및 행동이 다른 인물이 흔히 등장하지만 오스틴이 활동하던 시대의 소설에서는 드물었다. 따라서 독자는 오스틴 소설의 이런 표리부동한 인물들을 보면서 자신이 기대하는 영웅의 모습에 대해 스스로 의문을 품게 되었을 것이다.

도덕적 가치관과 사회 분위기

오스틴은 소설 속 몇몇 인물의 편견과 신념을 비웃으면서 간접적으로 이런 편견과 신념을 낳는 사회 규범에 이의를 제기했다. 오스틴은 가정 교육과 예의범절이 가장 중요하게 여겨지는 사회를 묘사하고 경제적인 이유로 결혼을 해야만 한다는 압박감에 시달리는 여자의 입장을 서술한다. 『오만과 편견』에서 그녀는 성별에 따라 재산을 다르게 분배하는 유산법의 부조리를 지적하면서 결혼 제도와 가족 제도도 웃음거리로 삼는다.

평론가와 학자는 오스틴에게 여러 정치적 라벨을 붙였다. 보수주의자, 진보주의자, 페미니스트…. 사회를 바라보는 오스틴의 관점이 어떠했건 간에 오스틴의 소설은 특정 이념에 얽매이지 않는 온건한 도덕관에 근거하고 있다. 그리고 이런 가치관은 나이틀리가 에마에게 던진 질문에도 잘 드러난다. "이 모든 것이 서로를 진실과 진심으로 대하는 우리 관계가 아름답다는 것을 거듭 증명하고 있지 않나요?"

작업 방식

어릴 때부터 시와 이야기를 지은 오스틴의 작업 공간은 온갖 종류의 일상적인 방해 요소에 노출된 거실 구석이었다. 문이 삐걱거리면 누군가 온다는 것을 쉽게 알 수 있는 환경에서, 압지로 얼른 덮어 버리면 그만인 작은 종잇조각에 글을 썼다. 그렇게 쓰여진 소설 6편은 1811년부터 1818년 사이에 출간되었다. (그중 2편은 사후에 출간되었다.) 그러나 오스틴은 그 훨씬 전부터 몇 년 동안이나 소설을 쓰고 있었다. 첫 두 소설의 초고는 책으로 출간되기 약 15년 전에 이미 완성되어 있었다. (이 두 원고가 『이성과 감성』과 『오만과 편견』이다.) 오스틴은 성인 시절의 대부분을 이들 인물을 창조하고 키우면서 보냈고 이들과 함께 생활했다. 오스틴의 서사 양식은 제3의 화자와 인물 내면의 목소리로 이야기를 전개하는 자유간접화법에 해당한다.

오스틴의 소설 원고 중 아직 남아 있는 것은 『설득』의 원고 두 챕터뿐이다. 이 원고를 출간된 완성본의 두 챕터와 비교하면 오스틴의 글이 결코 직관적이거나 완벽하지 않았다는 것을 분명히 알 수 있다. 그녀의 장편 소설 6편은 직관적인 천재성의 산물이 아니라, 오랜 기간에 걸친 수많은 시행착오와 끊임없는 수정의 결과물이다. 스토리와 문체가 바뀐 정도를 보면, 오스틴이 수정 작업에 얼마나 공을 들였는지를 충분히 알 수 있다.

배울 점

· 자신의 소설 속 인물들과 오랜 시간을 함께 보내면 더 현실적이고 개성적인 인물을 만들어 낼 수 있다.
· 어떤 형태든 아이러니는 로맨틱 코미디 장르에서 강력한 재료가 된다.

· 초고를 다듬어야 하는 원재료로 삼아라. 몇 년은 더 공을 들여야 할 수도 있다. 다시
  쓰고 다시 쓰고 또 다시 쓸 각오를 하라.
· 자신의 이야기에 꼭 맞는 목소리를 찾기 위해 시행착오를 마다하지 말자.

역자 주

[1] BBC의 〈오만과 편견〉 6부작 시리즈에서 다아시 역을 맡았다.
[2] 원문에는 'Mr Elliot'이라고 적혀 있는데 여주인공을 비롯해 성이 '엘리엇'인 인물이 여럿 등장
  하므로 'Mr Elliot'의 이름인 '윌리엄(William)'으로 대체한다.

J. G. 밸러드

J. G. 밸러드(1930~2009)는 세계 적인 베스트셀러 『태양의 제국Empire of the Sun』(1984)으로 유명 작가 반열에 올랐다. 이 작품으로 가디언상을 수상했으며 맨부 커상 후보에도 올랐다. 『태양의 제국』은 톰 스토파드가 각색해 스티븐 스필버그가 영화화하기도 했다. 초기에는 SF 소설로 이 름을 알렸지만 과학에 액션과 모험을 섞고, 초현실주의에 심리 적인 요소를 가미하고, 대중 소설에서 포스트모더니즘을 구현 한 밸러드는 세계에서 가장 독창적이고 상상력이 뛰어난 작가 중 한 명으로 인정받고 있다.

『태양의 제국』

밸러드의 최고 베스트셀러는 제2차 세계대전 당시 상하이 근 교 일본군 강제수용소에서 2년 반을 보낸 자신의 어린 시절에 바탕을 둔 자전적 소설 『태양의 제국』이다. 이 책은 평단으로부터 화려한 찬사를 받았다. 소설가 안젤라 카터[1]는 "제2차 세계대전이 끝나고 40여 년이 흐른 뒤에야 비로소 그 마지막 대전을 다룬 가장 위대한 영국 소설을 만나게 되었다."고 말했다. 『선데이 타임스』 서평란은 "의미심장하게도 영웅적인 요소는 없다. 전투 장면 자체가 드물다. 무시무시한 파국의 군대인 일본군이 침입했을 때 상하이에는 길을 잃은 영국 소년이 있었을 뿐이다. … 공포와 인류애가 뒤섞여 독특하고도 강렬한 소설을 낳았다."고 평했다.

밸러드는 중·상류층이 머무는 상하이의 준식민지 양식 대저택에서 중국인 하인과 러시아 가정 교사의 보살핌을 받으며 자랐다. 1937년 일본군이 중국에 쳐들어왔을 때 상하이 공공 조계에 거주하는 다른 유럽인들처럼 밸러드의 가족은 집 주위에 간간이 폭탄이 떨어지는 것만 빼면 예전과 같은 생활을 유지할 수 있었다. 그러나 1943년 일본군은 모든 '민간인 적'을 수용소로 강제 이주시켰고 밸러드의 가족도 룽화 민간인 수용소에 수감된다.

이 작품에는 1930년대 상하이의 일상적인 폭력과 냉혹한 현실이 강렬하게 묘사된다. 수천 명의 중국인 극빈층이 아무런 사회 안전망도 없이 살아가는 상하이에서는 거리에 시체가 수북이 쌓여 있는 장면도 낯설지가 않다. 그러나 가장 오싹한 단락들은 전쟁의 잔인함을 묘사하는 부분이다.

> 짐은 알았다. 일본군 병사들이 쿨리[2]를 죽이는 데 10분은 걸리리라는 것을. … 무기를 배제한 것과 마찬가지로 이 모든 행위는 영국인 포로에게 자신들이 그들을 경멸한다는 점을 각인시키기 위한 것이었다. 영국인들은 포로라는 사실만으로도 충분히 경멸을 받았다. 그런데 쿨리를 구하려고 감히 아무도 손끝 하나 움직이지 못한다는 사실 때문에 또 다시 경멸의 대상이 되는 것이다.

밸러드는 서사의 목적에 맞게 자신이 경험한 사건들을 재구성했지만 『태양의 제국』 속 룽화 민간인 수용소의 전반적인 모습은 자신이 기억하는 그대로라고 말했다. 역설적이게도 밸러드는 수용소에서 보낸 시간 덕분에 자유로워질 수 있었다. 그는 "나는 지극히 중산층적인 울타리 안에서 어린 시절을 보냈으며 철저히 통제된 삶을 살았다."라고 말하면서 "룽화 민간인 수용소에 들어가고 난 뒤에야 나는 다른 사회 계층의 사람들을 만날 수 있었다. 그들과의 만남은 내게 아주 중요한 의미가 있었다."고 회상했다. 그는 특히 수용소에서 만난 미국 상선 선원들의 낙관적이고 느긋한("뻣뻣하지 않고 계급의식에 물들지 않은") 태도에 깊은 인상을 받았다.

『태양의 제국』은 주인공 짐이 부모와 재회하고 애머스트 애비뉴의 집으로 돌아가는 것으로 마무리된다. 그러나 수용소에서의 경험으로 주인공의 삶은 영원히 변해 버린다.

> 뜻밖에도 그는 잠시 아쉬운 마음이 들었다. 부모를 찾는 자신의 모험이 이제 곧 끝난다고 생각하니 조금 우울했다. 부모를 찾는 동안에는 언제든 배고프고 아플 준비가 되어 있었다. 그러나 그 여정이 끝난 지금 그동안 자신이 겪은 일과 자신이 얼마나 많이 변했는지를 생각하자 슬퍼졌다. 그는 폐허가 된 전장과 빈대가 득실거리는 이 트럭, 그리고 운전석 의자 밑 자루에 들어 있는 고구마 아홉 개가 더 친밀하게 느껴졌다. 어떤 의미에서는 강제수용소조차도 더 가깝게 느껴졌다. 애머스트 애비뉴에 있는 자기 집에서는 결코 다시 느낄 수 없을 그런 감정이었다.

글을 쓰게 된 계기

1946년 밸러드는 영국으로 송환되었다. 전쟁, 죽음, 정치적 소요로 가득한 세계에서 안락한 중산층의 삶으로 전환하는 과정에서 밸러드는 커다란 문화적 충격을 겪는다. 그는 케임브리지에서 리즈 학교를 졸업한 뒤 정신과 의사가 되고자 케임브리지대학교 킹스칼리지에서 의학 공부를 한다. 대학 시절 그는 헤밍웨이, 조이스, 도스토옙스키, 카프카, 카뮈 등 '모더니즘' 작가를 접하게 된다. 초기에는 정신분석학과 초현실주의에 관심을 가졌고 이런 분야가 "존재, 인격, 그리고 나 자신에 관한 진실을 찾는 열쇠"라고 확신하게 된다.

의대에서 2년을 보낸 뒤 그는 자신이 진정 원하는 것은 글을 쓰는 것임을 깨닫는다. 그래서 런던대학교 퀸메리칼리지 영문학과에 입학하지만 1년 뒤 자퇴를 하고 단기 아르바이트를 하면서 생계비를 벌기 시작한다. 코번트가든 화훼 도매 시장의 배달부, 광고기획사의 카피라이터, 백과사전 외판원 등 여러 일자리를 전전하면서 문학잡지에 소설을 기고하지만 별 소득을 얻지는 못한다. 어린 시절부터 비행기와 비행에 집착했던 그는 영국 공군에 입대해 1년간 비행기 조종 훈련을 받는다. 훈련의 대부분은 캐나다의 얼어붙은 비행장에서 이루어졌다. 그곳에서 그는 미국에서 발간하는 과학소설 잡지를 접하게 된다. 이들 잡지는 밸러드에게 강한 인상을 남겼고 그의 작가 경력에 획기적인 전환점이 된다.

과학소설 같지 않은 과학소설

1955년 공군에서 제대하기를 기다리는 동안 밸러드는 미국 소설가 잭 밴스의 작품을 모방한 자신의 첫 과학소설 「영원행 여권Passport to Eternity」(1962년에 출간된다)을 쓴다. 처음으로 출간에 성공한 과학소설은 『사이언스 판타지』(1956)에 실린 「프리마 벨라도나Prima Belladonna」이다. 1950년대 말부터 1960년대 초반까지 밸러드는 도서관 사서와 SF 영화 각본가로 일하면서 과학 주간지 『화학과 산업』의 보조 편집자로 취직한다. 1959년에 과학소설과 실험소설적인 요소를 섞은 윌리엄 버로스의 『벌거벗은 점심Naked Lunch』이 출간되는데 이 작품은 밸러드에게 큰 영향을 미친다. 밸러드는 20여 편이 넘는 단편을 과학소설 잡지에 발표했다. 그중 하나가 1960년에 발표한 「시간의 목소리The Voices of Time」다. 가까운 미래를 배경으로, 지금 우리가 살고 있는 곳보다는 더 크지만 쇠락하고 있는 우주에 위치한 사막을 연상시키는 장소에서 벌어지는 일을 다루고 있다. 밸러드의 첫 장편은 1961년에 출간된 『기원이 없는 바람The Wind from Nowhere』이다. 이 무렵 그는 잡지사 일을 그만두고 전업 작가가 된다. 밸러드는 10일 만에 완성한 자신의 첫 장편을 '하청 작품'이라고 폄하하면서 1962년 출간 즉시 호평을 받았던 『물에 잠긴 세계The Drowned World』를 자신의 첫 장편으로 내세웠다.

밸러드의 과학소설에서는 흔히 과학소설 하면 떠올리는 우주선이나 외계인을 찾아볼 수 없다. 초기 장편 4편은 하나같이 자연재해(각각 물, 공기, 불, 땅)로 파괴된 문명을 배경으로 한다. 『물에 잠긴 세계』의 경우, 지구 온난화가 가져올 잠재적인 미래를 놀라울 정도로 잘 그리고 있다. 태양 복사의 급격한 증가로 지구가 뜨거워지면서 빙하가 녹아내리고 도시가 물에 잠긴다. 식물과 동물은 물로 뒤덮인 세계에 적응하면서 생활 방식을 바꾼다.

> 온도 상승에 대응해 지구의 식물군과 동물군은 습기와 태양열이 지금과 같은 수준이었던 시기로 돌아간 듯 형태를 바꾸기 시작했다. 그 시기는 대략 트라이아스기를 가리킨다. 모든 지역에서… 유기체가 수없이 돌연변이를 일으키며 새로운 환경에 맞춰 생존할 수 있도록 완벽하게 바뀌었다.

이 초기 과학소설에 등장하는 주요 인물들은 대개 과학자다. 이들은 대체로 위험을 감수하면서 버려진 호텔에 기거하며, 자신들이 어린 시절을 보낸 도시에서의 삶보다는 대체로 이 파괴된 문명에서의

19

삶을 더 선호한다.

초현실주의

밸러드는 막스 에른스트, 살바도르 달리, 폴 델보 등 초현실주의 화가의 영향을 많이 받았다. 1984년 밸러드는 "저는 초현실주의자들에게 엄청난 영향을 받았어요."라고 밝히면서 "제 삶에서 아주 큰 부분을 차지하는 것은 말할 것도 없고요. 제가 아는 한 저만큼 초현실주의의 영향을 많이 받은 작가도 없어요. 제 글이 좌절한 화가가 대체품으로 내놓은 글에 불과한 것은 아닐까 하는 생각이 들 때도 있어요."라고 말했다.

밸러드가 1970년대에 발표한 작품 중 가장 유명한(혹자는 가장 악명이 높다고 할지도 모르겠다) 장편은 『크래시Crash』(1973)다. 이 작품은 초월소설(허용되는 경계를 넘어선 소설)로 분류되며 엄청난 논란을 불러일으켰는데, 인간이 자동차가 충돌하는 순간을 통해서만 진정한 성적 쾌락을 느낄 수 있다는 충격적인 이론에 토대를 두고 있다. 이 원고를 처음 읽은 출판사의 원고 검토자가 "이 저자는 심리 치료로도 구제 불가능한 상태예요. 절대 출간하지 마세요!"라고 평했다는 일화는 유명하다.

자서전 『삶의 기적』

밸러드는 전립선암 말기 판정을 받은 뒤에 자서전 『삶의 기적Miracles of Life』(2008)을 썼다. 『데일리 텔레그래프』의 서평단은 "적어도 나는 현대 영국 작가의 회고록 중 이보다 더 뛰어난 책은 읽은 적이 없다."며 감탄을 표했다. 『파이낸셜 타임스』는 이 책이 "아주 우아한 글"이며 "밸러드의 최고작"이라고 평했다. 밸러드의 삶을 있는 그대로 서술한 이 자서전을 그의 자전적인 소설 『태양의 제국』이나 그 작품의 뒷 이야기에 해당하는 『여인의 친절함The Kindness of Women』(1991)과 비교해 보는 일은 매우 흥미롭다. 『옵서버』의 지적대로 "이 시적인 자서전이 제공하는 특별한 즐거움은 밸러드의 소설에서 아주 은밀하게 재구성된 풍경과 사건들을 발견하는 것이다."

특별한 글쓰기 방식

거의 50년간 밸러드는 서리 세퍼턴에 있는 연립주택 1층 방 벽에 붙여 놓은 낡은 식탁에서 글을 썼다. 그는 주중에는 매일 늦은 오전과 늦은 오후에 각각 2시간씩 글을 썼다. 하루 목표량은 700단어였다. 목표량을 채우고 나면 산책을 하면서 다음 날 쓸 글을 구상했다.

밸러드는 언제나 미리 머릿속에서 철저하게 구상한 내용만을 글로 옮겨 썼다. 대개 소설을 쓸 때는 먼저 한두 장의 메모를 작성했다. 이 메모에는 소설의 주제부터 배경의 세부 사항, 주요 인물 등 모든 것이 담겨 있었다. 그런 다음에는 줄거리를 적었다. 단편의 경우에는 줄거리가 매우 간단해서 한 페이지를 넘기는 일이 거의 없었다. 이렇게 줄거리를 쓰는 목적은 이야기가 극적인 서사로서 적당한지, 독자의 상상력을 자극하고 시선을 붙들 수 있는지 등을 가늠하기 위해서였다. 장편의 경우에는 줄거리를 더 구체적으로 길게 적었다. 『하이라이즈High-Rise』(1975)를 쓸 때는 줄거리가 2만 5,000단어에 달했다. (밸러드는 후에 줄거리가 완성된 소설보다 더 나았다고 생각했고 줄거리를 쓴 메모를 폐기한 것을 후회했다.) 장편을 완성하는 데는 대개 1년 내지 1년 6개월이 걸렸다.

밸러드는 초고를 손으로 썼으며 구체적으로 작성한 줄거리의 구조를 충실히 따랐다. 일단 손으로 쓴 초고가 완성된 뒤에야 수정을 하거나 편집을 했다. 완성된 초고를 첫 페이지부터 살피면서 "텍스트를 아주 꼼꼼하게 손으로 다시 고치는 작업"에 들어갔다. 이 과정에서 장황한 구절이나 단락을, 때로는 페이지 전체를 들어냈다. 그런 다음에 완성된 원고를 타자기로 쳤다.

1964년 아내가 갑자기 죽자 그는 홀로 세 명의 자녀를 키운다. 『삶의 기적』에서 그는 이것이 글쓰기에 방해가 되기는커녕 도움이 되었다고 말한다.

> 아이들은 내 삶의 중심이었다. 그리고 그 주위를 멀찍이에서 내 글쓰기가 감싸고 있었다. 내가 꾸준히 장편 소설과 단편 소설집을 낼 수 있었던 이유는 무엇보다 내가 거의 모든 시간을 집에서 보냈기 때문이다. 교복 넥타이를 다림질하고, 소시지와 으깬 감자를 만들고, 〈블루 피터Blue Peter〉[3]를 보는 사이사이에 단편 소설 한 편, 또는 장편 소설의 한 챕터를 썼다. 덕분에 내 소설들이 훨씬 더 좋아졌다고 믿는다.

밸러디언의 탄생

밸러드의 소설에 등장하는 인물들은 철저히 개인적인 집착에 자신을 내던진다. 그리고 주인공의 이야기는 어둡고 초현실적인 풍경과 반복되는 이미지를 배경으로 전개된다. 물 빠진 텅 빈 수영장, 물에 잠기거나 불에 타 버린 도시들, 대형 광고판, 오염된 늪과 정글, 버림받은 호텔과 병원, 충돌한 자동차, 추락한 비행기, 높이 솟은 아파트 단지 등이 그렇다.

밸러드 소설의 이런 특징들은 '밸러디언'이라는 형용사를 낳았다. 콜린스 영영사전은 '밸러디언'을 다음과 같이 정의한다. "밸러드의 소설이나 이야기에서 묘사하는 환경과 유사한, 또는 그런 환경을 연상시키는, 특히 디스토피아적인 모더니티, 우울한 인공적인 풍경, 그리고 기술·사회·환경 발달의 심리학적 영향을 가리킨다."

이제 밸러드의 말을 인용하면서 마무리하고자 한다. "제 소설은 아주 극단적인 가설을 제시합니다. 미래가 그 가설이 참인지 거짓인지를 밝혀 주겠죠. 제 소설은 장기적인 기상예보 같은 거랍니다."

배울 점

· 펜을 잡거나 자판에 손을 올려 글을 쓰기 전에 먼저 무엇을 쓸지 머릿속에 계획을 세우자.

· 자신의 가정생활, 기타 일상과 양립할 수 있는 글쓰기 작업 방식을 마련하자.

· 자신의 인생 경험, 관심사, 열정에서 글의 소재를 찾자.

· 이야기를 시작하기 전에 줄거리를 적으면 그 이야기가 쓸 만한 글인지 아닌지 알 수 있다.

· 장황한 구절, 단락, 필요하다면 페이지 전체를 들어내서 원고를 다듬자.

역자 주

1 포스트모던 시대에 여성 해방을 위한 해체적 글쓰기로 유명한 페미니스트 작가(1940~1992)로, 마술적 리얼리즘 작품들을 많이 썼다.

2 19세기에서 20세기 초까지 서양인들이 짐꾼, 광부, 인력거꾼 등의 일을 하는 중국인 인부들을 비하하며 부른 말. 고된 일이란 뜻의 중국어 '쿠리(苦力)' 또는 막노동꾼이란 뜻의 힌두어 '쿨리'에서 유래했다는 설이 있다.

3 영국 TV의 어린이 프로그램

메이브 빈치

메이브 빈치(1939~2012)의 죽음을 애도하는 추도문은 그녀를 "아일랜드 대중소설의 여왕"이라고 불렀다. 메이브 빈치의 데뷔작 『페니 캔들을 켜라Light a Penny Candle』(1982)는, 데뷔작으로서는 가장 높은 원고료인 5만 2,000파운드를 받았다. 그녀의 책들은 전 세계에서 4,000만 부 이상 팔렸으며 37개 국어로 번역되었다. 이는 다른 저명한 아일랜드 출신 작가 제임스 조이스, 셰이머스 히니, 에드나 오브라이언, 로디 도일의 소설 판매 부수를 훌쩍 넘는 수치이다. 2000년 세계 책의 날을 기념해 영국인에게 가장 좋아하는 작가를 묻는 설문에서 메이브 빈치는 스티븐 킹, 찰스 디킨스, 제인 오스틴보다 더 순위가 높았다.

빈치는 16권의 장편 소설을 썼다. 모두 가독성이 높은 것으로 유명하다. 문장이 짧고, 대화가 많고, 독자가 페이지를 넘길 수밖에 없는 긴장감 넘치는 이야기를 담고 있다. 보통 사람들의 일상을 연민에 찬 시선으로 그리는 빈치의 소설은 인물들의 개성이 뛰어나고 여자들의 우정을 현실적으로 묘사하며, 흔히 아일랜드 시골의 삶을 정확하게 구현한 무대에서 이야기가 펼쳐진다. 메이브 빈치는 저널리스트, 극작가, 단편 소설가로도 활동했다.

칼럼니스트로 활동

어린 시절 메이브 빈치는 책에 둘러싸여 지냈고 그녀의 부모는 골고루 독서하도록 장려했다. 그녀는 킬라이니의 홀리 차일드 기숙학교를 졸업한 뒤 더블린대학교에서 역사학을 전공했다. 대학을 졸업한 뒤에는 여학교에서 역사, 프랑스어, 라틴어를 가르쳤다. 휴가 때는 이스라엘로 가서 잠시 키부츠에서 일하기도 했다. 그곳에서 키부츠에서의 생활을 알리는 편지를 정기적으로 부모에게 보냈다. 그녀의 아버지는 이 편지에 감탄해서 '사랑하는 아버지에게' 부분을 제외한 나머지를 아일랜드의 신문사에 보냈고 신문사는 이 편지를 실었다.

이를 계기로 빈치는 신문에 정기적으로 여행기를 기고했고 5년 후 교사를 그만두고 자유기고가가 되었다. 1968년에는 『아이리시 타임스』의 고정 칼럼니스트 및 여성을 테마로 한 기획 시리즈의 첫 편집자로 채용되었으며, 이후 런던지부 편집자로 일했다. 1973년 앤 공주와 마크 필립스 대위의 결혼 소식을 전하는 그녀의 기사에는 전통적인 존경의 어조가 철저히 배제되어 있었다. "신부는 마치 승마대회 Badminton Horse Trials에 참가해 출발 신호를 기다리는 말처럼 신경이 날카로워 보였다."

메이브 빈치가 소설가로 유명해진 뒤에도 아일랜드 국민들은 그녀를 여전히 아일랜드인의 삶에 스며 있는 희극적인 요소를 포착하고 습관적으로 "허세의 거품을 터뜨리는", 『아이리시 타임스』의 칼럼니스트로 기억했다. 1990년 영국의 라디오 방송 〈데저트 아일랜드 디스크Desert Island Discs〉에서 그녀는 『아이리시 타임스』 독자 수천 명이 자신의 소설을 읽은 수백만 명의 독자보다 더 소중하다고 말한 바 있다.

빈치의 첫 책은 1970년에 출간된 『내 첫 책My First Book』으로 그간의 신문 기고문을 모아서 엮었다. 빈치는 짬짬이 소설을 쓰기 시작했고 다른 직원들이 모두 퇴근한 저녁 6시부터 8시까지 사무실에서 글 쓰는 습관을 들였다. 빈치의 첫 두 흥행작은 단편 소설집 『센트럴 라인Central Line』(1978)과 『빅토리아 라인Victoria Line』(1980)이다.

다섯 번의 퇴짜와 『페니 캔들을 켜라』

메이브 빈치가 40대 초반에 쓴 첫 장편 소설 『페니 캔들을 켜라』는 출간하겠다는 출판사가 나타나기까지 다섯 곳에서 퇴짜를 맞았다. 그녀는 훗날 그 다섯 번의 거절이 "뺨을 맞는 것" 같았다고 회상했다. 그러나 덕분에 끈기라는 중요한 교훈을 얻었다고 말하기도 했다.

메이브 빈치의 다른 소설과 마찬가지로 『페니 캔들을 켜라』도 공감가는 인물과 강렬한 장소에 대한 감각이 더해진 흥미진진한 이야기가 펼쳐진다. 이후에 발표된 그녀의 장편 소설에 자주 등장하는 많은 인물 유형, 즉 솜씨 좋은 아내, 무책임한 유혹자, 소문에 훤한 오지랖 넓은 동네 사람, 선하지만 서투른 아버지 등을 이 작품에서 만날 수 있다. 또한 부모와 자녀의 관계, 로맨스에 대한 환상, 그리고 상충하는 문화 및 생활 양식 등 빈치가 선호하는 주제를 접할 수 있다.

『페니 캔들을 켜라』는 제2차 세계대전이 한창일 무렵에서 시작해 제2차 세계대전이 끝난 후까지 아일랜드의 작은 마을과 전쟁에 지친 영국을 무대로 펼쳐진다. 대담하고 외향적인 아일랜드의 가톨릭 신자 아이슬링과 조용하고 내성적인 영국의 피난민 엘리자베스의 우정을 다루고 있다. 두 소녀는 전쟁이 끝난 훨씬 뒤에도 여전히 우정의 끈을 놓지 않는다. 소설은 이 두 소녀를 20여 년간 뒤따르면서 서로 다른 두 세계가 충돌하는 가운데 얽히고설키는 두 사람의 삶, 연애, 실패한 결혼 이야기를 들려준다.

『단짝 친구들』

일부 평론가가 빈치의 최고작으로 꼽는 『단짝 친구들Circle of Friends』 (1990)은 더블린대학교에서 성년을 맞이하는 세 여학생의 삶과 사랑을 그린 소설이다. 소설의 플롯은 작은 마을 출신으로 부모로부터 독립하고 싶은 열망으로 가득한, 아주 착하지만 과체중인 베니와, 상류층 출신의 어머니가 가족으로부터 쫓겨난 뒤 수녀원에서 자란 이브의 우정을 중심으로 펼쳐진다. 여기서도 전문직종에 종사하는 더블린의 중·상층과 작은 시골 마을이라는 두 세계가 교차한다. 이 소설의 강점은 베니라는 매력적인 인물을 생생하게 묘사했다는 점이다. 베니는 연애에는 실패하지만 그 과정을 통해 한 개인으로 성장하고 스스로 자립한 어른임을 깨닫는다.

『타라 로드』

『타라 로드Tara Road』(1998)에서는 공통점이라고는 손톱만큼도 없는 두 여자의 삶이 서로 엮인다. 리아는 유행의 최첨단을 달리는 더블린린 중심지구에 있는, 늘 가족과 친구로 붐비는 대저택에서 산다. 메릴린은 뉴잉글랜드 출신의 풍족한 생활을 누리는 학자로 사회생활을 거의 하지 않는다. 리아와 메릴린은 각자 삶에서 위기를 맞이하게 되고 도피처가 필요해진다. 그래서 여름을 맞이해 서로 집을 바꿔 살기로 한다. 이 경험으로 둘은 상대방의 삶을 들여다보는 기회를 얻고 두 사람의 삶은 송두리째 흔들리게 된다. 이 둘만큼 서로 어울리지 않는 한 쌍도 드물 것 같지만 두 사람이 마침내 만나게 되었을 때는 둘도 없는 친구가 된다.

치밀한 완벽주의자

메이브 빈치는 런던에서 일하면서 만난 BBC의 방송제작자 고든 스넬과 1977년 결혼한다. 부부는 상대의 글쓰기 작업을 응원했고 스넬은 아동문학 작가가 되었다. 둘은 아일랜드로 돌아가 타자기를 나란히 놓고 같은 방에서 함께 글을 썼다. 빈치는 "또 다른 작가가 옆에 앉아 있다는 사실만으로도 작업을 할 수밖에 없는 환경이 만들어졌다."고 말했다. 매일 작업 시간이 끝날 무렵 부부는 상대방이 쓴 글을 읽었다. 규칙은 무조건 진실을 말해야 한다는 것이었다. 그런 다음 '투덜대기 시간'이라고 부르는 시간을 가졌다. 각자 10분 동안 상대의 비평을 받아들여 수정할지 아니면 원안을 그대로 유지할지를 결정했다.

빈치는 아주 꼼꼼하게 계획을 세우는 완벽주의자였다. 빈치가 작업한 모든 장편 소설은 그 소설만의 파일, 노트, 일정, 제목과 목차가 부여되었다. 먼저 빈치는 책상 앞에 앉아 이야기의 개요를 적었다. 개요는 대개 6~7페이지 정도였다. 개요를 쓰는 목적은 이야기가 정확히 어떻게 전개되는지를 자신의 머릿속에 담기 위해서였다. 개요를 출판사에 보낸 뒤에 긍정적인 답을 받으면 그 즉시 본격적인 소설 쓰기 작업에 들어갔다.

빈치는 각 인물을 생일부터 시작해서 커다란 마분지에 구체적인 것까지 묘사했다. 그녀는 "가능하면 인물들을 평범한 인물, 우리 주변에 있을 법한 그런 인물로 설정하려고 애써요."라고 말했다. "우리 모두는 사랑을 한 적이 있어요. 사랑하는 사람을 잃었을 수도 있죠. 사람들은 제 소설 속 인물과 공감할 수 있어요. … 때로는 독자가 '바로 제가 그런 감정이었어요.'라고 말하기도 해요." 빈치는 자신의 소설 속 인물들을 현실에 존재하는 사람으로 여겼으므로 이야기에 도움이 된다고 생각하면 같은 인물을 다른 소설에 등장시키는 것을 주저하지 않았다. 빈치는 종종 사건이 벌어지는 장소의 지도를 그렸다. 인물이 등장하는 순간, 지도 위에 그 인물의 이름이 붙은 집이 세워진다. 호텔, 술집, 가게도 지도 위에 표시했다. 그러다 보면 마을 또는 해당 지역 전체가 모습을 갖춰 나간다. 마지막으로 빈치는 글쓰기에 걸린 시간을 기록하는 시간표를 마련했다. 매일 써야 하는 단어 수도 적었는데 일반적으로 800~1,600단어였다.

말하듯이 글쓰기

빈치는 작가 지망생에게 "언제나 다른 사람에게 이야기하듯이 글을 쓰세요."라고 조언했다. "아주 효과적이랍니다."

> 자신이 실생활에서는 쓰지 않는 화려한 문구나 말투나 내용은 집어넣지 마세요. … 저는 제가 말하는 그대로 글을 써요. 저는 '주요 도로를 따라 전진했다.'고 말하지 않아요. '길을 따라 걸었다.'고 말하죠. '나는 공허한 배움의 장을 지나쳤다.'고 말하지 않아요. '나는 학교를 지나쳤다.'고 말해요. 자신의 목소리로 말해야 훨씬 더 설득력 있다는 걸 기억하세요.

1970년대에 빈치와 함께 『아이리시 타임스』 런던 사무소에서 일한 동료는 이렇게 말했다. "빈치는 엄청난 속도로 타자를 친 다음 긴 점심시간을 가지기 전에 전신 교환원에게 초안을 넘기곤 했어요. 자신이 쓴 초안을 다시 읽을 엄두가 나지 않는다고 말했죠. 만에 하나 읽고 나면 하루 종일 초안을 수정하게 될 거라면서요. … 스토리텔링 재능을 타고난 빈치는 자신이 말하는 방식 그대로 글을 썼어요." 작가 마리안 키즈의 말을 인용하자면 빈치는 "소식통인 오랜 친구와 대화를 나누듯이 술술 읽히는 책을 썼다."

빈치는 『아이리시 인디펜던트』와의 인터뷰에서 왜 아일랜드 사람들이 종종 타고난 작가로 여겨지는지에 대해 이렇게 설명한다. "우리는 침묵이나 암묵적인 소통을 좋아하지 않아요. 끝없이 이어지는 대화를 나누고 정보를 주고받는 걸 좋아하죠. 그래서 우리는 이미 반은 작가인 셈이죠." 제임스 조이스와 찰스 디킨스(빈치가 사랑하고 가장 영향을 많이 받은 두 작가)처럼 빈치는 보통 사람과 그들 일상의 소소한 면에 관심이 있었다. 식당·버스에서 사람들이 나누는 대화를 엿들었고 심지어 독순술[1]도 익혔다.

소설의 주제

빈치를 로맨스 소설가로 분류하는 것은 실수다. 빈치의 소설 속 여주인공은 백마 탄 왕자님과 이어지는 경우가 드물다. 부자가 되지도 않는다. 오히려 백마 탄 왕자님 없이 사는 법과 자기 삶의 주도권 잡는 법을 배운다. 빈치도 자신의 소설에 대해 이렇게 말했다.

> 제 소설에 인생 역전 이야기는 없어요. 미운 오리 새끼가 아름다운 백조가 되거나 하지는 않아요. 그저 자신감 있는 오리가 되어 자기 삶의 주도권을 잡고 스스로 문제를 해결해 나가죠.

빈치의 소설은 부모와 자식 관계, 배신, 도시와 시골 생활 사이의 갈등, 아일랜드의 문화 및 종교적 신념의 변화 등을 다룬다. 배신하는 연인, 한눈파는 남편, 알코올 중독, 마약 중독, 원하지 않는 임신, 때로는 폭력도 등장한다.

그러나 섹스는 독자의 상상에 맡긴다. 2007년 빈치는 『데일리 메일』과의 인터뷰에서 "섹스에 대한 관심이 지대하고 섹스를 꽤 시각적으로 그리는 글도 있어요. 그러나 저는 그러고 싶지 않아요. 제가 특별히 성스럽거나 고고해서가 아니에요. 절대 아닙니다. 도덕적인 가치관 때문도 아니에요. 단지 제대로 표현을 못 할까 봐 겁이 나서에요."라고 말했다. 그리고 "저는 난교를 해 본 적이 없어서 어디에 다리가 가고 어디에 팔이 가야 하는지 모르거든요."라고 덧붙였다.

배울 점

· 출판사의 거절에 실망해서 글쓰기를 포기하지는 말자.
· 자신이 쓰려는 소설의 개요부터 써 보자.
· 자신이 말하는 방식대로 글을 쓰자.
· 식당, 버스, 기타 공공장소에서 사람들의 대화를 엿듣자.
· 독자들이 공감할 수 있는 보통 사람들을 인물로 설정하자.

역자 주

[1]말하는 사람의 입 모양을 보고 음성언어의 자극을 받아들여 시각으로 언어를 읽는 방법

샬럿 브론테

1847년에 출간된 『제인 에어Jane Eyre』는 문학계에 돌풍을 일으켰다. 지극히 고전적인 로맨스 소설 구조(끌림, 장애물, 결혼으로 해결되는 결말)를 따랐지만 혁명적인 소설이었다. 아버지가 담당하는 교구가 사회생활의 대부분을 차지하는 목사 딸이 어떻게 영국 최고의 소설로 꼽히는 작품을 쓸 수 있었을까? 샬럿 브론테(1816~1855)는 4편의 장편 소설(『교수The Professor』, 『제인 에어』, 『셜리Shirley』, 『빌레트Villette』)를 썼지만 여기서는 그녀에게 소설가로서의 명성을 안긴 『제인 에어』를 집중적으로 다루겠다.

작품 활동의 시작

여섯 명의 형제들 가운데 셋째인 샬럿은 네 살이 되던 1820년에 가족과 함께 브래드퍼드 근처 손턴에서 하워스로 이사 온다. 목사인 아버지가 그곳 교구를 맡게 되었기 때문이다. 그로부터 4년 뒤 샬럿은 언니인 마리아와 엘리자베스, 그리고 여동생 에밀리와 함께 랭커셔 커크비 론즈데일 코완 브리지의 기숙학교에 보내진다. 학교에 들어간 지 1년도 지나지 않아 마리아와 엘리자베스가 결핵으로 사망하자 아버지 패트릭 브론테는 샬럿과 에밀리를 집으로 다시 데려온다.

코완 브리지에서 돌아온 뒤 샬럿은 함께 온 에밀리, 그리고 여동생 앤, 남동생 브랜웰과 함께 상상 속 허구 세계를 만들어 내기 시작한다. 브랜웰과 샬럿은 자신들의 상상 속 왕국인 앙그리아의 인물들을 주인공으로 한 서사 단편들을 썼다. 반면 에밀리와 앤은 곤달에 관한 글과 시를 썼다. 이런 활동은 편집증적인 데가 있었지만, 샬럿을 비롯한 브론테가 아이들에게 어린 시절과 청소년기를 버틸 힘이 되어 주었다. 이 경험은 또한 습작 활동이기도 했다. 이때 탄생한 작은 원고들은 하워스의 브론테 목사관 박물관에 전시되어 있다. 놀랍게도 브론테가의 아이들이 어린 시절에 쓴 작품의 총 분량은 실제로 출간된 브론테 자매의 작품을 합친 것보다도 많다. 대부분 샬럿이 쓴 글이다.

1831년에 샬럿은 요크셔 머필드의 로 헤드 학교에 진학했다. 이곳에서 열심히 공부했고 친한 친구도 몇 명 사귀었다. (브론테가의 다른 자매들처럼 샬럿도 사교적인 편은 아니었으므로 쉬운 일은 아니었다.) 1년 뒤 열여섯 살이 된 샬럿은 집으로 돌아와, 아버지가 꾸린 일요학교의 첫 감독관이 되었다. 이제 그녀의 야망은 화가가 되는 것이었다. (현재까지 남아 있는 브론테의 그림을 보면 실력이 상당히 뛰어나다는 것을 알 수 있다.) 브론테는 로 헤드에서 돌아온 뒤 3년간 엄청난 양의 글을 썼다. 브론테는 종종 에밀리 그리고 앤과 자신의 글에 대해 이야기를 나눴지만 애초에 쓴 글을 수정하는 일은 드물었다.

에밀리가 로 헤드에 진학하자 샬럿도 로 헤드에서 교사로 3년간 머물다 1839년에 그곳을 떠나 요크셔에서 가정 교사로서의 첫발을 내디딘다. 샬럿은 가정 교사 자리를 몇 군데 다녔지만 하나같이 마음에 들지 않았다. 에밀리에게 보낸 편지에 "가정 교사는 없는 거나 마찬가지 존재야. 살아 있는, 이성을 지닌 존재로 인정받지 못해. 완수해야 하는 성가신 의무와 관련이 없는 일에 … 자신을 위해 1분이라도 쓰면 골칫덩어리 취급을 받아."라고 쓰기도 했다. 몇 년 뒤 브론테의 고용주 중 한 명은 그녀가 "우리 가족과는 떨어진 방구석에 앉아 근시 때문에 생긴 습관대로 책에 코를 박고 있었다."고 회상했다.

브뤼셀에서의 경험

1842년 샬럿과 에밀리는 브뤼셀로 가서 콩스탕탱 에제와, 에제의 아내 조에가 운영하는 학교에 입학한다. 수업료와 기숙사비를 내는 대신 샬럿은 영어를, 에밀리는 음악을 가르쳤다. 이듬해 샬럿은 혼자 학교로 돌아온다. 그러나 이번에는 학교생활이 불행했다. 향수병에 걸렸고 에제와 사랑에 빠졌다. 영국으로 돌아오면서 그녀는 에제에게 편지를 남긴다. 환영받지도 용서받지도 못하는 가슴을 후비는 사랑, 에제가 받아 주지 않는 사랑을 쏟아 낸 편지였다.

브뤼셀에서 보낸 시간이 헛되지는 않았다. 그녀는 에제에게 보낸 편지에 담았던 자신의 열정, 갈망, 가슴앓이를 소설로 옮겼다. 그전까지 그녀는 일반적으로 머리에 떠오르는 것은 뭐든지 글로 옮겼다. 수정하거나 다시 쓰는 일이 거의 없었다. 에제의 엄격한 작업 방식인 개요 쓰기-초안 쓰기-수정안 쓰기는 브론테에게는 전혀 낯선 것이었다. 에제에게 받은 훈련을 바탕으로 브론테는 언제나 장편 소설의 서두를 두세 개 작성한 다음에 그중 하나를 시작점으로 선택했다.

브론테는 두 작품 『빌레트』(1853), 『교수』(1857년)를 쓰면서 브뤼셀에서의 경험을 십분 활용했다. 『빌레트』는 브랜웰과 에밀리(1848), 앤

(1849)이 사망한 직후 쓰기 시작했다. 브론테의 작품 중 가장 자전적인 소설이다. 이 소설 속의 많은 인물, 배경, 사건은 자신이 직접 경험한 것을 참고했다. 폴 에마누엘은 콩스탕탱 에제인데, 소설에는 샬럿 자신의 감정적인 소용돌이가 반영되어 있다. 그녀는 이 책을 내기로 한 출판사 편집자인 조지 스미스에게 평을 구했다. 여동생들의 죽음으로 자신이 "쓴 글을 단 한 줄이라도 읽어 줄 사람이 없어서 낙담하고 절망에 빠졌다."는 말과 함께…. 샬럿의 노트를 보면 『제인 에어』의 첫 구성 요소가 될 부분이, 1843년 에제의 학교가 두 달간 방학에 들어간 여름 브뤼셀에서 이미 싹을 틔우고 있었다는 것을 알 수 있다. 당시 샬럿은 학교에 홀로 남아 있었다.

출판사의 거절

1846년 5월, 샬럿, 에밀리, 앤은 세 사람의 시를 함께 엮은 시집을 자비로 출판한다. 자신들의 이름이 노출되는 것을 원치 않았던 데다 여성 작가에 대한 편견을 의식해 커러, 엘리스, 액션 벨이라는 가명을 썼다. 시집은 달랑 2부가 팔렸다. 그래도 브론테 자매는 작업 중인 장편 소설을 포기하지 않고 완성했다. 샬럿은 자신의 첫 장편 소설 『교수』를 1846년 6월에 탈고했다. 그리고 에밀리의 『폭풍의 언덕Wuthering Heights』, 앤의 『아그네스 그레이Agnes Grey』와 함께 출판사에 보냈다. 에밀리와 앤의 소설은 출간 제의를 받았지만 『교수』는 퇴짜를 당했다. 샬럿은 이 소설을 출산하기 위해 여러 번 시도했지만 성공하지 못했다. (『교수』는 샬럿 사후에 출간되었다.) 그러나 조지 스미스 출판사는 그녀에게 이 원고에서 "아주 훌륭한 문학적 재능"을 봤다고 하면서 곧 출판 가능한 소설을 쓸 수 있으리라 믿는다고 답했다. 그래서 샬럿은 "더 상상력이 풍부하고 더 시적인, 훨씬 더 가공된 허구, 더 근본적인 페이소스[1]가 담긴, 그리고 더 애절하고 극적이고 이 세상 것이 아닌 것 같은 감성이 담긴 허구"를 쓰겠노라고 결심한다.

『제인 에어』

『교수』가 거절당한 뒤 샬럿은 다시 소설을 쓰기 시작해서 1846년 8월
과 1847년 8월 사이에 『제인 에어』의 대부분을 완성했다. 아마도 이
전에 쓴 글을 일부 집어넣었을 것이다. 페이소스를 표현하기 위해 그
녀는 자신의 어린 시절을 원천으로 삼는다. 어머니와 두 언니의 때 이
른 죽음, 코완 브리지에서의 불행했던 나날들, 그리고 아무에게도 인
정받지 못했던 보잘것없는 가정 교사로서의 경험 등.

1847년 8월, 원고를 출판사에 보낸 지 며칠도 되지 않아 출간이 결
정된다. 그러나 이모와 로우드 기숙학교로부터 제인이 받은 잔인한
대우와 헬렌 번스의 죽음을 그린 초반부의 몇 장면에서 어조를 온화
하게 바꾸라는 제안을 받는다. 헬렌 번스의 죽음은 자신의 언니 마리
아의 죽음을 상당히 구체적으로 차용한 것이었다. 샬럿은 마리아가
"초인간적인 선함과 영리함을 지녔었다."고 회고했다. 어머니의 안타
까운 죽음 뒤 마리아는 다른 형제자매의 정신적 지주가 되었다. 샬럿
의 말을 빌리자면 "나머지 아이들의 어린 엄마"였다. 샬럿은 출판사에
게 이 사건들의 원천이 된 실제 이야기에 비하면 이미 많이 순화한 것
이며 더 이상 손을 대면 책의 진실성이 훼손된다고 말했다. 또한 이미
두 번이나 수정한 원고인 데다 잔인한 내용이 "출판사의 예상과 달리
대중의 입맛에 맞을 것"이라고 덧붙였다. 샬럿의 말이 옳았다. 1847년
10월에 출간된 『제인 에어』는 곧장 베스트셀러가 되었고, 1848년 4월
에 이미 3쇄를 찍었다.

혁명적인 소설

『제인 에어』는 베스트셀러이기는 했지만 빅토리아 시대의 많은 독

자들은 이 책을 "불경한 책"이라고 여겼다. 로체스터가 10대 딸의 가정 교사와 한때 자신의 첩이었던 여자에 대해 가볍게 대화를 나누는 것, 제인에게 구혼하는 기간 중에 (제인에게 거듭 키스할 때) 보인 부적절한 행동, 그리고 알면서도 중혼을 행하는 것 때문이었다. 이런 것들이 『제인 에어』를 폄하하는 사람들로부터 "아주 저열한 취향"을 지녔다고 비판받는 근거가 되었다.

그러나 이 소설의 혁명성을 보여 주는 요소들은 다른 곳에서 찾을 수 있다. 기존의 여주인공과 달리 작고, 평범하고, 가난하고, 눈에 띄지 않는 여주인공, 1인칭 아이 화자(『제인 에어』가 최초이다), 도전적인 페미니즘적 관점, 기존 영국 소설에서는 볼 수 없었던 심리학적 통찰을 토대로 창조된 인물들이 그런 요소들이다.

제인이라는 생생한 인물은 샬럿 자신이 가정 교사를 하면서 겪은 개인적인 슬픔과 불행에서 탄생했다. 그리고 약자에게, 특히 여성을 대표하는 여주인공에게 느끼는 동질감 등 샬럿의 감정이 많이 반영되어 있다.

> 여자도 남자와 마찬가지로 감정이 있다. 자신의 능력을 발휘하고 싶은 욕구도 있다. … 너무 엄격한 제약으로 고통받는다. … 그리고 편견에 사로잡힌 사람들이 … 여자는 푸딩을 만들고, 양말을 깁고, 피아노를 연주하고, 가방에 자수를 놓는 일에만 매달려야 한다고 말한다.

제인은 겉으로 보기에 소극적이고 내성적인 가정 교사였다. 그러나 "불같은 영혼"이 담긴 단단한 내면을 지니고 있었다. 로체스터가 제인에게 자신이 잘생겼다고 생각하는지 물었을 때 그녀는 망설이지 않고 큰 소리로 답한다. "아니요!" 로체스터는 "이토록 연약하면서도 꺾이지 않는 단단한 것이 또 있을까."라고 감탄한다. 샬럿이 창조한 빅토리아 시대의 가정 교사 제인은 해방된 현대 여성의 영혼을 지니고 있었다. 영국 소설로서는 최초였다.

로체스터도 평범하지 않은 인물이다. 자존심이 강하고, 위트가 넘치며, 지적이면서도 냉소적이고, 위풍당당하면서도 섬세하고, 무엇보다 못생겼다. 그는 샬럿이 과거에 만들어 낸 앙그리아의 주요 인물인 자모르나 공작을 다소 닮았다. 소설의 부차적인 인물들은 실제 사람에게는 선함과 악함이 섞여 있다는 복잡성을 반영해 영리하게 설정되었다. 아델은 어리석지만 사랑스럽고 페어팩스 부인은 선하지만 삶을 바라보는 시각이 편협하고 아둔한 인물이다. 세인트 존 리버스는 고귀하고 경건하지만 한숨이 나올 정도로 융통성이 없다. 리버스는 샬럿의 평생 친구인 엘렌의 오빠 헨리 누시를 염두에 두고 만든 인물이다. 그는 1839년 샬럿에게 청혼하는 편지를 썼지만 거절당했다. 다이애나와 메리 리버스는 에밀리와 앤을 투영하고 있다.

기원과 문체

1845년 7월, 샬럿은 피크 디스트릭트에서 친구 엘렌 누시와 휴일을 즐기고 있었다. 그들은 해더세이지 근처, 제방 역할을 하는 흙벽이 달린 엘리자베스 시대의 작은 집을 방문했다. 집 주인은 메리 에어라는 미망인이었다. 그녀는 샬럿에게 이 집의 예전 안주인이 미쳐서 꼭대기 층에 갇힌 채로 지내다 불이 나는 바람에 집이 무너지면서 불에 타 죽었다는 이야기를 들려주었다. 샬럿은 마침 근처 교구 교회에서 에어가의 오래된 문패와 데이머 드 로체스터라는 사람의 무덤을 보고 오던 길이었다.

『제인 에어』는 고전적인 로맨스 소설의 구조를 따랐는지 몰라도 동시에 독자를 사로잡는 수많은 질문들로 가득 찬, 손에 땀을 쥐게 하는 스릴러이기도 했다. 그레이스 풀은 과연 누구인가? 왜 로체스터는 그녀를 보호하고 있는가? 메이슨은 누구인가? 메이슨은 사회적으로 자신보다 신분이 높은 로체스터의 어떤 약점을 잡고 있는 걸까? 왜 메이슨은 공격을 당했는가? 왜 로체스터는 자신을 상대로 한 방화 시도를 숨기고 메이슨을 공격한 자를 감추는가? 이 소설은 어두운 계단, 설명할 수 없는 소리, 불, 광기 같은 고딕풍의 요소들이 뒤섞여 신비하고 으스스한 분위기를 자아내는데, 이런 분위기는 제인의 지극히 현실적이고 상식적인 태도와 극명하게 대비된다.

이 소설에서 자연, 풍경, 날씨는 종종 강력한 상징성을 지닌다. 손필드의 밤나무가 번개에 맞아 둘로 쪼개진 것은 제인과 로체스터의 관계가 어떻게 될지를, 즉 이별과 그 뒤의 재결합이라는 마무리를 예견하는 것이었다.

> 둘로 쪼개졌지만 완전히 분리되지는 않았다. 단단한 뿌리와 굳센 밑동 덕분에 둘로 쪼개진 줄기가 밑 부분까지 완전히 갈라지는 것을 막았다. … 나는 나무에게 "서로 꼭 붙잡고 있길 잘했구나."라고 말해 주었다. 마치 무시무시하게 갈라진 그 나무줄기가 살아 있고 내 말을 들을 수 있다는 듯이 말이다. "나는 너희 둘이 불타고 그을려 상한 것처럼 보이지만 여전히 희미하게나마 생명의 감각이 남아 있을 거라고 생각해."

이 소설은 과거 시제로 쓰였다. 그러나 가끔 샬럿은 반 페이지 정도는 현재 시제를 사용해 과거와 현재를 능숙하게 오가면서 사건과 제인의 생각 속으로 우리를 끌어들인다. 이 이야기의 힘은 과장되고 통속적인 플롯과 (그리고 무엇보다) 화자의 사적인 부분을 노출하는 데서 나온다. 문체는 평범하고 탄탄하고 구체적이다.

샬럿 브론테는 유머 감각이 전혀 없었다고 알려져 있지만, 아이러니에 대한 감각은 분명히 있었다. 제인에게 청혼(그리고 인도로 함께 선교 활동을 떠나자는 제안)을 거절당한 뒤 세인트 존 리버스는 그녀에게 철저히 예의 바르게 행동한다. 이에 대해 제인은 "분명 성령의 인도를 받아 나로 인한 분노를 가라앉혔으리라…."고 말한다.

샬럿은 『제인 에어』의 2쇄판에 이 책을 자신의 위대한 문학 영웅인 새커리에게 바친다고 적는다. 유명 작가가 된 후 런던에서 새커리와 만난 샬럿은 머뭇거리지 않고 그의 작품에 대한 자신의 견해를 밝히고 오류라고 생각하는 부분을 지적한다. 훗날 새커리는 이 만남을 회상하면서 샬럿의 주된 성격은 "충동적인 정직성"이라고 말했다.

배울 점

· 정통 로맨스 소설의 구조는 '끌림 → 장애물 또는 거절 → 화해 또는 문제 해결'이다.
· 답이 주어지지 않은 질문을 활용해 서스펜스를 유지하고 독자를 사로잡자.
· 자연·풍경·날씨 묘사는 분위기를 설정하고 상징적인 의미를 지닐 수 있다. 예를 들어 미래 사건을 예견한다.
· 자신의 감정과 경험을 활용해서 생생하고 사실적인 인물을 창조하자.
· 소설의 도입부는 두 가지 이상 고안해 내자.

역자 주

[1] 그리스어로 열정이나 고통, 기타 일반적으로 깊은 감정을 뜻한다.

에밀리 브론테

　　　　　　　　 "저속한 타락성과 부자연
스러운 공포의 혼합물." 한 비평은 이제 막 출간된 『폭풍의 언덕
Wuthering Heights』을 가리켜 이렇게 표현했다. "악의에 관한 강렬
한 기록"이라는 평가도 있었다. 또 다른 비평은 여기서 더 나아가
"『제인 에어』를 읽으라."고 조언하면서 "『폭풍의 언덕』은 불태우
라."고 덧붙인다. 1847년에 이 소설이 출간되었을 때 빅토리아 시
대의 평론가들은 소설에 담긴 폭력성과 비정상성에 큰 충격을 받
았다. 그러나 이 소설의 파괴력을 인정하지 않을 수 없었다. 초기
비평에서는 이 '파괴력'이라는 단어가 계속해서 언급된다.

　나는 같은 책을 두 번 이상 읽는 일이 거의 없다. 읽어야 하
는데 아직 못 읽은 책이 너무 많아서다. 그런데 『폭풍의 언덕』
은 예외다. 나는 때때로 다시 이 책을 집어 드는데, 나만 그런
것이 아닌 듯하다. 2007년에 실시한 독자 설문에서 에밀리 브

41

론테(1818~1848)의 소설은 시대를 통틀어 가장 위대한 러브 스토리로 꼽혔다. 제인 오스틴과 셰익스피어의 소설은 각각 2위와 3위로 밀렸다. 이 소설의 사그라지지 않는 인기를 설명하려면 이 소설 속 이야기가 지닌 비범한 힘에 초점을 맞추면 된다. 작가라면 이 이야기가 왜 그토록 강력한 힘을 발휘하는지 스스로에게 물어야 한다. 『폭풍의 언덕』을 영국 문학사에서 손꼽히는 대작으로 만든 요소는 무엇일까?

위대한 주제

『폭풍의 언덕』은 두 가지 위대한 주제를 다룬다. 바로 사랑과 복수다. 두 명의 화자가 이야기를 풀어 나가는데, 록우드(히스클리프 소유의 스러시크로스 저택에 세 들어 사는 런던 신사)와 워더링 하이츠의 가정부 넬리 딘이다.

먼저, 첫 번째 주제인 사랑 이야기부터 들여다보자. 캐서린을 향한 히스클리프의 사랑은 (캐서린의 남편 에드거 린튼과는 달리) 절대적이고 헌신적이다. 히스클리프를 향한 캐서린의 사랑도 마찬가지다.

> 우리의 영혼이 무엇으로 만들어졌든 간에, 그의 영혼과 나의 영혼은 하나이다. 그리고 달빛과 번개가 서로 다르듯, 서리와 불이 서로 다르듯, 린튼의 영혼과 내 영혼은 다르다. … 내가 바로 히스클리프다! 그는 언제나 늘 내 마음속에 있다. 그가 내게 즐거움을 주지는 않는다. 내가 스스로에게 늘 즐거움을 주는 것이 아니듯. 그러나 그는 내 자신으로서 내 안에 머문다.

캐서린을 향한 히스클리프의 사랑 또한 이에 못지않게 격렬하다. 히스클리프는 "그[에드거]가 80년을 쏟아붓는다 해도 그의 사랑은 내가 하루 동안 그녀를 사랑한 만큼에도 미치지 못한다."고 선언한다. 캐서린은 소설 중반 즈음에 죽지만 히스클리프는 평생 캐서린에게 집착하고 캐서린에게 홀린 채 지낸다. 소설의 결말이 가까워지면 젊은 캐시와 헤어튼 사이에 사랑이 싹트는 장면이 펼쳐진다. 아주 그럴듯하지만 히스클리프와 캐서린의 사랑 이야기에 비하면 상당히 밋밋하다.

두 번째 주제는 복수다. 발단은 언쇼가 리버풀에서 자신의 사생아 히스클리프를 데리고 온 사건이다. 언쇼의 어린 아들 힌들리는 히스클리프가 못마땅하고 자신의 누이 캐서린이 히스클리프와 가까워지고 친하게 지내는 것이 마음에 들지 않는다. 아버지가 죽자 힌들리는 위더링 하이츠의 주인이 되고 히스클리프를 멸시하고 종 취급함으로써 제 나름의 복수를 한다.

힌들리에게 천대를 받은 히스클리프도 복수를 하겠다는 굳은 결심을 하게 되고 이것이 소설의 대부분을 끌고 나가는 원동력이 된다. 히스클리프는 "나는 힌들리에게 어떻게 복수할지 정하느라 고민 중이다."고 말한다. "아무리 오래 걸려도 상관없어. 내가 최후의 승자가 될 수만 있다면 말이야."라고 선언한 그는 몇 년 뒤 목표를 달성한다. 힌들리의 알코올 중독과 도박 중독을 부추겨서 위더링 하이츠와 힌들리 모두를 조종하고 지배하게 되는 것이다. 복수에 대한 히스클리프의 열망은 힌들리의 아들 헤어튼에게까지 뻗어 나간다. 그는 힌들리가 죽은 뒤 그의 아들까지도 파멸로 몰아넣고자 한다. "자, 귀여운 젊은이. 자네도 내 것이야! … 그리고 한 나무가 비틀어진 것처럼 또 다른 나무도 비틀어지는지 한번 보자꾸나. 같은 바람을 맞게 될 테니!"

소설의 결말에서 히스클리프가 오랫동안 계획하고 준비한 것을 완료할 즈음, 즉 마침내 최후의 복수를 완성할 찰나 자신의 복수 의지가 사라졌음을 깨닫는 것은 엄청난 아이러니가 아닐 수 없다. 그는 넬리에게 "내 오랜 적[힌들리와 에드거]은 나를 패배시키지 못했다."고 말하면서 "이제야말로 그 적들의 대변인[헤어튼과 캐시]을 상대로 복수

43

를 완성할 때가 왔다. 나를 막을 자는 아무도 없다. 그러나 무슨 소용인가? … 그 둘의 파멸을 즐길 기운이 없어졌다. 아무 의미 없이 파괴하기에는 너무 나태해졌다."고 고백한다. 『폭풍의 언덕』은 히스클리프의 복수에 대한 열망이 주를 이루는, 악에 관한 처절한 이야기라고 볼 수도 있다. 그러나 히스클리프가 그토록 염원하던 복수의 마지막 순간에 그로부터 복수의 의지를 빼앗음으로써 작가 에밀리는 복수의 공허함도 함께 보여 준다.

사랑과 복수 외에도 증오, 질투, 고난, 기존 질서에 맞서 싸우는 이단자, 죽음(죽음의 확정성과 불가피성), 삶의 연속성 같은 다른 강력한 주제들도 다루고 있다.

독특한 인물

히스클리프는 결코 평범하지 않은 독특한 피조물이다. 히스클리프의 출신 배경, 워더링 하이츠에서 사라진 뒤 3년간의 삶에 대한 설명 부재, 천대받던 하층민에서 기품 있는 "키가 훤칠하고 건장하고 교양 있는 남자"로 탈바꿈한 과정 등의 수수께끼가 우리의 관심을 증폭하고 마음을 확 사로잡는다. 잔인하고, 냉정하고, 인정머리 없고, 계산적이고, 복수심에 불타오르고, 용서를 모르는 자, 그것이 바로 히스클리프다. 그는 "법이 덜 엄격하고, 취향이 덜 고상한 곳에서 태어났다면 나는 저 둘[린튼의 아들과 캐시]을 저녁 오락거리로 삼아 산 채로 천천히 해부하는 방식으로 나 자신에게 보상했을 것이다."고 말한다.

너무나 생생하게 그려진 히스클리프는 책에서 튀어나와 우리 머릿속에 박힌다. 우리는 히스클리프의 됨됨이를 경멸할지언정 그를 무시하지는 못한다. 죽음도 막지 못한 캐서린을 향한 사랑과 활기, 인내, 끈기, 용기 같은 그의 장점(이것들 모두 힘, 그리고 의지와 관련이 있다)에 감탄할 수밖에 없다. 히스클리프의 전신은 바이런의 시에 등장할 법한 인물들에게서 찾을 수 있다. 그리고 월터 스콧의 소설『롭 로이Rob Roy』(1818)의 등장인물 중 한 명인 롭 로이[1]도 영감의 원천일 수 있다. 캐서린 또한 인상적인 인물이다. 열정적이고, 자기중심적이고, 이기적이고, 고집이 세고, 거침이 없다. 이런 특징은 더 현대적인 형태로 젊은 캐시에게서 다시 재현된다.『폭풍의 언덕』에는 생생한 조연들도 등장한다. 그중 일부(힌들리, 조세프, 넬리)는 에밀리 자신이 아는 사람을 바탕으로 만들어 냈을 것이다.

배경과 상징주의

『폭풍의 언덕』은 황량하고 고립된 요크셔의 황무지를 무대로 펼쳐진다. 스러시크로스 저택과 워더링 하이츠를 가르는 6,000여 미터에 달하는 넓고 개방된 광야는 아주 중요한 역할을 한다. 이곳이 주는 느낌은 늙은 농부 조세프의 신실한 척하는 괴팍한 요크셔 방언으로 강조된다. 에밀리는 자연을 세세하게 묘사하지는 않지만 그녀의 글은 날씨, 시간대, 계절, 구름, 바람, 햇빛, 회색빛 돌, 야생화 등으로 넘친다. 황야는 무시무시한 존재로 수수께끼와 신비가 가득하다. 그러나 어린 히스클리프와 캐서린에게는 자유를 의미한다. 워더링 하이츠로부터 벗어날 수 있는 황홀한 도피처… 캐서린의 무덤은 "담이 너무 낮아서 황야에서 온 야생화와 월귤나무가 넘어온 교회 마당 구석의 초록빛 비탈"에 조성되었다. "그 초록빛 비탈은 대부분 토탄으로 덮여 있었나." 캐서린은 죽은 뒤에 황야로 돌아간 셈이다.

야생과 문명의 충돌은 외진 언덕 위에 우뚝 솟은 오래된 농장인 워더링 하이츠와 설비가 잘 갖춰진 방과 풍성한 정원을 지닌, 계곡 아래의 스러시크로스 저택의 대비로도 상징된다. 한편으로는 워더링 하이츠가 감옥에 비유되기도 한다. 록우드가 처음으로 워더링 하이츠를 방문했을 때 그는 난폭한 개, 굳게 잠긴 대문, 험악한 주인과 마주한다. 소설의 결말에서 록우드가 워더링 하이츠를 마지막으로 방문했을 때는 건물의 문과 창문이 모두 활짝 열려 있었다.

고딕 소설

『폭풍의 언덕』에는 공포, 로맨스, 멜로드라마, 초자연주의의 요소가 들어 있다. 이는 모두 고딕 소설(오늘날 공포 소설의 선조에 해당한다)의 특징적 요소이다. 록우드는 워더링 하이츠를 처음 방문했을 때 정문 위의 기괴한 문양과 그리핀상에 시선을 빼앗긴다. 이런 고딕풍 이미지는 앞으로 전개될 이야기의 밑그림이 된다. 이 소설에는 폭풍우, 악몽, 거친 풍경, 우울한 인물, 달빛과 촛불, 어두운 계단, 투옥, 고문, 잔인함, 산 자와 죽은 자 간의 소통 같은 고딕 소설의 또 다른 대표적인 특징들도 나타난다. 히스클리프는 "나는 유령의 존재를 굳게 믿는다. 그들이 우리 가운데 머물 수 있으며 실제로도 머물면서 우리 가운데 존재한다고 믿는다!"고 말한다. 실제로 히스클리프는 캐서린이 죽은 뒤로도 18년 동안 그녀의 망령에 시달린다.

깨진 창문 사이로 캐서린의 망령이 손을 내밀어 록우드를 잡는 장면은, 아마도 모든 문학을 통틀어 가장 인상적인 유령 등장 장면일 것이다. 참나무로 만든 침대(비에 흠뻑 젖은 히스클리프의 시체가 발견된 장소이기도 하다)는 워더링 하이츠의 핵심적인 상징물이다. 소설의 결말에는 양치기가 히스클리프와 캐서린의 유령이 광야를 돌아다니는 것을 보는 장면이 나온다. 이런 장면들은 진짜일까, 허상일까? 이런 장면들이 효과를 발휘하려면 모호해야 한다.

결말

이 소설의 유명한 마지막 문단에서 록우드는 히스클리프와 캐서린의 무덤을 찾는다.

나는 맑은 하늘 아래에서 무덤 주위를 맴돌았다. 야생 진달래와 실잔대[2] 사이를 날아다니는 나방을 바라보았다. 잔디 사이로 부드럽게 흐르는 잔잔한 바람 소리를 들었다. 그리고 생각했다. 이런 조용한 땅속에 잠들어 있는 이들의 안식이 평온하지 않을 것이라고는 누구도 감히 상상할 수 없을 것이라고.

결말에 이르기까지 있었던 모든 갈등과 충돌을 뒤로하고 에밀리 브론테는 이렇듯 고요하고 섬세한 이미지로 이야기를 마무리한다. 화자가 결말을 해석했는데 독자는 아마도 더 모호한 해석을 바랐을 것이다.

『폭풍의 언덕』에는 강렬한 주제, 인상 깊은 인물, 시작부터 끝까지 소설 전반에 스며들어 있는 극적인 무대, 으스스한 분위기가 있다. 이런 요소들 덕분에 문학사상 가장 강렬한 이야기가 탄생한 것이다.

배울 점

· 강렬한 중심 주제를 정하라.
· 강렬한 인물을 창조하려면 선한 면과 악한 면을 한데 섞어 놓아야 한다. 장점과 단점을 모두 지닌 인물을 만들자.
· 인물에 대해 해석할 여지를 남겨 두면, 독자는 그 인물에 더 흥미를 느끼고 끌리게 된다.
· 모호한 이미지(깨진 창으로 캐서린의 손이 들어와 록우드를 붙드는 장면, 양치기가 히스클리프와 캐서린을 목격하는 장면)는 독자에게 깊은 인상을 남기고 독자의 상상력을 자극한다.

역자 주

[1]'스코틀랜드의 로빈 후드'로 알려진 전설적인 무법자
[2]종 모양의 청색 꽃이 피는 야생화

댄 브라운

글이 훌륭해야만 베스트셀러 작가가 되는 것은 아니다. 댄 브라운(1964~)이 그 산증인이다. 『다 빈치 코드The Da Vinci Code』를 두고 한 평론가는 "독서를 즐기지 않는 사람들을 위해 글을 쓸 줄 모르는 사람이 쓴 책"이라고 평했다.

그러나 『라이팅 매거진』의 한 독자는 이렇게 쓰고 있다. "댄 브라운은 작가다. 그가 쓴 작품의 질을 두고 이런저런 견해들이 있지만 이 사실만큼은 변함없다. … 수백만 명의 독자 중에는 그전까지는 평생 소설이라고는 단 한 권도 읽지 않은 이도 있을 것이다. 그리고 브라운의 형편없는 헛소리를 읽느라 새로이 독서에 입문한 이들 중 단 몇 명이라도 또 다른 소설을 읽을 마음이 들었다면 그것만으로도 대단하지 않은가." 맞는 말이다. 위대한 작가로 추앙받지는 못해도 사람들을 독서의 즐거움으로 이끄는 중요한 역할을 한 작가들은 늘 있었다. (그런 작가로 에니드 블라이튼이 떠오른다.)

전 세계적으로 9,000만 명의 사람이 『다빈치 코드』를 읽었을 정도로, 브라운은 21세기 작가로는 '해리 포터Harry Potter' 시리즈의 J. K. 롤링에 비견될 만큼 책이 많이 팔린 유일한 소설가이다. 네 번째 소설인 『다빈치 코드』가 베스트셀러가 되기 전 브라운은 거의 주목을 받지 못한 스릴러 소설 3편을 낸 작가였다. 『다빈치 코드』 이후에는 『로스트 심벌The Lost Symbol』(2009)과 『인페르노Inferno』(2013)를 발표했지만 이 장에서는 브라운을 유명 작가의 반열에 올린 작품 하나에 집중하겠다. 타의 추종을 불허하는 『다빈치 코드』의 성공을 어떻게 설명해야 할까? 그 주요 요인을 분석하다 보면 이 소설이 출판업계의 최신 동향을 반영하고 있으며 독자를 열광시키는 스릴러의 요소를 갖추고 있다는 것을 알 수 있다.

뇌를 자극하는 퍼즐

요즘 서점에 가면, 퍼즐이나 단어 게임에 지면을 온통 할애하고 있는 잡지나 책으로만 채워진 서가를 쉽게 만날 수 있다. 스도쿠 퍼즐처럼 뇌를 자극하는 책들은 최근 엄청난 인기를 끌고 있다. 많은 사람들이 머리를 긁적거리게 만드는 온갖 수수께끼로 자신의 지적 능력을 시험하길 즐긴다. 수수께끼, 단어 게임, 십자말풀이, 철자놀이 등 종류도 다양하다. 『다빈치 코드』는 레오나르도 다빈치의 가장 유명한 그림에 감춰져 있다고 가정한 일련의 단서를 근거로 암호를 해독해서 계속 퍼즐을 풀어 가는 이야기로, 뇌를 자극하는 퍼즐로 가득하다.

독자가 몰랐던 사실 알려 주기

많은 소년과 젊은 남성은 소설보다는 사실과 정보를 다루는 책을 선호한다. 대중 논픽션 시장은 엄청나게 성장했으며 일반 독자를 대상으로 한 읽기 쉬운 입문서가 폭발적으로 인기를 끌었다.『펭귄 발은 왜 동상에 걸리지 않을까?Why Don't Penguins' Feet Freeze?』등 뭔가 불가사의한 질문을 담은 대중 과학서가 특히 인기 있다.

이런 추세는 독자에게 새로운 지식을 전달하는 소설에 대한 수요를 낳았다.『다빈치 코드』는 독자에게 예술사, 초기 기독교 교회, 종교적 상징주의, 중세 역사 등 흥미로운 정보를 많이 제공한다. 이런 정보는 대개 소화하기 쉬운 분량으로, 빠르게 전개되는 플롯 안에서 전달된다. 이 책에서 다룬 많은 '사실'이 격렬한 논쟁을 불러일으켰지만, 독자가 몰랐던 사실에 대해 이야기하는 소설의 매력을 떨어뜨린 것은 아니다.

소설을 쓰는 사람은 환상과 창작물을 파는 산업에 종사하는 것이다. 작가가 사실을 멋대로 다루고 논란을 불러일으키는 결론을 내릴 때 독자는 그저 온건한 냉소주의적 입장을 견지하면서 자신이 논픽션이 아닌 소설을 읽고 있다는 사실을 떠올리면 된다.

논란의 중심이 되는 큰 주제

『다빈치 코드』는 보기 드문 큰 논란거리를 주제로 삼았다. 예수와 마리아 막달레나가 잠자리를 함께 했고 그렇게 태어난 아이와 그 후손이 여전히 생존해 있으며, 이 후손이 진짜 성배라는 사실을 가톨릭교회가 지난 2,000년간 숨겨 왔다는 것이『다빈치 코드』의 핵심 아이디어이다.

기독교인에게 이것은 매우 충격적인, 상상조차 할 수 없는 가설이다. 당연히 이 책은 엄청난 논란을 불러일으켰다. 미국의 가톨릭교 주교들은 소설의 핵심 주장을 반박하는 내용을 실은 웹페이지를 개설했다. 초기 기독교의 역사에 대한 브라운의 해석을 반박하는 수많은 글과 인터넷 게시글이 생산되었고, 전문가들은 레오나르도 다빈치가 그 유명한 〈최후의 만찬The last Supper〉을 그릴 때 예수의 오른편에 마리아를 그려 넣었다는 내용 등 이 책에서 설명하는 예술사에 의문을 제기했다. 2006년 영화 〈다빈치 코드The Da Vinci Code〉가 개봉했을 때 바티칸 대주교는 이 영화가 "중상모략과 모욕과 역사적·신학적 오류로 가득하다."는 이유로 불매 운동에 동참하라고 호소했다. 호주 성공회 등 기타 기독교 단체도 이 영화 내용의 신뢰성에 의문을 제기했지만 복음을 전파할 기회로 삼기도 했다.

『다빈치 코드』의 출판사는 이 모든 소란과 반박을 두 손 들어 환영했을 것이다. 덕분에 공짜로 엄청난 홍보 효과를 누렸기 때문이다. 논란만큼 판매 부수를 늘려 주는 요소도 없다.

빠르게 전개되는 보물찾기

『다빈치 코드』의 플롯은 간단히 말해 24시간이라는 제한된 시간 안에 보물을 찾아야 한다는 것이다. 가장 오래되고, 누구나 알아볼 수 있는 플롯인 탐험을 현대적으로 변형한 것인데, 호메로스의 〈오디세이아〉, 버니언의 〈천로역정〉 등 역사상 특히 찬사를 받는 이야기들도 탐험을 토대로 하고 있다. 더 최근의 예로는 J. R. R. 톨킨의 『반지의 제왕The Lord of the Rings』과 리처드 애덤스의 『워터십 다운Watership Down』이 있다. 이들 이야기에는 아주 머나먼 행로와 무엇으로도 대체할 수 없는 목표가 설정되며, 이 목표는 어떤 희생도 치를 만한 가치가 있는 것으로 그려진다. 이야기 속의 영웅에게는 목표를 달성하는 것이 세상에서 가장 중요한 일이 된다. 『다빈치 코드』에서는 그 목표가 성배이다.

9·11 테러가 있은 지 약 18개월이 지난 2003년에 출간된 이 책은 음모론과 종교적 극단주의에 대한 관심이 고조된 분위기와도 맞았을 것이다. 이 모든 요소를 한데 섞으면 베스트셀러 공식이 도출된다.

나쁜 글

흥행 요소는 모두 갖췄지만 『다빈치 코드』의 문장 수준이 낮다는 것은 간과하기 어렵다. 서사에는 서투른 문장, 진부한 표현, 딱딱한 대화문이 넘쳐 난다. 이 소설은 학교 연극 대본의 지문과도 같은 문장으로 시작한다. ("권위 있는 큐레이터 자크 소니에르는 그랜드 갤러리 박물관의 아치형 복도를 따라 비틀비틀 걸었다.") 그리고 그 뒤로 문장의 문학성이 더욱 급격히 떨어진다.

좋은 글만이 아니라 나쁜 글에서도 배울 점은 있다. 여기 브라운의 극도로 과장된 묘사를 살펴보자.

> 브쥐 파슈 국장은 성난 수소 같은 분위기를 풍겼다. 넓은 어깨는 뒤로 한껏 젖혔고 턱은 가슴에 파묻힐 정도로 당겼다. 검은 머리는 이마가 드러나도록 기름을 발라 뒤로 넘겼는데, 이 때문에 튀어나온 눈썹 사이를 화살처럼 가르는 V자형 이마선이 강조되었고 함선의 이물처럼 늘 돌출되어 있었다. 국장이 다가오자 어떤 상황에서든 눈을 깜빡이지 않는 냉정함으로 유명한 그의 명성을 예고하듯이 검은 눈에서 강렬한 불꽃이 그의 앞에 놓인 길을 활활 불태울 기세로 이글거리는 것 같았다.

세 문장을 쓰는 동안 파슈 국장은 수소가 되었다가, 함선이 되었다가, 불꽃이 되었다. 브라운의 화려한 어휘와 과장되고 터무니없는 비유에도 문제가 있다고 지적할 수 있지만, 내가 생각하는 핵심 교훈은 매우 간단하다. '적을수록 좋다.'

브라운의 대화문도 현실감이 떨어지는 경우가 잦다. 레이 티빙 경(부유한 역사가이자 성배 전문가로 후에 주요 악당으로 밝혀진다)의 "차와 풍미 넘치는 간식을 좀 드시죠."라는 말이 그런 예다. 『다빈치 코드』는 플롯 중심 소설이다. 그래서 인물 설정은 모호하고 진부하다. 서사의 속도와 장의 짧은 분량, 그리고 손에 땀을 쥐게 하는 클리프행어 때문에 이 소설을 도중에 덮지 않고 계속 읽은 사람에겐 이런 것들이 중요하지 않을 것이다. 내가 보기에 남자 주인공인 하버드대학교 기호학자 로버트 랭던 교수와 여자 주인공인 파리의 암호해독학자 소피 느뵈 모두 잘 설정된 완전한 인물들이다. 그런데도 그중 어느 한 명에게도 마음이 가지 않았다.

브라운의 글에는 결함이 많지만 그래도 『다빈치 코드』가 베스트셀러가 된 이유는 그가 사람들의 관심을 사로잡는 커다란 주제를 다뤘고 뇌를 자극하는 퍼즐, 흥미로운 정보, 보물찾기 등 다른 핵심 요소가 대중에게 매력적으로 느껴졌기 때문이다. 브라운의 문장은 장황하고 무겁지만 그는 확실히 스토리텔링 능력을 타고났다. 그의 글은 첫 페이지부터 독자의 시선을 꽉 붙드는데, 이것은 베스트셀러 소설의 핵심 재료 중 하나이다. 누구나 인정할 나머지 핵심 재료는 구체적으로 설정된 매력적인 인물, 사실적인 대화문, 생생한 세부 묘사, 신선한 이미지, 신중하게 고른 구체적이면서도 적절한 단어 등이다.

배울 점

· 시장의 동향을 고려하자.(브라운의 경우 뇌를 자극하는 퍼즐과 흥미로운 정보를 활용했다.)

· 큰 주제를 이야기의 핵심으로 삼자.

· 장을 짧게 쓰고 클리프행어로 마무리해서 독자가 계속 페이지를 넘기도록 하자.

· 장황한 문장, 진부한 표현, 평범한 묘사, 딱딱한 대화문을 피하자. 적을수록 좋다는 것을 명심하자.

빌 브라이슨

　　　　　　　　　　　　"나는 디모인 출신이다. 누군가
는 그래야만 했으니까."

　　빌 브라이슨(1951~)의 첫 베스트셀러『빌 브라이슨 발칙한 미
국 횡단기The Lost Continent: Travels in Small-Town America』(1989)의
첫 문장을 읽으면 얼굴에 저절로 미소가 떠오른다. 독자는 곧
장 이 여행기가 딱딱하지 않으리라는 것을 알 수 있다. 브라이
슨은 대화를 하듯이 글을 쓴다. 그래서 "정말이지, 솔직하게 말
해서…", "무슨 말인지 알겠지?" 등 마치 친구에게 이야기하는
듯한 표현이 자주 나온다.

　　브라이슨의 최고 히트작은『빌 브라이슨 발칙한 영국 산책 1Notes
from a Small Island』(1995)이다. 이 책은 BBC라디오 4채널 청취자
를 대상으로 실시한 설문에서 영국을 대표하는 책 1위를 차지
했다. 브라이슨은 언제나 여행길의 아주 친근한 동행자가 된다.

그가 여행을 하면서 보이는 반응이 충분히 이해되기 때문이다. 당혹스러울 때조차 호기심을 느끼고 안 좋은 일을 겪어도 자신의 운명을 고스란히 받아들이는 그의 태도에 우리는 공감한다. 그리고 브라이슨은 자신을 너무 대단하게 여기지 않는다. "그녀는 … 방에 있는 모든 남자에게 대놓고 관심을 보였다. 나만 빼고 말이다. 나는 개와 여호와의 증인을 제외한 모든 사람에게 투명인간이나 마찬가지다."(유럽 여행기인『빌 브라이슨 발칙한 유럽 산책Neither Here Nor There』(1991)에서) 브라이슨의 글에는 그 자신만큼이나 그가 만난 사람과 장소가 생생하게 담겨 있다.

빌 브라이슨은『빌 브라이슨 발칙한 영국 산책 1』을 낸 지 20년이 지난 뒤 다시 한 번 영국 전역을 여행한다. 그 결과물이『빌 브라이슨 발칙한 영국 산책 2The Road to Little Dribbling: More Notes from a Small Island』(2015)이다. 이 책에서 브라이슨은 조금 더 많이 투덜거린다. 쓰레기, 못생긴 집들, 교통 체증, 인터넷 등 많은 것들이 그의 신경을 거스른다. 그러나 그의 겸손하면서도 신랄한 유머 또한 그 어느 때보다도 돋보인다. 예를 들면 이런 것이다. "영국인의 가장 큰 장점 중 하나는 상대방이 애정을 보이는 한 기꺼이 놀림감이 되어 준다는 것이다. 내가 그러고 있다." 그는 유쾌하게 영국인을 웃음거리로 삼지만 책 전체를 지배하는 것은 무엇보다 영국과 영국인에 대한 애정이다.

자기비하 유머와 대화체 덕분에 브라이슨의 책은 읽기 쉽다. 내 추측일 뿐이지만(그래도 이 추측이 옳다는 데 돈도 걸 수 있다.) 이토록 읽기 쉬운 글을 내놓기 위해 그는 자신의 글에 코를 박은 채 샅샅이 훑어 나가면서 다시 쓰는 일을 수도 없이 반복했을 것이다. 이제 그가 사용하는 기법들을 살펴보자.

풍자

브라이슨의 장기는 풍자와 조롱이다. 그것이 그가 하는 일이다. 브라이슨이 다루는 소재는 집주인, 식당 메뉴, 도시정책 입안자, 쓰레기, 과도한 기업의 자유, 쇼핑, 광고, 호텔, 공항, 관료주의, 기차, 호프집, 1960년대 건축 양식 등등 다양하고 많다. 우리가 떠올릴 수 있는 거의 모든 것을 다룬다. 여기 브라이슨의 유머 감각이 잘 드러나는 글을 한 번 살펴보자.

> 영국 귀족에 대해: "어쨌거나 영국 귀족이 날이면 날마다 W. J. C. 스콧-벤티니크 같은 아주 희귀하고도 특출한 정신 이상자를 배출하는 것은 아니니까. 물론 공정하게 말하자면 그들이 노력을 안 하는 것은 아니다."
>
> 중국인에 대해: "나만 이상하다고 생각하는 걸까? … 3,000년이 넘는 유구한 역사를 지녔다는 사람들이 뜨개바늘 한 쌍으로 음식을 집어 먹는 건 좀 아니라는 사실을 아직도 깨닫지 못했다고?"
>
> 터키 음악에 대해: "마취 없이 포경 수술을 받는 남자를 상상해 보라. 그리고 배경 음악으로 시타르[1]가 미친 듯이 연주되고 있다. 이제 당신은 터키 대중음악이 어떤 것인지 어느 정도 감을 잡았으리라."

이것은 그저 웃음을 이끌어 내려고 하는 가벼운 조롱에 불과하다. 브라이슨이 진지해질 때는(예를 들어 건축가나 도시정책 입안자를 겨냥할 때) 냉소적인 위트로 무장한 가시채찍을 무자비하게 휘두른다.

과장과 창작

유머 감각이 뛰어난 작가는 대부분 과장을 즐기는데 브라이슨도 예외는 아니다. 그가 어느 날 저녁 식사 자리에서 과식을 한 장면을 묘사한 글을 보자. "내가 입은 셔츠의 단추가 튕겨 나갔다. 바지도 허리춤이 터져 나갔다. … 내 귀에서 음식이 새어 나오기 시작했다. … 그날 저녁 나는 레소토[2]의 국내 총생산량에 해당하는 양을 먹어 치웠다." 뉴욕에서는 이런 지적도 한다. "[이곳] 사람들이 캘커타로 가는 이유는 구걸하는 사람들에게서 벗어나기 위해서다." 때로는 과장이 아예 창작으로 이어지기도 한다. "마을 밖에는 이런 커다란 표지판이 걸려 있다. '디모인에 오신 것을 환영합니다. 죽음이 어떤 것인지 경험할 수 있는 곳입니다.'"

자기 아버지는 운전할 때마다 길을 잃는 재주가 있고 그럴 때마다 길을 가르쳐 줄 누군가를 찾아 나선다는 것을 웃음거리로 삼은 브라이슨의 글도 읽어 볼 만하다. 브라이슨의 아버지는 운전하고 나갔다가 아주아주 오랜 시간이 지난 뒤 돌아와서는 이렇게 말한다. "정말 재수가 없었다니까. 하필이면 그 작자가 틀니 수집가더라고. 지하실에 700개나 갖다 놓았더군. 그걸 보여 줄 사람이 생긴 것에 펄쩍펄쩍 뛰며 기뻐하는데 차마 거절할 수가 없었어." 물론 700개의 틀니를 언급한 부분은 완전히 만들어 낸 이야기겠지만 분명 자기 아버지가 할 법한 이야기를 쓴 것이리라.

미국에서의 삶을 저널리스트의 눈으로 쓴 글을 엮은 『빌 브라이슨 발칙한 미국학Notes from a Big Country』(1998)에서 그는 자기 아버지가 전기 카빙 나이프를 처음 사용하던 날 벌어진 일을 묘사한다.

> 내가 내 기억에 속고 있는 건지도 모르겠지만 아버지가 전기 카빙 나이프의 콘센트를 꽂기 전에 고글과 두꺼운 고무장갑을 끼던 모습이 기억에 또렷하게 남아 있다. … 칼날이 접시에 닿으면서 파란 불꽃이 사방으로 튀었고 카빙 나이프는 허공으로 날아올랐다. … 방 밖으로, 마치 영화 〈그렘린Gremlins〉에 나올 법한 괴물처럼 뛰쳐나갔다. 그 뒤로 그 기계를 다시 본 일은 결코 없다고 기억한다. 다만 때로는 밤늦게 카빙 나이프가 식탁 다리를 텅텅 치는 소리가 들리곤 했다.

그는 주유소 직원이 자동차 주유구에 노즐을 제대로 집어넣지 않아 휘발유가 차 옆면을 타고 줄줄 새도록 둔 채로 담배에 불을 붙이는 장면을 이렇게 묘사한다.

내 머리에는 그저 TV 뉴스 아나운서가 '오늘 웨스트 반스테이플에서는 주유소 화재로 아이오와주 출신 관광객이 체표면의 98퍼센트에 3도 화상을 입었습니다. 소방당국은 이 관광객이 그릴 위에 너무 오래 올려둔 토스트 조각 같았다고 전했습니다.'라고 보도하는 장면만이 맴돌았다.

아마도 주유구에서 실제로 휘발유가 새어 나오는 일이 있었고 애연가 주유소 직원도 실존 인물이었겠지만 뉴스 장면은 분명 노트북을 두드리는 브라이슨이 지어 낸 것이다.

워즈워스의 말마따나 시가 "평온 속에서 재구성된 정서"라면 아마도 유머러스한 글은 자신이 기억하는 사건을 한껏 부풀리고 꾸며 낸 이야기를 살짝 덧붙인 글이 아닐까?

아이러니

미국인들은 아이러니의 진가를 모르지만 브라이슨만큼은 확실히 아이러니를 좋아한다. 브라이슨은 가벼운 아이러니를 자주 사용한다.

내가 도착했을 때 그들은 쓰레기 축제를 벌이고 있었다. 시민들은 바쁜 일상에도 시간을 쪼개 과자 봉지, 빈 담뱃갑, 여행용 가방을 아주 볼품없고 버림받은 풍경에 보탰다. 그들은 덤불 속에서 사뿐사뿐 신나게 날아다니면서 도로와 하수구에 색과 질감을 더했다.

가끔은 아주 무거운 아이러니가 동원되기도 한다. "나는 발트하임 박사의 설명을 액면 그대로 받아들인다. 그의 말대로 그는 살로니카에서 소 운반용 트럭에 실린 4만 명의 유대인들이 명절을 맞아 해변으로 보내진다고 철석같이 믿었음이 분명하다.”

사실과 태도

브라이슨은 유머로 가득한 글 속에 사실, 수치, 유용한 정보 조각을 끼워 넣는다. 『빌 브라이슨 발칙한 영국 산책 1』을 읽다 보면 영국이 매년 철도 시설에 투자하는 비용이 인구 1인당으로 계산했을 때 프랑스, 독일, 벨기에에 비해 매우 낮다는 사실을 알게 된다. 그리고 “1945년과 1985년 사이에 150만 킬로미터에 달하는 생울타리가 영국에서 사라졌는데 이는 지구를 네 바퀴 돈 길이와 맞먹는다.”는 사실도 알게 된다.

브라이슨은 자신의 글에 본인의 경험과 생각을 많이 집어넣는다. 아이오와주에서의 성장기를 담은 『빌 브라이슨 발칙한 미국 산책The Life and Times of the Thunderbolt Kid』(2006)이 대표적인 예다. 빌 브라이슨의 글을 내가 특히 좋아하는 이유 중 하나는 (그리고 브라이슨이 영국 독자에게 특히 인기가 많은 이유이기도 할 것이다.) 그가 유독 약자의 편을 든다는 것이다. 『빌 브라이슨 발칙한 미국학』에서 그는 다트머스대학교 농구팀이 키가 2미터 10센티미터에 이르는 거인 크리스를 팀에 받아들였다는 점을 칭찬한다. 브라이슨은 크리스가 “뛰어난 인물이 되는 데 필요한 자질을 모두 지니고 있었다. 농구 재능만 빼고.”라고 설명한다. 이것만큼은 나도 공감할 수 있는 부분이다. 나는 동네 크리켓팀에서 수년간 선수로 뛰었다. 우리 팀에도 없어서는 안 될 선수가 있었다. 바질이라는 친구로 그도 세계에서 보기 드물게 크리켓 재능이 전무한 사람이었다. 우리는 토요일 오후마다 크리켓을 했는데 그가 없는 크리켓 경기는 상상할 수가 없었다.

지루한 것을 흥미롭게 만들기

브라이슨이 재미있는 여행기만 쓴 것은 아니다. 짧은 셰익스피어 전기도 썼고 영어에 관한 유용한 정보를 담은 재기발랄한『빌 브라이슨의 유쾌한 영어 수다Mother Tongue』(1990)도 썼다. 그중에서도 특히 눈길을 끄는 책은 단연 일반인을 위한 과학 입문서『거의 모든 것의 역사 A Short History of Nearly Everything』(2003)이다. 이 책은 200만 부 이상 팔렸다. 물리학, 화학, 생물학, 식물학, 기후학, 지질학의 기본적인 내용을 아주 명료하게 설명하면서도 간간이 유명 인사의 기벽과 소소한 일화를 언급해 재미를 더했다. 여러분은 알버트 아인슈타인이 대학 입학시험에서 떨어졌다는 사실을 알고 있었는지? 이 책을 쓰기 위해 얼마나 자료 조사를 열심히 했을지 상상조차 되지 않는다. 이 책은 최고의 과학 대중서에 수여하는 아벤티스상과 유럽연합 데카르트상 과학 커뮤니케이션 부문 최우수상을 수상했다. 브라이슨은 "학교에서는 과학을 재미있게 가르쳐 주지 않았어요."라고 회상하면서 "저는 … 보통 지루하다고들 여기는 주제를 가져다가 재미있게 만들기 위해 이런저런 시도를 하는 것이 즐겁습니다."라고 말했다.

『거의 모든 사생활의 역사At Home: A Short History of Private Life』(2010)는 지난 150여 년간에 걸친 사생활의 역사를 다룬 매력적인 개괄서이다. 이 책의 중심에는 브라이슨의 집(노퍽에 있으며 예전에는 목사관이었다고 한다.)이 있다. 이 집에 대한 브라이슨의 소개는 아주 친근하면서도 흥미롭다.『여름, 1927, 미국One Summer: America 1927』(2013)에서는 1927년 여름 미국에서 있었던 주요 사건을 프리즘 삼아 당시 미국인의 일상과 대중문화를 살펴본다.

글쓰기에 관한 조언

브라이슨이 초보 작가에게 하는 조언은 매우 단도직입적이고도 현실적이다.

가장 중요한 것은 일단 쓰는 것이다. 자신이 어떤 책을 쓸 것인지 말만 하고 정작 자리에 앉아서 그 책을 쓰지 않는 사람들은 널리고 널렸다. … 그리고 거절 당하는 걸 두려워하지 말자. 글이나 책이 거절당하는 이유는 가지각색이다. 자 신의 원고가 거절당했다고 해서 그것이 자신까지 거절당한 것이라고 생각하지 말자.

미국 아이오와주 디모인 출신인 빌 브라이슨은 영국의 보물이 되었다. 대영제국 명예 훈장을 받았고, 영국 학술원의 명예 회원이 되었으며, 더럼대학교 총장과 '캠페인 투 프로텍트 루럴 잉글랜드Campaign to Protect Rural England[3]'의 위원장을 지내기도 했다. 아주 대단한 이력이다. 그러나 이런 이력에서 핵심을 차지하는 단 한 가지는 그가 우리에게 웃음을 안겨 주는 책을 썼다는 점이다.

배울 점

· 자신의 경험을 최대한 활용하자.
· 상상력과 창작은 소설뿐 아니라 논픽션에서도 중요하다.
· 대화체, 즉 친구에게 말하듯이 글을 쓰는 것이 가독성을 높인다.
· 자기비하 유머, 풍자, 아이러니, 과장을 통해 독자를 웃게 만들자.
· 쉽게 써서 지루한 것을 흥미롭게 만들자. 유머를 더하면 더 좋다.

역자 주

[1] 기타 비슷한 남아시아 악기
[2] 아프리카 남부에 있는 왕국. 1966년 영국의 보호령에서 독립했다.
[3] 무분별한 도시 계획으로 도시 근교가 파괴되는 것에 반대하는 자선 단체

앤서니 버지스

앤서니 버지스(1917~1993)는 "사
람들이 나를 소설 쓰는 음악가로 생각해 줬으면 좋겠다. 부업
으로 작곡을 하는 소설가가 아니라."고 말한 적이 있다. 버지스
의 가장 큰 소망은 작곡가로서 인정받는 것이었다. 그 소망은
사후에『뉴 그로브 음악과 음악가 사전The New Grove Dictionary of
Music and Musicians』에 이름을 올림으로써 실현되었다.

버지스는 마흔이 다 돼서야 첫 장편 소설을 썼다. 그러나 일
단 쓰기 시작하자 쉬지 않고 썼다. 매우 왕성한 작품 활동으로
장편 소설 30권, 논픽션 25권, 자서전 2권을 내놓았다. 그는 비
평가로도 열심히 활동했고 존경받았다. 그 외에도 극작가, 시
나리오 작가, 수필가, 여행 작가, 번역가로도 활동했다. (작곡가
로서 내놓은 상당한 양의 음악 작품들은 논외로 하더라도) 그러나 이 모
든 창작물 중에서 가장 대표적인 작품은 디스토피아를 그린 장

편 소설『시계태엽 오렌지A Clockwork Orange』(1962)이다.

어떻게 시작하게 되었는가

존 앤서니 버지스 윌슨은 영국 맨체스터의 가톨릭 집안에서 태어났다.
그는 음악 공부를 하고 싶어서 맨체스터의 빅토리아대학교 음악학과
에 지원했지만 물리학 성적이 나빠 떨어지면서 영어영문학과에 진학
했다. 1942년에 영국 교육 군단에 입대했고 지브롤터에 배치되어 말
하기와 연극 강사로 복무했다. 그는 1946년 퇴역한 뒤에도 이 일을 계
속했다. 버지스는 밴버리초등학교에서 4년간 교사로 일하다 식민지
행정국에 교육 장교 및 교사로 지원한다. 1954년 말레이반도에 배치
된 그는 처음으로 창작을 할 시간적 여유가 생긴다. 이 시기의 결과물
이 그의 초기 장편 소설『호랑이를 위한 시간Time for a Tiger』(1956), 『담
요 속 적The Enemy in the Blanket』(1958), 『동쪽의 침대Beds in the East』(1959)
이다. 이 작품들은 말레이반도 3부작으로 알려졌고 훗날 3권을 하나
로 엮은『기나긴 하루가 저물다The Long Day Wanes』로 재출간되었다. 버
지스는 언제나 자신의 삶을 소설의 주요 소재로 삼았다.

그러다 1959년에 뇌암으로 살날이 1년밖에 남지 않았다는 판정을
받고서 집에만 틀어박혀 지냈다. 아시아에서 근무하면서 저축한 돈과
아내가 물려받은 유산 덕분에 경제적으로는 어느 정도 여유가 있었으
므로 그는 전업 작가가 되기로 결심한다. 몇 년 뒤『파리 리뷰』와의 인
터뷰에서 그는 당시를 이렇게 회상한다.

> 저는 스스로를 전문 작가로 변신시키는 작업에 몰두했어요. … 그것은 곧 직
> 업이나 소명을 충실히 수행해서 집세나 술값을 버는 것을 의미했죠. 지금도 여
> 전히 그런 의미고요. 저는 영감이나 창작의 열정을 불사르지 못한 괴로움 같은
> 신화를 들먹이는 사람은 아마추어라고 생각합니다. 전문가의 작업이라면 자기

절제가 필요합니다. 저에게는 그것이 주말을 포함해 매일 2,000단어 분량의 제대로 된 글을 쓰는 것을 뜻합니다. 매일 2,000단어를 쓰면 1년에 총 73만 단어를 쓰게 됩니다.

믿기지 않겠지만 이 '생애 마지막 해'에 그는 장편 소설 5권하고도 반 권을 썼다. "그냥 매일 열심히 일했을 뿐입니다."라고 그는 말했다. "매일매일 아주 열심히 일했죠. 그것도 하루 종일. 저녁 시간도 예외는 아니었습니다." 뇌암 판정은 잘못된 것으로 밝혀졌다. 버지스도 그럴 것이라고 의심은 했다. 그러나 자신에게 남겨진 시간을 최대한 활용하겠다는 결심으로 얻은 성실하게 일하는 습관은 평생 유지했다.

『시계태엽 오렌지』

버지스의 작품 중 가장 유명한 이 장편 소설은 몇 가지 소재에서 아이디어를 얻었다. 버지스의 아내 린은 제2차 세계대전 중 런던에서 등화관제가 실시된 어느 날 밤 미군 탈영병 네 명에게 폭행과 강간을 당한 적이 있다. 또 버지스는 지브롤터에서 공산주의 이념을 굳게 믿는 말하기 강사와 함께 복무한 바 있다. 아시아에서 근무 기간이 끝난 뒤 영국으로 돌아와서는 커피바, 팝음악, 10대 갱단 등 젊은이들의 문화에 충격을 받고 절망하기도 했다.

이 소설을 쓰게 된 직접적인 계기는 1961년에 레닌그라드를 방문한 경험이다. 그곳에서 버지스는 중앙집권 정부의 압제적 분위기를 느낄 수 있었다. 어느 날 밤 식당에서 저녁을 먹는데 아주 괴상하게 차려입은 10대 갱단이 식당 문을 쾅쾅 두드렸다. 버지스는 자신이 서구에서 온 방문자라 공격 대상이 된 것이라고 생각했다. 그러나 그가 식당 문을 나서자 그들은 옆으로 물러섰다. 버지스는 레닌그라드에서 돌아온 뒤 호브에서 『시계태엽 오렌지』를 썼다. 그는 이를 두고 "돈 때문에

3주 만에 쥐어 짜낸 기발한 작품"이라고 설명했다.

『시계태엽 오렌지』는 비행 청소년 알렉스의 1인칭 시점에서 펼쳐진다. 알렉스는 클래식 음악에 열광하고 폭력을 사랑한다. 친구 세 명과 함께 강간과 살인을 포함해 즉흥적으로 잔인한 행위를 저지르고 다닌다. 알렉스는 결국 붙잡히고 정부가 제공하는 루드비코 요법으로 치료를 받는다. 루드비코 요법은 폭력 행위에 혐오감을 느끼도록 만드는 심리 치유 프로그램이다. 이 치료로 그의 비정상적인 행동은 교정된 것처럼 보이지만 동시에 그는 클래식 음악을 즐길 능력도, 자유의지(선과 악을 구별하고 선택하는 능력)도 잃게 된다. 이런 면에서 이 소설은 정부가 두려움을 조장해서 통제하는 사회를 그린 조지 오웰의 『1984Nineteen Eighty-Four』와 정부가 약물을 공급해서 통제하는 사회를 그린 올더스 헉슬리의『멋진 신세계Brave New World』의 계보를 잇는다.

『시계태엽 오렌지』는 버지스의 작품 중에서도 가장 독창적이고 가장 널리 읽힌 소설이다. 그 이유 중 하나는 러시아어를 참조해서 만든 10대 은어 내드샛이다. 이 소설의 첫 단락에서 이 신어의 맛을 느낄 수 있다.

'자, 그럼 이제 어떻게 될까?' 나, 알렉스가 있었고, 내 드루그 세 명, 즉 피트, 조지, 딤이 있었다. 딤은 정말 흐리멍덩하게 있었고 우리는 코로바 밀크바에 앉아서 그날 저녁 뭘 할지 라소도크를 정하고 있었다. 건조하지만 미치도록 춥고 어두운 겨울 개새끼다운 저녁이었다. 코로바 밀크바는 우유-플러스를 파는 메스토다. 그리고 친애하는 동지여, 이 메스토가 어떤 분위기인지 잊었을 수도 있다. 요즘은 워낙 뭐든 스코리 변하곤 하니까. 그래서 모두들 돌아서면 잊곤 한다. 신문을 읽는 사람도 거의 없다.

여기서 버지스는 러시아어를 참조해 만든 새로운 단어 네 개를 어색하지 않게 끼워 넣는다. 독자들은 드루그(droog, 친구), 라소도크 (rassoodock, 마음), 메스토(mesto, 장소), 스코리(skorry, 재빨리)를 어렵지 않게 이해할 것이다.

개인의 자유의지를 제거해서 사회 문제를 해결하려는 정부를 부정적으로 그린 이 소설은 공산주의를 비판한 작품으로 여겨지기도 한다. 그러나 이 소설의 디스토피아에는 그에 못지않게 버지스가 질색한 영국 사회와 미국 사회의 요소(팝음악 등)도 투영되어 있다.

이 소설의 마지막 장에서 알렉스는 어른이 되고 초특급 폭력이 다소 시시하다는 것을 깨닫게 된다. 그도 아내를 맞이하고 '말렝키 구구거리는 막치키윅(malenky googoogooing makchickiwick, 옹알이를 하는 젖먹이 사내 아이)'을 키울 때가 온 것이다. 그러나 미국판에서는 이 마지막 장이 삭제되었고, 엄청난 논란을 불러일으킨 스탠리 큐브릭 감독의 1971년 영화는 이 미국판을 바탕으로 제작되었다. 버지스는 미국판에서 마지막 장을 삭제하는 것에 동의했다. 에이전트가 그 장을 유지하는 것을 주저한 데다 자신도 출판사의 말대로 "이 책을 출간한다는 것자체를 고마워해야 한다."고 생각했으며 돈을 벌고 싶었기 때문이다.

많은 비평가들은 이 마지막 장, 즉 21장이 김빠지는 결말이라고 평가했다. 그래서 미국판을 더 선호했으며 버지스도 그들의 견해가 맞을지도 모르겠다는 생각을 했다. 그러나 1985년 버지스는 이렇게 말한다.

나의 대표작, 내 유일한 대표작은 내가 번복할 준비가 된 작품이다. 이 소설은 섹스와 폭력을 미화하는 것처럼 보이는 영화의 원작 소설로 알려져 있다. 그 영화로 인해 독자는 이 소설이 진정으로 전달하려는 메시지가 무엇인지 오해하기 쉬워졌다. 그리고 그런 사실은 죽을 때까지 나를 괴롭힐 것이다.

미국판은 대학생들 사이에서 컬트 문화의 고전이 되었고 버지스는 큐브릭의 영화 덕분에 이 소설이 베스트셀러가 되었다는 점을 인정했다. "영화는 원작 소설의 판매에 도움이 됩니다. 그래서 반감과 고마움의 대상이 되죠. 스탠리 큐브릭 덕분에『시계태엽 오렌지』는 미국에서 100만 부 이상 팔렸습니다."

기타 작품

인도의 러디어드 키플링, 동남아시아의 조지프 콘래드와 서머싯 몸, 미얀마의 조지 오웰의 계보를 잇는 버지스의 야망은 '진정한 말레이반도 전문 소설가'가 되는 것이었다. 그는 말레이반도 3부작을 쓴 뒤 브루나이를 토대로 만들어 낸 상상의 나라에서 펼쳐지는『국가의 악마 Devil of a State』(1961)를 썼다. 버지스가 쓴 다른 소설 중에서 특히 주목할 만한 작품은 1963년에 시작한 엔더비 4부작 중 첫 작품인『엔더비 씨의 내면Inside Mr Enderby』(1963)과『지상의 권력Earthly Powers』(1980)이다.

『지상의 권력』은 맨부커상 후보에도 올랐으며 버지스의 최고작으로 꼽는 평론가도 많다. 『지상의 권력』은 블록버스터 소설을 패러디한 소설이다. 81세 노인(다소 약하기는 하지만, 서머싯 몸을 염두에 두고 만든 인물이라고 전해진다.)의 목소리로 20세기의 삶을 대서사극처럼 펼쳐 보인다. 맬컴 브래드버리에 따르면 이 소설은 "20세기의 문학사, 사회사, 윤리사에 관한 백과사전을 방불케 하는 정보를 풍부한 유머와 함께 정리했다."

평단의 호평을 받은 버지스의 회고록 2권,『작은 윌슨과 큰 신Little Wilson and Big God』(1987)과『당신도 시간을 충분히 누렸어You've Had Your Time』(1990)는 "버지스의 최고 소설, 최고 작품"으로 꼽히기도 한다. 이 회고록에서는 사실과 허구를 구별하기가 쉽지 않다. 실제 삶이 어디서 끝나고 예술이 어디서 시작되는지를 분석하기가 까다롭다. 이들

회고록에 등장하는 사람들(전직 교사, 군대 동기) 중 일부는 버지스가 허구적 상상력을 더해 꾸몄다.

그는 제임스 조이스, 윌리엄 셰익스피어, 어니스트 헤밍웨이, D. H. 로렌스에 대한 중요한 논문도 썼다. 마지막으로(그렇다고 덜 중요한 것은 아니다.) 버지스는 아주 뛰어난, 존경받는 문학 기자였다. 『가디언』과 『옵서버』에 400편이 넘는 서평과 기타 문화 관련 기사를 기고했고 『요크셔 포스트』에 2년간 350편이 넘는 장편 소설의 서평을 실었다.

특이한 작업 방식

30년 넘게 버지스는 매일 2,000단어를 썼다. 그는 평생 되도록 많은 단어를 종이에 옮겨 써야만 한다는 생각으로 글을 썼다. 시간을 낭비하고 싶지 않았던 것이다. 버지스는 종종 한 번에 두 작품 이상을 동시에 작업했고 저녁에는 작곡을 하는 것으로 휴식을 취했다.

말레이반도에서 근무할 때 그는 일을 끝낸 오후에 글을 쓰는 습관을 들였다. 전업 작가로 활동하면서는 오후뿐 아니라 오전에도 글을 썼다. 오전에 더 정신이 맑다고 믿었지만 오후에는 몸이 지치면서 무의식이 지배할 수 있다고 생각했다.

문학 평론가로서의 버지스는 원고를 빨리 쓰고 마감을 칼같이 지키는 것으로 유명했다. 그는 『파리 리뷰』와의 인터뷰에서 "저널리스트로서의 올바른 태도는 창작에서의 자기 절제로 이어진다."고 밝혔다. "일종의 위기감을 가지고 장편 소설을 대하는 것이 중요하다. 너무 오래 붙들고 있으면, 혹은 작업 일정에 큰 공백이 생기면 작품의 일관성이 떨어지게 된다."

그는 매번 새 소설을 시작할 때면 예비 작업은 거의 하지 않고 시놉시스와 인물의 이름 목록 정도만을 정리해 두었다. 과도한 예비 작업은 창의성에 치명적이라고 생각했다. 글쓰기에서는 자신의 무의식과 글쓰기 행위 자체가 필수 소품이라고 믿은 것이다. 그는 글로 옮기기 전에 장면을 먼저 머릿속에서 쫙 펼치기를 좋아했다. 그러면서 자신의 머릿속에서 모든 것이 벌어지는 것을 보고 대화의 일부를 들었다.

버지스의 글쓰기 작업은 한 페이지를 완벽하게 만족할 정도로 완성한 후에 다음 페이지로 넘어가는 식으로 진행된다. 그는 글을 쓰면서 동시에 교정을 보고 수정을 했다. "저는 초안을 쓰지 않아요."라고 그는 말했다. "저는 한 페이지를 여러 번, 아주 여러 번 다시 쓴 다음에 다음 페이지로 넘어갑니다. 한 페이지씩 쌓아 나가는데, 각 페이지는 이미 완성된 상태이죠. 다 쌓아서 장편 소설 분량이 되면 적어도 제 기준에서는 더 이상 수정이 필요 없는 원고가 마련된 겁니다."

버지스는 서평을 많이 썼다. "자신이 전혀 모른다고 생각하거나 관심이 없는 주제를 다루는 책의 서평을 쓰는 것은 작가에게 도움이 됩니다."라고 그는 말했다.

> 『컨트리 라이프』 같은 잡지에 서평을 쓰는 일은 … 훌륭하고도 이질적인 책 꾸러미를 받아서 읽는 것을 의미합니다. 그러면 종종 자신의 창작에도 활용할 수 있는 분야를 만나게 됩니다. 인류학에 관한 레비스트로스의 짧은 강의록(아무도 서평을 쓰고 싶어 하지 않는 책)의 서평을 쓴 덕분에 소설『MF』를 집필하게 되었어요. 헛간 관리, 자수, 자동차 엔진에 관한 책의 서평도 썼습니다. 모두 아주 유용하고 현실적인 주제들이었죠. 장편 소설을 채우는 내용들처럼요.

배울 점

· 규칙적인 글쓰기 일정을 마련하자. 매일 일정 분량을 쓰는 것이 가장 이상적이다.
· 자신이 전혀 모르는 주제에 관한 책을 읽으면 글을 쓸 때 활용할 수 있는 새로운 관심 분야를 발견할 수 있다.

· 위기의식을 가지고 글을 쓰면 글의 일관성을 유지하는 데 도움이 된다.

· 예비 작업에 과도한 노력을 들이지 말자.

존 르 카레

"내가 읽은 스파이 소설 중 최고 다." 그레이엄 그린이 『추운 나라에서 돌아온 스파이The Spy Who Came in from the Cold』를 두고 한 말이다. 1963년에 발표된 이 소설은 세계적인 베스트셀러가 되었고 존 르 카레(1931~)의 이름을 널리 알렸다. 충성과 배신을 주제로 한, 손에 땀을 쥐게 하는 이야기로 20세기 최고 소설 중 하나로 꼽힌다.

존 르 카레(본명은 데이비드 콘웰)는 스파이 장르를 초월하는 소설을 쓴다. 그래서 그의 소설은 단순히 흥미진진한 이야기에 머물지 않는다. 도덕적인 주제, 애국심의 모호함, 첩보 작전, 수단 대 목적, 개인과 국가 간의 충돌 등을 광범위하게 다룬다. 심리적인 깊이가 있으며 선인과 악인을 쉽게 구별할 수 없다.

창조한 인물

『추운 나라에서 돌아온 스파이』의 주인공은 번아웃 증후군에 시달리는 영국 첩보 요원 알렉 리머스이다. 그가 어느 날 공항 출국 라운지의 바에 앉아 있는 르 카레에게 다가온다.

> 마흔 정도 돼 보이는 영국인이 오랜 여행에 지쳐 핏기 없는 얼굴을 하고서는 내 옆에 나타나 스카치위스키를 큰 잔에 얼음 없이 달라고 주문했다. 얼룩덜룩한 베이지색 레인코트, 군데군데 닳은 스웨이드 구두, 구릿빛으로 그을린 세월이 묻어나는 얼굴, 금방이라도 쓰러질 듯 피곤해 보이는 켈트계 검은 눈동자…. 그는 레인코트 주머니에 손을 넣어 뒤지더니 카운터에 잔돈을 잔뜩 늘어놓았다. "이거 받으시오."라며 마치 바텐더에게 시비를 걸듯 소리쳤다. 동전은 유럽의 각기 다른 대여섯 국가의 동전이었다. … 바텐더는 잠시 말다툼을 벌일 듯한 기세를 보였지만 곧 마음을 바꾼 듯했다. 내 생각에도 그게 현명했다. 바텐더는 조용히 동전을 분류하기 시작했다. … 분류가 끝났을 무렵 내 동석인은 스카치위스키를 두세 번 만에 다 털어 넣고는 아무 말 없이 휙 돌아서서 가 버렸다. 거스름돈은 그대로 두고 갔다. 진실은 결코 알 수 없겠지만 그는 운이 바닥 나 버린, 피곤에 전 단순히 출장 중인 영업맨이었을 수도 있다. 그러나 내게는 그가 바로 알렉 리머스였다.

르 카레가 창조한 인물 중 가장 유명한 조지 스마일리는 데뷔작 『죽은 자에게 걸려 온 전화Call for the Dead』(1961)에 처음 등장했다. 『팅커, 테일러, 솔저, 스파이Tinker Tailor Soldier Spy』(1974) 등 몇몇 소설에서는 주요 인물로 등장했고 그 외에도 단역으로 등장하기도 한다. 비싸지만 잘 맞지 않는 옷을 입고 다니는, 키가 작고 뚱뚱한 조지 스마일리는 대중들이 떠올리는 스파이의 이미지와는 동떨어진 인물이다. 거기에 신중하고 온화한 성격에 두꺼운 안경을 꼈다. 그리고 넥타이 끝의 두꺼운 부분으로 안경을 닦는 습관이 있다. 조지 스마일리는 "작고, 통통하고, 아무리 잘 봐줘도 중년 아저씨 같은 겉모습 때문에 땅을 물려받지 못한 런던의 소시민 중 한 명처럼 보였다."

1990년대에 르 카레는 한때 MI5¹에서 자신의 상사였던 클랜모리스 경과, 특히 셔번학교(도싯의 공립학교)에서 사제로 일했고 이후에 옥스퍼드대학교 링컨칼리지에서 자신을 지도한 비비안 그린 목사가 스마일리라는 인물을 창조할 때 영감을 제공했다고 밝혔다. 르 카레는 스마일리에게 그린의 근시, 차분한 성향, 그리고 "모래 속 새우처럼 군중 속에 녹아드는 재주 … 뛰어난 관찰력과 기억력 … 지적·정신적 강인함"을 부여했다.

르 카레의 스파이 소설에 나오는 인물들은 전형적인 영웅과는 거리가 멀다. 희망은 짓밟혔고 모순된 감정에 시달린다. 자신이 하는 일이 도덕적으로 모호한 경계에 놓여 있다는 사실도 인지하고 있다. 그들은 제임스 본드의 화려하고 비도덕적인 생활 방식 및 멋진 장비와는 동떨어진 세계에 속해 있다. 그들이 저지르는 폭력적인 행위라고는 플롯을 전개하는 데 필요한 것이 전부이고 그들이 처한 갈등은 물리적이기보다는 심리적이다.

독자의 귀를 사로잡아라

르 카레는 "가장 먼저 해야 할 일은 독자의 귀를 사로잡아서 그 자리에 앉아 당신의 이야기에 귀 기울이도록 만드는 것이라고 생각합니다."고 말한다. 『콘스탄트 가드너The Constant Gardner』(2001)의 첫 두어 문장이 이를 잘 보여 준다. "월요일 오전 9시 30분에 그 소식은 나이로비주재 영국 고등위원회를 강타했다. 샌디 우드로에게는 그 소식이 총알처럼 박혔다." 이를 읽은 독자는 바로 궁금해진다. 무슨 소식? 샌디 우드로는 누구지? 왜 이 소식이 그렇게 치명적이었을까? 독자는 답이 궁금해서라도 계속 읽을 수밖에 없다. "우리는 누구나 가장 높은 수준의 즐거움을 찾고 있다."고 르 카레는 말한다.

사람들은 대부분 음모와 스파이에 관해 읽고 싶어 합니다. 저는 평범한 독자의 일상에 상징을 제공하길 원합니다. 우리는 대부분 미미하나마 고용주와 음모론적인 관계를 맺고 있고 결혼 생활에서도 그럴 가능성이 있죠.

그는 소설을 쓰기 전에 플롯을 짜지 않는다. 인물만 설정한 다음 "인물이 나머지 일을 하도록 내버려 둔다." 그가 아직 MI6[2]에서 근무하고 있을 때 쓴 『추운 나라에서 돌아온 스파이』는 놀랍게도 완성하는 데 단 6주가 걸렸다. 그는 주로 콘월에서 살았고 바다가 내려다보이는 수도원풍의 작은 창문이 달린 서재에서 작업했다. 자신의 자서전 『비둘기 터널The Pigeon Tunnel: Stories from My Life』(2016)에서 그는 "나는 길 위에서 글을 쓰는 것을 좋아한다. 산책 중에 또는 기차나 카페에서 노트에 쓴 다음 집으로 서둘러 돌아와 전리품을 정리한다." 그는 손으로 글을 썼다. "나는 기계화되지 않은, 수세기에 걸친 전통을 따르는 편을 선호한다. 내 안에 있는 한물간 그래픽 아티스트는 글자를 그리는 것을 즐긴다."

그는 종종 종잇조각에 텍스트의 일부를 휘갈겨 썼다. 그러면 아내 제인이 이를 타자로 쳤다. 그는 이렇게 나온 원고를 한 줄씩 자른 뒤 다시 배열해서 새 종이에 붙였다. 그런 다음 손으로 수정하고 보충했다. 그의 아내는 이것을 다시 정리해서 타자를 치고, 그는 다시 출력된 원고를 일일이 분해해 거미줄처럼 연결하고 교정했다. 이런 과정을 여러 번 반복했다. 보통 대여섯 개의 원고본이 만들어졌고 그보다 더 많이 만들 때도 있었다. 자신이 만족할 때까지 원고를 고쳤고 마음에 안 드는 부분이 있으면 그것이 수십 페이지에 이른다 해도 미련 없이 빼 버렸다. 그는 자료 조사를 직접 하는 것을 자랑으로 여겼다. 예를 들어『미션 송The Mission Song』(2008)을 쓸 때는 르완다와 콩고를 방문했다.

어린 시절의 소외감

르 카레는 모든 작가들이 소외감을 느낀 적이 있다고 여겼다. "우리들 대부분은 어떻게든 소외되었던 어린 시절로 돌아간다. 적어도 나는 그렇다. … 어린 시절이 매우 불행했던 사람들은 자신을 꾸미는 재주가 있다. 당신을 위해 당신을 꾸며 주는 사람이 아무도 없다면, 남들을 위해 자신을 스스로 꾸밀 수밖에 없다. 우리는 서로에게 매일 거짓말을 한다. 아주 상냥한 방식으로, 대개는 무의식중에. 우리는 다른 사람 눈을 의식해서 차려입고 자세를 고친다."

　그는 고립에 대한, 더 나아가 아마도 비밀스러운 삶에 대한 자신의 갈망은 메이페어에서 떳떳하지 못한 사업을 한 아버지에서 비롯되었다고 말했다. 그의 아버지는 여러 회사를 등록해 그 회사들 사이에서 거래와 돈이 오가는 것처럼 속였다. 르 카레의 말을 빌리면 그의 아버지는 "교활하고, 강하고, 카리스마 넘치고, 영리하고, 믿지 못할 사람"이었다. 그가 기숙학교에 다닐 때 어느 주말 갑자기 아버지가 데리러 오지 않았다. 감옥에 간 것이다. 전기 작가 린다이앤 빈은 르 카레의 아버지가 "교육을 거의 받지 못했지만 매력이 넘치고 사치스러운 취향을 지닌 데다가 도덕성이 결핍된 전형적인 사기의 대가였다."고 전한다. 르 카레의 아버지는 르 카레의 소설에 다양한 모습으로 변형되어 등장한다. 특히 작가의 자전적인 스파이 소설『완벽한 스파이A Perfect Spy』(1986)에 주로 많이 투영되어 있다. 르 카레는 이 책이 "아마도 아주 현명한 심리치료사가 처방했을 법한 작업"이었다고 말했다.

스파이 세계의 구조

르 카레가 그리는 스파이 세계는 비참하거나 볼품없다. 케임브리지 서커스에 있는 MI6의 본부는 낡았고, 마치 토끼 굴 같다. 본부에서의 일상에 대한 묘사는 큰 조직에서 일하는 사람에게는 익숙한 자질구레한 사무 절차와 규칙에 집중되어 있다. 기록 서류, 파일 분류법, 출석부, 재정 통제, 출장 승인, 정기회의, 상사와 그의 직속 고위관리팀이 지내는 꼭대기 층으로 이루어진 세계다. 화려함이라고는 찾아볼 수 없지만 여전히 음모와 경쟁 구도는 충분히 존재한다.

『팅커, 테일러, 솔저, 스파이』에서는 (컨트롤의 죽음으로 인해) 지도부가 교체되고 조직의 구조 자체가 바뀐다. 지리적 구획은 폐기되고 '수평주의'가 도입된다. 이 소설과 후속작인『오너러블 스쿨보이The Honourable Schoolboy』(1977), 『스마일리의 사람들Smiley's People』(1979)에서 르 카레는 첩보 활동의 기술적인 측면을 설명하기 위해 완전히 새로운 용어를 만들어 낸다. '머리가죽 사냥꾼'은 암살, 공갈, 절도, 납치를 담당한다. 반면 '점등원'은 감시와 운반을 담당한다. '수학 우등생'은 무선신호 분석과 암호 해독을, '흰 담비'는 숨겨진 마이크와 카메라 탐지 및 제거, '거리의 예술가'는 잠복 및 미행 전문가다. '너트와 볼트'는 스파이 장비 개발 및 제작을 맡은 기술자를, '구두 수선공'은 위조 여권 등을 만드는 기술자다. '가정부'는 본부의 내부 감사와 재정 관리를 맡으며 '엄마'는 고위 요원들을 보조하는 비서 겸 신뢰받는 타이피스트이고, '잡역부'는 본부의 행정 직원, '베이비시터'는 경비다. '조사관'은 첩보 요원이 임무를 마치고 본부로 복귀하면 보고 업무를 진행하며 배신자를 처리한다. 이들 중 일부 용어는 첩보 기관의 용어로 편입되어 실제로 사용되고 있다.

최근의 작품들

르 카레는 냉전 시대를 배경으로 한 스파이 소설로 명성을 얻었지만 최근에 발표한 소설 24편은 현재의 문제와 쟁점을 다룬다. 『모스트 원티드 맨A Most Wanted Man』(2008)은 테러와의 전쟁, 불법 이민과 테러 용의자 제3국 이송 프로그램을 다루고, 『우리들의 반역자Our Kind of Traitor』(2010)는 1990년대 마약 자금을 세탁해 수백만 달러를 벌어들인, 소설보다 더 소설 같은 러시아 마피아 보스의 이야기다. 두 소설 모두 서구 민주주의의 불완전한 측면을 강조하면서 서구 사회의 우월성에 의문을 제기한다. 르 카레의 냉전 소설이 소비에트 연방이 영국에 가하는 위협을 주제로 한다면, 『우리들의 반역자』는 러시아의 자본주의가 영국에 가하는 위협을 주제로 한다는 점에서 아이러니를 아주잘 활용했다고 볼 수 있다. 『민감한 진실A Delicate Truth』(2013)은 지브롤터에서 실행된 영국·미국의 합동 스파이 작전을 다루는데 르 카레는 이 소설이 자신의 소설을 통틀어 가장 영국적이라고 말한 바 있다. 또한 이 소설에는 매우 중요한 자전적인 요소가 들어 있다. 이 소설 속에 등장하는 인물 두 명은 르 카레 본인을 모델로 삼았다. 토비 벨은 야망이 넘치는 30대 영국 외교관이고 크리스토퍼 프로빈 경은 콘월에 사는 은퇴한 외교부 공무원이다.

존 르 카레는 2011년 맨부커 국제상 후보 13명 중 한 명으로 지목되었다. (그는 작가들이 서로의 작품을 평가하는 것이 마음에 들지 않는다면서 후보에서 사퇴했다.) 그의 소설은 서사의 힘이 돋보이며, 문체는 직설적이고 꾸밈이 없다. 사실적이고 구체적인 묘사, 톡톡 튀는 대화, 플롯의 정교함이 돋보인다. 그의 작품은 인물 설정이 기본을 이루는데, 무엇보다 사실적이면서도 섬세한 인물들은 우리가 그를 이 시대 최고의 작가로 내세우는 이유다.

· 첫 문장으로 독자의 시선을 사로잡아라.

· 계속 고치자. 마음에 들 때까지 원고를 몇 번이고 다시 쓰자.

· 사실적이고 심리학적으로 완성된 인물을 만들고 그 인물이 이야기를 펼치도록 하자.

· 자신이 이제까지 만난 기이하거나 특이한 인물을 소설 속 인물의 토대로 삼을 수 있
  을지 고민해 보자.

· 사실적이고 구체적인 묘사(이를테면 사무실에서 일해 본 사람이라면 누구나 익숙한
  MI6의 볼품없는 사무실, 자질구레한 관료주의적 절차 등)는 이야기에 진실성을 부여
  한다.

역자 주

[1] 영국의 국내 정보를 담당하는 보안정보국(SS, Security Service)을 가리키며, 해외 정보를 담
당하는 비밀정보국(SIS 또는 MI6), 국내외 통신과 전기 신호를 감시해 정보를 수집하는 정보
통신본부(GCHQ)와 함께 영국 3대 정보기관으로 꼽힌다.
[2] 정식 명칭은 SIS(Secret Intelligence Service)이며 미국의 중앙정보국(CIA)에 해당하는 영국
의 해외 정보 전담 안보기구이다.

루이스 캐럴

"이상하고도 이상하네!" 루이스 캐럴(1832~1898)이 활동하던 빅토리아 시대의 독자들만큼이나 우리도 이 구절에 익숙하다.

『이상한 나라의 앨리스Alice's Adventures in Wonderland』는 오랜 세월 동안 검증된 단어와 구절(말장난, 유머, 넌센스 시[1])로 가득하다. 지금도 캐럴의 말장난은 "현명한 물고기라면 무조건 쥐돌고래와 함께 길을 나서지."와 "우리는 그를 거북이라고 불렀어. 우리를 가르쳤으니까." 같은 문장으로 우리에게 웃음을 신사한다.

1862년 7월 4일 루이스 캐럴(옥스퍼드대학교 크라이스트처치칼리지 수학 교수 찰스 럿위지 도지슨)은 친구와 함께 헨리 리델(크라이스트처치칼리지 학장)의 세 딸을 데리고 템스강으로 보트 나들이를 갔다. 고드스토에 잠시 머물면서 피크닉을 했고 캐럴은 여자아이들에게 '앨리스의 지하 세계 모험Alice's Adventures Under

Ground'(『이상한 나라의 앨리스』의 원제목) 이야기를 들려주며 즐거운 시간을 보냈다.

그 자리에서 즉흥적으로 꾸며 낸 동화였고 책으로 낼 생각은 없었다. 후에 그가 이 이야기를 글로 쓴 것은(그리고 그림도 직접 그렸다) 오직 단 한 사람, 엘리스 리델을 위해서였다. 이 이야기는 총 1만 5,500자로 이루어져 있었지만 책으로 내기로 결정하면서 2만 7,500자로 늘렸다. 특히 체셔 고양이와 미친 티파티(개인적으로는 가장 기억에 남는 이야기 중 두 개라고 생각한다)에 관한 장을 더했다. 그는 또한 전문 일러스트레이터를 고용해야겠다는 데 생각이 미친다.

꾸준한 인기의 비결

『이상한 나라의 앨리스』는 1865년에 출간되자마자 엄청나게 인기를 끌었다. 빅토리아 여왕과 젊은 오스카 와일드가 최초 독자이자 열혈 독자들 중에 포함되어 있었다. 넌센스 시들은 빅토리아 시대의 유명한 시들을 패러디한 것이었으므로 왜 이 책이 빅토리아 시대의 대중, 어린이와 어른 모두에게 큰 사랑을 받았는지 금방 이해가 된다. 텍스트와 밀접하게 결합된『펀치』의 정치 풍자화가 존 테니얼이 그린 인상적인 일러스트도 사랑을 받았다. 그러나 오늘날 캐럴이『이상한 나라의 앨리스』에서 풍자한 빅토리아 시대의 원작품에 대해 아는 독자는 거의 없다. 그런데도 어떻게 150년이 지난 지금까지 사람들은『이상한 나라의 앨리스』를 읽고 즐기는 것일까?

체셔 고양이가 이 질문에 대한 답을 했는지도 모르겠다. 체셔 고양이는 앨리스에게 이렇게 말한다. "여기 있는 우리 모두 미쳤어." 시시때때로 미친 것처럼 보이는 세상에 대해 우리는 공감하기 쉽다. "미쳐야만 여기서 일할 수 있는 것은 아니지만 도움은 됩니다." 이것은 오늘날 많은 직장의 탕비실 벽에 붙어 있는 글이다. 터무니없는 사람과 생물이 살고, 비논리성이 통하고 말도 안 되는 일이 벌어지는 '이상한 나라'라는 초현실적인 세상은 우리에게도 공감을 불러일으킨다. 현대 삶의 부조리를 투영할 수 있기 때문이다. 1950년대의 라디오 프로그램 〈군 쇼The Goon Show〉와 TV 프로그램 〈몬티 파이튼 비행 서커스Monty Python's Flying Circus〉(1969~1974) 같은 20세기 초현실주의 유머의 예들은 루이스 캐럴이 창조한 정신 나간 세상에서 그 기원을 찾을 수 있다.

우리에게 현대 사회에 대한 무언가를 이야기해 주는 초현실주의 유머는 『이상한 나라의 앨리스』의 꾸준한 인기를 설명하는 데 도움이 된다. 그러나 루이스 캐럴의 대작은 다른 뛰어난 요소도 지니고 있는데, 판타지, 향수, 말장난, 풍자, 비논리, 위트를 독창적으로 결합한 것이다. 이 모든 것을 간결하고 순진한 캐럴의 서술이 하나로 엮어 낸다.

의미 없는 시

테니얼의 일러스트처럼 의미 없는 시들은 『이상한 나라의 앨리스』와 후속편 『거울 나라의 앨리스Through the Looking-Glass, and What Alice Found There』(1871)에서 핵심적인 역할을 했다. 캐럴 본인도 기발한 말장난을 개발했지만 그 외에도 여러 다양한 구문 형태를 자유자재로 다루는 재주가 있다는 것을 알 수 있다. 강렬한 첫 문장 "Twas brillig and the slithy toves // 지금녘 유끈한 토브들이"로 시작하는 '재버워키Jabberwocky'(워즈워스풍의 시를 패러디했다)는 영어로 쓰인 넌센스 시 중에서 최고로 꼽히며 '바다코끼리와 목수The Walrus and the Carpenter' 또한 고전으로 꼽힌다. 만약 (나를 포함한 대다수의 사람들처럼) 여러분이 아이와 같은 유머 감각을 지니고 있다면 미친 모자 장수의 노래에 빙그레 웃게 될 것이다.

Twinkle, twinkle, little bat! // 반짝반짝 작은 박쥐!

How I wonder what you're at! // 네가 어디 있는지 궁금하지!

Up above the world you fly, // 날아서 저 세상 너머 높이

Like a tea-tray in the sky. // 하늘에 떠 있는 차 쟁반같이

이것은 옛날부터 학생들이 좋아한 '양치기들이 밤에 양말을 빨면 서…'로 시작하는 수많은 어린이용 패러디의 선조 격이다.

캐럴은 에드워드 리어와 함께 어린이를 위한 넌센스 시를 만드는 전통을 시작했고 이 전통은 지금까지도 꾸준히, 활발하게 계승되고 있다. 캐럴과 리어는 뛰어난 언어 감각으로 오래된 문학 표현의 상당 수를 대중화했다. 넌센스 시는 동화, 희곡, 운문, 노래, 놀이 등 조상 대대로 내려온 전통에서 기원한다. 또한 계관 시인, 학자, 교수들의 지적인 어리석음에서 영감을 얻기도 한다.

판타지와는 달리 (판타지에서는 어느 정도 이해 가능한 논리적인 설명을 동반하는 초현실적인 현상을 다룬다.) 넌센스 시는 논리 체계가 아예 없다. 『이상한 나라의 앨리스』에서 캐럴의 시구에 담긴 규칙적인 운율은 의미의 비논리성과 완벽한 대칭을 이룬다.

"모든 것에는 교훈이 있단다. 네가 발견하기만 한다면 말이야."라고 공작부인은 앨리스에게 말한다. 아마도 모든 것에서 의미를 찾고자 하는 인간의 욕망(의미가 전혀 없는데도)이 넌센스 문학의 꾸준한 인기를 설명할지도 모르겠다.

캐릭터의 모델은 실존 인물

앨리스는 밝고, 관찰력이 뛰어나고, 사리분별을 할 줄 아는 아이다. 그리고 호기심과 질문이 엄청나게 많다. 이런 특징은 어린 앨리스 리 델을 모델로 삼아 부여한 것이다. (그러나 일러스트레이터 테니얼은 앨리스 리델을 그리지 않았다. 앨리스 리델은 머리가 검고 앞머리가 있었다.) 앨리스가 어리석은 행동이나 말을 할 때는 멍청해서가 아니라 자신이 만나는 사람과 생물이 생활하는 방식이 낯설고 익숙하지 않아서다. 그래도 어쨌든 그런 행동이나 말 때문에 곤란한 처지에 빠진다. 앨리스는 빅토리아 시대의 전형적인 '소녀는 얌전하고 소극적이다.'라는 이미지를 깼다. 앨리스는 삶의 의미를 발견하는 데 관심이 있으며 지적 호기심이 성별에 의해 제한되지 않는다는 것을 보여 준다.

흰토끼, 3월 토끼, 미친 모자 장수, 도도새, 물담배 피는 애벌레, 씩 웃는 체셔 고양이, 모조 거북, 트위들덤과 트위들디는 가장 인상적인 캐릭터다. 그중 일부는 실존 인물을 모델로 삼고 있다. 도도새는 캐럴 자신을 본 따 만들었다. 캐럴은 말을 더듬곤 했다고 알려져 있으며 아마도 도지슨이라는 이름을 발음할 때 '도… 도…'로 시작했을 것이다. '눈물 웅덩이The Pool of Tears'(『이상한 나라의 앨리스』 2장)에는 오리, 앵무새, 어린 독수리가 등장한다. 이들은 각각 더크워스 목사, 그리고 고드스토에 함께 보트 나들이를 갔던 로리나 리델과 이디스 리델을 염두에 두고 만들었다. 하트 여왕("고개를 들고, 예쁘게 말하고, 손가락을 꼼지락거리지 말거라."라고 앨리스한테 지시한다)은 리델가의 가정 교사 프리킷 양을 모델로 했다. 캐럴은 『이상한 나라의 앨리스』가 연극으로 각색되어 무대에 오를 때 하트 여왕 캐릭터는 "예의 바르고 엄격하고 규칙을 중시하지만 따뜻한 마음이 없지는 않아야 한다."고 설명했다. 가짜 거북의 학교 수업에는 '비틀기와 몸부림치기' 과정이 포함되어 있으며, '늙은 붕장어'가 '질질 끌기, 몸 펴기, 몸 돌돌 말아 기절하기'를 가르친다. 늙은 붕장어는 리델가 자매에게 스케치·유화 등 그림 그리기를 가르친 러스킨을 모델로 삼았다.

주제와 영향

캐럴은 어린 독자에게 전통적인 사고방식에 의문을 제기하도록 격려한다. 빅토리아 시대의 사람들이 어린이를 대하는 엄숙하고, 때로는 위선적인 태도를 암묵적으로 비판하기도 했다. 『이상한 나라의 앨리스』의 핵심 줄거리는 주인공이 우연히 발견한 새롭고도 낯선 세계의 터무니없는 생활 방식과 규칙에 적응하려고 애쓰는 과정이다. '이상한 나라'는 아이의 시선으로 바라보면 특이한 규칙을 지키고 기이하게 행동하는 어른의 세계를 상징적으로 표현한 것이다.

캐럴은 정치 지도자의 캐리커처를 곧잘 실었던 유머 잡지 『펀치』의 열혈 독자였다. 그는 마음에 드는 그림이나 글이 있으면 별도로 스크랩했다. 코커스 경주는 정당 간 경쟁을 패러디한 것으로 보인다.

또한 위선과 영어의 부정확한 사용도 캐럴에겐 풍자의 대상이었다. 예를 들어 보자.

> "그녀는 일반적으로 스스로에게 아주 좋은 조언을 했다. (다만 그 조언을 따르는 일은 거의 없었다.)"

> "내가 단어를 쓸 때 그 단어는 오직 내가 의미하는 바만을 나타내지. 그 이상도 그 이하도 아니야." 험프티 덤티가 나무라는 듯한 어조로 말했다.

> "이것의 교훈은 사람들이 생각하는 네 모습 그대로 행동하라는 거야. 즉, 쉽게 말하자면 다른 사람의 눈에 비칠 네 모습과 다른 네 자신을 결코 상상하지 말라고. 안 그러면 네가 보인 모습이나 네가 보일 모습이 네 실제 모습과 다르지 않아서 사람들이 다르다고 생각할 테니까."

험프리 경(TV 프로그램 〈네 장관님 Yes Minister〉에 나온)조차도 이보다 더 잘 표현할 수 없었으리라.

『거울 나라의 앨리스』의 플롯은 앨리스가 여왕이 되기 위해 체스보드의 한쪽에서 반대쪽으로 건너가야 하는 판타지 게임을 다룬다. 캐럴은 버들립으로 여행을 가던 중 코츠월드 구릉지의 경계에서 발아래 펼쳐진 글로스터셔의 네모난 들판을 바라보면서 체스 게임을 활용하면 좋겠다는 생각을 했다.

『거울 나라의 앨리스』 후반부의 가짜 연회는 1863년 6월 크라이스트처치칼리지의 학장이 웨일스 왕자와 공주의 옥스퍼드대학교 방문을 기념하며 주재한 연회에서 영감을 얻었다. 하트 여왕이 앨리스에게 양 다리 고기를 소개한 뒤("앨리스, 양고기야. 양고기, 앨리스야.") 앨리스는 칼과 포크를 들고 묻는다. "한 조각 잘라 드릴까요?" 하트 여왕의 답변은 캐럴의 위트와 말장난 재주를 잘 보여 준다. "절대 안 되지. 소개받은 사람을 자르는 것은 예의가 아니야."

『이상한 나라의 앨리스』는 터무니없음과 의미 없음에 관한 소설이다. 모든 소설처럼 이 소설도 작가의 창의적인 상상력과 삶에 대한 관찰 및 경험에 토대를 두고 있다.

배울 점

· 넌센스 시, 말장난, 위트는 종종 시간의 검증을 통과하곤 한다.

· 초현실주의적인 유머는 현대 삶의 어리석음을 반영할 때 독자의 공감을 얻는다.

· 현대에 존재하는 사람이나 현재 벌어지는 사건을 바탕으로 유머 감각을 발휘하면 그런 글은 낡은 것이 되어 잊힌다. 그러나 그 글이 풍자하는 것이 지속적으로 존재하는 태도나 분위기에 관한 것이라면 살아남을 것이다. 예를 들면 최근에도 한 풍자 만화가가 유명한 정치인을 풍자하면서 "내가 단어를 쓸 때는 내가 의미하는 바를 나타내는 단어를 선택해. 그 이상도 그 이하도 아니야."라는 험프티 덤티의 말을 인용했다.

[1] 유머러스하거나 기발한 구문으로 이루어진 시로 운율이 강조된다. 내용은 전혀 논리적이지 않고 어떤 비유나 상징도 담고 있지 않다.

Raymond Chandler

레이먼드 챈들러

"금발 머리 여자의 사진이었다. 주교도 스테인드글라스 창문을 박차고 나오게 만들 만한 금발 미녀였다." 정말 강렬한 이미지가 그려지지 않는가? 거친 사실주의와 정신이 번쩍 들 정도로 간결한 대화체를 사용한 레이먼드 챈들러(1888~1959)는 타의추종을 불허하는 하드보일드 범죄소설의 선구자다. 그의 소설은 예리하고 독창적인 비유와 상징, 재기 넘치는 농담으로 가득하며, 선택적이지만 세세한 묘사로 햇볕에 그을린 도시 로스앤젤레스를 부유층이 사는 화려한 동네부터 감추고 싶은 더럽고 초라한 술집 골목까지 전부 생생하게 그려 냈다.

작가가 되는 여정

1933년 레이먼드 챈들러는 로스앤젤레스의 석유 관련 대기업 사장 자리에서 쫓겨난다. 당시 45세였던 챈들러는 작가가 되기로 결심한다. 그는 당시 유행하던 통속 소설을 연재하는 잡지를 연구하고 소설 쓰기 통신 수업을 들었다. 그리고 5개월간 자신의 첫 단편인 「협박범은 총을 쏘지 않는다Blackmailers Don't Shoot」를 쓴다. 이 단편은 1933년 12월 잡지 『블랙 마스크』에 실린다. 챈들러보다 먼저 하드보일드 범죄 소설을 쓴 대실 해밋의 영향을 받은 챈들러는 이 잡지를 비롯해『다임 디텍티브』, 『디텍티브 스토리』 등의 잡지에 단편 소설을 기고하면서 장르 소설 기법을 익히고 다듬는다.

1888년 시카고에서 태어난 챈들러는 영국 덜위치칼리지에서 수학했다. 졸업 후 공무원 시험에 응시해 600명의 지원자 중에서 3등으로 합격했지만 6개월 뒤 그만두고『웨스트민스터 가제트』에 취업한다. 그는『데일리 익스프레스』와 브리스틀의『웨스턴 가제트』에서도 잠깐 동안 일했지만 저널리스트로는 성공하지 못했다. 챈들러는 1912년 미국으로 돌아와 로스앤젤레스에 정착한다. 그리고 여생의 대부분을 이곳에서 보낸다.

자신이 받은 교육과 작가가 되기까지의 여정을 돌아본 그는 이렇게 말한다.

> 하드보일드 장르 소설을 쓰는 데는 전형적인 교육 과정이 별로 도움이 되지 않는다고 여길 수도 있습니다. 그러나 제 생각은 다릅니다. 그런 교육은 허세에 빠지지 않도록 도와주거든요.

독창적인 비유와 상징

첫 장편 소설『빅슬립The Big Sleep』(1939)을 쓰면서 챈들러는 이전에 수많은 작가들이 사용한 작업 방식을 답습했다. 자신이 초기에 작업한 원고의 일부를 재사용한 것이다. 이전에 발표한 단편 소설을 결합하고 재구성하기도 했다. 플롯을 서로 엮어서 확장하고, 장면을 보충하고, 인물을 조금 바꾸거나 결합하고 새로운 인물을 더했다. 때로는 단편 소설의 단락을 통사나 시제를 고치기 위해 단어만 한두 개 바꾸고 통째로 가져다 썼다. 더 자주 쓴 방식은 단편 소설의 한 장면을 원재료로 삼은 것으로, 그것을 이렇게 저렇게 바꾸어서 아예 다른 장면, 대개 더 나은 장면을 만들어 냈다. 8편의 단편 소설을 뛰어난 3권의 장편 소설로 바꾼 것(실제로 그렇게 했다.)은 아주 기술이 뛰어난 장인의 솜씨를 보여 준다.

챈들러는 "작가는 명치에서 글을 써야 한다."고 믿었다. 즉 지적인 목적에서 글을 쓰는 것이 아니라고 생각했기 때문에 머리를 써야 하는 트릭이나 소위 진지한 문학은 거들떠보지도 않았다. 그는 "대화와 묘사를 통해 정서를 만들어 내는 것", 그리고 '플롯'이 아닌 인물을 창조하는 것에 더 관심이 많았다. 1958년 BBC 라디오에서 이언 플레밍과 나눈 대화에서 챈들러는 범죄 소설을 쓸 때 자신의 주요 관심사는 누가 범인이냐가 아니라 실제 상황은 무엇이고 사람들의 진짜 모습이 무엇인지를 밝히는 것이라고 말했다.

챈들러는 강렬하고 독창적인 비유와 상징을 만들어 내는 비상한 재주가 있었다. 내가 특히 좋아하는 몇 가지 예를 들어 보겠다. "그녀는 그의 복부를 향해 다섯 발을 쐈다. 총알은 손가락을 장갑에 밀어 넣을 때 나는 소리 정도만 냈을 뿐이다.", "햇빛은 수석 웨이터의 미소만큼이나 텅 비어 있었다.", "건초더미만큼 크지는 않은 지갑", "나는 완벽한 미녀를 바라봤다. 그녀는 떠날 채비를 하고 있었다. 백발의 웨이터는 계산서를 들고 그녀 주위를 맴돌았다. 그녀는 웨이터에게 돈을 건네면서 사랑스러운 미소를 지었고 그는 마치 신과 악수라도 한 듯한 얼굴이 되었다."

지극히 냉소적이지만 절제된 유머도 많다. "벨벳처럼 거친 사내들 중 하나가 내 척추 중간을 무언가로 누르며 지그시 눌렀다. 아마도 낚시대는 아닌 듯했다.", "철실 같은 머리카락이 그의 머리 뒤로 길게 자라고 있었고 꽤 넓은 둥그런 이마를 돋보이게 했다. 멀리서 흘깃 보면 저기야말로 뇌가 있을 만한 자리라는 생각이 들 정도였다.", "10미터 떨어진 곳에서 보면 그녀는 아주 우아해 보였다. 3미터 떨어진 곳에서는 10미터 떨어진 곳에서 바라보도록 만들어진 무언가처럼 보였다."

그는 스타일을 중시하는 작가였고 장인 정신과 정확성을 고집했다. 1948년 그는 『애틀랜틱 먼슬리』의 편집자에게 이런 편지를 썼다.

> 교정을 보는 순수주의자에게 내가 칭찬을 퍼부었다고 전해 주시오. 그리고 나는 스위스 웨이터처럼 다소 엉터리 사투리를 쓴다고도 말이오. 내가 부정사에서 'to'와 '동사'를 붙이지 않고 둘로 나누어서 쓸 때는, 제기랄, 나누어서 써야 하니까 그렇게 하는 거요.

챈들러의 작품

챈들러는 장편 소설은 단 7권을 썼다. 아마도 『빅슬립』(1939), 『안녕, 내 사랑Farewell, My Lovely』(1940), 『기나긴 이별The Long Good-bye』(1953)이 가장 유명하고 평도 좋을 것이다. 개인적으로 가장 좋아하는 『안녕, 내 사랑』은 언뜻 보기에는 아무 관련이 없는 두 범죄를 둘러싸고 펼쳐진다. 253쪽짜리 소설에서 244쪽에 이르러서야 두 사건이 실제로는 아주 밀접한 관련이 있다는 것과 그 연관성이 무엇인지가 밝혀진다. 그러고 나면 모든 것이 딱딱 맞아떨어진다. 소설의 결말은 당연해 보이는데 범죄 소설에서 이것은 매우 중요한 요소다. 『기나긴 이별』을 더 선호하는 비평가들도 있다. 이 소설은 돈과 권력이 한 남자를 부패하게 만들고 결국 그가 폐인이 되는 과정이 중심 줄거리다. 챈들러는 도박, 변호사, 부유층과 대기업을 이리저리 들쑤시면서 그런 것들이 평범한 사람에게 어떤 치명적인 영향을 미치는지를 살펴본다.

필립 말로

필립 말로는 『빅슬립』에서 처음 등장하며 7권의 장편 소설 모두에서 1
인칭 화자 역할을 한다. 그는 탐정 소설에서 흔히 볼 수 있는 전형적
인 거친 남자이고 농담 따먹기와 술을 좋아하는 사립 탐정의 대표 격
이다. 여기 필립 말로가 『기나긴 이별』에서 스스로를 어떻게 묘사하는
지 보자.

> 나는 사립 탐정 면허가 있고 꽤 오랫동안 사립 탐정으로 일했다. 나는 결혼하
> 지 않은 외로운 늑대이고 중년에 가까우며 부자는 아니다. 나는 감옥에 한 번 넘
> 게 갔다 왔으며 이혼 관련 사건은 맡지 않는다. 나는 술, 여자, 체스 등을 좋아한
> 다. 경찰은 나를 탐탁지 않게 여기지만 몇몇과는 그런대로 잘 지낸다. 나는 산타
> 로사에서 태어난 이 지역 토박이다. 부모는 돌아가셨고 형제나 자매는 없다. 언
> 젠가 어두운 골목에서 목숨을 잃는다 해도, 이 업계에서 일하는 사람이라면 언
> 제든 일어날 수 있는 일이기도 하고, 이 소식에 삶이 밑바닥에서부터 무너져 내
> 리는 기분을 느낄 사람은 아무도 없다.

말로는 강인하고 냉소적이다. 또 가식, 탐욕, 배신을 경멸한다. 그
는 영웅은 아니다. 자신도 얼마든지 틀릴 수 있다는 것을 안다. 그는
일부러 사람들의 심기를 건드리며 자신이 싫어하는 사람들, 그리고
때로는 자신이 좋아하는 사람들에게 모욕을 줄 기회를 놓치는 법이
없다. 그러나 자제할 줄도 안다. 그는 자신만의 도덕적 원칙에 따라
살아가고 돈보다는 사람을 돕는 데에 더 관심이 많다. 로스앤젤레스
의 더럽고 부패한 세계에서 활동하면서도 어떻게든 인격과 명예를 지
키며 유머를 발산한다. 『기나긴 이별』 초반부에서도 볼 수 있듯이 그

는 동정심도 많다. 선셋 대로의 댄서스 클럽 밖에서 술에 취해 엉망이 된 사람을 우연히 만나 도와준 후 그 사람과 친구가 되기도 한다.

술에 취한 사람을 돕는 일은 언제나 실수하는 것이리라. 당신을 알고 좋아하는 사람이라도 언제든 당신을 끌고 가 얼굴에 한 방 먹일 수 있으니 말이다. 나는 그의 팔을 내 어깨에 올린 다음 그를 일으켜 세웠다.

말로는 이렇다 할 특징이 없는 평범한 건물 6층에서 방 한 개 반 정도 되는 곳을 사무실로 삼고 있다. 유일한 가구는 삐그덕 소리를 내는 회전의자, 유리 덮개를 씌운 책상, 초록색 철제 서랍장 다섯 개, 그리고 의자 몇 개다. 파트너도 없고 비서도 없다. 지나칠 정도로 독립적인 그는 조롱하는 시선으로 삶을 바라보며, 그의 생활 방식과 자기 비하 유머에는 중산층 가치에 대한 거부감이 잘 드러난다. "나는 상태가 별로 좋지 않았지만 생각만큼 아프지는 않았다. 내가 월급쟁이였다면 아프다고 느꼈을 만큼은 아니었다.", "그 나머지 이야기는 신문 사회면의 높으신 분들용 기사에서 읽었다. 그런 류의 기사를 자주 읽지는 않는다. 하기 싫은 일들이 다 떨어졌을 때나 손을 댄다."

필립 말로는 살인을 둘러싼 수수께끼를 풀고 싶다는 욕구보다는 사회적으로 잘못된 것을 바로잡고 싶은 욕구로 움직인다. 범죄는 해결해야 하고 범인은 잡아야 한다. 그러나 말로에게는 약자를 보호하고, 고통을 줄이고, 사회적 부당함을 바로잡고 일종의 인간의 존엄성을 지키기 위해 최선을 다하는 것이 더 중요하다. 그는 이런 것들을 위해서라면 자신의 목숨과 평판 따위는 희생할 준비가 되어 있다. 그의 이런 신념과 냉소적이고 자기 비하적인 유머는 그가 왜 그토록 독자들의 호감을 사는 주인공인지를 설명한다.

· 자기가 쓰고 싶은 글과 비슷한 작품을 읽자.

· 발표되었건 발표되지 않았건 초기에 자신이 쓴 원고를 재구성하고 재사용하는 것도 하나의 방법이다.

· 냉소적인 어조는 비감상적인 하드보일드 장르에 잘 어울린다.

· 장소를 생생하게 그리려면 간결하고 냉철한 시점으로 세부적인 면을 묘사하자.

· 강렬하고 독창적인 비유와 상징을 사용하자.

레이먼드 챈들러 Raymond Chandler

트레이시 슈발리에

"이것은 한 네덜란드 화가의 이야기입니다. 그는 자신의 하녀를 그렸고 그의 아내는 이를 탐탁지 않아 했어요." 트레이시 슈발리에(1962~)는 자신의 베스트셀러 소설 『진주 귀고리 소녀Girl with a Pearl Earring』(1999)의 줄거리를 이렇게 간략하게 소개했다. 슈발리에는 8권의 장편 소설을 발표했지만 나는 그중 전 세계적으로 500만 부 이상 팔린 베스트셀러 『진주 귀고리 소녀』와 『라스트 런어웨이The Last Runaway』(2013)를 집중적으로 다루려고 한다.

슈발리에는 1962년 워싱턴 D. C.에서 태어나 오하이오주 오벌린대학교에서 영어를 공부했고 1984년에 영국으로 갔다. 1993년까지 사전 편집자로 일하다 이스트 앵글리아대학교에서 문예창작 석사과정을 밟는 동안 1997년에 출간된 첫 장편 소설 『버진블루The Virgin Blue』를 썼다.

영감과 자료 조사

슈발리에는 지극히 시각적인 작가이다. 그래서 요하네스 페르메이르[1]의 그림, 파리 클루니 박물관의 〈귀부인과 일각수The Lady and the Unicorn〉 태피스트리, 테이트 미술관의 윌리엄 블레이크의 시와 일러스트 전시, 도체스터의 작은 박물관에 전시된 메리 애닝의 화석 수집품 등 이미지와 사물에서 영감을 얻는다. 슈발리에의 소설은 모두 자신이 사는 세상에 잘 어울리지 못하고, 그러면서 세상이 자신에게 기대하는 바에 부응하지 못하는 강인한 여성에 관한 이야기다.

슈발리에는 작가가 자신이 쓰는 내용에 대해 훤히 꿰뚫고 있다는 믿음을 독자에게 주는 것이 매우 중요하다고 생각해서 사실적인 디테일에 특히 신경 쓴다. 매번 소설을 쓰기 전에 하는 자료 조사 작업도 아주 즐겁게 한다. 이전에는 거의 알지 못했거나 전혀 알지 못했던 것들을 배우고 탐구할 기회로 여기기 때문이다. 19세기 오하이오주를 배경으로 삼은 『라스트 런어웨이』를 쓸 때는 1832년에 프랜시스 트롤럽이 쓴 여행기 『미국인의 가정 예법Domestic Manners of the Americans』과 찰스 디킨스가 1842년에 미국 여행을 하면서 느낀 점을 기록한 『미국 여행기American Notes』에서 찾은 정보를 활용했다.

한창 소설 작업 중인데 자신이 쓰는 주제에 대한 지식이 부족하다고 느낄 때도 생긴다. 예를 들어 『과수원의 경계에서At the Edge of the Orchard』(2016)에서 한 남자가 사과나무를 접붙이는 장면을 쓸 때였다. 그녀는 자신이 여전히 접붙이기에 대해 제대로 모르고 있다는 것을 깨달았다. 그녀는 이런 이해 부족으로 글의 흐름이 막히는 것이 싫어 장면을 개략적으로만 쓴 다음 별표를 해서 무언가 빠졌다는 표시를 해 두었다. 그리고 소설 작업이 끝난 뒤에 후속 자료 조사를 한 다음 그 장면으로 다시 돌아와서 완성했다.

『진주 귀고리 소녀』

슈발리에는 열아홉 살 때부터 페르메이르의 〈진주 귀걸이를 한 소녀 Girl With a Pearl Earring〉의 그림 포스터를 침실 벽에 붙여 두고 있었다. 1995년 워싱턴 D. C. 국립미술관에서 원화를 보게 된 그녀는 몇 년 후 이 책의 줄거리를 구상했다. 소녀의 얼굴 표정은 모호하지만 친밀한 시선은 그녀와 화가 사이에 무언가 있음을 암시한다. 소녀는 행복할까, 아니면 슬플까? 확실한 답은 알 수 없다. 슈발리에는 페르메이르가 어떻게 했기에 소녀가 저런 표정을 하게 되었는지 궁금해졌고 그 둘의 관계가 알고 싶었다. 그녀는 조사를 통해 페르메이르의 그림 속 인물에 대해 아무도 아는 이가 없다는 사실을 알게 되었다.

그녀는 "이 그림의 힘은 우리가 소녀에 대해 결코 아무것도 알 수 없으리라는 사실에서 나옵니다."고 말했다. 또한 페르메이르에 대해서도 알려진 사실이 별로 없다는 것도 알게 되었다. 법적 서류에는 출생일, 출생지, 결혼 여부, 자녀의 수 등 사실적인 정보만이 기록돼 있었다. 그는 델프트에 있는 처가에서 처가 식구와 함께 살았다. 아마도 창문이 세 개인 2층 방에서 그림 작업을 했을 것이다. 그러나 페르메이르가 어떤 사람이었는지 추정할 수 있는 편지나 다른 서류는 없었다.

따라서 페르메이르의 그림 속 소녀의 정체를 다룬 수많은 연구와 책들이 존재하지만 소녀의 정체는 여전히 수수께끼로 남아 있다. 그리고 페르메이르라는 인물 역시 수수께끼 같은 존재다. 화가와 그림 속 인물에 대한 정보 부재로 슈발리에에게 두 주인공을 자신의 관점에서 그려 낼 빈 캔버스가 마련된 셈이다. 슈발리에는 페르메이르라는 인물을 자세히 설정하지 않기로 했다. 일부러 그를 알 수 없는 사람으로 두기로 한 것이다. 이런 전략은 매우 효과적이어서 독자들이 그의 행동과 사람됨을 스스로 해석하고 평가하도록 유도한다.

최근 슈발리에는 자신의 웹사이트에 이 소설을 처음 쓸 때 기록한 노트의 일부를 발췌해 공개했다.

> 그림에 대한 의문: (1) 왜 소녀는 파란색 터번과 노란색 옷을 입고 있을까?-
> 이국적이다. 당시 시대와 장소에 어울리지 않는 옷차림. (2) 진주 귀걸이는 어디
> 에서 났을까? 소녀는 귀족 출신처럼 보이지는 않는데. 그런 보석을 살 돈이 없
> 었을 것. 선물받은 걸까? 그림 때문에? (페르메이르가 아내의 것을 '빌려서' 썼을
> 까?)

이런 의문을 출발점으로 삼는다면 이 소설의 빤한 전개 방향은 화
가와 소녀 간 불륜이었을 것이다. 슈발리에는 소녀에게 그리트라는
이름을 붙였으며 페르메이르의 집안 살림을 돕는 열여섯 살의 하녀로
설정했다. 그런데 슈발리에는 페르메이르와 그리트가 서로 조심하고
자제하는 모습을 그리면서 긴장감을 높인다. 이야기가 독자를 잔잔한
흐름에 싣고서 느릿느릿 흘러가는 동안 슈발리에의 절제된 글은 예술
을 위해 유혹을 거부하는 모습을 그리면서 점점 고조된다.

그리트는 이 소설의 1인칭 화자로 아주 매력적인 인물이다. 교육받
지 못했지만 지적이고 통찰력이 뛰어나다. 페르메이르는, 수프에 넣
을 채소를 자른 뒤 그것을 부엌 식탁에 정리하는 그녀와 처음 만난다.

> "채소들을 수프에 들어가는 순서대로 놓은 건가? … 하얀 채소만 따로 두었
> 군." 순무와 양파를 가리키며 그가 말했다. "그리고 주황색과 보라색을 따로 두
> 고. 왜 같이 모아 놓지 않았지? 이유가 뭐지?" "그 둘을 같이 두면 색들이 서로 부
> 딪쳐서요."

슈발리에는 "그리트는 미적 감각이 있었고 조금만 지원을 받으면
그런 재능을 꽃피울 수 있었을 것이다."고 설명한다. 페르메이르의 아

내 카타리나는 그리트에게 심한 질투심을 느낀다. 페르메이르의 작업실에서 조수로 일하도록 허락받은 최초이자 유일한 사람이기 때문이다. 슈발리에는 이 소설을 쓸 당시 임신 중이었고 덕분에 카타리나라는 인물을 상상하기가 더 쉬웠다고 말한다. 소설 속 카타리나도 내내 임신 중이기 때문이다.

슈발리에는 네덜란드의 황금기인 17세기에 델프트의 사회상을 알기 위해 엄청나게 조사를 했다. 당시는 네덜란드의 무역, 예술, 과학이 세계 최고로 평가받던 시대였다. 그녀는 당시 가정에서의 일상을 상당히 그럴듯하게 묘사한다. 당시 그림을 그리던 방식의 기술적인 측면을 상세히 적었고 페르메이르가 어떤 과정으로 그림을 그렸는지도 자세히 묘사한다. 이런 시각적인 묘사는 이야기를 산만하게 만들기는커녕 소설의 진실성을 높인다.

슈발리에는 자신의 소설이 그토록 큰 성공을 거둘 수 있었던 요인 중 하나는 페르메이르의 그림이 지닌 명성이었다고 말한다. 소설 표지에 페르메이르의 그림을 실었는데, 이 그림은 아마도 세계에서 가장 널리 알려진 그림 중 하나일 것이다. 슈발리에는 작업 초기부터 페르메이르의 화풍을 자신의 글에도 적용하는 것을 목표로 삼았다. 얼마나 패기 넘치는 도전인가.

임신 중에 이 책을 쓰기 시작한 슈발리에는 출산 전에 끝내고 싶었기 때문에 처음부터 짧게 쓰기로 마음먹었다. 단순한 직선형 구조로 1인칭 화자 한 명이 한 가지 대상에만 집중하는 방식으로 (페르메이르의 그림처럼) 이야기를 전개했다. 그녀의 신조는 '적을수록 좋다.'다. 이 소설의 작업 방식에 대해 노트에 이렇게 적었다.

매 단어마다 신중하게 고른다. 두꺼운 책이 아니다. … 이미지는 정확하고
아름답게. 빛과 그림자를 많이. 목표는 이 책을 읽었을 때 페르메이르의 그림을

보고 있는 듯한 느낌이 들게 하는 것이다.

우연히도 나는 암스테르담의 레이크스미술관에서 페르메이르의 그림을 봤다. 그리고 적어도 내 생각에는 슈발리에는 자신의 목표를 달성했다. 특정 시대, 특정 장소를 배경으로 한 이야기지만 어쩐지 시간과 장소 모두를 거스른다.

『라스트 런어웨이』

완성하기까지 4년이 걸린 『라스트 런어웨이』는 젊은 영국 출신 퀘이커 교도가 미국인이 되는 과정을 그린 이야기다. 아너 브라이트는 영국인 약혼자에게 버림받은 뒤 미국으로 가는 언니를 따라나선다. 그러나 미국에 도착한 직후 언니는 죽고, 언니만큼 외향적이지 않고 내성적인 아너는 영국으로 돌아갈지 미국에서 남편감을 찾아 정착할지를 두고 갈림길에 선다.

이 책의 중심에는 퀘이커 교도가 직면한 도덕적 딜레마가 있다. 이들은 원칙적으로는 노예제도에 반대하면서도 현실에서는 도망친 노예를 돕는 일과 법(도망 노예법에 따라 도망친 노예를 돕는 행위는 불법이며 이 법을 어긴 사람에게는 엄청난 벌금이 부과된다.)을 준수하는 일 사이에서 선택해야 한다. 아너는 결국 남편감을 찾는다. 그리고 남편의 가족과 함께 산다. 그러나 아너가 도망친 노예를 돕는 바람에 법 준수를 중시하는 시댁 가족이 위험에 빠진다.

퀼트 제작은 초기 퀘이커 교도에게 중요한 일거리였다. 이 소설에서도 퀼트는 중요한 역할을 하고 슈발리에는 퀼트 제작 기법을 아주 상세히 다룬다. 아너는 미국의 퀼트 제작 기법을 거칠고 단순하다고 폄하한다. 반면 미국 여자들은 아너의 더 섬세한 영국 퀼트 제작 기법을 그다지 높이 평가하지 않는다. 이런 상황은 아너가 자신의 과거인 영국과 미래인 미국 사이에서 갈등하는 것을 상징적으로 보여 준다.

슈발리에의 강점 중 하나는 아주 강인한 여성상을 창조하는 능력이다. 내가 보기에 『라스트 런어웨이』에서 가장 강인하고 매력적인 인물은 아너가 아니라 벨이다. 벨은 위스키를 마시는 거친 여성이다. 열정적이고 유머러스한 벨은 모자 가게를 운영하면서 노예의 탈출을 돕는 비밀 조직 '언더그라운드 레일로드'의 일원이기도 하다. 이들은 북부로 가려고 도망친 노예에게 식량과 은신처를 제공한다. 『라스트 런어웨이』 다음 작품은 『과수원의 경계에서』다. 미국 개척 시대에 초기 개척 가족들에 관한 이야기를 가족 구성원과 나무와의 관계로 풀어 나간다.

뛰어난 스토리텔러

슈발리에는 소설을 쓰기 전에 주인공이 떠나게 될 여정과 그 과정에서 주인공이 어떻게 변할지 등 소설 전체의 구상을 적는다. 그래서 실제로 소설을 쓰기 시작하면 그 목표 지점으로 어떻게 갈지를 탐색하는 작업만 남는다. 슈발리에는 대체로 주요 장면들에 대해서는 미리 정해 놓지만 소소한 장면들은 글을 쓰다가 떠올린다고 한다. "내가 어디로 가는지를 확실히 정해 두는 것과 주요 장면으로 이어지는 작은 순간들은 그 자리에서 즉흥적으로 탄생하도록 내버려 두는 것을 결합한 작업이죠."

슈발리에는 주인공이 어떻게 될지 궁금한 나머지 독자들이 페이지를 넘길 수밖에 없게 만드는 스토리텔러로서의 능력이 뛰어나다. 『진주 귀고리 소녀』에서는 그리트에게 공개적으로 여덟 개의 선택지를 안긴다. "나는 사각형의 중심에 다다랐고 타일로 만든 원 안에서 멈춰 섰다. 중앙에는 여덟 개의 모서리를 지닌 별이 있었다. 나는 각 모서리가 가리키는 방향 중 어디로든 갈 수 있었다." 그런 다음 그녀는 각 선택이 어떤 식으로 전개될지 구체적으로 서술한다. 마찬가지로 『라스트 런어웨이』에서 아너는 미래에 관한 선택에 직면한다. 우리는 아너가 어느 쪽을 택할지 확신할 수 없다. 두 소설 모두 앞으로 어떤 일이 벌어질지 알기 위해서는 계속 읽는 수밖에 없다. 그리고 결국 당연한 것처럼 보이는 결말에 이르게 된다. 그것이 뛰어난 작가의 특징이다.

슈발리에는 매일 작업을 하기 전에 이메일을 처리한 다음 그 전날 쓴 원고를 다시 읽는다. 그렇게 다시 글을 계속 쓸 힘을 얻는다. 전날 작업하면서 원고의 마지막 부분은 미완성으로 남겨 두는 것이 가장 이상적이다. 종이에 옮겨 적지는 않았지만 시작점으로 삼기에 좋은 부분을 남겨 두면 이어서 쓰기가 쉬워진다. 일단 글쓰기를 시작하면 슈발리에는 멈추지 않고 계속 쓴다. (수정은 하지 않는다.) 종이에 펜으로 글을 쓰며 매일 1,000단어를 채우는 것을 목표로 삼는다. 그날의 목표량을 달성하면 종이에 쓴 것을 컴퓨터로 옮긴다. 이 과정에서 필요하면 고친다. 대개 오전 8시에 작업을 시작해서 되도록 이른 오후에 마치려고 한다. 그러나 실제로 작업이 끝나는 시간은 오전 10시일 수도, 저녁 6시일 수도 있다. 일단 원고가 완성되면 처음으로 돌아가 수정을 한다. 슈발리에는 원고 교정 단계를 매우 중요하게 여긴다. 거의 모든 문장이 교정을 통해 더 나아진다고 믿기 때문이다.

배울 점

· 자신이 좋아하는 이미지와 사물에서 영감을 얻자.

· 자료 조사를 꼼꼼히 하고 그 시대에 실제 있었던 세부 사항을 서사 구조에 집어넣자. 역사적 인물에 대한 구체적인 정보가 남아 있지 않을수록 그 인물에 대해 지어낼 수 있는 부분이 많아진다.

· 모든 문장을 꼼꼼하게 검토하면서 더 낫게 고칠 여지는 없는지 생각해 보자.

[1] '베르메르'라고 쓰는 경우가 많은데 외래어 표기법에 따라 '페르메이르'라고 적는다.

Lee Child

리 차일드

"여보, 글 쓰는 일이 잘 풀리지 않아도 언제나 슈퍼마켓의 꼭대기 선반에 있는 물건을 집어 주는 사람이 될 수는 있잖아요."라고 짐 그랜트의 아내는 말했다. 짐의 키는 180센티미터를 훌쩍 넘었으므로 슈퍼마켓에 장을 보러 갔을 때 어떤 할머니가 다가와서 "정말 훤칠한 젊은이로구먼. 저 캔 좀 집어 주겠소?"라고 부탁해도 놀라지 않았다. 리 차일드(1954~)는 이렇게 독자 수백만 명에게 영웅이 될 잭 리처[1]라는 이름의 탄생 비화를 소개했다.

리 차일드는 전직 헌병 잭 리처가 주인공으로 등장하는 스릴러 소설 21권과 10여 편의 단편 소설을 썼다. 잭 리처는 누구에게나 사랑받는 강한 남자다. 그리고 잭 리처가 주인공으로 등장한 소설은 하나도 빠짐없이 엄청난 베스트셀러가 되었다. 잭 리처 시리즈가 전 세계에서 매 4초마다 한 권씩 팔리고 있다는 주장이 있을 정도다.

스릴러 소설가로 새 출발

차일드는 원래 독서를 즐겼다. 그가 어린 시절 읽은 책은 에니드 블라이튼의 '유명한 다섯Famous Five' 시리즈와 '비밀의 일곱Secret Seven' 시리즈 같은 아동을 위한 모험 및 미스터리 소설이었다. 이 시리즈 이후에는 전쟁 이야기를 다룬 W. E. 존스 장군의 비글스 시리즈로 넘어갔다. 그 다음에는 앨리스터 매클린, 레이먼드 챈들러, 존 맥도널드의 소설을 탐독했다.

리 차일드는 학교 연극부 활동을 좋아했고 10대 시절에는 명절 연휴에 소극장과 예술관 무대 뒤에서 아르바이트를 했다. 1977년 셰필드대학교 법학과를 졸업한 그는 그라나다 방송국에 취직해 1995년까지 근무했다. 이곳에서 그는 〈브라이드헤드 리비지티드Brideshead Revisited〉, 〈주얼 인 더 크라운The Jewel in the Crown〉, 〈프라임 서스펙트 Prime Suspect〉 등 방송국의 대표 드라마들을 제작했다. 그러다 마흔이 되었을 때 해고당했다. 기업 구조조정의 희생양이 된 것이다. 차일드는 그라나다의 구조조정에 대한 자신의 분노를 잭 리처 시리즈를 통해 표출했다고 말한 바 있다. 차일드에게 해고 경험은 복수가 행동의 주된 동기인 주인공이 등장하는 스릴러를 쓰는 기폭제가 되었다. 누군가 아주 악한 일을 하면 리처가 복수를 한다.

차일드는 소설을 본격적으로 쓰기 약 4, 5년 전부터 이미 책을 쓸 수 있겠다는 생각을 했던지라 다른 작가들이 왜 글을 쓰게 되었는지를 이해하게 되었다. 차일드는 스토리텔링의 측면에서 자신에게 가장 큰 영향을 미친 소설은 존 맥도널드의 '트래비스 맥기Travis McGee' 시리즈라고 밝혔다. 트래비스 맥기는 수수료를 받고 다른 사람의 재산을 찾아 주는 "무자비한 컨설턴트"다. 차일드는 잭 리처 시리즈의 첫 소설인 『추적자Killing Floor』(1997)를 자기 집 부엌 식탁에서 손으로 썼다. 그는 컴퓨터가 없었고 첫 계약금을 받으면 컴퓨터를 사겠다고 마음먹었다. 그리고 그렇게 했다.

영웅 잭 리처

잭 리처는 전직 헌병이다. 미국 육군에서 소령으로 퇴역했다. 그는 뿌리가 없는 방랑자다. 자신이 한때 속해 있던 기존 체제에서 배척받은 이방인으로 정의감이 대단하다. 잭 리처는 레슬리 차터리스의 사이먼 '세인트' 템플러로 대변되는 영웅적 이타주의를 실천하는 영국 범죄소설의 전통적인 주인공을 현대적으로 재해석한 인물이다. 다른 전통적인 영웅처럼 잭 리처는 잘못된 것을 바로잡고 사악한 권력과 지배에서 약자를 보호하는 것이 자신의 사명이라고 여긴다. 마치 서부 시대에 총을 휘두르던 카우보이 영웅과도 같다. 동네에 정체를 알 수 없는 낯선 사람이 나타나 사태를 처리하고 악인에게 합당한 벌을 내린 뒤 떠난다.

리처는 폭력에 탁월한 재능을 보인다. 폭력을 가하거나 버틸 수 있는 정신적·신체적 조건을 갖췄고 그런 조건을 주저 없이 십분 활용한다. 잭 리처는 키가 190센티미터에 달하고 가슴둘레만도 130센티미터에 달하는 거구의 사내다. 소형무기 전문가로 실전에서 휴대용 무기를 능수능란하게 다룰 뿐 아니라 육박전에도 뛰어나다. 특기는 박치기다. 리처는 죽어 마땅한 자들을 하나도 남김없이 죽이는 일을 거리낌 없이 해치우지만 불필요한 폭력은 행사하지 않는다. 차일드는 리처의 폭력을 묘사하는 데 절대 소극적이지 않다.

나는 풋볼을 경기장 밖으로 날려 버리려는 듯이 보스의 거시기를 걷어찼다.
… 엄지를 보스의 눈에 쑤셔 넣었다. 나머지 손가락 끝을 그의 귀에 건 다음 엄

지손가락을 힘껏 눌렀다.

이보다 더 적나라하고 자극적으로 표현한 단락도 많다.

어떻게 리처라는 인물을 창조하게 되었는가라는 질문을 받은 차일드는 다음과 같이 답했다.

상처받고 우울한 또 한 명의 알코올 중독자 영웅을 만들어 내고 싶지 않았다. 내 주인공이 자신의 아이나 배우자를 죽이는 것도 원치 않았다. 나는 예의 바르고 지극히 정상적인 단순한 주인공을 원했다. … '좋은 게 좋은 거지.'라고 말할 수 있는 그런 남자. 리처에게도 기벽이 있고 나름의 문제도 있지만 중요한 것은 그는 자신에게 그런 문제가 있다는 것을 모른다는 사실이다. 따라서 지루한 자기 연민 같은 건 없다. 리처는 똑똑하고 강인하고 내향적이지만 자신이 아닌 다른 사람 때문에 분노를 느낀다.

작업의 시작은 개략적인 아이디어에서

차일드는 영국인이지만 일부러 미국적인 스릴러를 쓰려고 했다. 그는 미국을 자주 방문했고 그때마다 미국 TV 프로그램에 흠뻑 빠졌다. "사실 모방 본능의 일종이었다."고 그는 고백했다. "그 나라 말의 리듬과 단어 선택에 익숙해지면 그걸 종이에 옮길 수 있게 되고 그러면 그것이 실제로 자신의 국적이 된다." 1998년에 첫 소설을 발표한 뒤 그는 미국 출신의 아내와 딸을 데리고 뉴욕으로 거주지를 옮겼다. 아내 제인은 그의 원고를 읽으면서 '영국적인 색채'를 지웠다.

차일드는 느지막이 일어난다. 대개 정오에 작업을 시작해서 저녁 6시까지 일한다. 줄담배를 피우고 커피를 계속 마셔 댄다. 목표는 하루에 2,000단어를 쓰는 것이다. 차일드는 컴퓨터를 두 대 마련했다. 하나는 오직 글을 쓸 때만 사용하고 다른 하나는 이메일을 확인하고 야구 점

수를 확인하는 데 사용했다. 1997년부터 차일드는 매년 책 한 권씩을 썼다. 그는 언제나 9월 1일에 새 책을 시작한다. 그날은 차일드가 방송 국에서 해고당한 날이다. 당시 그는 밖으로 나가 첫 번째 잭 리처 소설 을 쓸 종이와 연필(그리고 연필깎이)을 샀다. 잭 리처 시리즈의 책 한 권 을 쓰는 데는 6개월이 걸린다. 그래서 매년 3월에 출판사에 완성된 원 고를 보낸다.

차일드는 글쓰기 전에 오래 고민하지 않는다. 제목도 플롯도 정하 지 않는다. 그냥 무슨 일이 벌어질지에 대한 막연한 아이디어만 있다. 개요를 적지 않지만 이야기가 도달할 대단원의 장면을 머릿속에 그리 면서 소설을 시작한다. "그러면 그냥 어디선가 시작된 이야기가 스스 로 펼쳐지도록 놔둔다."는 것이다. 그는 자신의 글이 유기적이고 즉흥 적이고 진실되기를 바란다. 다른 많은 작가와는 달리 그는 자신의 원 고를 끊임없이 고치지 않는다. "꼭 정확할 필요 없어. 일단 쓰고 보는 거야.'까지는 아니지만 거의 그렇다고 보면 된다."

차일드의 문체 특징은 '하드보일드'와 '상업적'으로 요약할 수 있다. 차일드는 TV 드라마 제작 경험이 진짜 같은 대화문을 쓰는 데 도움이 되었다고 믿는다. 리처 시리즈는 1인칭 시점으로 서술되지만 가끔 3인 칭 시점을 활용하기도 한다. 『추적자』는 이렇게 시작한다.

> 나는 에노스 다이너에서 체포되었다. 12시 정각이었다. 달걀 요리와 커피를 먹고 있었다. 점심이 아닌 늦은 아침이었다. 폭우에 먼 길을 걸어왔기 때문에 흠 뻑 젖어 있었고 피곤했다. 고속도로에서 마을 어귀까지 죽 걸어온 참이었다.

매우 짧고 툭툭 끊어지는 문장에, 동사도 거의 보이지 않는다. 한 비평가는 "기본에 충실한 장르 소설이다."고 평하면서 "아주 흥미진진 하다. 손에서 쉽게 놓을 수가 없다."고 덧붙였다. 『뉴욕 타임스』의 메릴린 스타시오는 이렇게 평가한다. "차일드는 단어를 많이 쓰지 않지만 아주 적절하게 선택한다. 액션은 폭력적이지만 아주 계산적이다. 그리고 기발한 플롯은 무엇보다 리처처럼 행동하기 전에 먼저 생각하는 냉철한 인물에게 잘 어울린다."

차일드는 이야기에 세 가지 주요 구성 요소가 있다고 믿는다. 인물, 서스펜스, 교훈이다. 플롯이 먼저냐, 인물이 먼저냐는 논쟁에서 그는 확실히 인물이 먼저라는 입장이다. "인물은 이전에도 그랬고 앞으로도 영원히 이야기의 주요 핵심 동력일 것이다."고 주장한다. 복잡한 플롯이 뒷받침된 것처럼 보이는 액션으로 가득한 이야기를 쓰는 작가가 이런 말을 한다는 게 놀랍겠지만 곰곰이 생각해 보면 충분히 이해할 수 있다. 우리는 인물에게 빠져들지 플롯에 빠져들지 않는다. 미스 마플[애거서 크리스티], 포와로[애거서 크리스티], 매그레[조르주 시므농], 리버스[이언 랜킨], 달그리시[P. D. 제임스], 모스[콜린 덱스터], 웩스포드[루스 렌델] 등 인기 범죄 소설의 주인공을 떠올려 보라. 이 소설의 플롯 중에 기억나는 게 몇 개나 되는가? 우리의 흥미를 끌고 마음에 남는 것은 언제나 주인공이지 플롯이 아니다. 차일드는 자기 소설의 주인공이 성장하고 발전해야 한다고 생각하지 않는다. "나는 책의 주변 인물이 배우고 성장하는 쪽을 선호한다. … 잭은 그대로 둘 생각이다." 차일드는 자신의 소설에서 어떤 것을 기대해도 좋은지 독자들은 이미 알고 있다고 믿는다. 그리고 그런 잭 리처라는 인물의 일관성 때문에 독자들이 잭 리처의 팬으로 남아 후속편을 계속 사는 것이라고 생각한다.

차일드가 꼽은 두 번째 핵심 요소는 서스펜스다. 그는 질문을 던진 다음 답하는 것이 서스펜스를 쌓는 방법이라고 믿는다. 또 그는 인간 본성에 깊숙이 자리한 무언가가 우리로 하여금 끊임없이 질문을 던지고, 더 나아가 답을 찾게 한다고 생각한다. 여기 몇 가지 예를 들어 보겠다.

『추적자』의 첫 문장에서 우리는 잭 리처가 체포되었다는 것을 알게 된다. 당연히 하게 되는 첫 질문은 '왜?'다. 2장에서 우리는 리처가 살인죄로 기소되었다는 것을 알게 된다. 다시 질문할 수밖에 없다. '왜?' 그런 식으로 질문이 꼬리에 꼬리를 물고 이어진다. 또 다른 예를 들어 보자. 『네버 고 백Never Go Back』(2013)은 리처가 모텔 밖에서 낯선 남자 두 명에게 공격당하는 것으로 시작한다. (물론 리처는 이들을 가볍게 처치한다.) 따라서 처음 떠오르는 질문은 '왜 리처를 공격했을까?'다. 리처가 예전 부대가 있는 워싱턴 D. C.의 본부에 가서 새로 부임한 지휘관 수전 터너 소령을 만나기를 요청했을 때도 마찬가지다. (리처는 전화기 너머로 들은 그녀의 목소리가 마음에 들었다.) 리처가 지휘관 사무실에 들어가 보니 막상 책상에 앉아 있는 사람은 수전 터너가 아니다. 수전 터너는 어디로 갔을까? 왜 지휘관 사무실에 터너 소령은 없을까? 무슨 일이 생긴 걸까? 그런 식으로 의문은 계속 생겨난다. 질문이 꼬리에 꼬리를 물고 이어지고 이야기가 전개되면서 진실이 밝혀진다.

한두 단락 정도면 해결되는 간단한 질문도 있고 한두 장을 잡아먹는 복잡한 질문도 있으며 책의 결말에 가서야 실체가 드러나는 핵심 질문도 있다. "나도 독자만큼이나 책의 결말에 흥분한다."고 그는 말한다.

한편 차일드는 좋은 책을 읽은 독자는 책을 읽기 전보다 삶에 대해 더 많이 알게 된다고 믿는다. 그렇게 세 번째 핵심 요소가 나오는데, 바로 교훈이다.

그런데 차일드는 신인 작가가 가장 많이 듣는 조언을 귓등으로도 흘려듣지 않는다. 이를테면 '말하지 말고 보여 주라.'는 원칙을 따르지 않는다. "우리는 스토리를 보여 주는 사람이 아니다. … 우리는 스토리를 말하는 사람이다. … 이야기를 그냥 말한다고 해서 문제될 것은 없다. 그러니 스스로 그런 원칙에서 자유로워져라." 다만, 작가가 필수적으로 거쳐야 하는 훈련 과정은 독서라고 강조한다.

배울 점

· 매우 짧고 툭툭 끊어지는 듯한 문장은 전개 속도가 빠른 범죄 소설에 잘 어울린다.
· 자신이 만든 인물들이 이야기가 펼쳐지는 배경에 어울리는 말투, 억양, 어휘를 쓸 수
  있도록 연구하고 구현하자.
· 미리 계획을 세우지 않고 글을 써 보자. 앞으로 어떤 일이 벌어지는지에 관한 개략적
  인 아이디어(그리고 대단원의 장면이 어떤 모습일지에 대한 구상)만으로도 글을 시작
  하는 데 충분할 수 있다.

역자 주

[1] 동사 'reach'의 인물 명사화 'reacher'를 활용했다. 여기서 reach는 '손을 뻗어 닿다.'는 의미로
쓰였다.

애거서 크리스티

작가인 나는 언제나 소설이 그
것을 바탕으로 만든 영화나 TV 프로그램보다 더 낫다고 믿고
싶다. 그러나 고백할 것이 있다. 나는 TV 드라마 〈미스 마플
Miss Marple〉과 〈명탐정 푸아로Poirot〉는 보았지만 이 장을 쓰기
전까지는 애거서 크리스티(1890~1976)의 소설을 단 한 권도 읽지
않았다.

이 장을 쓰려고 나는 서둘러 도서관으로 가서 애거서 크리스
티의 소설을 한아름 안고 집으로 돌아왔다. 선택지는 많았다.
50년에 걸친 활동 기간 동안 크리스티는 80권의 범죄 소설과
여러 단편집을 썼다. 그중 푸아로 시리즈가 33권, 미스 마플 시
리즈가 12권이다. 또한 19편의 희곡도 썼다. 그중 하나가 중편
소설『세 마리의 눈먼 생쥐Three Blind Mice』(1950)를 토대로 쓴『쥐
덫The Mousetrap』(1952)이다. 역사상 가장 오래 공연된 희곡이기

도 하다. 그 외에 메리 웨스트매콧이라는 필명으로 로맨스 소설도 6권 썼다. 크리스티의 소설은 영국에서만 10억 부 이상 팔렸고 번역본 또 한 10억 부 이상 팔렸다.

작품 활동의 시작

애거서 크리스티는 1890년에 애거서 메리 클라리사 밀러라는 이름으로 토키의 여유로운 집안에서 태어났다. 책에 둘러싸인 채 어린 시절을 보낸 크리스티는 아서 코난 도일과 가스통 르루(『오페라의 유령The Phantom of the Opera』의 저자로 유명한 프랑스 탐정 소설가)의 탐정 소설을 즐겨 읽었고 두 작가 모두 그녀의 작품 세계에 영향을 미쳤다. 1914년에 아치볼드 크리스티와 결혼했고(1928년에 이혼한 뒤 1930년에 고고학자 맥스 맬로원과 재혼한다.) 제1차 세계대전 중에는 육군병원 약국에서 간호사로 일했다.

벨기에인 어큘 푸아로를 처음 등장시킨 『스타일스 저택의 괴사건 The Mysterious Affair at Styles』은 1916년에 썼다. 아이디어는 조제약 분배 작업 중에 얻었다. 독에 대한 지식은 이 소설에서 범죄를 해결하는 데 핵심적인 역할을 한다. 이 원고는 출판사 두 곳에서 거절당한 뒤 세 번째로 투고한 출판사인 보들리 헤드와 계약했다. (보들리 헤드는 2년 동안이나 원고를 묵혀 둔 뒤에야 출판 계약을 제안했다.) 출판사는 마지막 장을 다시 쓰게 하는 등 여러 번 수정을 요구했고 크리스티는 아주 부당한 계약 조건을 받아들여야만 했다. (크리스티는 첫 6권의 소설이 발표되는 동안 돈을 거의 벌지 못했다.) 이 책은 1920년에 출간되었다.

살인 사건의 플롯 짜기

크리스티의 작품처럼 '누가 범인일까?'를 중심으로 전개되는 전형적인 추리 소설에서는 초반 몇 장 내에 살인 사건이 벌어진다. 그런 다음에는 살인 현장을 검토하고 용의자를 찾고 신문한다. 언제나 용의자 중 한 명 이상이 죽는다. 대개 우연히 살인자가 누군지 알게 된 인물이 입막음을 하려는 범인에게 살해당한다. 책의 결말이 가까워지면 모든 용의자가 한자리에 모이고 감춰진 비밀이 드러나며 마지막으로 살인 자가 누구인지 밝혀진다.

이야기 곳곳에 레드헤링[1]이 있어서 독자를 속이고 혼란스럽게 한 다. 살인 사건을 해결하려면 독자는 진짜 단서와 레드헤링을 구별해 야 한다. 크리스티는 독자가 이 둘을 구별하지 못하도록 온갖 노력을 기울인다. 핵심 단서는 종종 책 초반부에 나오지만 너무 미묘해서 다 른 많은 레드헤링 속에 묻히기 쉽다. 때로는 중요하지 않은 단서를 '흥 미롭다'고 설명해서 수수께끼를 푸는 데 핵심적인 단서를 못 보고 지 나치게 한다. 가짜 신분을 써서 겉으로 보이는 것과는 다른 인물이 등 장하기도 한다.

의심이 가는 용의자의 범위는 대개 시골의 대저택, 호텔, 기차, 기 숙학교 등 소규모 공동체의 일원으로 한정된다. 독자는 살인자가 이 야기에 등장한 인물 중 한 명이라는 것을 알기 때문에 탐정 역할을 할 수 있다. (크리스티는 마지막 순간에 또 다른 용의자를 등장시키는 식의 얄팍한 수법을 쓰지 않는다.) 상당히 많은 경우에 가장 결백해 보였던 용의자가 살인자다. 때로는 완벽한 알리바이가 뒤늦게 깨져서 그 알리바이의 주인공이 살인자로 밝혀지기도 한다.

보편적이지만 생생한 인물 설정

크리스티는 트램, 기차, 식당에서 본 사람들을 소설 속 인물을 구상하 는 출발점으로 삼았다. 그녀가 내세우는 인물들은 거의 전형적이며 소설 속에서 이들이 성장하는 일은 거의 없다. 작가 마이클 딥던[2]은 이렇게 표현한다. "인물들은 모두 전형적이다. 복잡한 심리를 지닌 인물은 결코 없다. 모두 정서적 깊이가 부족한 인물들이다."

크리스티가 창조한 인물들은 깊이는 부족할지 몰라도 대부분 놀라울 정도로 생생하다. 『죽음과의 약속Appointment with Death』(1938)에서 웨스트홀름 부인은 "항구에 들어서는 대서양 범선처럼 확신에 찬 모습으로 방으로 들어왔다." 『살인을 예고합니다A Murder is Announced』(1950)에서 힌치클리프 양은 자신의 상냥한 여자 친구를 신문할 준비를 하는 형사에게 윙크를 한다. 『비둘기 속의 고양이Cat Among the Pigeons』(1959)에서 불스트로드 양은 "대다수의 다른 여자보다 훨씬 우월한 능력을 또 하나 지녔다. 그녀는 다른 사람 말에 귀 기울일 줄 알았다." 그리고 "자신이 평생을 바친 결과물이 눈앞에서 무너지는 것을 보면서도 차분하게 가만히 있었다."

푸아로

크리스티가 푸아로를 벨기에인으로 설정한 이유는 제1차 세계대전 중에 독일에 점령당한 벨기에에서 탈출한 피난민이 토키로 쏟아져 들어왔기 때문이다. 그녀는 독자가 동정심을 느낄 만한 인물을 만들어 내고 싶었다. 왁스칠이 잘된 콧수염, 달걀 모양의 두상, 작은 발, 작은 키(160센티미터밖에 안 된다.)의 외모를 지닌 푸아로는 호기심도 많고 다소 우습기도 한 인물이다. 유난스러울 정도로 깔끔하고 자신감이 넘치는 그는 스스로를 매우 높이 평가한다. 특히 대칭에 집착해서 물건을 끊임없이 재배열해 일직선을 이루도록 한다. 『커튼Curtain』(1975)(푸아로 시리즈의 최종편)에서 누군가를 쏴 죽였을 때조차 총알이 상대의 이마 정중앙을 통과할 정도다. 푸아로는 자신의 지적인 능력과 분석력, 그리고 소위 "작은 회색 뇌세포들"을 자랑스럽게 여긴다.

크리스티는 푸아로에게 왓슨 박사 같은 조수를 붙여 준다. 바로 헤이스팅스 장군이다. 그는 대개 화자로, 시리즈 중 8권에만 등장한다.

(크리스티는 곧 이 인물에 정나미가 떨어졌다.) 헤이스팅스 장군은 독자가 할 법한 질문을 푸아로에게 던지곤 한다. 누구나 알 만한 사실을 굳이 입 밖으로 소리 내어 말하고 환상에 가까운 결론으로 비약하는 경향이 있어서 독자가 그보다는 한 발 더 앞서 있다는 기분을 심어 준다.

1930년대 후반이 되자 크리스티는 푸아로를 더 이상 "참아 줄 수 없는" 인물로 여기게 된다. (1960년대에 크리스티는 푸아로를 가리켜 '자기중심적인 아니꼬운 괴짜'라고 말한다.) 그러나 푸아로 시리즈를 계속 썼다. 스스로를 대중이 좋아하는 것을 만들어 내는 예능인이라고 여겼기 때문이다. 그리고 대중은 푸아로를 사랑했다.

미스 마플

미스 마플은 원래 잡지에 실을 6편 분량의 짧은 시리즈를 위해 만든 인물이다. 미스 마플이 장편 소설에 처음 등장한 것은 『목사관의 살인The Murder at the Vicarage』(1930)에서다. 크리스티는 미스 마플을 "까다롭고 독신녀 티가 나는" 인물이라면서 "일링 지역에 사는 내 할머니의 친구 무리에 끼어 있을 법한 노부인, 여러 마을에서 수도 없이 만났을 그런 노부인"이라고 설명한다. 크리스티는 "미스 마플을 나쁘게 말하려는 것은 아니지만 그녀는 사람을 믿지 않아요. 늘 최악을 염두에 두지만 실제 어떤 사람이든 간에 자상하게 있는 그대로 받아들입니다." 라고 덧붙였다.

미스 마플은 매우 뛰어난 관찰력을 지녔지만 앉아서 뜨개질을 하는 동안에는 배경에 녹아들곤 한다. 그 상태에서 모든 사물과 사건, 모든 사람을 보고 듣는다. 미스 마플은 소문과 수다를 좋아하고 인간 본성을 날카롭게 꿰뚫어 볼 줄 알며, 어떤 사람에 대해서건 자신이 아는 사람과의 유사성을 찾아내면서 그 지인이라면 비슷한 상황에서 어떻게 반응했을지 기억을 더듬어 가며 살인자를 밝히는 과정을 돕는다.

미스 마플과 푸아로는 모두 특별한 지능과 직관을 지니고 있다. 그래서 크리스티는 누구를 주인공으로 해서 책을 쓸지 갈팡질팡하곤 했다. 꽤 여러 번 푸아로를 미스 마플로 대체했고 때로는 푸아로가 책의 후반부에 등장하기도 한다. (『비둘기 속 고양이』가 그런 예다.) TV 시리즈에서와 달리 크리스티가 경찰을 무능하게 묘사하는 일은 드물다. 예를 들어 『버트램 호텔에서At Bertram's Hotel』(1965)의 데이비 경감은 시골뜨기 같은 외모와 달리 매우 예리한 수사관으로 그려진다.

살인 방식을 정한 후에 작업하기

크리스티는 어디서든 글을 썼고 종종 식탁에서 타자기로 원고를 다시 옮겼다. 그녀는 자신이 태어나고 자라서 잘 아는 사회에 대해 썼다. 크리스티의 소설 속 인물들은 거의 언제나 경제적으로 여유가 있는 잘사는 사람들이다. 이야기 다수는 자신이 아는 장소를 토대로 구상한 시골의 저택에서 펼쳐지고 플롯 전개에 하인들이 중요한 역할을 하곤 한다.

일반적으로는 살인 방식을 정한 뒤에 작업을 시작한다. 그 다음 단계는 살인자를 구상하고 동기를 부여하는 일이다. 때로는 살인 계획을 상당히 구체화한 뒤에야 살인자나 동기가 떠오르기도 한다. 그러고 나서 다른 용의자와 그들의 동기를 자세하게 설정했다. 마지막으로 단서와 레드헤링을 만들어 낸다.

크리스티는 아이디어가 떠오를 때마다 손에 닿는 종잇조각에 그것을 적었다. 플롯은 종종 글을 쓰기 훨씬 전에 짜 두었다. 쉬운 일상 용어를 썼고 글의 상당 부분을 대화로 채웠다. 그리고 거의 모든 대화는 중요한 기능을 담당한다. 크리스티는 묘사를 최소한으로 줄여 속도감을 유지한다. 그리고 책의 결말에 다가갈수록 묘사는 점점 더 줄어든다. 누가 범인인지를 알고 싶은 마음에 독자가 더 빨리 읽도록 하려는 의도에서다.

범죄의 여왕

애거서 크리스티는 범죄의 여왕이라 불리며 영국의 고전 추리 소설의 살아 있는 전설이 되었다. 추리 소설은 이면에 감춰진 아수라장을 잘 덮은 점잖은 포장을 다룬다. 크리스티는 독자의 예상을 뒤엎고 혼란에 빠뜨리는 놀랍고도 기발한 재능을 발휘한다. 살인자는 피해자인 척한다. 살인자는 연쇄 살인범인 척한다. 살인자는 사건을 수사하는 경찰이다. 살인자는 화자이다. 용의자가 모두 결백했다. 용의자가 모두 범인이었다. 이런 대담하고 창의적인 아이디어 덕분에 크리스티는 범인을 밝히는 전통적인 탐정 소설을 재규정했다.

배울 점

· 전통적인 추리 소설의 핵심 재료는 범죄, 수사, 용의자 색출과 신문, 비밀 폭로, 그리고 마지막으로 살인자의 정체 밝히기다.
· 살인자의 정체를 암시하는 단서는 이야기 초반부에 던져두는 것이 가장 좋다. 레드 헤링들 사이에 감추자.
· 용의자를 친숙한 지역 공동체의 일부로 한정한다. 용의선상에도 오르지 않은 살인자를 마지막 순간에 갑자기 등장시키는 얄팍한 속임수는 쓰지 말자.
· 정서적·심리적 깊이가 부족한 인물도 생생하게 표현하자.

역자 주

[1] 관심을 딴 데로 돌리거나 헷갈리게 하는 것
[2] 골드대거상과 프랑스추리소설대상을 받은 영국 추리 소설 작가(1947~2007)

Harlan Coben

할런 코벤

할런 코벤(1962~)의 책은 41개국
어로 번역되어 전 세계에서 매년 약 270만 부가 팔리고 있다. 할
런 코벤은 초기에 스릴러 2편『죽은 척하기Play Dead』(1990), 『기적
의 치료제Miracle Cure』(1991)를 낸 뒤로 작가로 성공하기까지 오
랜 무명 기간을 견뎌 내야 했다. 첫 두 소설은 각각 겨우 4,000
부를 인쇄했다. 1995년에 발표한 소설에서 농구 선수로 활동
하다 스포츠 에이전트로 전직한 마이런 볼리타를 처음 소개했
는데 이는 대중에게 인기를 구가할 새로운 영웅의 탄생을 알리
는 신호탄이었다. 이 시리즈의 첫 편(『위험한 계약Deal Breaker』)의
선인세는 5,000달러에 불과했고 초판 인쇄 물량은 1만 5,000부
였다. 코벤이 베스트셀러 작가로 명성을 얻게 된 작품은 시리
즈물이 아닌 스릴러『밀약Tell No One』(2001)이다. 이 소설은 할런
코벤의 초창기 소설 7권의 판매 부수를 모두 합친 것보다 더 많

이 팔렸다.

"내가 쓴 책은 매번 더 좋아졌어요. … 글의 수준도 그렇고 대화문도 그렇고. 게다가 책의 분량도 매번 조금씩 줄었죠. 제가 편집을 더 잘하게 되었기 때문이에요. 글쓰기는 다작이 결국 질의 향상으로 이어지는 몇 안 되는 작업 중 하나입니다. 더 많이 쓸수록 더 잘 쓰게 됩니다. 확실합니다."는 것이 그의 생각이다.

핵심은 서스펜스

코벤은 범죄 소설을 진지하게 연구할 가치가 없는 하위문화로 취급하는 문학 평론가는 조금도 신경 쓰지 않는다.

> 범죄 소설의 형식이 이야기를 들려주고 싶다는 욕구를 불러일으켜요. 그래서 범죄 소설이 그토록 대중적으로 인기가 있고 오늘날 우리가 범죄 소설의 황금기에 살고 있다고 진심으로 믿는 이유입니다. … 위대한 작가들 중 범죄라는 소재를 어떤 식으로든 한 번이라도 다루지 않은 작가는 없다고 생각합니다. 디킨스, 셰익스피어, 와일드만 해도 그런 작가였으니까요. 나는 서스펜스를 사랑하고, 내 독자들이 서스펜스 때문에 밤을 꼴딱 새워 가며 페이지를 넘긴다는 사실은 제 창작욕을 자극합니다.

코벤은 미끼, 반전, 뜻밖의 결말의 대가다. 섹스와 폭력도 나오지만 코벤이 쓴 소설의 특징은 **빠른** 속도로 전개되는 액션이다. 그리고 그 액션에 수많은 반전, 역전, 톡톡 튀는 대화, 위트, 유머, 그리고 무엇보다 서스펜스가 담겨 있다. 코벤의 소설은 추리 소설과 스릴러 소설 둘 다로 분류된다. 두 장르의 차이를 설명해 달라고 부탁받았을 때 코벤은 이렇게 답했다.

아마도 대중에게 추리 소설은 애거서 크리스티의 소설에 가까운 작품일 것입니다. 밀실 사건이 벌어지고 사건 해결이 이야기의 중심을 차지하죠. 반면에 스릴러 소설은 액션으로 가득합니다. 그리고 두 장르 모두, 아니 실은 제 생각에는 어떤 소설이든, 서스펜스가 핵심 요소입니다. 사람들이 다음 단어, 다음 문장, 다음 단락, 다음 페이지를 바삐 찾아 읽게 만드는 그런 서스펜스 말입니다. 저는 서스펜스가 독자에게서 그런 반응을 이끌어 내는 가장 순수한 기법이라고 생각합니다.

작가도 평범한 직업일 뿐

할런 코벤은 "나는 시간이 없어서 못 쓴다는 핑계는 말이 안 된다고 생각합니다."고 주장한다. 작가라면 시간을 낼 것이고 시간을 낼 수 없다면 글쓰기가 최우선 순위에 있지 않으므로 작가가 아니라는 입장이다. 할런 코벤에게 작가는 평범한 직업일 뿐이다. 그는 작가를 배관공에 비유하면서, 배관공은 아침에 일어나서 오늘은 배관 작업을 못 하겠다고 말하지 않는다고 지적했다.

뉴저지주에서 태어난 코벤은 자신이 나고 자란 도시 근교의 중산층 사회를 배경으로 한 소설을 쓴다. "뉴저지주라고 부르기는 하지만 실상은 뉴욕시의 근교죠. 제가 속한 사회는 이 동네와 내 가족, 즉 전형적인 미국 근교 지역입니다. 전 세계에 있는 근교의 대표 격이라고 할 수 있습니다."

여러 소설가들의 영향

코벤이 열여섯 살이 되었을 때 코벤의 아버지는 그에게 윌리엄 골드먼의 스릴러 『마라톤 맨Marathon Man』(1974)을 선물했다. 이 소설을 읽은 코벤은 처음으로 이야기꾼이 되고 싶다는 생각이 들었다. "정말이지, 그 책을 손에서 놓을 수가 없었어요. 그리고 이 작가가 내게 했듯이 나도 다른 사람들에게 이런 감정이 들게 하면 정말 좋겠다고 생각한 기억이 나요." 그는 마이런 볼리타가 등장하는 자신의 초기작들이 레이먼드 챈들러와 로버트 파커[1]의 후손임을 인정했다. 그 외에도 C. S. 루이스와 매들린 렝글[2]의 아동 문학과 메리 히긴스 클라크[3]의『아이들은 어디에?Where are the Children?』(1975), 그리고 필립 로스의『포트노이의 불평 Portnoy's Complaint』(1969)과『풀려난 주커만Zuckerman Unbound』(1975)을 아주 좋아한다고 밝혔다.

마이런 볼리타

11권이나 되는 코벤의 소설에서 주인공으로 등장하는 마이런 볼리타는 농담 따먹기를 좋아하는 키 190센티미터의 훤칠하고 잘생긴 남자 중의 남자로, 레이먼드가 만든 필립 말로의 계보를 잇는 인물이다. 예의 바르고 재치 있고 매력적인 마이런은 뉴저지주에 있는 부모의 집 지하실에서 지낸다. 그는 종종 어쩌다 자신의 고객이 말려든 살인 사건을 해결하곤 한다.

다른 많은 범죄 소설의 영웅처럼 그에게도 조수 역할을 하는 절친이 있다. 윈저(윈) 혼 록우드 3세로, 로크-혼 투자 증권 회사의 소유주다. 얼음 같은 파란 눈에 금발인 윈은 부유하고 인맥도 넓다. 또한 지극히 폭력적인데 태권도에서 가장 높은 단계인 검은 띠 소유자다. 윈은 마이런이 휘두르는 총에 가깝다. 마이런과 윈은 목적이 수단을 정당화한다고 믿는다. 이 둘은 필요하다면 살인을 마다하지 않는다. 마이런은 윈의 폭력에 책임을 느끼고 윈은 폭력을 즐긴다.

코벤의 강점 중 하나는 멋들어진 대화문이다. 그는 대화문을 활용해서 플롯을 전개하고 인물을 구축하고 배경을 설정하고 무엇보다 독자에게 재미를 준다. 아주 좋은 예가『위험한 계약Deal Breaker』이다. 이 소설에서는 범죄 조직 단원(허먼)의 골프 중독이 납치된 여자를 구하고 마이런의 목에 걸린 현상금을 취소하는 열쇠임이 드러난다.

허먼은 골프채를 가방에 다시 집어넣었다. "남자라면 골프 코스에서 앞서가기 위해 강요, 매수, 협박은 하지 않는 법이지."라고 그는 설명했다. "… 그건 마치 예배당 앞자리에 앉겠다고 신부의 머리에 총을 겨누는 것이나 마찬가지야."

"신성모독이란 말이군." 윈이 말했다.

"맞아. 진짜 골퍼라면 그런 짓은 하지 않아." 허먼이 맞장구쳤다.

"초대받아야 한다는 거지." 윈이 덧붙였다.

"세계 최고의 골프 코스에 정말로 초대받고 싶어. … 그러나 내 운명이 아닌가 봐."

"세계 최고 골프 코스 두 곳의 초대권은 어때?" 윈이 물었다. … "메리언 골프 클럽 … 그리고 파인 밸리." … "나는 두 군데 모두의 회원이야."

허먼은 날카롭게 숨을 들이마셨다. 마이런은 그가 곧 성호를 그을 것만 같았다. …

"다음 주에 시간 어때?"

허먼은 수화기를 들었다. "여자를 보내 줘."라고 지시한 그는 "그리고 현상금은 취소야. 마이런 볼리타에게 손대는 것들은 죽은 목숨인 줄 알아."라고 덧붙였다.

책 한 권을 완성하는 방식

코벤의 하루 일과는 아이들을 학교에 데려다 주는 것으로 시작한다. 그 다음에 동네 카페나 도서관에 가서 오후 1시까지 글을 쓴다. 오후에는 이메일을 처리하고 인터뷰에 응하고 일과 관련된 다른 활동에 참여한다. 그런 다음 글쓰기를 재개한다.

1995년부터 그는 매년 책 한 권씩을 냈다. 모든 책은 완성하는 데 9개월이 걸린다. (1월에 시작해서 출판사에 10월 1일에 전달한다.) 그러나 이 기간에는 오랫동안 구상하는 시간이 포함되어 있다. 코벤은 첫 3개월은 책에 쓸 범죄 아이디어를 찾으면서 보낸다. 메모는 거의 하지 않고 대부분 머릿속에 새겨 둔다. 일단 범죄를 정하고 대체로 첫 반전에 대한 아이디어가 생기면 글을 쓰기 시작한다. 코벤은 인물 설정과 반전으로 유명하지만 이런 것들은 나중에 뒤따라온다. 글쓰기 과정의 일부인 것이다.

"내 첫 소설의 마감일이 10월 1일이었어요. 아주 기막힌 우연으로 나는 그 소설을 9월 30일에 끝냈어요." 마감이 다가올수록 글 쓰는 속도가 더 빨라진다. "책은 400페이지 분량이고 마감이 한 달 뒤인데 250페이지도 채 쓰지 못한 상태였어요. 마감이 가까워지면 일주일에 최대 150페이지를 씁니다. … 『약속해 줘Promise Me』(2006)의 마지막 40페이지는 하루에 다 썼어요. 제게는 종종 있는 일입니다. 일단 터널 끝 저쪽에서 빛이 보이기 시작하면 끝을 볼 때까지 다른 모든 일은 뒷전으로 미루죠."

코벤은 플롯 개요를 미리 짜 두지 않는다. 글쓰기를 시작하기 전에 대개 책이 어떻게 끝날지 알지만 그 사이에 어떤 일이 벌어질지에 대해서는 거의 아는 것이 없는 채로 쓴다. "뉴저지주에서 캘리포니아주로 가는 거랑 비슷해요."라고 그는 말했다. "80번 고속도로를 탈 수도 있고, 마젤란 해협을 통과해서 갈 수도 있고, 도쿄에 잠시 체류할 수도 있어요. … 어쨌든 캘리포니아주에 도착하긴 할 거예요." 그는 소설가 E. L. 닥터로[4]의 비유를 인용하길 좋아한다. "글쓰기는 밤에 전조등을 켜고 안개 속을 운전하는 것과도 같다. 바로 코앞만 간신히 보이지만 그런 식으로 목적지까지 무사히 갈 수 있다."

글쓰기는 소통이다

코벤은 작가 지망생들에게 폭넓게 독서하라고 권한다. "작가에게 독서는 음악가에게 음악과 같은 것이어야 한다."는 것이 그의 생각이다. 그리고 시장 동향에 촉각을 세우거나 최신 유행을 따르는 것은 현명하지 않다고 말한다. 무엇보다 그는 읽지 않고는 못 배기는 그런 글을 쓰라고 강조한다. 독자가 읽지 않고 넘어갈 것 같은 부분은 무조건 빼라는 것이다. 그리고 글쓰기는 소통임을 잊지 말라고 당부한다.

> *"나는 온전히 내 자신을 위해서 글을 써요. 누가 읽든 상관 안 해요."라고 말하는 것은 "나는 온전히 내 자신과만 대화를 나눠요. 누가 듣든 상관 안 해요."라고 말하는 것과도 같습니다. 글쓰기를 예술이라고 불러도 좋고, 일이라고 불러도 좋지만 상대가 꼭 필요합니다. 상대가 없다면 공 주고받기 놀이에서 공을 던졌는데 받을 사람이 없는 거나 마찬가지 상황인 거예요.*

배울 점

· 폭넓게 독서하자.
· 많이 쓸수록 더 잘 쓰게 된다.
· 서스펜스는 필수다. 스스로에게 끊임없이 물어라. '이것은 충분히 흥미를 끄는가? 독자가 페이지를 넘기고 싶어질까?'
· 단 한 단어도 허투루 써서는 안 된다. 독자가 안 읽고 넘어갈 것 같은 부분은 무조건 빼라.

역자 주

[1] 탐정 소설 '스펜서Spencer' 시리즈의 작가(1932~2010). 탐정 소설을 부활시킨 작가로 평가받는다.
[2] 뉴베리상 수상작 『시간의 주름A Wrinkle in Time』으로 시작하는 '시간' 5부작으로 유명한 청소년 소설가(1918~2007)
[3] 국제비평가협회로부터 "서스펜스의 여왕"이라는 찬사를 받은 추리 소설가
[4] 미국 포스트모더니즘 문학을 대표하는 작가(1931~2015)

로알드 달

　　　　　　　　놀라운 사실 두 가지를 알려 주
겠다. 로알드 달(1916~1990)의 아동서 중 가장 사랑받는 2권은
미국에서 처음 출간되었는데 그 전에 영국에서 적어도 출판사
11군데로부터 거절당했다. 달이 영국 출판사에 이 책들을 출간
하도록 설득하기까지는 몇 년이 걸렸다. 『제임스와 슈퍼 복숭
아James and the Giant Peach』(미국 1961, 영국 1967)와 『찰리와 초콜릿
공장Charlie and the Chocolate Factory』(미국 1964, 영국 1967)은 결국 어
마어마한 베스트셀러가 되었다. 1980년대에 이르면(로알드 달
이 가장 활발하게 작품 활동을 하던 시기) 로알드 달은 세계에서 가장
성공한 아동문학 작가가 된다. 그는 1990년 사망하기 전까지
단편 26편, 장편 소설 2권, 자서전 2권, 시나리오 8편, 시집 3권,
논픽션 6권, 그리고 독특한(종종 소름 끼치는) 상상력, 과장된 인
물, 터무니없는 플롯으로 유명한 아동 소설 17권을 썼다.

어떻게 작가가 되었는가

제2차 세계대전 당시 전투기 비행사였던 달은 1942년에 부상을 입고 워싱턴 D. C.에 있는 공군 부대에 부관으로 배치된다. 작가 C. S. 포레스터('혼블로워 장군' 시리즈의 작가)는 달과 저녁을 먹으면서 그의 영국 공군에서의 경험에 관해 인터뷰를 진행했다. 포레스터가 식사를 하면서 메모까지 하는 모습을 본 달은 자신이 인터뷰 내용을 적어서 다음 날 전달하겠다고 말했다.

바로 그 결과물이 달의 첫 출판물이 되었다. 경험이 부족한 신참 비행사였던 달은 항로를 이탈한 뒤 비상 착륙에 실패해 리비아 사막에 비행기를 처박았다. 그런데 『새터데이 이브닝 포스트』에 실린 「리비아 상공에서 격추당하다」에서 달은 전투 경험이 많은 최고의 비행사로 탈바꿈했고 그의 비행기는 적군이 발사한 총탄에 치명타를 입어서 비상 착륙한 것으로 나온다. 보도기사가 아닌 반자전적인 허구에 가까웠다. 달은 그 뒤로 비행사 이야기를 15편이나 더 썼다. 대부분 반자전적인 허구였고 전부 미국 잡지에 팔렸다.

달은 전쟁이 끝난 뒤에도 계속 글을 쓰면서 미래에 쓸 만한 아이디어를 기록한 개략적인 메모를 남기기 시작했다. 그가 초기(1945~1948)에 쓴 아이디어 노트에는 '멈추지 않고 계속 자라는 체리'가 있다. 분명히 『제임스와 슈퍼 복숭아』의 기원일 것이다. 노트에 휘갈겨 쓴 메모는 더 이상 발전시키지 않았거나 포기한 다수의 아이디어도 있지만 달의 최고 인기작으로 자라날 씨앗이 된 아이디어도 있다. '건포도에 세코날(세코바르비탈[1]의 상표명)을 집어넣어 꿩 밀렵하기'(『우리의 챔피언 대니Danny, the Champion of the World』(1975)), '지식, 농담 등등 뭐든 잡은 것을 병에 넣어 두는 남자'(『내 친구 꼬마 거인The BGF』(1982)), '눈으로 물건을 움직일 수 있는 아이'(『마틸다Matilda』(1988)) 등이 그것이다. 이제 달이 이런 아이디어를 어떻게 이야기로 발전시키고 완성했는지 살펴보자.

『제임스와 슈퍼 복숭아』

달은 이 이야기를 완성한 과정을 이렇게 설명했다.

> … 아이디어는 복숭아나무에 복숭아가 열렸는데 우리가 흔히 보는 복숭아 정도의 크기가 되었는데도 멈추지 않고 계속 커지면 어떻게 될까 하는 것이었습니다. 그것은 … 아이디어긴 해도 이야기는 아닙니다. 하지만 아주 흥미로운, 작은 아이디어죠. 더 중요한 것은 아무도 이전에 그런 아이디어를 내지 않았다는 것입니다. 그래서 이제 우리는 이 아이디어를 가지고 이야기를 지어내는 것이 가능한지 봅니다. … 그리고 천천히, 천천히, 아주 천천히 … 작은 남자아이를 등장시킵니다. … 잔인한 고모 둘이 나타나고 … 괴물도요. … 그런데 어떤 괴물? 저는 이 지점에 이르렀을 때 어떤 일이 벌어졌는지 생생하게 기억이 납니다. 저는 이런 말을 했어요. "이전에 어린이책에서 이미 써먹은 괴물은 싫어. 토끼나 다람쥐나 두꺼비나 작은 생쥐도 별로야. 새로운 괴물이 필요해."

달은 결국 지네, 지렁이, 거미, 메뚜기, 기타 징그러운 벌레들을 선택했다. 이 이야기의 두 악당, 스펀지 고모와 스파이커 고모는 우스꽝스러우면서도 기괴한 캐릭터다. 달은 자신의 전매특허를 십분 발휘해 더럽고 역겨운 디테일을 가미해 묘사한다. "스펀지 고모는 … 너무 오래 찐 하얗고 질척질척한 커다란 양배추 같았다. 스파이커 고모는 … 길쭉하고 축축하고 얇은 입술에서 갈라지는 새된 목소리를 냈다. 화가 나거나 흥분하면 말할 때마다 침 알갱이들이 입에서 쏟아져 나왔다."

『찰리와 초콜릿 공장』

달은 열다섯 살 조카에게 『찰리와 초콜릿 공장』 초고를 읽어 달라고 부탁했다. "끔찍해요. 쓰레기 같아요."라는 반응이 나왔다. 초고에서 찰리는 초콜릿을 녹이는 통에 떨어진 뒤 공장 제품 중 하나의 속으로 들어가게 된다. 속이 텅 빈 소년 모양의 초콜릿 속에 찰리가 들어간 것이다. 이 제품은 어찌어찌 가게로 운송되고, 그것을 먹으려던 한 소녀는 자신을 보고 있는 진짜 눈 한 쌍과 마주친다.

달은 조카의 평가에 동의했다. 그래서 초고를 폐기하고 다시 처음부터 써 내려갔다. 두 번째 원고에서는 윌리 웡카라는 인물이 등장한다. 그러나 움파 룸파나 조 할아버지는 아직 없다. 달의 작품 속 인물 중 가장 인상적인 윌리 웡카는 아이 같은 감성을 지닌 어른으로 달 자신의 성격을 부여했다. 그는 다정다감함이 전혀 없다. 자신감 넘치고, 파악하기 어렵고, 변덕스럽다. 하지만 무엇이 재미있는지를 안다.

달은 또한 괴물 같은 아이들도 만들어 냈다. 이들에 대해 쓰는 것이 얼마나 즐거웠는지 총 15명이나 만들어 냈다. 세 번째 원고에서는 4명이 적절한 숫자라고 생각했다. 괴물 같은 아이들의 수를 넷으로 줄이느라 마음 아픈 결정을 해야 했다. 예를 들어 메리 파이커("도대체 누가 그 아이를 좋아하겠어 / 그렇게 무례하고 말 안 듣는 꼬맹이를 / 그래서 우리가 그 아이를 고치자고 말했지 / 피넛 브리틀 반죽으로")를 없앴다. 글쓰기 원칙 '아끼는 것을 없애라.'의 좋은 예다. 이 원칙에 따르면 전체 줄거리에서 벗어나는 단락은 아무리 훌륭해도 빼야 한다. 결국 달은 『찰리와 초콜릿 공장』을 무려 여섯 번이나 다시 썼다.

『찰리와 초콜릿 공장』과 『내 친구 꼬마 거인』은 달이 언어를 사랑하고 말장난을 좋아한다는 것을 보여 준다. 윌리 웡카의 공장에는 '카카오콩, 커피콩, 젤리콩, 그리고 콩'이 있고 '우유 크림, 휘핑 크림, … 바닐라 크림, 그리고 헤어 크림'이 있다. 『내 친구 꼬마 거인』의 '고블펑크gobblefunk[2]'는 아주 멋진 조어를 선사한다. (큼큼오이snozzcumber[3], 피식뿅뿅이whizzpoppoer[4], 빙빙키득키득swizzfiggle[5]) 그리고 아주 기발한 단어 조합도 나온다. (총과 불꽃, 울퉁불퉁 덜커덩, 태우려고 부수기….)

『내 친구 꼬마 거인』

달은 자신의 아동 소설을 통틀어 『내 친구 꼬마 거인』이 가장 마음에 드는 작품이라고 밝힌 바 있다. 이 책의 초고에는 남자 주인공 1명, 거인 25명이 등장하는데 '고블펑크'는 거의 들어 있지 않았다. '고블펑크'는 선꼬거(선한 꼬마 거인)의 독특하고도 사랑스러운 성격을 담아 낼 수 있게 일부러 망가뜨린 영어이다. 선꼬거는 『우리의 챔피언 대니』에도 잠깐 등장했었다. 『내 친구 꼬마 거인』은 달의 작품 중 분량이 많은 편에 속하며, 쿠엔틴 블레이크가 삽화를 담당한 첫 책이기도 하다. 달은 블레이크와 그림책 형식의 『악어 이야기』The Enormous Crocodile(1978) 작업을 함께 했었다. 그 후 달의 초기 책들의 개정판에도 블레이크의 삽화가 들어갔다. 달은 원래 선꼬거에게 검은색 모자를 씌우고, 검은색 앞치마를 입히고, 검은색 장화를 신겼는데, 블레이크의 그림을 보자마자 선꼬거가 더 부드럽고 사랑스러워 보여야 한다는 것을 깨달았다. 그래서 텍스트도 바꾸었다. 선꼬거의 언어인 '고블펑크'로 쓰려고 새로운 단어를 만들어 내면서 달은 가능한 조합을 알파벳 순서로 나열했는데 전부 283단어나 되었다. 'Bundongle[공기로만 찬]', 'boghumper[늪언덕 / 축축한 혹]', 'buzzwangles[붕붕꾀다]', 'bottlewort[병맥아즙]' 그리고 'biffsquiggled[어질혼란]' 같은 단어도 만들었지만 사용하지는 않았다.

조너선 케이프 출판사의 편집부에서 제안한 편집 조언에 달이 보인 반응이 흥미롭다(1982년 1월 20일자 편지). JC: "'마치'를 추가했음.-'마치 피처럼 빨갛게 올라와!'", RD: "안 돼요! 문장의 리듬을 망쳤잖아요. 소리 내어 읽는 책이란 말이오." 어디가 자연스럽게 읽히고 귀에 쏙쏙 들어오는지 알기 위해 자신이 쓴 것을 소리 내어 읽는 것은 어떤 장르에서나 실천하면 좋은 방법이다. 어린 아이에게 소리 내어 읽어 주려는 의도로 쓴 텍스트라면 훨씬 더 중요하다.

『마틸다』

『마틸다』 초고(초고의 제목은 『기적의 아이The Miracle Child』였다.)의 주인공과 플롯 모두 최종 출간된 이야기와는 완전히 다르다. 초고에서 마틸다는 "악랄하게 태어났고 계속 악랄했다." 이야기는 경마장에서 절정으로 치닫는데 이곳에서 마틸다는 경마 결과를 조작하려고 염력을 쓴다. 마틸다는 책 읽는 것을 조금도 좋아하지 않았다. 그런데 최종 출간된 이야기에서 마틸다의 부모와 교장 선생님은 기괴한 인물들로 나온다. 하지만 초고에서는 전혀 그렇지 않았기 때문에 마틸다가 이들에게 부리는 마법은, 자신에게 가해진 부당한 행위에 대한 반응이 아닌 그저 버릇없는 아이의 심술궂은 장난 정도로 보였다.

작업 환경

달은 영국 버킹엄서 그레이트미센든에 있는 자신의 집 과수원에 글쓰기 작업을 위해 지은 작은 벽돌 오두막집에서 거의 모든 아동서를 썼다. 하루 작업 일과를 보면 대개 오전 10시 30분부터 자정까지, 그리고 오후 4시부터 저녁 6시까지 글을 썼다. 집중력이 흐트러지는 것을 막으려고 커튼을 치고 일을 했다. 등유 난로와 전기 히터를 천장에 매달았고 겨울에는 커다란 침낭에 들어가 글을 썼다. 그는 아주 낡은 안락의자에 앉아 가죽 발받침에 다리를 올리고, 초록빛 당구대 천으로 싸서 직접 만든 받침대를 안락의자 팔걸이에 걸쳐 놓고 글을 썼다. 글은 뉴욕에서 주문한 노란 리갈 패드[6]에 연필로 썼다. "글쓰기 작업은 언제나 더디게 진행됩니다."고 그는 말했다. 예를 들어 1981년 한 해를 거의 몽땅 『내 친구 꼬마 거인』을 쓰는 데 보냈을 정도다.

문학적 영향

찰스 디킨스, 어니스트 헤밍웨이, 그레이엄 그린은 달의 문학 영웅들이었다. 어린 시절에는 베아트릭스 포터, A. A. 밀른[7] 프랜시스 호지슨 버넷의 『비밀의 화원The Secret Garden』(1909), 안데르센의 동화, 힐레어 벨록의 『악동을 위한 우화Cautionary Tales for Children』(1907)를 읽었다. 마지막 책은 달의 머릿속에 "영원히 각인"된 첫 책이었다. 학교를 다닐 때는 이국적인 모험 이야기(C. S. 포레스터, G. A. 헨티, 헨리 라이더 해거드), 스파이 스릴러, 빅토리아풍 유령 이야기, 고딕 판타지물(M. R. 제임스, 에드거 앨런 포, 앰브로즈 비어스)에 끌렸다.

노르웨이의 민담과 설화(노르웨이 출신 어머니가 어릴 때 들려준 이야기이기도 하다.)가 달의 취향에 딱 맞았고 그에게 강한 영향을 미쳤다. 노르웨이의 민담과 설화는 대개 기상천외하고 기괴한 인물과 블랙 유머를 다뤘다. 달은 이런 요소를 자신의 글에서 재창조하고 재활용했다.

달이 어린이에게 전하는 글쓰기 요령

모든 훌륭한 책에는 지독하리만큼 못된 사람들과(이런 인물들이 언제나 재미를 주지요.) 착한 사람들이 섞여 나옵니다. 모든 책과 이야기에는 여러분이 진저리가 날 정도로 미운 인물이 있을 거예요. 더 악랄하고 더 더러운 인물일수록 그 인물이 짓밟히는 걸 보는 게 신나죠.

달은 아이들이 위험으로 가득한 이야기를 재미있어한다는 것을 알았다. 그리고 부모나 선생이 악당으로 그려지는 것을 아주 좋아한다는 것도…. 달은 묘사는 최소한으로만 했고 끊임없이 자신에게 물었다. "너무 늘어지나? 너무 지루한가? 이쯤에서 읽는 걸 멈추게 될까?"

그는 1975년 렙턴학교(달이 전쟁 발발 전에 다닌, 질색했던 모교)에서 한 강연에서 "어린이를 위한 작가는 스스로 우스꽝스러운 데가 살짝 있어야 해요. 그리고 낄낄거리며 웃을 줄도 알아야죠…."라고 전했다.

그는 "만약 여러분 중 누군가가 작가 되기를 꿈꾼다면 무엇보다 호기심으로 가득한 마음, 작디작고 흥미로운 수많은 것들을 궁금해하는 마음을 기르세요."라고 조언했다.

달은 자신이 작가로 성공한 요인으로 개그 감각과 호기심을 들었고, 특히 자신의 어린 시절을 기억하고 다시 구성하는 능력을 강조했다. 그는 어린이의 관점을 이해하고 재창조하는 본능적인 감각이 있었다. "저는 제 작은 오두막집으로 갑니다. … 몇 분 지나지 않아 저는 다시 여섯, 일곱, 여덟 살 소년으로 돌아가죠."

달은 글쓰기를 영감보다는 기술에 의존하는 작업이라고 생각했다. 그는 작가에게 필요한 것은 "고통을 감내할 무한한 능력"이라고 믿었다. 그래서 자신의 이야기에 온힘을 쏟으면서 끊임없이 교정하고 수정하고 다시 썼다.

사실과 허구, 환상과 현실의 조합

달은 자신의 전쟁 이야기이자 두 번째 자서전인 『로알드 달의 위대한 단독 비행Going Solo』(1986)에서 거리낌 없이 사실과 허구를 뒤섞었다. 달의 아동서는 종종 '판타지'로 분류된다. 그러나 그런 이야기들도 달 자신이 직접 겪은 일, 자신이 아는 사람들, 거의 평생을 보낸 버킹엄셔 등 자신의 실제 삶에서 영감을 얻은 것들이다. 『찰리와 초콜릿 공장』에는 초현실적인 요소들이 넘쳐나지만, 실은 달이 자신의 학교가 캐드버리사의 새로운 초콜릿 상품을 시식하는 곳으로 선정된 어린 시절의 추억을 떠올리며 쓴 것이다. 『멋진 여우 씨Fantastic Mr Fox』(1970)와 『우리의 챔피언 대니』에서는 그레이트미센든에 있는 자신의 집 주변 풍경을 활용한다. (이를테면 근처 너도밤나무가 여우 씨의 집이 되었다.) 1940년대 후반 달은 클로드 테일러와 친구가 된다. 클로드 테일러는 "이야기꾼이자 조금은 사기꾼"이었다. 그는 달과 마찬가지로 밀렵에 관심이 있었고 지역의 신흥 부자 지주인 조지 브라질에게 고용되어 있었다. 조지 브라질은 롤스로이스를 타고 다녔는데 수면제를 넣은 건포도를 꿩에게 먹이는 기발한 술수의 희생양이 된다. 이 사건 덕분에 『우리의 챔피언 대니』라는 인상적인 이야기가 탄생했다.

세상을 아이의 눈으로 보는 묘한 재주, 기발하고 독특한 상상력, 그리고 한눈팔지 않는 성실함. 내가 보기에 달이 세상에서 가장 인기 있는 아동문학 작가로 성공할 수 있었던 비결은 이런 재료들이 적절히 혼합된 덕분이다.

배울 점

· 아동문학에는 못된 사람과 착한 사람이 모두 있어야 한다. 악당이 악랄할수록, 그 악당이 악행의 대가를 치를 때 더 많은 아이들이 즐거워한다.

· 아이들은 위협과 공포를 느끼는 것을 즐기고 마법, 보물, 초콜릿, 장난감을 좋아한다.

· 자신의 글을 큰 소리로 읽으면 글이 자연스러운지, 그리고 귀에 잘 들어오는지 알 수 있다.

· 성실하게 일하자. 원고의 사소한 부분까지도 끊임없이 살펴서 다시 쓰고, 다시 쓰고, 또 다시 쓸 각오를 하자.

역자 주

1 진정·수면제
2 로알드 달이 만들어 낸 말로, 소설 속 인물들이 사용하는 언어를 가리킨다.
3 거인들의 주식
4 방귀쟁이
5 갖고 놀다 또는 놀리다
6 줄이 쳐진 황색 용지 묶음
7 극·동화·추리 소설 세 분야에 걸쳐 발자취를 남긴 영국 작가(1982~1956)

제임스 엘로이

제임스 엘로이(1948~)의 소설 속에 등장하는 경찰들은 총 쏘는 것을 주저하지 않는다. 일단 쏘고 나서 질문은 나중에 한다. 목숨 값은 싸고 로스앤젤레스 경찰국의 경찰들은 그들이 쫓는 범죄자들만큼이나 악랄하고 부패했다. 제임스 엘로이는 촘촘한 플롯, 그리고 뒷골목에서 쓰는 은어와 욕설로 가득한 간결하고 뚝뚝 끊어지는 문체로 유명하다.

비행 청소년이 작가를 꿈꾸다

엘로이는 열 살 무렵부터 남자아이들을 대상으로 한 추리 소설을 읽었다. 아버지가 산 추리 소설을 모조리 읽어 치운 뒤에는 책을 훔치기 시작했다. 10대와 20대에는 술을 퍼마시고 마약을 하고 범죄(특히 소매치기와 절도)에도 동참했으며 노숙할 때가 많았다.

엘로이는 루서 교회와 1950년대에 연예인 스캔들 기사 분야를 개척한 야한 미국 잡지 『컨피덴셜』이 자신의 글에 가장 큰 영향을 미친 문화적 자양분이라고 말한 바 있다. 엘로이가 글을 쓰기 시작했을 때는 대실 해밋과 제임스 케인의 하드보일드 경찰 및 탐정 소설, 그리고 전직 경찰 조지프 웸보가 쓴 소설과 논픽션 범죄 서적이 한창 유행하고 있었다.

집 없는 열일곱 살 비행 청소년 엘로이는 원래 위대한 문학 작가가 되는 꿈을 꾸었다. 그러나 자신이 정말 재미있게 읽은 책은 오로지 범죄 소설뿐이라는 것을 곧 깨달았다. 교도소에서 복역하고 나온 엘로이는 골프 캐디로 일했다. 그리고 술과 마약을 끊지 않으면 결코 소설을 쓸 수 없으리라는 것을 자각해서 마침내 술과 마약을 끊는 데 성공했다. 1979년 1월 서른한 살이 된 그는 『파리 리뷰』와의 인터뷰에서 자신이 어떻게 글을 쓰기 시작했는지 설명했다.

> 벨에어 카운티 클럽에서 8번째 홀을 돌면서 이렇게 말했어요. "하나님, 제발, 오늘밤부터 소설을 쓸 수 있게 해 주세요." 그리고 실제로 그렇게 했어요. 웨스트우드 호텔에 투숙 중이었는데 그 방에서 선 채로 썼죠. 서랍장을 책상으로 삼았고 이렇게 썼어요. "사업은 잘된다. 매 여름 같은 일이 반복된다. 스모그와 열기가 밀려들어 와 분지를 뒤덮는다. 사람들은 무기력과 불안에 굴복한다. 예전에 한 결심은 사라진다. 예전에 한 약속도 잊는다. 그리고 나는 돈을 번다." 그러고는 앉아서 계속 썼어요. … 순전히 의지와 자부심과 뭔가가 되고 싶다는 주체할 수 없는 열망만으로 제 자신을 완전히 새로 창조한 것처럼 느껴졌어요. 갑자기 저는 앞으로 남은 인생 동안 무엇을 하게 될지 알았어요. 그 후로 한순간도 멈추지 않았어요.

캐디로 일하는 동안 엘로이는 법적 조치를 시작한다는 공지를 전달하는 일도 했고 이 경험을 토대로 첫 장편 소설 『브라운 진혼곡Brown's Requiem』(1981)을 썼다. 이 소설은 전직 경찰(엘로이 자신을 살짝 반영한 인물)이자 정신병자이자 반유대주의 방화범인 팻 도그 베이커가 주인공이다. 엘로이는 이 책이 "꿈을 이뤄 주는 … 범죄 … 자서전 … 그러나 무엇보다 상상력의 산물"이라고 말했다.

다음 소설은 『클랜데스틴Clandestine』(1982)이다. 엘로이의 첫 경찰 소설로 1950년대 로스앤젤레스를 무대로 펼쳐진다. 엘로이 자신의 어머니를 앗아간 살인 사건(다음 페이지 참조)에 관한 허구적 이야기를 담고 있으며 엘로이가 창조한 인물 중 가장 인상적인 아일랜드계 부패 경찰 더들리 스미스가 처음 등장한다. 그 다음 소설은 『조용한 공포Silent Terror』(1986년에 『길 위의 살인자Killer on the Road』로 출간되었다.)와 로이드 홉킨스 3부작(1984~1985)이다. 엘로이는 장편 소설 5권을 쓰는 동안은 여전히 캐디로 일했다. 이른 오후에는 집으로 돌아가 남은 하루를 글을 쓰면서 보냈다.

LA 4부작

초기 소설 발표 후에도 소수의 마니아가 따랐지만 LA 4부작을 발표한 후에는 소설가로서 명성을 얻게 되었다. 한 평론가는 LA 4부작을 가리켜 "1947년부터 1959년까지 로스앤젤레스의 대중문화사를 서술한 대서사시"라고 평했다. 『블랙 달리아The Black Dahlia』(1987), 『빅 노웨어The Big Nowhere』(1988), 『L. A. 컨피덴셜L. A. Confidential』(1990), 『화이트 재즈White Jazz』(1992)는 하나같이 전 세계적으로 호평을 받은 베스트셀러다.

허구의 인물들(대부분 꽤 불쾌한 인물들이다.)이 실존했던 인물들과 함께 등장한다. 엄청난 양의 섹스, 마약, 폭력, 신체 훼손, 아수라장, 새로운 욕설도 나온다. 엘로이가 범죄 조직의 두목 미키 코헨을 소개하는 장면을 살펴보자.

> 믹 두목은 다리를 저는 아이들, 떠돌이 개, 구세군, 유대인 공동체 연합에 약
> 해. 또한 인쇄소, 대부업체, 도박장, 매춘업소, 마약 공급상을 운영하고 매년 평
> 균 십여 명의 사람들을 죽이지. 완벽한 사람은 없잖아. 안 그래, 헵캣? 발톱 깎은
> 걸 화장실 바닥에 그대로 놔두기라도 해 봐. 미키는 밤 기차로 사람들을 골로 보
> 낸다고.

『블랙 달리아』는 실제로 있었던 엘리자베스 쇼트의 살인 사건과 범
죄를 수사하는 경찰관 두 명에 관한 허구를 섞었다. 엘로이의 어머니
는 그가 열 살 때 강간을 당한 뒤 교살당했다. 몇 달 뒤 엘로이는 엘리
자베스 쇼트의 미제 살인 사건을 다룬 책을 선물받는다. 엘리자베스
쇼트는 연예계의 떠오르는 샛별이었는데(풍성한 검은 머리 때문에 '블랙 달
리아'라는 애칭을 얻었다.) LA에서 절단된 시체로 발견되었다. 엘로이는
이 사건에 심취했고 그의 머릿속에서 어머니의 살인 사건과 블랙 달
리아 살인 사건이 한데 뒤엉켰다. 이 소설은 그가 어머니를 애도하며
쓴 것으로 어머니가 살고 죽었던 세계를 재창조했다. "나는 겉으로 어
머니의 죽음을 슬퍼하지 않았어요. 대신 엘리자베스 쇼트의 죽음을
슬퍼했죠."

『블랙 달리아』를 쓰기 위해서는 상당한 자료 조사가 필요했다. 경
찰의 수사 파일은 입수할 수 없었으므로 그는 마이크로필름으로 보관
된 『로스앤젤레스 타임스』와 『로스앤젤레스 헤럴드-익스프레스』 기사
를 구했다. 신문 기사에서 정보를 옮겨 적고 이 정보를 바탕으로 자전
적인 요소가 들어간 허구 이야기를 꾸며 냈다. 이야기의 화자는 로스
앤젤레스 경찰국의 경찰 드와이트 '버키' 블라이처트다. 그는 전직 권
투 선수로 엘로이와 신체 조건이 비슷하다. 드와이트는 한 여성의 죽

음에 집착하게 된다.

많은 이들이『L. A. 컨피덴셜』을 엘로이의 최고작으로 꼽는다. 24시간 영업하는 식당에서 벌어진 총격 사건이 이야기의 중심에 놓여 있지만 전체 이야기의 발단은 1951년 크리스마스에 술에 취한 로스앤젤레스 경찰국 경찰들이 교도소에 수감된 여섯 명을 의식을 잃을 정도로 폭행한 사건이다. 이 사건에 연루된 경찰 세 명에게 가해진 총격 사건은 그들의 경찰 경력의 토대가 된 과거의 비밀이 세상에 드러나는 계기가 된다. 에드 엑슬리는 기본적으로는 원칙을 지키면서 수사를 하지만 자신의 경력에 도움이 된다면 굳이 뻣뻣하게 굴지 않는다. 잭 빈센즈는 인기 TV 범죄 시리즈의 컨설턴트라는 화려한 부업에 따르는 유명세를 즐긴다. 버드 화이트는 젊고 건방지고 폭력적이고 로스앤젤레스 경찰국에서 성공하고 싶어 안달이 났다.

용의자를 신문할 때 경찰은 전혀 점잖게 굴지 않는다.

더들리는 미소를 지었다. "아주 얌전하게 끌려왔군. 현명한 선택이야. 기본권이 있네 어쩌네 하는 헛소리 쇼를 벌이지 않았어. 너한테 그런 권리가 있을 턱이 없으니까. 머리가 잘 돌아가는 편이군. 본론으로 들어가서, 내 일은 로스앤젤레스의 조직범죄를 막고 통제하는 거야. 내 경험상 물리적 폭력만큼 교정 효과가 큰 도구가 없더군. 젊은이, 내가 질문을 하면 너는 답을 해. 네가 내놓는 답이 마음에 들면 웬델 화이트 경사는 저 자리를 계속 지킬 거야.

화이트가 선호하는 신문 방식은 물리적 폭력(상대가 여자일 때는 예외)이다. 여기 화이트가 매춘부와 나누는 대화를 살펴보자.

"셔츠에 피가 묻었군요. 당신이 하는 주된 일이 그건가요?" "그래." "그걸 즐기나요?" "그럴 만할 때는." "여자를 때리는 남자를 말하는 거죠?" "똑똑하네."

"오늘도 그럴 만한 사람들이었나요?" "아니." "그런데도 상관없었군요." "그래,
오늘 네가 십여 명의 남자들이랑 한 거랑 같은 거야."

『L. A. 컨피덴셜』의 줄거리는 복잡하고 빠르게 전개된다. 그러나 세
명의 매우 다른 주인공의 심리와 인격이 조금씩 천천히 드러나는 가
운데 이를 탐구한다는 점에서 그렇고 그런 범죄 소설과 차별화된다.

미국 지하 세계 3부작

『아메리칸 타블로이드American Tabloid』(1995)는 이 야심찬 3부작의 첫 소
설이다. 엘로이는 20세기 중후반의 "감춰진 비밀의 역사"를 재구성했
다. 후속편인 『콜드 식스 사우전드The Cold Six Thousand』(2001)와 『피는
방랑자Blood's a Rover』(2009)에서는 정부 요원, 정보원, 범죄 조직, 이데
올로그, 영화배우, 정치인이 얽히고설킨 이야기를 통해 JFK 암살 사건
부터 워터게이트 사건까지 미국 역사를 짚어 나간다.

JFK의 암살범 리 하비 오스월드에 관한 돈 드릴로의 소설 『리브라
Libra』(1981)에서 일부 영감을 얻은 『아메리칸 타블로이드』는 마틴 루서
킹과 로버트 케네디에 대한 암살 기도와 라스베이거스를 장악한 하워
드 휴즈를 다룬다. 로버트 케네디와 마틴 루서 킹의 목소리를 따르
는 도덕관이 3부작 전체를 지배하고 있으며 존 에드거 후버가 주요
악당으로 그려진다. 지하 세계 3부작에서 가장 유명하고 가장 좋은 평
을 받은 작품은 『콜드 식스 사우전드』지만, 엘로이는 나중에 이 소설
이 너무 분량이 많고 줄거리가 복잡해서 자신이 선택한 극단적인 전
보문 형태의 거친 문체가 어울리지 않는다고 밝혔다.

『내 어둠의 근원』

『아메리칸 타블로이드』를 완성한 엘로이는 지하 세계 3부작을 잠시 중

단하고 회고록『내 어둠의 근원My Dark Places』(1996)을 썼다. 이 회고록은 엘로이의 어린 시절과 해결되지 않은 어머니의 살인 사건을 조사한 기록을 담고 있다. 로스앤젤레스 경찰국으로부터 어머니의 사건 수사 파일을 살펴볼 기회를 얻은 엘로이는 수사관 빌 스토너와 함께 파일에 있는 단서를 쫓으며 15개월을 보냈지만 모든 용의자가 이미 사망했다는 결론을 내리고 조사를 중단한다. 회고록은 어머니와 화해하는 여정이자 솔직한 자서전이다. 비행 청소년으로 보낸 어린 시절 이야기도 얼렁뚱땅 넘어가지 않는다. 그는 나중에 이렇게 말했다.

> *부패를 묘사하기 위해 내가 꼭 부패한 사람이 될 필요는 없죠. 저는 나 자신의 가장 더러운 행위들을 회고록『내 어둠의 근원』에 썼지만 벌써 몇 년간 그런 행위는 자제하고 있어요. 남의 집에 침입하는 것은 스릴이었고, 몰래 훔쳐보는 것도 스릴이었어요. 그러나 안전한 사회를 유지하려면 이런 행위는 규제되고 금지되어야 해요. 내 삶은 엄청난 혼란을 겪었어요. 그리고 내 창작 활동에도 여전히 그 혼란이 남아 있어요. 그래서 저는 질서를 갈망합니다. … 비록 명백한 무질서를 환상적인 세부 사항까지 일일이 묘사하지만요.*

『배신』

『배신Perfidia』(2014)은 두 번째 LA 4부작의 첫 소설이다. 이 시리즈에서는 초기 4부작에 등장한 허구의 인물과 실존 인물들이 훨씬 젊었을 때의 이야기를 다루고 있다. 시간적 배경은 일본군의 진주만 공격 하루 전에 시작해 대일전승기념일에 끝난다. "히로히토의 야만적인 말벌은 이제 공해상으로 날아가고 있었다." (엘로이는 두운을 좋아했다.[1]) 동반 자살로 보이는 일본계 미국인 가족의 시체가 발견되는 한편, 모든 일본계 미국인에 대한 무조건적인 강제 수용, 전쟁을 이용한 부당 착취가 진행된다. 이런 시대적 배경을 전제로 1941년 12월에 23일 동안 서로 다른 처지의 주인공 네 명이 각자의 시선으로 바라본 사건들을 다룬다. 동성애자이며 일본계 미국인인, 로스앤젤레스 경찰국 소속 화학자 히데오 아시다,『블랙 달리아』에도 등장했고 이 소설에서는 할리우드의 친공산주의자 모임에 잠입한 거침없는 케이 레이크, 1950년부터 1966년까지 로스앤젤레스 경찰국의 국장을 지낸 실존 인물 윌리엄 파커 경찰서장, 권모술수에 능한 더들리 스미스가 그들이다. 조연 인물 중 실존 인물로는 (몇 명만 예로 들자면) 베티 데이비스, 존 크로포드, 베르톨트 브레히트, 세르게이 라흐마니노프가 있다.

소설을 쓰는 방식

엘로이는 새로운 소설을 구상할 때 어둠 속에 앉아서 생각한다. 그런 다음 메모를 한다. 대개 이야기의 소재, 인물들의 이력, 약간의 역사적 배경이 포함된다. 그 다음에 시놉시스를 적는다. 주요 사건, 애정 구도, 음모와 결말 등이 포함된다. 엘로이는 이것을 되도록 짧은 시간 안에 적어 내려간다.『피는 방랑자』의 경우 시놉시스를 6일 만에 완성했다. 이 시놉시스는 가장 중요한 다음 단계의 안내도 역할을 한다. 다음 단계는 바로 플롯과 서사의 순서를 잊지 않고 따라갈 수 있도록 도와줄 소설의 구체적인 개요를 마련하는 것이다.

엘로이는 소설의 본문만큼이나 개요에도 엄청난 공을 들인다. 개요는 각 인물에 대한 짧은 묘사로 시작한다. 다음으로 소설의 전체적인 구상과 의도를 설명한다. 세 번째이자 마지막 요소는 각 장의 구체적인 내용을 정리하는 것이다. 완성된 개요에는 엘로이가 그 책을 쓰는 데 필요한 모든 정보가 들어간다. 상부 구조 역할을 하는 것이다. 덕분에 엘로이는 책을 쓰는 동안 계속 이야기 전체를 머릿속에 그릴 수 있다.『피는 방랑자』의 개요는 거의 400페이지에 달하고 완성하는 데 8개월이 걸렸다.

엘로이는 매일 써야 하는 단어 수를 정하지 않는다. 대신 개요에서 얼마나 많은 페이지를 텍스트로 바꾸어야 하는지를 정한다. 완성된 텍스트 분량 대 개요 페이지 수는 책마다 다르다. 개요의 밀도에 따라 달라지기 때문이다. 『배신』을 쓸 때는 개요 다섯 페이지당(하루 목표량) 대개 텍스트 여덟 페이지가 나왔다.

엘로이는 리갈 패드에 손으로 글을 쓰고 수정은 빨간색 펜으로 한다. 다 쓰고 나면 완성된 텍스트를 검토하며 매일 50페이지씩 손본다. 이 과정을 거친 원고는 타이피스트에게 넘긴다. 그런 후에 타이핑되어 나온 텍스트를 교정하면서 보충하거나 삭제한다. 일단 만족할 만한 원고가 마련되면 에이전트를 만난다. 에이전트는 주요 장면에 모순되는 부분은 없는지 검토하고 각 인물들의 동기와 행동이 설득력이 있는지 확인한다. 엘로이는 편집 단계로 넘어갈 때까지 계속 이런저런 사소한 수정을 한다.

때로는 출간된 책의 장과 장 사이에는 서류가 삽입되기도 한다. 타블로이드 신문 지면, 경찰 보고서, FBI 기록 등…. 이 기법으로 그는 등장인물의 시점에서 벗어난 외부인의 시선으로 독자에게 등장인물이 모르는 정보를 전달하거나 역사적 사실 또는 편집자적인 논평을 직접적이고 압축적인 방식으로 제공할 수 있다.

『L. A. 컨피덴셜』은 엘로이가 문체를 바꾸는 중요한 전환점이 되었다. 이 소설 이후 그는 건조하고 전보를 연상시키는 매우 짧고 뚝뚝 끊어지는 문장을 썼다. 이런 변화는 편집자의 요구 때문이었다 편집자는 텍스트에서 100페이지 이상을 잘라 내라고 하면서도 서브 플롯과 장면을 빼거나 바꾸지 말아 달라고 했다. 그래서 엘로이는 해결책으로 처음부터 끝까지 소설을 훑으면서 각 문장에서 불필요한 모든 단어를 삭제했다. 그 결과 아주 독특한 툭툭 끊어지는 문체가 탄생했다. 시대에 어울리는 거리의 어휘를 사용했고 이런 문체는 빠른 속도로 전개되는 액션으로 가득한 이야기에 매우 효과적이었다. 그는 "저는 속어를 사랑합니다."고 말한다. "힙스터의 말투, 인종차별주의적인 욕설, 두운, 온갖 은어를 사랑합니다."

배울 점

· 매우 짧은 문장과 간결한 문체는 빠르게 전개되는 범죄 소설에 잘 어울릴 수 있다.
· 실존 인물과 함께 살을 맞대고 활동하는 허구의 인물을 창조하면 서사에 현실감을 부여할 수 있다.
· 직접 조사했거나 신문에서 읽은 진짜 범죄가 소설의 소재가 될 수 있다.
· 텍스트에 서류를 끼워 넣음으로써 독자에게 등장인물의 시점에서는 알 수 없는 정보를 전달할 수 있다. 그런 서류에는 신문 스크랩, 이메일, 편지, 일기 발췌문, 법정 기록 등이 있다.

역자 주

[1] 이 문장을 원문으로 옮기면 'Hirohito's heathen hornets are now heading across the high seas.'로, 거의 모든 단어가 'h'로 시작하고 있다.

헬렌 필딩

자존감이 낮고 몸무게에 집착하는 신경질적인 30대 중반의 여자가 완전히 새로운 문학 장르를 낳을 줄 누가 알았겠는가? 『브리짓 존스의 일기Bridget Jones's Diary』(1996)는 우리가 현재 '칙 릿'이라고 부르는 장르의 길을 닦았다.

『브리짓 존스의 일기』는 원래 1995년 2월 29일 『인디펜던트』의 칼럼으로 시작했다. 젊은 여성이 남자처럼 술을 마시고 부적절하게 행동하는 문화가 막 퍼질 무렵이었다. 제인 오스틴의 『오만과 편견』에 아주 느슨하게 기댄 플롯을 따라서 전개된 이 칼럼은 다음 해 양장본으로 출간되었고 꽤 잘 팔렸다. 그런데 페이퍼백으로 출간되자 입소문을 타고 오랫동안 베스트셀러 목록에 머물렀다.

이 책은 "평소에는 책을 별로 사지 않는 독자들이 샀습니다."

라고 『인디펜던트 온 선데이』의 전 편집자 이언 잭이 설명했다. "독자층을 넓힌 책이죠." 이 책이 그토록 인기를 얻은 이유는 이미지와 건강에 집착하는 현대의 분위기를 잘 활용한 헬렌 필딩(1958~)의 능력 덕분이기도 하고 감칠맛 나도록 가벼운 아이러니 덕분이기도 하다.

결함이 있는 인물

필딩은 "저는 제가 우연히 여자들에게 아주 근본적인 무언가를 건드렸다고 생각해요. 자신에게 기대되는 모습과 실제 모습 간의 간극 말이에요."라고 말했다. "그래서 브리짓의 이야기가 여자들의 마음에 와 닿은 것이겠죠. 브리짓도 사람이고 대부분의 우리들처럼 결함이 있으니까요."

필딩은 2009년 옥스퍼드 유니언 모임에서 강연을 하면서 "저는 브리짓이 바로 저라는 사실을 부정하느라 오랜 시간을 허비했지만 결국 제가 브리짓이라는 사실은 변하지 않았어요."라고 고백했다. 필딩은 오늘날 많은 젊은 여성이 "모든 것을 가지기" 위해, 그리고 이상을 추구하는 사회에 부응하기 위해 애쓰느라 혼란에 빠졌다고 주장했다. "자기 계발서가 얼마나 잘 팔리는지 보세요. 특히 미국에서요. … 종교가 되다시피 했어요." 사람들은 완벽한 삶을 살기 위해 최선을 다해야 한다고 느낀다. "다들 아침 6시에 일어나야만 한다고 생각해요. 그 시간에 일어나서 체육관에 가서 운동을 하고 하루 종일 일을 하고 밤늦게 집에 돌아오면 12인분 저녁을 차려야 하고요."

브리짓은 외모와 남들의 시선에 집착하면서 여자라면 특정한 방식으로 옷을 입고, 외모와 이미지를 가꿔야 한다고 말하는 광고를 굳게 믿는다.

여자로 사는 것은 농부로 사는 것보다 더 힘들다. 돌보고 가꾸고 거둬야 할

것이 너무 많다. 다리와 겨드랑이를 제모해야 하고, 눈썹을 다듬어야 하고, 발꿈치의 각질을 제거하고, 피부의 각질도 제거한 뒤 보습을 하고, 여드름을 제거하고, 머리카락 뿌리를 염색하고, 속눈썹에 마스카라를 칠하고, 손톱을 다듬고, 셀룰라이트를 마사지하고, 복근을 단련해야 한다. … 요즘 젊은 여자들이 자신감이 부족한 게 당연하지 않나?

라이프 스타일 잡지와 자기 계발서를 신봉하는 브리짓은 끊임없이 자신의 체중과 '독신'인 상태를 걱정한다. 다른 한편으로는 끊임없이 생체시계를 들먹이면서 한시라도 빨리 배우자를 찾으라고 조언하는 친구들과 친척들에게 진절머리를 친다.

오늘 저녁 모임에서 마그다가 나를 일종의 근친상간의 느낌을 주는 사람들 사이에 긴 샌드위치처럼 만들었다. 기절할 만큼 지루한 코즈모와 제레미 형제 사이에 앉아야 했다. "브리짓, 너 이제는 정말 서둘러서 애라도 낳아야지. 꽤 나이가 들었으니까."라고 코즈모가 말하더군. "그래서 연애는 어떻게 돼 가?" 미치겠다. 결혼한 사람들은 왜 이런 질문이 무례하다는 것을 모르는 걸까? 우리는 그들한테 우르르 달려들어서 "결혼 생활은 어떻게 돼 가? 아직도 섹스는 해?"라고 외치지 않잖아.

소설 초반에 출판 홍보팀에서 일했던 브리짓은 직장을 옮겨 TV 뉴스의 리포터가 된다. 이곳에서 그녀는 모든 것을 하찮게 다루면서 자극적인 면에만 초점을 맞추는 데 집착하는 편집장 밑에서 일하게 된다. 편집장은 비상 상황에 대처하는 일을 하는 사람들에 관한 특별 생방송을 기획한다. "브리짓! … 불이야 … 미니스커트가 좋겠어. 소방관 헬멧도 좋고. 호스를 이렇게 가리키는 거야." 당연히 방송은 우스꽝스럽게 실패한다.

브리짓은 흡연자이고 술도 많이 마신다. 절친들과 저녁에 만나 와인을 퍼마시고, "잘난 척하는 기혼자들"에 대해 불평하고, 남자들을 헐뜯는다. "정서적 관계지속부전증", 즉 남자들의 정착 공포증에 대해 말이다. 이런 신조어는 필딩 글의 특징 중 하나다. 또 다른 특징은 점 강법[1]의 적절한 활용이다. 브리짓의 어리석음과 난처한 실수들이 원래는 숭고하고 우아해야 하는 순간을 망치곤 한다.

『뉴요커』의 티나 브라운이 "이 집단에서 저 집단으로 예쁘게 사뿐사뿐 날아다니면서" 파티에서 정말 돋보이는 존재라는 이야기를 들은 브리짓은 파티 참석법에 대한 조언을 담은 잡지 기사를 탐독한다.

> … 명확한 목표 없이 파티에 가면 절대 안 된다. '인맥 관리'를 위해, 즉 경력에 도움이 되는 지인의 명단을 늘리기 위해, 특정한 사람과 친해지기 위해, 최고의 계약을 '따내기' 위해 등 뚜렷한 목표가 필요하다. 오직 너무 화만 내다가 돌아오진 않겠다는 목표로만 무장한 채 파티에 가면 실패할 수밖에 없다는 사실을 알아야 한다.

강렬한 도입부

『브리짓 존스의 일기』는 강렬한 인상을 주면서 시작한다. 독자들에게 브리짓이라는 인물의 단면을 보여 주는 재미있는 새해 결심 목록을 나열한 것이다. 이 목록은 다음과 같은 내용을 포함한다. "나는 … 남자 친구가 없다는 사실에 우울해하지 않겠다. 대신 내면의 우아함, 권위, 자존감을 키워서 남자 친구 없이도 완전한, 알맹이가 단단한 여자가 되겠다. 그것이 남자 친구가 생기는 가장 좋은 방법이다."

새해 결심 목록의 첫 세 항목만 읽어도 ("담배를 끊는다. 1주일에 술을 14잔 이상은 마시지 않는다. 반셀룰라이트 식이요법으로 … 허벅지 둘레를 7센티미터 줄인다.") 우리는 브리짓이 이 중 하나도 지킬 수 없으리라는 것을 안다. 실제로 브리짓은 첫날부터 이를 어긴다. 1월 1일 하루 동안 먹은 음식의 목록에는 "밀키 트레이 12개(크리스마스 간식거리를 한꺼번에 처리하고 내일부터 새롭게 시작하는 셈이니까 괜찮다.)"가 있다.

같은 날 밤 11시 45분에 브리짓은 일기에 이렇게 적는다. "윽. 새해 첫날은 끔찍했다. 올해도 부모님 집 싱글 침대에서 새해를 시작하게 되다니 믿을 수가 없다. 내 나이에는 정말이지 모욕적인 일이다." 소설의 첫 세 페이지를 읽은 우리는 브리짓이란 인물, 브리짓의 생활 방식, 브리짓의 결함과 단점을 생생하고 세세하게 떠올릴 수 있다. 이 모든 것이 앞으로 벌어질 일들의 출발점이 된다.

칙 릿

전형적인 칙 릿(대개 파스텔 색 표지의 페이퍼백으로 출간된다.)에는 여자 주인공이 등장한다. (언제나 그런 것은 아니지만 대개 20대나 30대 여성이다.) 여자 주인공은 현대 사회에서 성공하려고 노력하는 동시에 매일매일 일상적인 문제나 쟁점을 극복하려고 애쓰며 많은 여자가 공감할 수 있는 어떤 외상을 겪고 있다. 소설의 주제로는 남자 친구, 연애, 섹스, 사랑, 결혼, 불륜, 인간관계, 우정, 직장 환경, 쇼핑, 기타 현대인의 수많은 중독증 등이 있다.

그러나 이런 주제는 대개 로맨스 소설, 가족 대하소설 등 다른 소설에서도 다룬다. 칙 릿은 어떤 점에서 차별화될까? 내 생각에 이 질문에는 두 개의 뚜렷한 답이 있다. 첫째, 문체가 가볍고, 성글고, 무엇보다 유머러스하다. 유머는 매우 중요한 요소다. 둘째, 매우 독특한 어조를 유지한다. 사적이고 고백하는 듯한 분위기를 띤다. 아주 뛰어난 칙 릿은 나와 서로 마음을 나누는 친구가 자신이 매일매일 겪는 문제를 털어놓는 것을 내가 들어주고 있는 듯한 느낌이 들게 한다.

『브리짓 존스의 일기』가 엄청난 성공을 거둔 뒤 비평가들은 그 이전의 몇몇 소설들, H. B. 길모어의 『클루리스Clueless』(1995)와 테리 맥밀런의 『웨이팅 투 엑세일Waiting to Exhale』(1992)을 칙 릿으로 재분류하고 제인 오스틴을 이 장르의 창시자로 꼽았다.

작가가 되기까지

필딩은 옥스퍼드대학교에서 영문학을 공부했고 BBC에서 10년간 일하면서 아프리카에 관한 코믹 릴리프[2] TV 다큐멘터리 제작에 참여했다. 그 뒤로 프리랜서 저널리스트로 일하다 『인디펜던트 선데이』에 취직했다. 전보문을 연상하게 하는 필딩의 독특한 문체는 저널리스트로서 받은 훈련과 정기적으로 수준 높고 읽기 쉬운 대본을 정해진 분량에 맞춰서 그리고 촉박한 마감에 맞춰서 쓴 경험에서 비롯되었다.

필딩은 언제나 작가가 되고 싶었고 BBC에서 일한 경험은 첫 소설 『셀레브와의 사랑Cause Celeb』(1994)의 원천이 되었다. 가상의 나라 동아프리카를 무대로 펼쳐지는 이 소설은 난민에 관한 멋진 TV 다큐멘터리를 만들면서 이미지에만 집착하는 서구 언론과 빈곤에 허덕이며 고통받는 개발도상국을 병치하면서 풍자한다.

필딩은 자신의 이름을 널리 알린 베스트셀러 『브리짓 존스의 일기』 이후 후속편 『브리짓 존스의 애인』(1999)과 마이애미, 로스앤젤레스, 영국, 수단을 배경으로 펼쳐지는 코믹 스파이 소설 『올리비아 줄스의 환상을 쫓는 모험Olivia Joules and the Overactive Imagination』(2003)을 발표했다. 이 소설은 브리짓 존스와는 매우 다른 젊은 여자 프리랜서 저널리스트의 모험기다. 올리비아 줄스는 지적이고, 프랑스어·독일어·스페인어에다 아랍어까지 능숙하게 쓰는 복수 언어 구사자이고, 날씬하다. 필딩은 이언 플레밍의 소설을 좋아하고 올리비아 줄스를 여자 제임스 본드라고 소개한다.

브리짓 존스 시리즈의 세 번째 소설 『브리짓 존스는 연하가 좋아

Bridget Jones: Mad About the Boy』(2013)에 대한 평가는 갈린다. 이 소설에서 브리짓은 51세의 부유한 미망인이다. 젊은 브리짓과는 달리 많은 독자들로부터 공감을 얻는 데 실패했다. 필딩은 또한 러네이 젤위거가 브리짓 존스로 분한 흥행작 3편의 시나리오 작가 팀의 일원으로도 활동했다.

칙 릿은 "한없이 가볍고 시시하다."는 비난을 받곤 한다. 그러나 칙 릿이 가볍고 성글기는 해도 젊은 여성들이 매일매일 직면하는 딜레마들을 다루며, 무엇보다 아주 재미있다는 점은 분명하다.

배울 점

- 독자들은 자신과 비슷한 결함과 문제가 있는 인물에 관해 읽기를 좋아한다.
- 유머러스한 글에서는 신조어가 좋은 효과를 낼 수 있다.
- 소설에는 강렬한 도입부가 꼭 필요하다. 그래야 첫 페이지부터 독자의 시선을 붙들 수 있다.
- 칙 릿은 친한 친구끼리 대화를 나누면서 비밀을 고백하는 듯한 분위기를 풍기면서도 이를 유머러스하게 다룬다.

역자 주

[1] 진지하고 중요한 주제나 어조에서 갑자기 우스꽝스럽거나 평이한 내용이나 어조로 바뀌는 것. 반드시 의도적이지 않을 수도 있다.
[2] 심각한 이야기에 긴장을 완화하기 위해 넣는 해학적인 등장인물·사건·장면

이언 플레밍

이언 플레밍(1908~1964)은 "모든 스파이 소설을 끝내기 위해 스파이 소설을 쓰겠다."고 선언했다.

1952년 1월 어느 날 아침 플레밍은 책상에 앉아 가상의 비밀 요원을 만들어 냈다. 새를 관찰하는 데 흥미가 있었던 그가 자메이카에서 늘 곁에 둔 책 중 하나가 『서인도제도의 조류Birds of the West Indies』라는 실용서였는데 이 책을 쓴 미국인 조류학자의 이름이 제임스 본드였다. 플레밍의 손에서 제임스 본드는 영국 비밀정보국 요원 007로 재탄생했다.

플레밍은 "저는 제가 찾을 수 있는 가장 단순하고, 지루하고, 평범한 이름을 쓰고 싶었어요."라고 말했다. "간결하고, 전혀 낭만적이지 않고, 앵글로색슨 계열이면서도 매우 남성적인 이름요." 제임스 본드는 역사상 가장 유명한 허구의 비밀 요원이 되었다. 본드 시리즈는 4,000만 부 이상이 팔렸고 전 세계 인구 10명 중 5명은 본드 영화를 한 편 이상 본 것으로 추정된다.

플레밍은 본드 시리즈를 5편이나 낸 뒤에야 유명 작가의 반열에 오를 수 있었다. 『위기 일발From Russia, with Love』(1957) 덕분이었다. 1961년 미국 대통령에 당선된 케네디가 이 책을 자신이 가장 좋아하는 책 10권 중 하나로 지목하면서 세계적인 베스트셀러가 되었다. 1952년부터 1964년 사망하기까지 플레밍은 제임스 본드 시리즈 12권(그리고 2권의 단편집)을 썼다. 제임스 본드 시리즈는 1962년 숀 코너리가 제임스 본드로 분한 〈007 살인번호Dr No〉를 필두로 영화 시리즈로 제작되어 큰 생명력을 얻었다.

제임스 본드를 만들어 냈을 당시 플레밍은 43세였다. 그는 1931년에 공무원 시험을 쳤다가 영문 논술 과목에서 최저점(100점 만점에 20점)을 받아 떨어진 적이 있다. 이후 모스코바에서 잠시 저널리스트로 일하다 은행 및 증권업에 취직했다. 전쟁 중에 해군 정보국 지휘관으로 일한 그는 1945년 켐슬리 신문사(『데일리 익스프레스』의 모회사)의 해외 팀장으로 채용되었다. 그는 1959년까지 이곳에서 일했는데 고용 계약 당시 매년 2개월간의 유급 휴가를 얻어 냈다. 덕분에 매년 1월부터 2월까지 자메이카 북쪽 해변에 있는 자신의 집 골든아이에서 글을 쓸 수 있었다.

제임스 본드

본드라는 인물의 실제 모델이 누구인지는 끊임없는 추측을 낳았다. 플레밍은 자신의 특징 일부를 이 인물에 부여했다. 본드처럼 플레밍은 하루에 담배를 70개비 이상 피는 골초에 애주가였다. 그리고 미인에게 약했다. 본드의 키는 플레밍과 같고, 플레밍처럼 검정 모카신을 신고, 시아일랜드면[1]으로 짠 짙은 파란색 셔츠에 얇은 파란색 정장을 입었다. 또 플레밍처럼 머리가 검고, 눈동자가 파랗고, 코는 길고 "다

152

소 냉정한 입"을 가지고 있다. 시리즈의 두 소설에서 본드의 외모는 미국인 싱어송라이터이자 배우인 호기 카마이클과 비슷하다고 설명한다.

본드의 유력한 모델은 패트릭 댈즐-조브이다. 그는 플레밍이 세계 대전 후반에 알게 된 인물이다. 댈즐-조브는 백발백중의 명사수에다 제2차 세계대전 당시 낙하산을 타고 적진에 침투한 이력을 가지고 있다. 뒤로 스키 타는 법을 독학으로 익혔고 소형 잠수함도 운전했다. 언제나 단추 하나 안에 나침반을 숨겨 놓은 공군 재킷을 입었고 밀실 공간에 지도를 집어넣은 파이프 담배를 지니고 다녔다. 그는 본드처럼 반항기가 있었는데, 광기에 가까운 용맹스러움으로 유명했다. 또 다른 유력 모델은 해군 특수 공작 부대의 마이클 메이슨이다. 그는 전쟁 중에 로마에 배치되어 활동했고 자신을 암살하러 온 나치 요원 두 명을 죽였다. 다른 가능한 후보로는 1920년대 러시아에서 사라진 영국 스파이 시드니 라일리, 세르비아와 영국의 이중 첩자로 플레밍처럼 카지노, 빠른 자동차, 도수 높은 술, 여자, 비싼 옷을 좋아한 듀스코 포포프(암호명 트라이시클), 그리고 영국 비밀 정보국의 북미 지구를 지휘한 캐나다인 윌리엄 스티븐슨 요원(암호명 인트레피드) 등이 있다. 그 외에도 또 하나의 후보가 있다면 빌 '비피' 던더데일이다. 그는 MI6 요원이고 플레밍의 가까운 친구였다. 그의 인물됨과 세련된 취향이 본드와 꼭 닮았다. 플레밍은 이 모든 추측에 이렇다 할 답을 하지 않았다. 다만, "제임스 본드는 제가 전쟁 중에 만난 모든 비밀 요원과 특공 대원 유형 인물들의 결합체입니다."고 말한 바 있다.

세련된 취향에 뛰어난 신체 조건과 불굴의 용기를 지니고 있지만 본드는 깊이가 전혀 없는 평면적인 인물이다. 플레밍도 이 점을 인정했다. 『위기일발』을 완성한 직후 친구 윌리엄 플로머에게 보낸 편지에서 그는 "… 물론 나는 여전히 본드에 관한 이야기를 쓰는 것이 즐겁다

네. 하지만 끊임없이 형용사를 덧붙이고 덧붙이는 내 자신을 발견하지. … 이 종이 상자 같은 멍청이에 대한 내 열정이 식어 가는 것을 느끼면서 그 공백을 메워야 하니까 그러는 거야." 세밀한 인물 묘사, 심리학적 통찰, 지적인 깊이가 있는 스파이 소설을 좋아하는 독자라면 플레밍의 소설이 맞지 않을 것이다. 무엇보다 본드는 행동파 인간이다. 신체적 강인함과 세련되면서도 한 수 앞을 내다보는 독보적인 능력의 조합 덕분에 임무를 무사히 달성하는 스파이인 것이다.

악당 그리고 기타 인물

본드의 여자들은 신체적으로는 아주 매력적이지만 대부분은 상당히 밋밋한 인물들이다. 본드의 동료들 중에는 케림(『위기일발』)과 쿼럴(『살인 번호』)처럼 비교적 생생하고 사실적인 인물도 있다. 그러나 악당은 언제나 터무니없을 정도로 과장되고, 유쾌할 정도로 경멸스럽다. 하나같이 평범하지 않은 인물이어서 머리에 남는다. 플레밍의 악당은 본성이 악하거나 심리학적으로 손상을 입은 인물(대개는 둘 다)임을 드러내는 신체적 특징을 지닌다. 본드 시리즈의 악당 중 가장 인상적인 인물은 발끝에 칼이 달린 신발, 독이 발린 뜨개바늘, 고문에 대한 애정 등으로 기억되는 레즈비언인 로자 클렙, 살인을 즐기고 또 살인에 재능이 있는 사이코패스 레드 그랜트, "거짓되고 못생긴 미소밖에 띠지 못하고 경멸, 독재, 잔인함만을 담은 꼭 다문 어두운 입술"의 블로펠드, 그리고 손 대신 기계 집게가 달린 닥터 노가 있다. 닥터 노는 말한다. "당신 말이 맞소, 본드 씨. 그게 바로 나요. 미치광이."

단순한 플롯

플레밍은 대체로 자신의 참전 경험과 신문 기사에서 영감을 얻어 제임스 본드 시리즈를 썼다. 플롯은 일반적으로 단순하다. 스릴러 작가들이 선호하는 복잡미묘한 전환과 반전이 거의 없다. 플레밍은 일부러 사실과 허구를 뒤섞어 아주 효과적으로 사용했다. 그는 이렇게 말했다.

> 제 플롯이 터무니없기는 해도 진실에 토대를 두고 있습니다. 가능한 영역을 멋대로 넘어서지만 그것이 불가능한 정도는 아니라고 생각합니다. 가끔 비밀정보국이 하는 일의 감춰진 이면이 드러나는 신문 기사가 납니다. 베를린 동쪽에서 서쪽으로 판 동굴 … 크랩의 잠수부가 소비에트 연방 순양함의 선체를 검토하려고 나섭니다. … 러시아 스파이 코크로프는 덤덤탄을 쏘는 담뱃갑을 들고 다닙니다. … 이것은 모두 비밀정보국에서 실제로 있었던 일입니다.

제임스 본드 시리즈의 첫 소설 『카지노 로얄Casino Royale』(1953)의 플롯은 플레밍과 그의 상사인 고드프리 제독이 리스본에 있는 동안 에스토릴의 카지노를 방문한 경험에서 영감을 얻었다. 플레밍은 예리하지만 신중한 도박꾼으로 "짙은 색 양복을 빼입은 우울한 포르투갈인들"을 상대로 오래도록 지는 게임을 하고 있었다. 그는 고드프리에게 이렇게 귓속말을 했다. "저 친구들이 독일 비밀 요원이라고 해 보세요. 제가 저들을 빈털터리로 만들면 얼마나 큰 승리겠어요!" 실제로는 플레밍이 빈털터리가 되었다. 『카지노 로얄』에서는 본드의 손에 소비에트 비밀요원 르 쉬프르가 빈털터리가 되고 모욕감에 치를 떨며 망가진다. 이 소설에서는 본드에 대한 암살 시도도 나오는데 이것은 전 독일 스파이 팀장에 대한 소비에트의 암살 시도 사건에 토대를 두고 있다. 소비에트는 불가리아 비밀 요원을 암살 작전에 투입했지만 이들은 목표를 놓쳤고 오히려 자신들이 폭발 사고를 당했다. 『카지노 로얄』에서처럼.

독특한 무대, 소품, 묘사

플레밍은 속도 감각도 뛰어났지만 본드 시리즈에는 장소를 연상시키는 환기 요소가 풍부하게 들어 있다. 무대는 이국적이고 현장의 모습이 직접적이고도 사실적으로 묘사된다. 『카지노 로얄』의 무대인 가상의 카지노 타운 로얄레조는 전쟁 전 플레밍이 가 본 프랑스의 르 투케와 도빌을 참조했다. 『살인 번호』에는 플레밍이 머물던 자메이카 특유의 향기가 느껴진다. 플레밍은 스노클링, 야생 그대로의 자연, 칵테일 해피아워를 사랑했다. 『위기일발』의 이스탄불 장면은 플레밍이 1955년 그곳을 방문한 경험을 살렸다. 『골드핑거Goldfinger』(1959)의 골프 시합 장면은 로얄 세인트 마크스 클럽을 무대로 펼쳐지는데 이곳은 켄트의 샌드위치에 있는 로열 세인트 조지 클럽을 연상시킨다. 로열 세인트 조지 클럽은 플레밍의 집 근처에 있었으며 플레밍은 이 클럽의 회원이었다.

『카지노 로얄』의 고문 장면에서처럼 인상적인 소품들도 등장한다. (『Dr No』에서) 본드는 자신이 아끼는 베레타 오토메틱(비밀정보국 무기 담당관은 "여자들이 쓰는 총입니다."라고 지적한다.)을 M의 주장에 따라 더 강력한 무기로 바꾼다. 또 치명적인 지네와 거대한 오징어를 만나기도 한다(『살인 번호』).

플레밍은 고품질의 브랜드 제품을 폭넓게 등장시킨다. 본드가 즐겨 피우는 황금띠 세 줄로 유명한 몰랜드 담배, 본드가 가장 좋아하는 아침 식사 메뉴인 뉴옥스퍼드 스트리트에 있는 드 브라이에서 구입한 원두로 내린 진한 커피, 프렌치 마랑의 암탉이 낳은 갈색 달걀, 쿠퍼의 빈티지 옥스퍼드 마멀레이드, 포트넘 앤 메이슨의 노르웨이 헤더 꿀 등. 플레밍의 구체적인, 그리고 종종 감각적인 묘사와 본드의 독특한 버릇(이를테면 본드가 휘젓는 대신 흔들어서 만든 마티니를 선호하는 것)이 소설에 진실성과 사실성을 부여한다.

엄청난 양의 교정

자메이카에 있을 때면 플레밍은 매일 오전 9시부터 정오까지 글을 썼다. 오후 늦게(오후 5시부터 6시 30분까지) 자신이 쓴 글을 다시 읽으면서 다듬고 고쳤다. 플레밍은 본드 시리즈의 첫 소설『카지노 로얄』을 20년 된 임피리얼 휴대용 타자기로 옮겨 적었고 7주 만에 6만 2,000단어의 원고를 완성했다. 이 원고는 엄청난 교정을 거쳤다. 많은 단락들을 다시 썼고 페이지를 다시 타자로 옮기거나 덧붙였다. 책을 완성한 뒤에(출간 전 다시 교정을 보기 전에) 플레밍은 작가로서의 미래에 대한 희망과 기대를 기념할 무언가를 샀다. 금으로 도금한 타자기였다. 그는 본드만큼이나 사치스러운 물건을 좋아했다.

성공 공식

제임스 본드 시리즈는 폭력, 물질주의, 인종차별주의, 우월의식, 가학 성향, 여성 혐오증, 성 냉담주의 등 여러 가지 이유로 비판을 받았다. 본드는 "거짓 애국주의를 내세워 범죄 행위를 허락하는 면허를 받았지만 여전히 범죄자이며 끔찍한 범죄를 긍정하는 인물"로 묘사되었다. 플레밍은 본드가 "나쁜 사람"은 아니지만 잔인하고 방탕하며 "호감을 사거나 존경받을 만한 인물"은 아니라고 인정했다. 본드 시리즈(그중 다수는 꽤 괜찮은 책이다.)는 폭력, 잔인한 죽음, 빠른 자동차, 아슬아슬한 탈출, 기발한 전자 장비, 아름다운 여자, 섹스, 가학 성향의 악당으로 가득하다. 아주 강력한 조합이다.

배울 점

· 남다른 신체적 특징과 버릇을 부여해서 악당을 사악하거나 망가진 인물로 특정하면 악당은 비범한 인물이 되고 독자에게 깊은 인상을 남길 수 있다.

· 인물의 신체적 특징은 심리적인 깊이 부족을 상쇄할 수 있다.

· 사실과 허구를 적절히 섞어도 된다. 자신이 잘 아는 장소를 무대로 삼을 수도 있다. 혹은 실제 사건을 허구 사건의 원천으로 삼아도 된다.

· 이국적인 무대는 직접적인 경험을 바탕으로 그 무대를 사실적이고 구체적으로 묘사할 수 있을 때 효과를 발휘한다.

· 주인공의 취향을 보여 주는 브랜드명과 독특한 버릇(본드는 휘젓지 않고 흔들어 만든 마티니를 선호한다.)은 독자의 머릿속에 주인공의 성격과 특징을 새기는 데 도움이 된다.

역자 주

[1] 세계에서 가장 우수한 목화로, 서인도제도의 바하마섬이 원산지라 해도면이라 부르기도 한다.

포드 매덕스 포드

　　포드 매덕스 포드(1873~1939)를 "주목받지 못한 모더니즘의 대가"라고들 설명한다. 80권 이상의 책을 썼지만 그의 이름을 세상에 알린 작품은『훌륭한 군인 The Good Soldier』(1915)과 '행렬의 끝Parade's End' 4부작(1924~1928) 단 두 개다. 후자는 2012년에 TV 드라마로도 제작되었다. 포드 매덕스 포드의 책은 읽기 쉽지 않다. 그는 자신의 글을 '인상주의'라는 말로 표현했다.

『훌륭한 군인』

"이것은 내가 들은 것 중 가장 슬픈 이야기다." 포드를 유명하게 만든 장편 소설『훌륭한 군인』의 첫 문장이다. 포드가 애초에 붙이고 싶었던 제목은 '가장 슬픈 이야기The Saddest Story'였다. 그러나 출판사에서 반대했다. 그런 제목으로는 책이 팔리지 않을 거라고 판단했기 때문이다. 무엇보다 제1차 세계대전이 발발한 직후기도 했다.

『훌륭한 군인』의 화자는 이렇게 설명한다.

나는 내가 이리저리 헤매면서 중얼거리듯이 이 이야기를 했다는 것을 안다. 그래서 일종의 미로 같은 이 이야기 속에서 길을 찾기가 어려웠을 것이다. … 그리고 누군가 사건을 논할 때는, 그것이 길고도 슬픈 사건일 때는 앞으로 갔다가 뒤로 갔다가 한다. 깜빡 잊은 부분이 기억나면 그것을 더 구체적으로 설명한다. 원래 그 이야기를 했어야 하는 부분을 놓쳤다는 것을 알기 때문에, 그리고 그 부분을 빼먹어서 상대에게 거짓 인상을 남겼을까 봐 그러는 것이다. 나는 이것이 진짜로 있었던 일이고 어쨌든 진짜 이야기는 사람들이 이야기를 전하는 방식으로 전달하는 것이 최선일 것이라는 점을 위안으로 삼고 있다. 그래야 진짜 이야기가 정말로 진짜처럼 느껴질 테니까.

요컨대 이 소설 속에서 이야기는 시간 순서대로 서술되지 않는다. 화자인 존 도웰(미국인 백만장자)은 사적인 일화와 수많은 샛길(지리적, 지형적, 문화적)로 텍스트를 수놓는다. 더 나아가 이야기가 전개될수록 그가 신뢰할 수 없는, 믿을 가치가 없는 화자라는 사실이 점점 더 명확해진다. 혼란, 불확실, 모호함이 글을 지배한다. 그리고 미국 평론가이자 학자인 손드라 J. 스탱의 말처럼 "과장된 진술, 생략된 진술, 부정, 거짓말, 회피, 모순, 비난, 허풍, 말장난, 쓸데없는 말, 논리적 오류, 관계 생략, 여담, 예리한 예측, 지연된 설명, 감정 기복 … 그는 … 독자를 혼란과 시험에 빠뜨린다."

『훌륭한 군인』은 제1차 세계대전이 발발하기 몇 해 전에서 시작해 두 "완벽한 커플"의 비극적인 삶을 서사한다. 도웰은 9년간 이 친밀한 네 사람 가운데서 겉도는 사람이었다. 그는 자신이 나머지 세 사람과

"아주 밀접한 사이"라고 말한다. 그러나 도웰은 그중 두 명이(게다가 그 중 하나는 자신의 아내다.) 불륜을 저지르고 있다는 사실을 모른다. 그는 자신이 처한 곤경을 이해하는 능력이 한참 부족한 것처럼 보인다. 그의 친구는 제목에 나오는 선하고 고결한 군인 에드워드 애쉬버넘인데, 실제로는 못 말리는 호색한이었다. 도웰의 아내인 플로렌스는 그 어떤 불필요한 정서적 스트레스도 견디지 못하는 치료 불가능한 환자인 듯 보였지만 실제로는 부정한 자유부인이었다. 이 이야기를 이끌어 가는 동력은 배신과 열정이다. 결국 두 사람이 자살하는 것으로 끝난다. 도웰은 처음에는 이 사건이 어떻게 보였는지 자신이 받은 인상을 회상하고, 그 다음에 뒤에 드러난 사실들로 그의 관점과 이해가 전환되면서 이야기도 바뀐다.

'행렬의 끝' 4부작

'행렬의 끝'은 『어떤 사람들은 하지 않는다Some Do Not…』(1924), 『더 이상 행진은 없다No More Parades』(1925), 『한 남자가 맞선다A Man Could Stand Up』(1926), 『마지막 구역The Last Post』(1928)의 4부작으로 구성된다. 포드는 이 4부작을 1922년에 시작했다. 당시 그는 코트다쥐르에서 살고 있었는데, H. G. 웰스에게 쓴 편지에 이렇게 적었다. "나는 전쟁으로 인한 신경증을 극복했고 마침내 정말로 글을 쓸 수 있다는 기분이 들었습니다. 그럴 수 없을 거라고 믿었는데 말입니다." 솜 전투에서 겪은 뇌진탕과 셀쇼크 경험은 그를 뿌리째 뒤흔들었다. 불면증에 시달렸고 한동안 자신이 써야만 한다고 생각했던, 시대를 정의하는 서사 소설을 쓰지 못할까 봐 염려했다. 그는 이 소설을 5년에 걸쳐 썼고 1927년 11월 2일 뉴욕에서 완성했다.

'행렬의 끝'은 포드가 제1차 세계대전 중 보병 장교로 참전한 경험의 축적물이다. 그러나 그 이상이기도 하다. 이 소설은 사회적·도덕적 혼란에 빠진 시대의 자화상이다. 전쟁은 더 심각한 문제의 증상일 뿐이다. 최전선에서 첫 복무를 하게 된 주인공 크리스토퍼 티첸은 부분 기억상실에 걸린 채 귀향한다. 포드는 손상되거나 과도하게 흥분하거나 한계에 달한 뇌가 어떻게 작동하는지에 관해 그럴듯하게 효과적으로 묘사한다. 이 소설에는 잊지 못할 인물이 두 명 등장한다. 티첸과 그의 아내 실비아다. 이 두 사람은 소설의 중심에 있든지 없든지에 상관없이 이야기 전체를 지배한다.

크리스토퍼 티첸(등이 굽었고 둔하고 손이 커다랗다.)은 평범함과는 거리가 먼 다층적인 인물이다. 한 평론가의 말대로 티첸은 "사람들과의 관계에서 인간적이고, 세상을 바라보는 관점이 봉건적이고, 종교적 믿음은 기독교에 근거하고, 고전적인 교육을 받았고, 정치적 성향은 토리당¹ 지지자다." 또한 "질서정연하고, 경계가 확실하고, 조화로운 과거의 특징과 동의어다. … 귀족과 농장으로 이루어진 영국" 그리고 "신사도와 자존심"을 지키는 세상에 속한, "위선과 물질주의가 지배하는 시대에도 여전히 고귀한 이상향에 매달리는" 신사다. 그는 매우 지적이며 백과사전에 견줄 만한 기억력을 지니고 있으며 종종 "영국에서 가장 똑똑한 사람"으로 소개된다. 그러나 남자들은 그를 이용해 먹고, 여자들은 대체로 그를 혐오한다. "그의 외모와 침묵이 여자들에게 경계심을 유발한다."

양심적이고 자상한 장교인 티첸은 전쟁 중 최전선에 보낼 군인을 훈련시키는 보병대를 담당한다.

그는 울먹이는 목소리로 말했다. "제기랄, 내가 그들을 아주 조금이나마 더 똑똑하게 만들었어. … 제기랄. 내가 뭔가를 하긴 했지. …"도살장에 갈 수 있게 소를 준비시켰다. … 그들은 캠던 타운에서 스미스필드 마켓으로 달려가는 의욕 넘치는 수송아지들이다. … 그들 중 70퍼센트는 돌아오지 못하리라. … 그러

나 반짝거리는 피부와 멀쩡한 사지를 유지한 채로 천국에 가는 것이 거대한 망나니로 가는 것보다는 낫다. … 신의 전령이 당신을 더 반갑게 맞이할 확률이 훨씬 높다.

포드는 요크셔 카운티 명망가의 아들이자 한때 친구였던 아서 마우드에게서 영감을 얻어 티첸을 만들었다. 아서 마우드는 냉소적인 토리당원으로 정부 통계청에서 일하는 뛰어난 수학자였다. 포드에 따르면 마우드는 "예리하면서도 멸시하는" 태도를 지니고 있었고 "표면 아래에는, 유독 열정적인 사람이었다. 지적인 정확성의 일부가 되는 그런 류의 진실에 대해 무조건적인 열정을 보였다."

그레이엄 그린은 크리스토퍼의 아내 실비아를 두고 "현대 소설에서 가장 광기 어린 악한임에 분명한 인물"이라고 표현했다. 심심하고 문란한 현대 여성인 실비아는 남편과는 정반대의 인물이다. 실비아는 악랄한 소문과 노골적인 거짓말로 남편을 사회적·경제적·심리적으로 무시하고 조롱한다. 실비아의 최후의 악행은 티첸 가문의 그로비 저택에서 조상 대대로 내려오던 그레이트 트리를 베어 낸 것이다. "모든 세대를 통틀어 티첸에게 가할 수 있는 가장 악랄한 공격"이었다. 이 소설의 역설은 실비아가 그토록 혐오하는 크리스토퍼가, 그녀가 온 세상을 통틀어 사랑할 수 있는 유일한 남자라는 사실이다.

'행렬의 끝'을 읽으면서 나는 스스로에게 이렇게 물을 수밖에 없었다. "내가 그걸 이미 알고 있었나? 소설에서 이미 그런 사실을 알렸던가, 아니면 알리지 않았던가? 크리스토퍼는 어떤 의미로 자기 아버지를 '죽였다'고 말할 수 있을까? 맥매스터 부인이 임신했다는 사실을 우리가 알기는 했던가? 아이를 잃었다는 사실은 논외로 하더라도 말이다. 티첸이 구속되었다는 사실이 앞에서 나왔던가?" 아주 집중해서 읽어야 하는 책이다.

인상주의

포드는 사실을 멋대로 다룬 것으로 악명이 높다. 한번은 자신의 소설(『오래된 빛Ancient Lights』(1911)) 서문에 이렇게 적었다. "이 책은 … 사실과 관련해서 부정확한 내용이 무수히 많다. 그러나 인상이라는 면에서는 절대적으로 정확하다. … 나는 사실을 다루는 사람이 아니다. 오히려 사실에 대해 엄청난 경멸감을 느낀다. 나는 내가 시대, 마을, 운동의 정신이라고 여기는 것을 그려 보이기 위해 노력한다. 사실로는 이런 것이 불가능하다."

영국 소설에 대해 말하면서 포드는 자신이 생각하는 영국 소설의 문제점을 지적한다.

> … 곧장 앞으로 나아갔다. 그러나 우리는 동료와 서로를 서서히 알아 갈 때는 절대로 곧장 앞으로 나아가는 법이 없다. 골프 클럽에서 영국 신사를 만났다고 해 보자. 그는 몸집이 크고, 활력이 넘치고, 영국의 공립학교 출신 소년과도 같은 가장 뛰어난 유형의 도덕관을 지녔다. 당신은 점차 그가 심각한 신경쇠약에 시달리고 있으며 푼돈이 걸린 일에는 부정직하게 행동하지만 뜻밖에도 희생정신이 뛰어나다는 것을 알게 된다. 또한 거짓말에 서툴지만 나비와 나방이 속한 인시목을 열심히 연구한다는 것을 알게 된다. 마지막으로 신문을 통해 그가 한때는 다른 이름으로 주식시장에서 활동하다 제명된 중혼자임을 알게 된다. … 그런 사람을 허구에서 표현하려면 그의 삶을 처음부터 훑어가면서 시간순으로 끌고 갈 수 없다. 먼저 그에게 받은 강렬한 인상을 제시한 다음 그의 과거와 현재를 오가야 한다.

인물을 강렬한 첫인상과 함께 페이지에 옮긴 다음 플래시백을 통해 그 인물을 발전시키기, 무엇보다 인물의 의식으로 들어가 그 인물의 관점에서 서술하기는 포드가 즐겨 쓴 기법이다. 그는 이런 기법을 『홀

릉한 군인』과 '행렬의 끝' 시리즈 주인공에게도 적용했다.

두 책 모두에서 화자는 계속 빙빙 돌면서 뒤로 갔다가 과거와 현재를 이리저리 건너다닌다. 갑자기 사실, 견해, 기억이 튀어나와서는 10여 페이지, 심지어 100여 페이지를 차지하는데 이에 대해 별다른 설명을 하지 않는 경우가 흔하다. 때로는 인물이 정서적 위기에 처한 채로 소설이 다른 방향으로 수 페이지에 걸쳐 펼쳐진다. 간혹 중요한 정보가 아주 가볍게 언급된다. 그러고는 마치 무언가가 그런 확신과 함께 진술된 것에 충격을 받았다는 듯 갑자기 과거로 돌아간다. 달리 말하면 소설의 서사는 마음이 움직이는 것과 같은 방식으로 작동한다.

영향과 동시대 작가

포드의 글은 헨리 제임스와 조지프 콘래드에게 많은 영향을 받았다. (포드는 콘래드와 3편의 소설을 함께 작업했다.) 『훌륭한 군인』 이전에 가장 잘 알려진 소설은 『다섯 번째 여왕The Fifth Queen』이었다. 이 소설은 캐서린 하워드의 생애를 다룬 3부작(1906~1908)으로 구성된 역사 소설이다. 그 외에 에세이, 시, 회고록, 평론 등도 썼다.

출판인으로도 활동한 포드는 1908년에 『잉글리시 리뷰』를 창간했다. 이 잡지는 토머스 하디, 조지프 콘래드, H. G. 웰스, 헨리 제임스, 존 갤스워디, W. B. 예이츠, 윈덤 루이스, D. H. 로렌스 등의 작품을 실었다. 포드는 1922년에 파리로 갔고 2년 뒤에 현대 문학에 큰 영향을 미친 『트랜스애틀랜틱 리뷰』를 창간했다. 이 잡지에는 제임스 조이스, 에즈라 파운드, 어니스트 헤밍웨이, 거투르드 스타인, 진 리스 등이 기고했다.

포드의 원래 이름은 포드 허먼 헤퍼였지만 1919년에 할아버지를 기리는 의미에서 할아버지의 이름 포드 매덕스 브라운을 본 따 개명했다. (자신의 이름이 너무 독일 이름처럼 들린다는 이유도 있었다.) 말년에는 프랑스와 미국을 오가며 지냈다. (말년에 포드는 미시간주에 있는 올리벳대학교에서 문학을 가르쳤다.)

· 이야기를 꼭 시간 순서대로 서술할 필요는 없다.
· 강렬한 첫인상을 풍기는 인물을 소개한 뒤 그 인물의 플래시백을 통해, 그리고 그 인물의 의식으로 들어가서 인물을 발전시켜 보자.
· 인상주의 기법을 쓰는 소설은 서사보다는 인물의 행위, 생각, 대화를 통해 전개된다. 특정 인물의 관점에서 사건을 다루어 사실이 무엇인지 모호하게 만들어 보자.

역자 주

[1]영국 보수당의 전신

케네스 그레이엄

출판계는 예나 지금이나 베스트 셀러를 알아보는 안목이 부족하다. 『버드나무에 부는 바람The Wind in the Willows』은 현재 아동 문학에서 고전으로 꼽히지만 케네스 그레이엄(1859~1932)이 원고를 보낸 모든 출판사에서 거절당했던 작품이다. 그레이엄의 초기작 2편을 출간한 존 레인이 몸담고 있던 보들리 헤드와, 애초에 이 책의 집필을 처음 제안한 미국 정기 간행물 『에브리바디스Everybody's』도 여기에 포함된다. 마침내 1908년에 머수언이 이 원고를 출간하기로 결정했지만 여전히 확신이 없었던 출판사는 그레이엄에게 선인세를 지불하지 않았다. 미국에서는 당시 대통령이었던 시어도어 루스벨트가 직접 나서서 강력하게 추천하고 나서야 스크리브너가 출간하기로 결정했다.

『버드나무에 부는 바람』은 평단에서도 혹평을 받았다. 거의 모든 서평이 적대적이었다. 비평가들은 대부분 그레이엄의 이전 작품 들을 좋아했고 이 책도 비슷한 부류의 책일 것이라고 기대했다. 『타임스』의 서평은 "어른 독자는 이 책이 흉물스럽고 모호하다고 생각할 것이다. 어린이 독자는 더 큰 재미를 기대했겠지만 실망할 것이다."고 신랄하게 평가했다. 아서 랜섬은 이 책이 "마치 호텐토트인[1]에게 중국어로 연설하는 것"만큼이나 실패작 중의 실패작이라고 논평했다. 이 책의 장점을 알아본 평론가는 소설가 아널드 베넷[2]이 유일했다.

그레이엄이 잉글랜드 은행에서 퇴직한 1908년에 출간된 『버드나무에 부는 바람』은 그가 쓴 어떤 책보다 더 오랜 시간이 걸린 뒤에야 유명해졌지만, 그 유명세 또한 훨씬 더 대단했다. 퇴직 후 그레이엄은 자신의 고향인 버크셔 쿠컴으로 돌아갔다. 이곳에서 그는 대부분의 시간을 템스강가에서 보내면서 "그저 보트를 가지고 놀았다." 자신의 책에서 가장 유명한 구절처럼 말이다. 그는 수년 전 아들의 네 살 생일날부터 잠자리에서 들려주던 이야기를 글로 옮겨 적기 시작했다.

그레이엄은 『버드나무에 부는 바람』을 발표하기 전에 이미 4권의 책을 출간했다. 이 중 주목받은 것은 『황금시대The Golden Age』(1985)와 『꿈꾸는 나날Dream Days』(1898)이다. 둘 다 젊은 시절 『세인트 제임스 가제트』 같은 런던의 정기 간행물에 실었던 이야기를 엮은 책이었다. 이 이야기들은 어린이가 주인공이지만 어린이를 대상으로 한 것은 아니었다. 그저 어린 시절에 관한 이야기들이었다. 그레이엄은 자신의 어린 시절을 떠올리면서 고대 그리스 문화 및 신화에 토대를 둔 이미지와 상징을 이용해서 이야기를 지어냈다. 그중 한 이야기는 어린이로 산다는 것이 어떤 것인지 잊어버린 '올림피아'의 어른들과 아이들이 끊이지 않는 전쟁을 벌이는 곳을 무대로 펼쳐진다.

『버드나무에 부는 바람』의 영국과 미국 초판은 그림 없이 출간되었다. 그러나 곧 그림이 삽입된 판들이 출간되었다. 가장 널리 알려지고 가장 인기 있는 판본은 1931년에 E. H. 셰퍼드의 삽화를 더해 출간한 책이다. 이런 그림 삽입은 그레이엄의 허락을 받은 것으로 알려져 있다. 그는 셰퍼드의 스케치 초안을 아주 마음에 들어 했지만 완성된 책을 보지 못한 채 사망했다.

『버드나무에 부는 바람』은 각각 별개의 이야기로 읽어도 좋고 쥐, 두더지, 오소리, 두꺼비가 강을 따라 존재하는 자신의 세계에서 겪는 완결된 모험 소설로 읽어도 좋다. 첫 이야기는 환대에 관한 아주 인상적인 일화로 시작한다. 쥐가 두더지에게 함께 강으로 소풍을 가자고 초대한다. 쥐는 그날 처음 두더지를 만났지만 그를 자신의 집으로 데리고 간다. 그리고 적어도 1년간 두더지는 쥐의 집에서 머문다. 책 전반에는 동물들이 서로에게 식량이나 안식처를 제공하는 예들이 나온다. 쥐가 수달을 저녁 식사에 초대한다. 쥐가 두꺼비에게 놀러가 친구 두더지를 소개한다. 오소리는 폭설을 만난 쥐와 두더지를 자신의 집으로 데리고 온다(쥐와 두더지뿐 아니라 길을 잃은 고슴도치 두 마리도 함께).

캐릭터

두꺼비, 쥐, 두더지, 오소리는 각각 차별화된 아주 뚜렷한 특징이 부여되어 있어서 개성이 확실하다. 아마도 가장 인상적인 캐릭터는 자신감 넘치고 허영심 많은 두꺼비일 것이다. 두꺼비는 이렇게 노래한다.

… 그 어떤 동물보다도 거만한 노래를 작곡했다. "세계에는 위대한 영웅들이 있지요 / 역사책에도 나오듯이 / 그러나 그 어떤 영웅의 명성도 / 두꺼비의 명성에 비할 바가 아니죠! / 옥스퍼드의 똑똑한 사람도 / 알 수 있는 모든 것을 아는 사람도 / 그들 중 누구도 반도 못 따라가지요 / 지적인 두꺼비 씨를요!"

두꺼비의 충동적이고 대체로 금세 식어 버리는 열정(보트, 집시 마차,

자동차)은 어른의 관심사를 반영하는지 몰라도 동시에 우리 대다수가 어린 시절에 경험했을 열정을 연상시킨다. 다른 주인공들도 매우 뚜렷한 개성을 지닌다. 현실적이고 영리한 쥐는 시를 쓰면서 긴장을 푼다. 감정적이고 충성스럽고 집을 사랑하는 두더지는 언제나 다른 친구의 기분을 맞추려고 애쓴다. 늘 심심한 오소리는 게으르고 "언제나 같은 방식으로('나는 뭘 좀 먹고 싶어, 정말이야.') 말하지만" 매우 현명해서 마을의 원로 역할을 한다. 오소리는 두더지에게 "와일드 우드는 지금 동물들로 꽤 찼어. 늘 보는 무리이지. 좋은 동물도, 나쁜 동물도, 무심한 동물도 있어. 누가 누구인지는 굳이 말하지 않겠어. 세상은 온갖 동물이 모여 굴러가니까."라고 말한다. 그래서 동물들 사이에서 존경의 대상일 뿐 아니라 두려움의 대상이기도 하다. 쥐는 처음에 그를 이렇게 소개한다. "친애하는 오소리 할아범이야! 아무도 그를 건드리지 않아. 안 그러는 게 좋으니까." 소설이 끝날 무렵 오소리가 특히 족제비에게 공포의 대상임이 드러난다. 족제비들은 이런 말로 어린 새끼들을 조용히 시켰던 것이다. "조용히 있거나 주의하지 않으면 무시무시한 회색 오소리가 와서 잡아간다."고.

의인화

『버드나무에 부는 바람』에 등장하는 각 동물은 그 동물 고유의 습성을 지니고 있다. 그러나 인간처럼 대화하고 사고하고 행동한다. 동물에게 인간 같은 성격과 특징을 부여하는 것(의인화)은 그 기원이 고대로 거슬러 올라가는 문학 장치다. 기원전 6세기 그리스의 『이솝 우화 Aesop's Fables』나 동물의 의인화로 인생의 법칙을 설명하는 인도의 우화 모음집이 나오기 이전부터 존재했다. 이들 고대 글에 나오는 꾀 많은 여우, 자존심 강한 사자 등 많은 동물의 전형적인 의인화는 오늘날에도 찾아볼 수 있다.

두꺼비는 쥐에게 "너를 동물로 만들어 버리겠어, 요 녀석!"이라고 말하지만 그레이엄의 자연스러운 대화문은 우리가 이들을 동물이 아닌 사람으로 여기게 만든다. "친구, 오늘은 어때?"(쥐가 두꺼비에게), "자, 친구. 너도 보태라고."(쥐가 두더지에게), "'아, 정말이지 바보 같은 두더지야!'라고 두꺼비가 외쳤다.", "너희는 정말 최고야! 그러니 어서 달아나."(오소리가 두더지에게), "두꺼비야, 얼른 다리를 움직여. 살아 있는 것처럼 행동하라고!"(오소리)

시점

『버드나무에 부는 바람』은 전지적 3인칭 시점을 취한다. 두더지가 주인공이고, 그 다음은 두꺼비다. 이들의 모험담은 각각 별개의 이야기로 봐도 된다. 그러나 그레이엄은 쥐와 오소리의 시점에서 이야기를 서술하기도 한다. 이들 캐릭터 중 어느 하나도 완벽한 동물은 없다. 가장 훌륭한 면모와 가장 보잘것없는 면모 모두를 지니고 있다. 그리고 집을 잃는다거나 어리석은 행동으로 곤경에 처하는 등 우리 모두가 공감할 수 있는 문제에 부딪힌다.

두더지는 이상적인 주인공이다. 무엇에든 열심이고 순수하다. 삶에 대해 열린 태도를 보이며 끊임없이 새로운 경험을 찾는다. 두더지를 통해 독자는 어린이의 신선한 시선으로 삶을 바라볼 수 있다. 순진하고 경험이 부족한 두더지는 실수를 통해 배운다. 더 경험이 많은 쥐의 조언을 무시해서 곧잘 궁지에 몰린다. 보트의 뒤편에서 쥐와 함께 노를 젓겠다는 어리석은 고집을 부려서 보트가 뒤집어지게 만든다. 또 와일드 우드에 가지 말라는 쥐의 경고를 무시하는 바람에 길을 잃기도 한다. 소설의 결말에 도달하기까지 독자는 두더지를 따라 일련의 학습 과정을 함께 경험한다. 그리고 두더지가 성숙하고 현명해지는 과정을 지켜본다.

진짜 세계로 나아가 경험을 통해 배우고 성장하는 것은 두더지만이 아니다. 결말에 가면 거만한 두꺼비가 겸손해지고 거드름 피우는 태도를 고친다. 독자는 이런 변화가 얼마나 오래갈지 의심하지만 적어도 좋은 징조라는 것은 안다. 마지막 장에서 두꺼비는 연설이나 노래하기를 거부한다. 그러나 친구 셋과 논의한 끝에 의도했건 의도하지 않았건 자신을 어려운 처지에서 구해 준 사람들(간수의 딸, 자동차 운전수, 거룻배 선장)에게 보상을 한다. "그는 실로 개과천선한 두꺼비였다!"고 그레이엄은 결론 내린다.

지속적인 인기

이 책의 매력은 대부분 템스 밸리를 환기시키는 목가적인 배경에 있다. (이상적으로 그렸지만 사실성을 잃지 않았다.) 그리고 안전과 안락함을 보장하는 장소로서의 '집'의 중요성을 강조한다는 점이다. 집에는 충분한 식량이 있고 필수 소품인 따뜻한 난로가 있다.

그러나 무엇보다 주요 주인공 넷이 독자의 마음에 여운을 남긴다. 그들은 완벽하지도 않고 실수도 한다. 그러나 두더지, 두꺼비, 오소리, 쥐는 그런 약점에도 불구하고 인간 행동의 가장 선한 특징을 상징적으로 보여 주고 좋은 본보기가 된다. 『버드나무에 부는 바람』은 우정, 그리고 자비, 겸손, 용서, 연민 등의 가치가 지니는 영원성을 보여 주는 내용으로 가득하다. 아마도 이것이 인상적인 네 주인공과 함께 이 책이 꾸준히 인기를 유지하는 비결일 것이다.

배울 점

· 잠자리에서 아이에게 들려준 이야기를 몇 년 후에 글로 옮겨도 좋을 것이다.
· 동물 주인공에게 차별화된 특징을 부여해서 뚜렷한 개성을 지닌 캐릭터로 설정하자.

그리고 우리가 알아볼 수 있는 인간적인 특징을 부여하자.

· 동물 주인공을 인간이 직면하는 것과 같은 부류의 문제를 겪게 하자.

· 아동을 위한 이야기에서 집은 안전과 안락함의 장소로서 매우 중요한 역할을 할 수
   있다.

역자 주

[1] 아프리카 원주민

[2] 프랑스의 자연주의 문학을 익히고, 도기 제조로 이름난 자신의 고향을 배경으로 많은 작품을
   쓴 영국 소설가(1867~1931)

켄 니 스 그 레 이 엄 Kenneth Grahame

그레이엄 그린

일요일자 신문에서 베스트셀러 소설 목록을 한번 훑어보자. 스릴러, 로맨스 소설, 추리 소설 외의 소설 장르를 찾아보기 힘들 것이다. 그러나 평단의 호평을 받고 권위를 인정받은 문학상 대부분을 휩쓰는 것은 순수 소설이다. 그레이엄 그린(1904~1991)은 이런 불균형을 바로잡는 특별한 성과를 올렸다. 그는 20세기 작가 중 평단에서 가장 높은 평가를 받는 작가이자 대중적인 인기도 얻은 작가다.

문체

에블린 워는 그린의 문체가 "딱히 문학적이지는 않다."고 말했다. "단어들은 기능에 충실할 뿐 감각적인 매력은 없다." 『브라이턴 록Brighton Rock』(1938)의 첫 문장이 이런 점을 잘 보여 준다. "헤일은 브라이턴에서 채 세 시간도 보내기 전에 그들이 자신을 죽이려고 한다는 것을 알아챘다." 문장은 간결하고, 사실적이고, 읽기 쉽다. 이런 문장의 목적은 독자의 관심을 사고 흥분시키는 데 있다. "흥분은 상황이며, 단 하나의 사건"이라고 그린은 말했다. "생각, 비유, 상징 등에 둘러싸여 있어서는 안 된다. … 행위는 주어, 동사, 목적어로만 표현할 수 있을 뿐이다. 아마도 리듬은 더할 수 있을 것이다. 다른 것은 끼어들 여지가 없다. 형용사조차도 속도를 늦추고 긴장감을 완화시킨다."

그린의 문체에서 눈에 띄는 또 다른 대표적인 특징은 강렬하고 시각적인 감각이다. (그의 소설이 대부분 영화로 제작된 것도 우연이 아니다.) 위는 『사건의 핵심The Heart of the Matter』(1948)의 첫 장면을 이렇게 설명한다. "카메라의 시선으로 호텔 발코니에서 아래 거리로 시선을 옮겨 경찰관을 포착한 뒤 그를 따라 사무실로 들어가 벽에 걸린 수갑부터 서랍 속 끊어진 묵주까지 훑어가면서 중요한 디테일을 기록한다."

악에 대한 흥미

그레이엄 그린은 마저리 보언의 『밀라노의 독사The Viper of Milan』(1906)를 읽은 뒤 글을 쓰기 시작했다. 『밀라노의 독사』는 14세기 이탈리아를 무대로 서로를 증오하는 두 왕자의 이야기다. 이 책은 매력적이면서도 믿을 수 없을 정도로 처절한 잔인성을 담고 있다. 속이 검은 밀라노의 공작 비스콘티는 악의 천재다. 그의 적수인 베로나의 공작 델라 스칼라는 정직한 인물이지만 친구들의 우정을 저버린 배신자로 죽는다.

그린은 이 책을 읽고 악에 흥미를 가지게 되었다고 말했다. 당시 그는 열네 살이었다. 그린은 두 주인공에게 공감을 느꼈다. 악한 비스콘티에게서 버컴스티드학교를 다닐 때 자신을 괴롭히던 동급생의 모습을 보았다. 반면 스스로를 배신자인 델라 스칼라와 동일시했다. 어린 시절에 겪은 지울 수 없는 경험의 (종종 병적인) 영향력은 그린의 글에서 반복적으로 다뤄지는 주제이다.

주제와 인물

『밀라노의 독사』를 보면 그린의 소설이 다루는 중심 주제 두 가지의 전신을 발견할 수 있다. 하나는 충돌하는 가치의 병치다. 그린은 이를 "틈새"라고 불렀고 다른 이들은 "사물의 아슬아슬한 경계"라고 불렀다. 그린은 "세상은 흑백으로 나눌 수 없다. 흑과 회색으로 나눠진다고 보는 것이 더 정확할 것이다."고 말했다. 그래서 흔히 그의 소설 속 악당은 마음이 따뜻하고 주인공은 약하고 결함이 있다. 죄 지은 자가 종종 결백하고 결백한 자가 종종 죄 지은 자다. 전쟁으로 쑥대밭이 된 빈을 무대로 한 『제3의 사나이The Third Man』(1950)에서 가톨릭 신자인 해리 라임은 훔친 페니실린 희석물(희생자에게는 치명적이었다.)의 사용을 정당화하는 데 전혀 거리낌이 없다. "아, 저는 여전히 믿습니다. 신과 자비와 그 모든 것들을요. 제가 한 일은 그 누구의 영혼에도 해를 입히지 않았어요. 죽은 이들은 죽은 편이 더 행복합니다. 이곳에 미련을 가질 만한 것은 전혀 없어요. 불쌍한 악마들 같으니라고.'라고 그는 기이하게도 진심어린 동정심을 보이면서 덧붙였다."

　『밀라노의 독사』에서 미리 엿볼 수 있는 또 다른 주제는 충성심이다. 그린이 거의 평생 동안 집착하고 천착한 주제다. 그의 아버지는 버컴스티드학교의 교장이었다. 그래서 그린은 학교에서 "어느 쪽에도 속하지 못했다. 아버지를 배신하지 않고는 동급생들 편에 설 수 없었고, 동급생들로부터는 식민지에서 지배 세력에 협조하는 배신자 취급을 당했다." 그린에게 불충은 필수 덕목이었다. 그는 작가의 의무는 기존 지배 세력에 반항하고 그들을 곤란하게 만드는 것이라고 믿었다. 『아바나에 있는 우리 사람Our Man in Havana』(1958)에서 주인공의 말대로 "나는 자신에게 돈을 지불하는 사람들, 조직 … 에 충성하는 사람들에게는 티끌만큼도 관심이 없어. 나는 내 조국조차 그다지 중요하다고 생각하지 않아. 우리 피에는 어차피 여러 나라가 섞여 들어가 있고, 결국 그 피는 단 한 사람의 것이니까."

그린의 작품 세계는 세 시기로 분류될 수 있다. 초기 작품에서는 독자에게 선과 악이라는 기존 관념을 의심하도록 했다. 두 번째 시기에는 종교적인 측면을 정면으로 다룬다. 그는 가톨릭 신자인 인물들이 종교적 신념과 인간 존재가 느끼는 욕구와 유혹 사이에서 갈등하는 딜레마를 탐구한다. 스코비(『사건의 핵심』)와 위스키 사제(『권력과 영광The Power and Glory』(1940))는 자신의 종교와 인간의 나약함, 그리고 다른 이들에 대한 연민을 화해시키려고 애쓰면서 죄책감에 시달리는 인물들이다. 『브라이턴 록』에 나오는 불량 청소년 핑키는 그린이 창조한 악당 중 가장 악랄하지만 그는 로맨스 영화를 보면서 눈물을 흘린다. 후기에는 종교적 주제보다는 비종교적인 주제에 집중한다. 파울러(『조용한 미국인The Quiet America』(1955)), 브라운(『코미디언The Comedians』(1966)), 플라(『명예 영사The Honorary Consul』(1973))는 뿌리가 없고 믿음도 없는, 세상에 찌든 인물들이다. 이들은 다툼이 끊이지 않는 환경에서 살고 있으며, 종종 『조용한 미국인』의 파일처럼 세상을 흑과 백으로 나누는 이분법적인 인물과 충돌한다.

그린이 창조한 많은 허구의 인물들은 그가 만난 사람들을 바탕으로 만들었지만, 자신의 성격도 영향을 미쳤다는 점을 의식하고 있었다.

소설의 주인공은 작가와 일종의 연대감을 맺고 있어야만 한다. 아이가 자궁에서 탄생하듯 소설의 주인공은 작가의 몸에서 탄생한다. 그런 다음 탯줄을 끊고 나간 인물은 점점 자라서 독립체가 된다. 작가가 자신이 창조한 인물에 대해 더 잘 알수록 작가는 이 피조물과 거리를 두기가 더 쉬워지고 그 인물이 성장할 여지를 남길 수 있게 된다.

그린랜드

그린은 평생 동안 많은 곳을 여행했고 종종 "야생성을 간직한 외진 곳"을 찾아갔다. 그는 라이베리아, 멕시코, 시에라리온, 쿠바, 베트남, 아이티, 아르헨티나를 소설의 무대로 삼았다. 지리적 배경은 변해도 '그린랜드[1]'라는 허구의 세계는 그대로 유지된다. 그곳은 지저분하고 어둡고, 우울하고, 모욕적이고, 실패와 무너진 희망, 저버린 신의, 배신이 난무하는 세계다. 『브라이턴 록』에서처럼 "희미한 초록빛 바다가 영국의 흉물스럽고 볼품없는 면으로 밀려드는" 마을의 불량배와 칼잡이 범죄 조직과 초라한 술집과 무너져 가는 하숙집으로 대변되는 세상이다.

글쓰기는 치유 과정

그린은 어린 시절 모험 소설을 많이 읽었다. 그리고 후에 이 소설들이 자신의 글에 큰 영향을 미쳤다고 말했다. 그는 T. S. 엘리엇과 허버트 리드[2]를 존경했다. 그러나 그에게 가장 큰 영향을 미친 작가는 아마도 헨리 제임스, 조지프 콘래드, 에블린 워(친구이자 같은 가톨릭 신자), 그리고 무엇보다 로버트 루이스 스티븐슨일 것이다.

어릴 때부터 그린은 스스로를 작가라고 여겼고 작가로 살았다.

작가로서 누리는 가장 큰 특권은 사람들을 몰래 관찰할 수 있다는 점입니다. 그 자리에서 모든 말에 귀를 기울입니다. 그런데 그 와중에 또 관찰하고 탐구하죠. 모든 것이 작가에게는 쓸모가 있답니다. 정말입니다. 하나도 빠짐없이, 심지어 늘어지는, 지루하기 짝이 없는 점심 파티조차도요.

86세에 이르는 일생 동안 그린은 장편 소설 26권을 썼고 단편 소설, 희곡, 시나리오, 자서전, 에세이, 서평, 아동 소설 등도 썼다. "저는 재능이 없어요."라고 그는 말했다. "그냥 시간을 들일 마음이 있느냐의 문제일 뿐이에요." 많은 독자가 첫 번째 말에는 이의를 제기하겠지만 책을 내 본 작가라면 누구나 두 번째 말에 동의할 것이다. 지속적으로 노력과 시간을 들이지 않고서는, 즉 매일매일 끈질기게 글을 내뱉는 힘든 과정을 거치지 않고서는 아무것도 이룰 수 없다.

그린은 작가 생활 중에는 대개 하루 500단어를 목표량으로 삼았고 그 목표량을 채우는 즉시 작업을 멈췄다. 1970년대에는 이 목표량을 최소 350단어로 줄였다. 그러나 여전히 대략 2년마다 한 권씩 소설을 펴냈다. 그는 80대 초반까지도 매일 글을 쓰는 규칙적인 작업 일정을 유지했다.

그린에게 글쓰기는 일종의 치유 과정이었다. 그는 "때로 저는 궁금해집니다."면서 묻는다. "글을 쓰거나 작곡을 하거나 그림을 그리지 않는 사람들은 인간 삶에 내재된 광기, 우울, 고통, 두려움을 어떻게 피하는 걸까요?"

오랫동안 그는 자신의 장편 소설을 진지한 장편 소설과 '오락용' 소설로 구분했다. (결국 그런 구분은 포기했다.) 실제로 그가 쓴 많은 소설은 재미도 있으면서 진지하게 고민할 거리를 담고 있다. 스릴러에 도덕적·심리적 깊이를, 지적인 소설에 모험의 요소를 더함으로써 그린은 드물게도 대중 소설과 순수 소설을 융합하는 데 성공했다.

배울 점

· 간결하고 기능적인 문체는 읽기 쉽다.

· 고통스러운 어린 시절의 경험은 글에 사실적이고 매력적인 통찰과 소재를 제공한다.

· 충성과 배신은 강력한 주제이다.
· 상충하는 가치(마음이 따뜻한 살인자, 결함투성이 영웅)의 병치는 강렬한 인물을 낳
  는다.
· 작가에게는 모든 것이 쓸모 있다.

역자 주

[1] 그린의 작품 속 세계를 가리키는 용어
[2] 영국의 시인이자 예술 비평가(1893~1968)

John Grisham

존 그리샴

"내려놓을 수가 없다." 출판사들이 최신 스릴러를 홍보할 때 흔히 사용하는 표현이다. 그런 표현이 붙은 책이 언제나 기대에 부응하는 건 아니지만 존 그리샴(1955~)의 법정 스릴러 소설은 그런 표현이 아깝지 않다. 그리샴은 30권이 넘는 베스트셀러를 썼고, 아동을 위한 법정 스릴러 소설도 6권을 썼으며, 그 외에도 단편 소설과 논픽션도 냈다. 그리샴의 책은 전 세계적으로 2억 7,500만 부 이상 팔려 나갔다.

변호사가 소설을 쓰기까지

존 그리샴은 사람들에게 들려주고 싶은 이야기가 있어서 글을 쓰기 시작했다. 당시 그는 젊은 변호사였는데 열 살 소녀가 자신이 두들겨 맞고 강간당한 이야기를 배심원에게 전할 때 그 자리에 있었다. "그 여자애의 증언은 속이 뒤집어질 정도로 생생하고 가슴 아프고 충격적이었다. 모든 배심원이 울고 있었다." 그는 만약 소녀의 아버지가 이 사건을 법이 아닌 자신의 손으로 직접 해결하고자 범인들을 살해했다면 어떤 일이 벌어졌을지에 대해 생각하기 시작했다. 그런 생각을 바탕으로 『타임 투 킬A Time to Kill』(1989)이 탄생했다.

그리샴은 어린 시절 작가가 되겠다는 꿈을 꾼 적이 없다. 학생 시절에도 글을 쓰고 싶은 마음은 들지 않았다. 다만 어릴 때부터 늘 주변에 책이 많았다.

> 어머니는 TV를 별로 좋아하지 않았어요. 그냥 마음에 안 들었던 거죠. 어릴 때 우리 가족은 이사를 자주 다녔어요. 디프사우스¹의 작은 마을들을 옮겨 다녔어요. 이사하자마자 제일 먼저 동네 침례교회에 등록했어요. 그 다음에는 마을 도서관에 가서 대출증을 만들었죠. 우리는 도서관에서 몇 권이나 대출할 수 있는지를 그 동네의 수준을 가늠하는 기준으로 삼았어요. … 언제나 집에 책을 탑처럼 쌓아 두고 지냈어요. … 그래서 자랄 때 책 읽는 걸 좋아했어요. … 처음부터 저는 마크 트웨인의 소설이 마음에 들었어요.

1955년 미국 아칸소주 존스보로에서 태어난 그리샴은 미시시피주립대학교와 같은 대학교의 법학대학원을 졸업한 뒤 10여 년간 형사변호사로 일했다. 1981년에 그는 되도록 많은 "가난한 사람들을 위한 무료 변론 사건"에 자원했다. 그래서 "대기업에 맞서 싸우는 소시민"을 대변하는 일이 많았다. 이 경험은 훗날 그의 소설에 직접적으로 반영되었다. 권력의 남용, 특히 거대 다국적기업이나 연방 정부의 횡포는 그리샴이 반복적으로 다루는 주제다.

소녀의 이야기를 사람들에게 알리고 싶다는 그의 열망은 집착이 되었다. 그러나 그는 한 번도 소설을 써 본 적이 없었고 어디서부터 시작해야 할지 알 수 없었다. 그는 몇 주간 플롯 개요를 다듬고 인물을 구체적으로 설정해 보았다. 그리고 이삼 일 정도를 들여 첫 장을 썼다. 이것을 읽은 아내의 반응에 고무된 그는 그 후로 3년간 새벽 5시에 일어나고 밤에 늦게 자는 식으로 시간을 확보해 글을 썼다.

『타임 투 킬』

1980년대 초반 디프사우스를 무대로 한 이 소설은 앨라배마주 클랜턴의 인종 갈등이 배경에 깔려 있다. 클랜턴은 KKK단이 여전히 지배력을 행사하고 있고 인종차별적인 선입견이 아직 강하게 작용하는 작은 마을이다. 빠른 속도로 전개되는 이야기는 법정 장면에서 긴장감이 최고조에 달한다. 주인공은 제이크 브리건스로, 소녀의 아버지이자 백인 두 명을 살해한 흑인 남성을 변호하는 젊은 변호사다. 그리샴은 이렇게 말했다. "이 책에는 자전적 요소가 많이 들어 있습니다. 저는 더 이상 변호사 일은 하지 않지만 10년간 제이크 브리건스와 매우유사한 태도로 일에 임했죠. … 그의 말과 행동은 대부분 제 생각, 그리고 그런 상황에서 제가 했을 법한 말과 행동입니다."

브리건스(『타임 투 킬』의 후속편 『속죄나무Sycamore Row』(2013)의 주인공이기도 하다.)는 백인이고, 인물이 훤칠하고, 민주당 지지자이고, 모든 인종과 사회 계급을 포용하고, 소탈한 습관과 취향을 지닌 인물이다. 브리건스는 거의 완벽에 가깝다. 일부 평론가는 이런 완벽성을 브리건스의 주된 약점으로 꼽기도 한다. 늙은 주정뱅이 루시엔 윌뱅크스(브리건스의 한때 상사)와 뚱뚱한 이혼 전문 변호사 해리 렉스 보너 같은 조연인물들이 더 인상적이다.

험난한 출판 과정

원고가 완성된 뒤 그리샴은 1년 동안 뉴욕에 있는 출판사들에 원고를 투고했다. 여러 에이전트와 출판사에 연락을 했고 원고의 첫 세 장을 보내라는 표준적인 조언을 따랐다. 이 원고는 28곳에서 거절당했다. 그리샴의 아내가 혹시 첫 세 장이 가장 뛰어난 장들이 아닌지도 모르겠다고 지적하자 그는 1장, 3장, 7장(이야기의 전환점이 되는 살인이 벌어지는 장)을 제출해 봤다. 놀랍게도 그것이 먹혔다.

잘 알려지지 않은 작은 출판사 와인우드 프레스와 많지도 적지도 않은 초판 5,000부를 인쇄하기로 계약했다. 일단 출판 계약을 맺은 그리샴은 편집자의 조언을 받아 몇 차례 원고를 수정했으나(그는 또한 제목 후보도 대여섯 개 더 뽑았다.) 1989년 6월에 출간된 이 책의 판매 실적은 신통치 않았다. 그리샴 본인이 1,000부를 사서 그 후 몇 년간 친구, 서점, 도서관에 직접 팔았다.

『그래서 그들은 바다로 갔다』

『타임 투 킬』을 완성하자마자 그리샴은 곧장 두 번째 소설 작업에 들어갔다. 이 소설은 겉보기에는 완벽하지만 실제로는 그렇지 않은 로펌에 매혹되어 입사한 야심만만한 젊은 변호사에 관한 이야기다. 이책이 출간되기까지의 과정은 첫 소설과는 매우 달랐다. 1989년 8월『타임 투 킬』이 출간된 직후 그는 자신의 에이전트에게 이 원고를 보냈다. "원고는 1989년 가을까지 뉴욕에서, 말하자면 시들어 가고 있었어요."라고 그리샴은 말했다. "… 이것이 아마도 제가 출판계에서 거머쥔 최고의 행운일 겁니다. 생각지도 않게, 누구나 언젠가는 행운 같은 기회를 얻게 된다고 생각해요. 내 에이전트도 몰랐고, 아무도 몰랐어요. 『그래서 그들은 바다로 갔다The Firm』의 원고 1부가 뉴욕에 있는 출판사에서 도난당했어요. 출판사에서는 아직 읽지도 않은 상태였죠. 그런데 이 원고가 할리우드에 나타났어요. 일종의 해적판인 셈이죠. 누군가 할리우드에 이 원고를 25부나 복사해서 모든 영화제작사에 뿌

렸어요."

　1990년 1월에 그리샴은 주요 영화사 네 곳이 이 책의 영화 판권을 사겠다고 나섰다는 소식을 듣는다. 패러마운트사가 계약을 따냈고 이삼 주 뒤 양장본과 페이퍼백 판권이 팔렸다. 1991년 3월에 『그래서 그들은 바다로 갔다』가 출간되었고 출판계의 주목을 받았다. 이 소설은 47주간 『뉴욕타임스』 베스트셀러 목록에 머물면서 그해 최고 베스트셀러 소설이 되었다. 이것을 큐 사인으로 받아들인 그리샴은 변호사 일을 그만두고 전업 작가가 되었다.

『페인티드 하우스』

『페인티드 하우스A Painted House』(2001)는 그리샴이 법정 스릴러가 아닌 장르를 시도한 첫 소설이다. 그는 시야를 넓혀 미국 남부 시골의 더 보편적인 쟁점에 초점을 맞추기 시작했다. (그 외에도 스포츠 소설과 코믹 소설도 썼다. 법정 스릴러물도 계속 썼다.) 『페인티드 하우스』는 반자전적인 소설이다. 그리샴 자신이 어린 시절을 보냈던 아칸소주의 면화밭을 무대로 펼쳐진다. 도입부는 이렇게 시작한다.

> 언덕에 사는 사람들과 멕시코인들은 같은 날 도착했다. 수요일이었고, 1952년 9월 초의 어느 날이었다. 2주 전부터 카디널스는 다저스에게 2경기 뒤쳐져 있는 상태였으므로 이번 시즌은 이미 포기해야 할 것처럼 보였다. 그러나 면화는 아버지의 허리께만큼 자라서 거의 내 키를 넘기고 있었다. 저녁 식사 전에 아버지와 할아버지가 나누는 대화에서는 좀처럼 듣기 힘든 말이 들렸다. '풍년'이 될 것 같았다.

　화자는 루크 챈들러다. (그리샴처럼) 야구를 좋아하고 부모와 조부모와 함께 한 번도 페인트칠을 한 적이 없는 작은 집에 사는 일곱 살 소년이다. 일곱 살짜리가 봐서는 안 될 것을 보게 된 소년은 이 사실을 비밀로 간직하게 되면서 순수한 어린 시절의 막을 내리게 된다. "저는 『페인티드 하우스』를 정말로 좋아해요."라고 그리샴이 최근 말했다. "그냥 다른 부류의 책인 거죠. 어린 시절의 회고록 같은 거예요. 가족 대대로 전해지는 구비 설화와 자전적 요소도 많이 들어 있어요." 『타임스』는 『페인티드 하우스』를 "시적이면서도 비정한 현실을 있는 그대로 보여 주는 사적인 소설이다. … 그리샴의 최고 수작이다."고 평했다. 이 소설은 빠른 속도로 전개되는 그리샴의 법정 스릴러와는 매우 다르다. (『퍼블리셔스 위클리』에 따르면) "독자들이 결코 잊을 수 없는 인물들 … 시대와 장소를 한 치의 오차도 없이 완벽하게 재현한 이 소설은 고전이 될 것이다."

꼼꼼한 개요 짜기

2009년 『텔레그래프』와의 인터뷰에서 그리샴은 이렇게 말했다.

> 저는 제 소설이 순수 문학이 아니라는 것을 압니다. 제게 소설의 핵심 요소는 플롯입니다. 제 목표는 독자가 페이지를 얼른 넘기지 않고는 못 배기게 만드는 것입니다. 그래서 독자의 관심을 흩트리는 여유를 부릴 수 없습니다. 계속 독자의 시선을 붙들어야 하고 그 유일한 방법은 서스펜스라는 무기를 사용하는 것이죠. 다른 방법이 없습니다. … 제가 하루아침에 진지한 문학 작가가 되는 것은 불가능합니다. 사과랑 오렌지를 비교해서는 안 되죠. 윌리엄 포크너가 위대한 문학 천재이지, 저는 아닙니다.

서스펜스와 음모를 사랑하는 그리샴이 가장 좋아하는 작가가 존 르 카레라는 사실은 전혀 놀랍지 않다. (그 외에 그리샴은 존 스타인벡과 레이먼드 챈들러를 작가로서 존경한다.)

그리샴은 "서스펜스를 위해서는 사람, 관계, 무대, 장소, 문화, 음식 등 다른 탐구하고 싶은 것들을 희생할 수밖에 없습니다."고 말한다. 그는 빠르게 전개되는 이야기와 진지한 쟁점의 탐색을 한데 엮은 소설들이 자신의 최고작들이라고 믿는다. 사형 제도를 다룬 『가스실The Chamber』(1994), 담배 회사 소송 문제를 다룬 『사라진 배심원The Runaway Jury』(1996), 노숙자들의 생활을 다룬 『거리의 변호사The Street Lawyer』(1998), 보험 사기를 다룬 『불법의 제왕The King of Torts』(2003) 등이 그런 예다.

그리샴의 통상적인 작업 일정은 다음과 같다. 오전 6시부터 대여섯 시간 정도 글을 써서 정오 무렵 작업을 끝낸다. 책 한 권을 쓰는 데 6개월밖에 걸리지 않지만 그 전에 상세한 개요를 작성하는 데 시간을 많이 들인다. "개요 작성 작업은 상당히 오래 걸리기도 해요. 일이 년이 걸릴 때도 있죠." 일단 375페이지에서 500페이지 분량(40페이지 분량의 장이 40장 정도 나오는 분량)의 장편 소설을 끌고 가기에 이야기가 충분히 탄탄하다는 확신이 들면 그는 완벽한 장별 개요를 작성하기 시작한다. 그는 이 과정을 매우 중요하게 여긴다. "그래야 이야기 전체를 조망할 수 있으니까요."

그리샴은 스릴러를 쓰는 방식이 추리 소설을 쓰는 방식과 같다고 믿는다. 단서를 여기저기 집어넣어야 하기 때문이다. 글을 쓰기 전에 그리샴은 주요 플롯과 서브 플롯이 소설을 쓰기에 충분할 만큼 구체적인지 확인한다. 모든 사건과 모든 인물을 미리 설정하는 것은 아니지만 개요에 상당히 공을 들인다. 최선을 다해 꼼꼼하게 작성한 개요가 있으면 원고를 쓰기가 쉽다는 것을 알기 때문이다.

그리샴은 언제나 개요를 엄격하게 따르려고 노력한다. "주인공에서 시작해야 합니다. 독자가 신경을 쓸 만한 인물이어야 해요. 그것이 가장 어려운 과제죠. 주인공을 곤경에 처하게 한 다음에 빠져나오게 합니다. 독자들이 곤경에 처한 주인공을 염려하도록 해야 해요. 안 그러면 독자를 잃게 됩니다. 그것이 기본적인 서스펜스예요. 제가 발명한 것이 아니랍니다."

초고가 완성되면 한 달간 수정한다. 『타임 투 킬』은 초고 분량이 출간된 책 분량의 두 배였다. 그리샴은 개요 짜기도, 수정 작업도 좋아하지 않지만 작가 지망생에게 이런 절제와 노력 없이는 성공하기 힘들다고 늘 조언한다. 그리샴의 또 다른 조언은 이것이다. "일을 그만두지 마세요. 먼저 사회생활을 하면서 취미로 글을 쓰세요. 작가 지망생 중에 글만 쓰면서 살아남는 이는 드물답니다."

배울 점

· 작가 외의 일로 돈을 벌면서 글을 쓰려면 아주 일찍 일어나고 밤늦게까지 버티면서 글을 써야 한다. 그렇게 글쓰기 실력을 쌓는 동안 생활비를 벌 수 있다.
· 출판사에 원고를 보낼 때는 첫 세 장이 아닌 가장 뛰어난 세 장을 제출하자.
· 주인공은 독자들이 염려하고 신경을 쓸 만한 인물이어야 한다.
· 전업 작가로 생계를 유지할 수 있다는 확신이 들기 전까지는 일을 그만두지 말자.

역자 주

[1] 미국 남부 여러 주 가운데 특히 루이지애나·미시시피·앨라배마·조지아·사우스캐롤라이나 5개 주를 말한다.

토머스 하디

'자신이 아는 것을 쓰자.' 이것은 초보 작가라면 누구나 늘 듣는 조언이다. 토머스 하디(1840~1928)는 도싯 교외의 농업 지역에서 자랐다. 그것이 그가 아는 세상의 전부였고, 그래서 그 세상에 대해서만 글을 썼다. 하디는 자신의 경험을 한 치도 낭비하지 않고 활용했다. 모든 작가가 새겨들을 만한 교훈이다.

하디는 유일하다고는 할 수 없지만 위대한 소설가인 동시에 위대한 시인인 독특한 경우다. 그는 "시인과 소설가의 일은 원대한 것들 밑에 깔린 비참함을, 그리고 비참한 것들 밑에 깔린 원대함을 보여 주는 것이다."고 말했다. 이 장에서 초점을 맞출 소설가 하디의 강점과 매력은 풍경과 인물을 묘사하는 그의 뛰어난 능력에서 나온다.

잇따른 실패 그리고 조언

건설 노동자와 가정부의 아들로 태어난 하디는 영국 도체스터 근처 하이어 보크햄프턴의 작은 2층집에서 자랐다. 열여섯 살에 건축사 견습생이 되었고 그리스어를 독학하면서 매일 아침 일하러 가기 전에 라틴어와 그리스어로 된 시를 읽었다. 그는 시골 빈민들의 불안정한 삶에 깊은 영향을 받았고 1년 내내 끊이지 않는 그들의 생존 투쟁을 직접 경험한 하디의 소설에는 대부분 그런 주제 의식이 깔려 있다.

하디는 1867년 처음으로 장편 소설에 도전한다. 『가난뱅이와 귀부인The Poor Man and the Lady』은 중산층과 상류층의 위선을 공격하고 교육을 통해 더 나은 삶을 꿈꾸는 노동자에 대한 이들의 무관심을 공격한다. (『무명의 주드Jude the Obscure』(1895)의 전신이 되는 작품이라고 볼 수도 있다.) 하디는 이 소설이 "충격적일 정도로 사회주의적"이라고 소개했다. 이 소설의 초안을 완성하는 데 꼬박 5개월이 걸렸고 출판사에 보낼 정도로 원고를 다듬는 데 다시 5개월이 걸렸다. 그런 다음 14개월간 출판사 문을 두드렸다. 그리고 실패했다. 소설가로 성공하겠다고 굳게 결심한 하디는 앞서 데뷔한 작가들과 출판사로부터 가능한 한 모든 조언을 얻기로 했다. 이 원고를 읽은 사람 중 하나가 조지 메러디스였다. 그는 하디에게 이 원고는 폐기하라고 했다. 엄청난 비난을 받을 것이고 소설가로서의 미래를 망칠 것이라는 이유에서였다. 그는 하디에게 덜 논쟁적인 소설("순수하게 예술적인 목적만을 지닌" 소설)을 쓰고 플롯에 더 신경을 쓰라고 조언했다.

첫 성공

하디는 메러디스의 조언을 받아들였다. 다른 부류의 소설을 쓰겠다고 결심한 그는 『도싯 카운티 크로니클Dorset County Chronicle』을 뒤져 가며 1820년대의 일화 중 소설의 소재로 쓸 만한 것을 찾았다. (하디는 작가로 활동하는 동안 지역 소식을 전하는 신문 기사에서 종종 비극적인 이야기를 찾아내는 안목이 있었다. 『테스Tess of the D'urbervilles』(1891)의 결말에 나오는 핏자국이 번지는 장면, 『무명의 주드』에 나오는 어린 주드의 자살 유서가 그 예다.) 하디의 계획은 자신이 아는 시골의 삶을 소재로 긴장감 넘치는 플롯을 짜는 것이었다. 그리고 처음 출간한 두 편의 소설 『최후의 수단Desperate Remedies』(1871)과 『녹음 아래에서Under the Greenwood Tree』(1872)를 통해 이를 실천했다. 세 번째 소설 『푸른 눈동자A Pair of Blue eyes』(1873)는 그가 자신의 이름으로 발표한 첫 소설이었다. 대중 잡지에 연재된 이 소설이 '클리프행어'(소설 속 인물 하나가 말 그대로 절벽에 매달린 채 한 회가 끝난다.)의 기원으로 여겨지고 있다. 하디는 잡지 연재와 미국 시장의 중요성을 인지하고 있었다. 그리고 편집자가 삭제하거나 수정하는 것을 언제나 받아들였다. 그는 다음 소설 『광란의 무리를 떠나Far from the Madding Crowd』(1874)로 소설가로서의 입지를 굳혔고 덕분에 건축 일을 그만두고 글쓰기에 전념할 수 있었다.

풍경의 묘사

자연주의자의 눈으로 그린 도싯의 풍경과 19세기 초반(산업혁명으로 엄청난 변화를 겪기 전)의 시골 삶은 하디 소설의 근간이었다. 하디는 시내와 마을에 허구의 '웨섹스[1]' 지명을 붙였지만 하디의 풍경 묘사가 현실에 근거했기 때문에 어디를 의미하는지 금세 알 수 있었다. 하디의 글은 시골에 대한 그의 깊은 애정을 담고 있으며 자연은 이야기에서 중요한 역할을 담당한다. 그러나 그의 묘사는 결코 감상적이지 않다. 하디는 반복해서 자연의 냉혹함을, 그리고 자연 재난이 인간의 삶에 미치는 영향을 설명한다. 『캐스터브리지의 시장The Mayor of Casterbridge』(1886)에서 헨처드가 재정 파산에 이른 데는 자신의 충동적인 성격도 한몫했지만 궁극적으로는 재앙에 가까운 기후 변화가 원인이다.

하디는 때때로 풍경을 인간처럼 다루기도 한다. 『귀향The Return of the Nature』(1878)에 에그던 히스가 풍경을 묘사한 부분을 살펴보자.

현재 이곳은 인간의 본성과 완벽하게 조화를 이루고 있다. 끔찍하지도 않고, 혐오스럽지도 않으며, 못생기지도 않았다. 흔하지도 않고 의미가 없지도 않고 고분고분하지도 않았다. 그러나 사람처럼 업신여김을 당하고 인내했다. 동시에 그 거무스름한 단조로움 속에서 독보적으로 거대했으며 신비로웠다.

『숲에 사는 사람들The Woodlanders』(1887)에서 하디는 풍경과 인간의 극적인 이야기가 뒤섞이는 장면을 다음과 같이 전개한다.

그곳은 세상의 문 바깥에 있는 그런 외딴 곳이었다. … 그곳에서는 가끔씩 진정한 소포클레스적인 원대함과 통합의 극적인 장면이 실제로 재현되었다. 그 속에 사는 생명들의 집적된 열정과 밀접하게 얽힌 상호 의존성 덕분에 가능한 일이었다.

매력적인 인물들

하디는 극적인 사건에 대한 예리한 감각이 있었다. 그리고 하디의 주요 소설 속 남자와 여자 주인공들은 문학사상 가장 매력적이고 극적인 인물들이다. 헨처드, 테스, 주드는 특히 탁월하게 설정된 인물들로, 매우 뛰어나게 묘사된 이들은 이야기를 지배하는 잊을 수 없는 존재들이다.

『캐스터브리지의 시장The Mayor of Casterbridge』에서 하디는 그가 창조한 인물 중 가장 강렬한 인물과 함께 운명을 탐구한다. 이 소설의 사건 중에는 현실감이 떨어지는 것도 있지만 주인공 헨처드는 페이지에서 언제라도 튀어나올 듯이 생생하다. 그는 결코 평범하지 않은 모순덩어리 인물이다. 강하고, 무식하고, 활력이 넘치고, 교육받지 못했고, 열정적이고, 사랑스럽고, 자기 파괴적이고, 억압적이고, 변덕스럽고, 성미가 고약하다. 그는 애정을 갈구하지만 성급하고 화를 잘 내는 성격 탓에 오히려 그런 기회를 쫓아 버린다.

　반면 테스는 순수 그 자체로, 자신의 성품이 아니라 자신이 속한 사회로 인해 파멸한다. 하디는 소설에 아주 도발적인 부제 '순결한 여인A Pure Woman'을 덧붙여서 자신의 입장을 분명히 했고 기존 관념을 향해 빨간 천을 흔들며 자극했다. 첩이 되고 결국 살인자가 된 테스를 사회는 타락한 여인이라고 손가락질하면서 비난한다. 그러나 하디가 보기에 그녀는 순수한 마음뿐만 아니라 자비로운 마음까지 지녔다. 시골에서의 강탈이라는 문제의식을 배경으로 강간, 사생아, 불륜을 둘러싸고 펼쳐지는 플롯을 통해 『테스』는 기독교의 위선, 빅토리아 시대의 이중 잣대, 값싼 노동력의 착취를 공격했고, 그래서 사회는 이 책에 분노에 찬 반응을 보였다. 언제든 시장의 요구에 자신의 글을 맞출 준비가 되어 있었던 하디는 많은 분량을 삭제하고 텍스트를 고친 원고를 『그래픽』에 연재했다. 기독교 독자의 반감을 살 부분은 모두 뺀 것이다. 1891년 11월에 마지막 완성본이 출간되기 전까지 다시 쓰고, 수정하고, 삭제하고, 복원하고, 또 수정했다.

　하디는 대학교에 다니지 못한 설움을 『무명의 주드』에서 쏟아 내면서 사회 계급 제도로 인해 똑똑한 빈민이 교육과 기회로부터 거부당하고 인력과 재능이 낭비되는 세태를 비판했다. 대부분의 평론가들이 하디의 수작으로 꼽는 소설들(『귀향』, 『캐스터브리지의 시장』, 『숲에 사는 사람들』, 『테스』, 『무명의 주드』)은 대체로 비극적인 이야기인 데다가 암울한 (그러나 어쨌든 불가피한) 결말을 맞는다. 논란의 여지없이 가장 우울한 소설인 『무명의 주드』는 "부끄러운 악몽", "음란한 주드"라는 표현과 함께 혹평을 받았다. 그러나 다른 한편에서는 "하디가 우리에게 선사한 인간의 삶을 그린 가장 강렬하고 감명 깊은 그림"으로 칭송받았고 『새터데이 리뷰』에서는 주드의 마지막 말이 "교육받은 프롤레타리아 계급의 목소리를 대변해 기존 영문학에서는 찾아볼 수 없었던 뚜렷한 목소리를 내고 있다."고 평가했다.

『무명의 주드』 발표 후 하디는 소설 쓰기를 포기하고 자신의 첫사랑인 시 쓰기에 전념했다. 하디는 이렇게 분야를 전환한 이유에 대해, 자신은 언제나 자신의 소설에서 자연과 더불어 그리고 시와 더불어 사는 삶을 위해 노력했다고 설명했다.

인간 본성에 대한 성찰

하디가 다룬 소재는 대개 논쟁적이고 획기적이었다. 그의 문체는 시대의 산물이었다. 그리스 비극의 영향을 받은 작가다 보니 현대의 독자에게는 지루하거나 이해 불가능한 고전적인 암시와 성경 인용 구절을 곳곳에 집어넣었다. 우연과 불가능한 기적이 이끌어 가는 플롯은 신경에 거슬린다. 오늘날 독자의 취향에는 맞지 않는 너무 긴 묘사적 단락도 많다. 하디가 다룬 농업 기반 지역사회는 사라진 지 오래고 19세기의 풍경도 더 이상 볼 수 없다. 그런데도 하디의 소설이 여전히 인기가 있는 이유는 인물과 풍경을 강렬하게 묘사하면서 인간의 본성을 돌아보기 때문이다.

80대의 하디는 "나는 하루도 펜을 놀리지 않은 날이 없다."고 말한 바 있다. "펜을 집어 드는 것만으로도 동력을 얻는다. 실제로도 펜 없이 생각하는 것은 불가능하다. 적당한 상황과 분위기가 갖추어질 때까지 기다려서는 안 된다. 그렇게 기다리다 보면 그런 순간은 점점 더 줄어들 것이다."

· 자신이 아는 것을 쓰고 자신의 경험을 낭비하지 말자. 정보를 얻고 글의 토대로 삼자.

· 처음에 성공하지 못하더라도 포기하지 말고, 두 번이고 세 번이고 다시 도전하자.

· 옛날 신문과 언론 자료를 찾아 소설의 소재를 구하자.

· 이미 데뷔한 작가와 출판사로부터 되도록 많은 조언을 구하자. 편집자가 제안하는 어떤 수정도 열린 마음으로 받아들이자.

· 매일 조금씩이라도 글을 쓰는 습관을 들이자.

역자 주

[1] 웨섹스는 영국의 남서부 지역을 가리키며, 하디가 살았던 도싯이 영국 남서부 지역에 속한다.

토 모 스 하 디 Thomas Hardy

로버트 해리스

로버트 해리스(1957~)의 책은 37개 국어로 번역되었는데, 그 판매량이 백만 부 단위로 계산될 정도다. 나치 정권부터 현대 러시아에 남아 있을지도 모르는 스탈린의 유산까지, 고대 로마부터 세계 금융 시장까지, 로버트 해리스는 다양한 소재로 빠르게 전개되는 스릴러 소설을 썼다. 그의 소설은 진지하면서도 재미있다. 그런 소설을 쓸 수 있는 작가는 많지 않다.

어릴 때부터 작가가 되겠다고 마음먹은 해리스는 학창 시절 교지 편집부에서 일했고 케임브리지대학교에서 영문학을 전공했다. 그리고 BBC의 뉴스 기자로 일하다가 정치 분야 저널리스트로 활동했다. 소설가로 전향하기 전에는 몇 권의 논픽션 책을 냈다. 그중 눈에 띄는 책은 『히틀러 팔아먹기Selling Hitler』(1986)다. 후에 위작임이 밝혀진, 서독의 한 잡지에서 1983년에 출간한 '히틀러 일기'를 둘러싼 스캔들을 파헤친 탐사 보도서다.

『당신들의 조국』

해리스는 자신의 첫 장편 소설에서 제2차 세계대전에 관한 방대한 지식을 십분 활용했다. 이 소설은 해리스의 소설 중 스릴러 장르에 가장 충실한 소설로 꼽힌다. 1941~1942년에 몇 가지 일이 살짝만 다르게 전개되었더라도 전쟁의 결과는 쉽게 뒤집어졌을 것이다. 나치 정권이 제2차 세계대전에서 승리했다면 독일은 어떻게 되었을까? 『당신들의 조국Fatherland』(1992)은 이 흥미로운 '만약에 ~했다면?'이라는 질문에 한 가지 가능한 시나리오를 제시한다.

『당신들의 조국』은 출간 즉시 세계적인 베스트셀러가 되었다. 즉흥적이고 빠른 플롯과 사실적인 인물을 갖춘 이 책은 손에 땀을 쥐게 한다. 해리스가 그린 승전국 독일의 모습은 아주 그럴듯하고, 꽤 소름 끼친다. 존 모티머는 "로버트 해리스는 철저히 부패한 사회의 전체 구조를 창조했다. 그리고 그 결과물은 피부 깊숙이 끔찍한 기분이 들게 한다."고 말했다. 해리스가 상상한 1964년의 독일에서 유대인은 한 명도 남김없이 제거되었고 우크라이나에는 1억 명의 독일 난민이 살고 있다. 영국을 비롯한 서구 유럽 국가는 사기가 꺾였고, 세력이 약해졌고, 영향력을 잃었다. 세계 최고의 초권력 국가 두 곳은 미국과 대독일 제국이다.

『당신들의 조국』에서 해리스가 대독일 제국의 모델로 삼은 것은 조지 오웰의 『1984Nineteen Eighty-Four』(1949)와 마틴 크루즈 스미스의 『고리키 파크Gorky Park』(1981)다. 해리스의 『당신들의 조국』에 묘사된, 나치 친위대가 지배하는 위계질서에 대한 철저한 복종은 오웰의 대작에 그려진 빅브라더의 세계, 그리고 『고리키 파크』의 소비에트 전체주의와 확실한 병렬 관계에 있다. 해리스가 창조한 세계는 너무나 소름 끼칠 정도로 사실적이고 도발적이어서 이 소설은 독일의 공분을 샀고 독일에서 출간되기까지 30군데의 출판사로부터 거절을 당했다. 하지만 마침내 출간되었을 때는 베스트셀러가 되었다.

그토록 끔찍한 이야기가 펼쳐지는 소설이 왜 그렇게 많은 사람에게 커다란 즐거움과 재미를 주는지 고민해 볼 만하다. 범죄 소설이나 스릴러가 아닌 '순수' 소설을 더 선호하던 독자들까지 사로잡았으니 말이다. 해리스는 자신이 상상한 무시무시한 악몽이 실제로 일어나지 않았다는 안도감 자체가 이런 현상을 설명한다고 믿는다.

대체 역사 소설

『당신들의 조국』은 대체 역사 소설이라는 장르에 속한다. 대체 역사는 '만약 ~했다면?'이라는 시나리오를 탐색하는 소설이다. 이 장르의 초기 소설로 유명한 것은 『달리 전개되었다면If It Had Happened Otherwise』(1931)이다. 이 소설에는 윈스턴 처칠이, 미국 남북 전쟁의 전환점이 된 게티즈버그 전투에서 로버트 리가 이끄는 남부군이 승리했다면 어떻게 되었을지 탐색하는 내용이 나온다.

더 최근에 나온 두 편의 소설을 예로 들자면, 유럽의 종교개혁이 일어나지 않았다면 어떻게 되었을지를 다룬 킹슬리 에이미스의 『변형The Alteration』(1976)과 1941년 독일이 영국 침공에 성공한다는 이야기를 다룬 렌 데이턴의 『나치친위대-영국SS-GB』(1978)이다. 독일이 제2차 세계대전에서 승리한다는 가정에서 출발하는 해리스의 소설이 완전히 새로운 아이디어는 아니었던 것이다. 다만 해리스의 소설은 영국이 아닌 독일을 무대로 펼쳐진다.

기타 역사 소설들

해리스의 후속 소설 『에니그마Enigma』(1995)도 제2차 세계대전을 배경으로 한다. 암호, 비밀, 사랑과 배신 등 전쟁 중 암호 정보국과 암호 기법 뒤에 감춰진 이야기를 다룬다. 내 생각에는 이 소설의 강점은 블레츨리 파크¹에서 일한다는 것이 어떤 느낌이었을지를 재현하는 해리스의 뛰어난 능력에 있다. '기밀 정보' 원칙이 철저하게 적용되고 대부분의 사람들은 다른 이들이 무엇을 하는지 거의 또는 전혀 알지 못하는 조직이 등장한다. 그리고 추운 영국의 겨울날 그런 곳에서 일하는 암호 해독자들이 어떻게든 온기를 불어넣으려고 손을 감싸 쥐고 비비는 동안 독자는 마치 자신도 그 추위를 느끼면서 형편없는 전쟁 식량을 맛보는 듯한 착각에 빠진다. 실제로 그 자리에 있는 듯한 느낌이 들면서 북대서양에 나가 있는 불운한 호송단으로부터 보고받는 것을 함께 기다리게 된다.

『아크엔젤Archangel』(1998)에서는 해리스가 공산주의 이후 러시아의 모습을 진실성 있게 구현하는 탁월한 능력을 발휘한다. 이 책은 정확한 현대 탐사 보도를 근거로 한 역사적 사실과 기발한 상상력으로 꾸며 낸 허구를 영리하게 엮었다. 권위 있는 역사가 노먼 스톤은 "스탈린의 죽음을 이보다 더 훌륭하게 묘사한 책은 본 적이 없다. 결코."라고 단언했다.

2003년 '폼페이Pompeii' 3부작을 기점으로 해리스의 소설 창작은 뜻밖의 전기를 맞이한다. 이 소설은 해리스가 처음으로 고대 로마를 무대로 삼은 소설이다. 이후 키케로 3부작이 뒤따랐다. 한 평론가는 이 3부작을 "정치적인 다중 마차 충돌 사고를 감상하는 것 같다."고 설명했다. 『임페리움Imperium』(2006), 『루스트룸Lustrum』(2009), 『딕타토르Dictator』(2015)는 로마 공화정 말기를 무대로 한다.

현대 러시아를 무대로 스탈린의 유산을 다루다가 고대 로마로 무대를 옮긴 것은 급격한 방향 전환이다. 그러나 그런 변화는 겉으로 보이는 것만큼 큰 변화는 아닐지도 모른다. 경쟁하는 집단 간 권력 다툼은 독일 나치 정권이나 러시아의 공산주의 조직만이 아니라 로마 시대 정부의 특징이기도 했다. "인간이라는 존재는 지난 2,000년간 별로 변하지 않았어요."라고 해리스는 말한다. 그는 또한 고대 로마와 독일 나치 정권이 대응되는 점들을 지적한다. 눈부시게 발달한 공학 분야, 군대 행진과 딱딱 맞춘 발소리, 독수리를 상징으로 삼은 것, 비인간적인 잔인함과 고상한 문화의 병치 등이다. 고대 로마에도, 독일 나치 정권에서도, 공산주의 러시아에서도 부정직한 거래는 이루어진다. 그리고 지금도 부정직한 거래가 이루어지고 있다.

『장교와 스파이An Officer and a Spy』(2013)는 악명 높은 드레퓌스 사건을 토대로 한다. 이 책에서는 드레퓌스를 간첩으로 몰아간 거짓 증거의 진실을 폭로하려고 싸우는 조르주 피카르의 실화를 다룬다.

현대 정치 소설

기존의 작업과는 확연히 다른 『유령 작가Ghost』(2007)는 토니 블레어를 떠올리게 하는 전직 총리가 주인공이다. 해리스는 한때 블레어와 친했는데, 이 소설은 미국의 이라크 참전을 지지한 블레어의 결정에 반대하는 해리스의 입장을 반영하고 있다.

『공포 인덱스The Fear Index』(2011)는 수수께끼투성이인 세계 금융 시장의 작동 원리를 어느 정도 이해할 수 있게 설명하는 보기 드문 성과를 이뤘다. 해리스는 "허구 세계에서(그것이 영화든 소설이든) 금융 세계가 어떻게 돌아가는지 그 누구도 이 소설만큼 제대로 설명하지 못했다."고 말했다. 해리스는 자료 조사 과정에서 헤지 펀드 세계의 핵심 동력은 (따라서 소설의 핵심 동력도) 은행가나 금융 천재가 아니라 똑똑한 공학자들이라는 결론을 내린다.

　　물론 헤지 펀드에 관한 소설은 그전에도 있었다. 그러나 … 실제 그 세계를

있는 그대로 그린 소설은 없었다. 헤지 펀드는 실제로는 과학에 전적으로 의존한다. 물리학자, 수학자, 컴퓨터 프로그래머 등이 동원된다. 나에게는 완전히 새로운 사실이었다. 헤지 펀드의 세계로 들어갔더니 그 분야에서 일하는 사람들은 모두 박사 학위를 갖고 있었다.

『공포 인덱스』는 제네바가 무대다. 과학의 자만심을 소재로 이야기가 전개되고, 그 중심에는 컴퓨터가 있다. 해리스는 이 소설을 '고딕 사실주의'라고 설명한다. 일종의 21세기판 『프랑켄슈타인Frankenstein』이다. "고딕 소설은 일반적으로 인간과 다른, 초자연적인 존재 간 배후지를 다룬다. 그러나 현대에는 그런 배후지가 꽤 현실적으로 인간과 기계 간에 존재하고 있다." 『콘클라베Conclave』(2016)는 가까운 미래의 이야기로, 프랜시스 교황을 연상시키는 로마 교황의 사망 이후 새로운 교황 선출 과정을 둘러싼 바티칸 내부의 권력 투쟁을 다룬다.

지적인 스릴러 소설

로버트 해리스의 모든 저서는(소설이든 논픽션이든) 실화에 근거하고 있다. 해리스는 구체적인 특정 세부 사항에서 이야기를 시작한다. 『당신들의 조국』에서는 많은 인물의 이름을 실존 인물의 이름에서 따왔으며 그 인물들의 1942년까지의 이력은 실제와 동일하다. (그 이후의 이력은 해리스가 더하거나 빼서 플롯에 맞춰 허구의 이력을 만들어 낸다.) 『에니그마』는 실제로 해독된, 북대서양 호송단을 공격한 독일 U-보트의 암호 내용을 활용한다. 『공포 인덱스』에는 헤지 펀드의 작동 기제에 관한 실제 세부 사항과 세계 금융 시장의 작동 방식이 설명된다. 모두 해리스의 폭넓은 자료 조사 덕분이다. 해리스는 책 작업을 시작하기 전만 해도 금융계에 대해 아는 것이 전혀 없었다.

소설가로서의 나는, 아마도 내가 저널리스트 출신이라서 그렇겠지만, 세상으로 나가서 새로운 것을 발견하기를 꽤 좋아합니다. 그리고 독자에게 정해진 절차에 따라 새로운 세상을 소개하기를 좋아합니다. 그래서 자기 일을 하는 사람들 어깨 위에 서서 관찰합니다. 그 사람은 배수로 기술자일 수도(키케로 3부작), 암호 해독자일 수도(『에니그마』), 그리고 이 소설(『공포의 인덱스』)에 나온 알고리즘 헤지 펀드 매니저일 수도 있습니다.

해리스는 복잡한 내용도 쉽게 풀어서 독자들이 이해할 수 있도록, 그리고 흥미를 느끼도록 만드는 드문 재능을 지녔다. 독자는 그의 책을 읽고 나면 언제나 재미를 느낄 뿐 아니라 지식도 얻는다. 고대 로마를 재현하건 다른 역사를 창조하건 해리스는 강렬한 스토리텔링 본능으로 정치의 매력을 융합하는 재능이 있다. 그 산물은 흥미진진한 소설이다.

해리스는 직설적인 문장으로 지적인 스릴러를 쓴다. 그의 소설에는 서사적 긴장감, 사실적인 인물, 철저한 조사를 거친 정확한 분위기 묘사로 가득하다. 정교하게 구성된 서스펜스는 페이지를 넘길 수밖에 없게 만드는 오락물이 된다. 해리스는 명확하고 직설적인 문체를 쓴다. 그리고 전통적인 스토리텔링 기법을 존중한다. "저는 뼛속까지 저널리스트입니다."고 그는 말한다. "그래서 저는 이야기를 전달하는 것을 중요하게 생각합니다."

배울 점

· 역사적 사실과 현대적인 탐사 보도에 상상력을 동원한 매력적인 허구를 섞어 보자.
· 구체적인 사실, 실존 인물에 관한 정보, 정확한 묘사를 활용하면 글에 진정성을 부여할 수 있다.

· 쉽고 흥미로운 글을 쓰면 독자에게 재미뿐 아니라 정보도 줄 수 있다. 아주 복잡한 주제를 다루는 경우에도 마찬가지다.

역자 주

[1] 런던 근교에 있는 고택으로 제2차 세계대전 동안 영국 정보암호학교와 암호를 해독하는 본부 건물로 사용되었다.

어니스트 헤밍웨이

어니스트 헤밍웨이(1899~1961)의
베스트셀러『무기여 잘 있거라A Farewell to Arms』(1929)는 이탈리
아 전선에서 구급 운송 요원으로 일한 본인의 경험을 바탕으로
쓰여졌다. 1인칭 시점으로 쓴 이 자전적 러브 스토리는 제1차
세계대전을 배경으로 하고 있다. 헤밍웨이의 첫 소설『해는 또
다시 떠오른다The Sun Also Rises』(1926)는 현대적이고 간결한 문
체로 주목을 받았고『무기여 잘 있거라』는 그런 세간의 평을 재
확인했다.

　『무기여 잘 있거라』는 주인공의 아들이 사산아로 태어나고
연인 캐서린이 죽는 것으로 마무리된다. "얼마가 지난 후 나는
병실을 나가 병원을 나섰고 빗속을 걸어 호텔로 돌아갔다." 간
단한 문장이지만 1959년『파리 리뷰』와의 인터뷰에서 헤밍웨
이는 "『무기여 잘 있거라』 마지막 장면의 마지막 페이지를 39

번이나 고쳐 쓰고 나서야 만족했습니다."고 말했다. 그는 완벽주의자였다. 인터뷰를 한 기자가 무엇이 그렇게 어려웠느냐고 묻자 "꼭 맞는 단어와 문장을 찾는 것"이라고 답했다.

헤밍웨이는 이 소설을 쓰면서 무려 47개의 다른 결말을 만들어 냈다. 다른 장의 초고와 함께 헤밍웨이가 생각한 여러 결말이, 2012년 스크리브너가 출간한 『무기여 잘 있거라』 신판에 실렸다. 미국 소설계에서 대가로 여겨지는 작가가 자신이 어떤 결말을 원하는지 마음을 정하지 못해 곤란을 겪었음을 짐작할 수 있다. 또한 그가 꼭 맞는 표현을 찾기 위해 얼마나 애썼는지도 알 수 있다.

『무기여 잘 있거라』의 절제되고 사실적인 마지막 문장은 헤밍웨이의 간결하고 건조한 문체를 잘 보여 준다. 전쟁과 사랑에 관한 대서사의 막이 내리면서 병원을 나선 주인공 헨리를 빗속을 걷게 했다. 그리고 거의 모든 것에 대해 침묵한 채 이 장면을 아주 간단한 일상 언어로 묘사한 것도 당연한 선택 같다.

헤밍웨이가 고려한 다른 결말은 두세 단락부터 짧은 한두 문장까지 다양한데, 이 소설이 얼마나 다른 분위기로 마무리될 수 있었는지를 보여 준다. 좀 더 낙관적인 결말도 있다. "그는[1] 이 이야기에 속하지 않는다. 그는 새로운 이야기를 시작한다. 옛 이야기의 결말에서 새로운 이야기를 시작하는 것이 공정하지는 않지만 으레 그런 일이 생기기 마련이다. 죽음 외에는 끝이 없고 탄생은 시작일 뿐이다.", "마침내 나는 잠이 들었다. 적어도 내가 깨어난 것을 보면 잠들었던 것이 틀림없다. 내가 깼을 때 열린 창문으로 햇빛이 들어왔고 나는 비가 내린 뒤의 봄 아침 내음을 맡았다. 마당의 나무에 드리워진 햇빛이 눈에 들어왔고 한동안 늘 그랬던 듯했다."

결말 후보 중 하나는 헤밍웨이답지 않게 명상적이다. "문제는 그것에 대해 인간이 할 수 있는 일은 아무것도 없다는 것이다. 신을 믿고

신을 사랑한다면 그것도 괜찮을 것이다." 아주 암울한 결말도 있다. "결국 아무것도 기억조차 못하는 것이 더 나을지도 모른다. 나도 그걸 알고 있다.", "이것이 이야기의 전부다. 캐서린은 죽었고 당신도 죽을 것이고 나도 죽을 것이다. 그것만이 내가 약속할 수 있는 전부다."

이 2012년 신판에는 헤밍웨이가 고려한 다른 제목들도 나열하고 있다. (직설적인 제목도, 더 암시적인 제목도 있다.) 이것은 헤밍웨이가 자신의 글에 엄청나게 공을 들였다는 사실을 보여 준다. 손으로 적어 넣은 메모와 삭제된 긴 문단도 있다. 헤밍웨이가 어떤 생각을 했는지, 그가 어떻게 작업했는지를 생생하게 느낄 수 있다. 처음부터 꼭 맞는 글을 써낸 것은 아니라는 것도 알 수 있다.

『누구를 위하여 종은 울리나』

1937년과 1938년에 헤밍웨이는 북아메리카신문연맹[2]의 특파원 자격으로 스페인 내전을 보도했다. 그는 공화파의 마지막 보루인 에브로 전투를 목격했으며 마지막까지 전장에 남아 있던 기자 중 한 명이었다. 『누구를 위하여 종은 울리나For Whom the Bell Tolls』(1940)는 헤밍웨이의 작품 중에서도 손꼽히는 수작으로, 내전의 잔혹성과 비인간적인 면모를 시각적으로 생생하게 그리고 있다. 아마도 가장 기억에 남는 끔찍한 장면은 몽둥이, 도리깨, 갈퀴로 무장한 성난 마을 사람들이 만들어 낸 처형로일 것이다. 파시즘 지지자들은 이 길을 통과해서 가야만 했고 그 길 끝의 절벽에서 죽음을 당했다. 헤밍웨이는 1936년 론다에서 실제로 일어난 실화를 바탕으로 이 장면을 만들어 냈다. 당시 군중은 파시스트로 의심되는 약 500명 정도의 사람들을 협곡으로 내동댕이쳤다.

이 책의 제목은 존 던의 작품(1624)을 인용한 것이다. "어떤 사람의 죽음이라도 나를 갉아먹는다. 나는 인류에 속하기 때문이다. 그러므로 누구를 위하여 종을 울리는지 알아보기 위해 사람을 보내지 말도록. 바로 당신을 위해 울리는 종이니까." 이 소설의 핵심 주제는 죽음이다. 주인공인 로버트 조던은 파시스트가 점령한 다리를 폭파하는 것이 자신의 임무라는 것을 안다. 그리고 그 임무를 수행하면 자신도 죽음을 피할 수 없다는 것을 안다. 그와 일하는 게릴라 대장 또한 게릴라 대원 모두의 죽음이 불가피하다는 것을 안다. 죽음 앞에서 표출되는 동료애와 희생정신이 소설 전체에 스며들어 있다. 그리고 자살이라는 소재도 소설 전반에 거대한 그림자를 드리우고 있다. 로버트 조던을 비롯한 많은 등장인물들이 인질이 되느니 죽기를 바란다. 그래서 적에게 포획되느니 차라리 살해되거나 스스로 목숨을 끊을 준비가 되어 있다.

소설은 로버트 조던이 부상을 당해 앞으로 더 나아갈 수 없는 상태에서 자신의 목숨을 끝낼 마지막 공격을 기다리는 것으로 마무리된다. 만약 죽지 못한다면 그는 인질이 될 처지에 놓여 있다. 인질이 되면 정보를 캐려는 적군에게 고문을 당할 것이고 결국 적이나 자신의 손에 죽게 될 것이다. 그는 자살을 이해하지만 긍정하지는 않는다. "스스로에게 아주 푹 빠져 있지 않고는 그런 일은 하지 않을 것"이라고 생각한다. 1961년 헤밍웨이는 스스로 목숨을 끊었다.

『파리는 날마다 축제』

헤밍웨이는 말년에 파리에서 머물렀던 경험을 기록했다. 그는 1920년대에 제임스 조이스, F. 스콧 피츠제럴드, 윈덤 루이스, 포드 매덕스 포드, 에즈라 파운드, 거투르드 스타인 등 다른 미국 작가들과 마찬가지로 파리에서 지냈다. "젊은 시절 파리에서 사는 행운을 누렸다면 그 후로는 어디서 살든지 그 행운이 늘 당신을 따른다. 파리는 움직이는 축제이기 때문이다." 1964년 헤밍웨이의 사후에 출간된 『파리는 날마

207

다 축제A Movable Feast』는 1920년대 헤밍웨이의 파리 거주 경험을 담은 회고록이다. 헤밍웨이가 드나들었던 (일부는 현재도 존재한다.) 카페, 술집, 호텔, 아파트의 풍경과 위치를 구체적으로 묘사하고 있다. 이 책은, 헤밍웨이가 파리에서 살던 시절에 기록했으나 리츠 호텔 지하실 트렁크에 방치했던 노트를 바탕으로 썼다. 헤밍웨이의 기억은 사적이고, 위트로 넘치며 애정 어린 시선을 유지한다.『파리는 날마다 축제』는 헤밍웨이가 작가로서의 입지를 다지던 시절의 삶을 엿볼 수 있는 흥미진진한 기회를 제공한다. 이 책은 헤밍웨이가 가난하고 행복한 무명 작가로 지내면서 카페에서 글을 쓰던 시기에 소설가라는 정체성을 찾아가는 여정을 그리고 있다.

독특한 문체를 가진 작가

헤밍웨이는 "내 목표는 내가 보고 느끼는 것을 가장 적절하고 단순하게 종이 위에 옮기는 것"이라고 말했다.

> 책이나 이야기를 쓸 때면 나는 매일 아침 되도록 해가 뜨자마자 글을 쓰려고 한다. 방해할 사람이 전혀 없고 글을 쓰기 시작할 때는 서늘하거나 춥지만 글을 쓰는 동안 몸이 서서히 데워진다. 매일 작업을 멈추는 지점은 그날 쓴 것을 읽고 다음에 무슨 일이 벌어질지 알 수 있는 대목이므로, 그 다음부터 이어 쓰기가 쉽다. 여전히 쓸 거리와 기운이 남아 있을 때까지 계속 쓰다가 멈춘다. … 예를 들어 아침 6시부터 글을 썼다면 정오까지 계속 글을 쓰거나 그 전에 글쓰기를 멈춘다.

파리에서 기자이자 신인 소설가로 활동하던 헤밍웨이는 에즈라 파운드의 영향을 받았다. 그는 절제된 표현, 형용사에 대한 불신, 감상주의의 배제, 그리고 그 의미를 설명하지 않는 이미지와 장면의 제시

등 모더니즘 스타일로 글을 쓰는 법을 배웠다. 단편 소설부터 쓰기 시작했고 글을 솎아 내는 법, 최소한으로 최대한을 얻는 법, 긴장감을 쌓는 법을 배웠다. 의미는 대화를 통해, 그리고 행동과 침묵을 통해 구축했다. 글은 밀도가 높고 간결했다. 그는 흔히 사용되는 문장부호(콜론, 세미콜론, 대시, 괄호)를 배제했다. 대신 서로 연결되는 짧은 평서문을 선호했고 쉼표 대신 습관적으로 접속사 '그리고'를 썼다.

헤밍웨이의 독특한 문체는 때로 생략 이론으로 불리기도 한다. 그러나 헤밍웨이는 자신의 문체를 빙산에 비유하는 쪽을 택했다.

> 작가가 자신이 무엇을 쓰는지 잘 알고 있으면 자신이 아는 것과 독자가 아는 것을 생략할 수 있다. 만약 작가가 진정한 의미에서 충분히 썼다면 독자는 그런 것들에 대해 마치 작가가 실제로 글을 쓴 것처럼 강렬하게 느낄 것이다. 빙산의 움직임이 품위 있어 보이는 이유는 8분의 1만이 해수면 위에 드러나 있어서다.

1954년 노벨 문학상을 수여하면서 노벨 위원회는 "그의 서사 예술의 완성 … 그가 현대 문학 스타일에 끼친 영향력"을 그 이유로 밝혔다.

작가가 된다는 것은 어떤 의미일까? 헤밍웨이는 이렇게 정의한다.

> 모든 훌륭한 책은 실제 일어난 일보다 더 진실되다는 점이 같다. 그런 책을 읽은 뒤에는 그 책에서 벌어진 일들이 자신에게 일어난 일처럼 느껴질 것이며, 그렇게 되면 그 책 속의 사건들은 고스란히 자신의 것이 된다. 좋은 일, 나쁜 일, 환희, 후회, 슬픔, 인물, 장소, 날씨까지도. 사람들에게 그런 경험을 안길 수 있다면 여러분은 작가이다.

· 자신이 보고 느낀 것을 종이 위에 가능한 한 간결한 글로 옮겨라.

· 간결하고, 절제된 문체에 단순한 표현을 사용하고 형용사와 문장부호의 수를 줄이면
아주 효과적일 수 있다.

· 언제나 다음에 어떤 일이 벌어질지 알 때 글쓰기 작업을 멈추자. 그러면 다음 번 작업
시간에 이어서 쓰기가 쉽다.

· 설명 없이 장면을 제시하자. 대화, 행동, 침묵을 통해 의미를 구축하자.

· 처음부터 제대로 쓸 것이라고 기대하지 말자. 헤밍웨이가 『무기여 잘 있거라』에 얼마
나 공을 들였는지를 기억하자. 그는 47개의 다른 결말을 썼고, 마지막 페이지를 39
번 고쳐 썼다.

역자 주

[1] 이 결말에서는 주인공 헨리의 아들이 살아서 태어나는데 여기서 '그'는 헨리의 아들을 가리킨다.
[2] 『뉴욕 타임스』에 기고하는 북아메리카 10개 신문사의 평론가들이 1922년에 조직한 특별 통
신단체

제임스 헤리엇

거절당한 원고가 현관문의 우편물 투입구를 통과해 매트에 떨어질 때 나는 독특한 소리가 있다. 출산 중인 암양이나 자궁이 빠져나온 암소가 내는 소리보다도 더 귀에 잘 들어오는 소리다. 내가 구역질 나는 털썩 소리라고 불렀을 만큼 나는 그 소리에 넌더리가 났다.

1970년대에 제임스 헤리엇(1916~1995, 일명 알프 와이트)은 출판계의 스타가 되었다. 그러나 그런 성공이 하루아침에 얻어진 것은 아니다. 그는 첫 책을 계약하기까지 거의 10년간 열심히 글을 쓰고 출판계의 문을 두드렸다. 몇 년이 지난 뒤 데뷔를 꿈꾸는 작가에게 조언을 해달라는 요청을 받을 때마다 그는 언제나 한결같이 이렇게 답했다. "포기하지 마세요."

이것은 내가 알프의 아들 짐 와이트를 만났을 때 배운 점 중 하나이기도 하다. "아버지는 거절을 수도 없이 많이 당했죠."

짐이 말했다. "그런데도 멈추지 않았어요. 굳은 의지와 자기 자신에 대한 믿음이 있었죠." 나는 노스요크셔 서스크에 있는 '제임스 헤리엇의 세계'에서 짐을 만났다. 이곳은 한때 도널드 싱클레어(시그프리드 파넌)와 알프 와이트(제임스 헤리엇)가 50년 이상 운영한 동물병원이 있던 건물로, 현재는 박물관으로 운영되고 있다.

나는 헤리엇이 자신의 일에서 매일 맞닥뜨리는 사건들을 어떻게 베스트셀러 속 이야기로 변환시켰는지 그 과정을 짐에게 물었다. "아버지가 일기를 쓰셨나 봅니다."고 내가 넘겨짚자 짐은 "아니요. 노트가 있기는 했어요."라고 말했다. 헤리엇은 노트에 제목만 적어 두었다. 그게 전부였다. 헤리엇은 기억력이 매우 뛰어났고 제목만으로도 아주 사소한 세부 사항까지 떠올릴 수 있었던 것이다. 헤리엇은 글 대부분을 TV 앞에서 썼다.

아버지는 서재가 없었어요. 나머지 식구들과 함께 거실에 머물면서 타자기를 두드리곤 하셨죠. TV에 흥미로운 게 나오면 타자 치는 걸 잠시 멈추고 TV를 재미있게 봤어요. 그리고 다시 아무 어려움 없이 글쓰기 작업으로 되돌아갔죠. 그냥 그렇게 바로 주변을 차단하고 자기 앞에 놓인 글에 집중하신 거예요.

아내가 선물한 타자기

1955년 알프 와이트의 서른아홉 살 생일에 그의 아내 존은 글래스고에 있는 알프의 부모에게 편지를 썼다. "제가 그이에게 무엇을 사 줬는지 맞혀 보세요. 타자기예요! 이제 어머님 아버님께 더 자주 편지를 쓰겠죠? 지난 13년 동안 쓸 거라고 늘 말하던 그 책을 드디어 쓰게 될지도 모르겠어요!"

알프는 작법에 관한 책 몇 권을 샀고 타자기를 두드리기 시작했다. 1950년대와 1960년대에 쓴 그의 초기 글들은 자신이 알고 지내는 농부, 그리고 그와 함께 일한 수의사에 관한 이야기였다. 그리고 그는 이런 이야기들을 3인칭 시점에서 비교적 느슨하게 엮어서 소설을 완성했다. 화려한 형용사와 긴 문장으로 가득한 이 원고를 그는 몇 개월에 걸쳐 수정하고 다듬었다. 마침내 그는 이 원고가 출간하기에는 수준 미달이라는 사실을 인정해야만 했다. 헤리엇은 "그 원고는 마치 학생이 쓴 에세이 같았어요. 게다가 별로 잘 쓴 에세이도 아니었고요." 라고 회상했다.

투고, 거절

그 다음에는 단편 소설 쓰기에 도전했다. 그는 독서를 많이 했고(선호하는 작가는 찰스 디킨스, 월터 스콧, 새뮤얼 페피스, H. 라이더 해거드, 이언 플레밍, 그리고 특히 P. G. 우드하우스였다.) 아서 코난 도일, H. G. 웰스, O. 헨리의 단편 소설을 재미있게 읽었다. 그는 단편 소설 일고여덟 편을 썼다. 주로 스포츠와 기타 실외 활동에 관한 것이었다. 그리고 몇몇 잡지와 BBC에 보냈다. 하나도 빠짐없이 반송되어 '구역질나는 털썩 소리'를 내며 현관 매트 위에 떨어졌다.

결국 그는 자신의 관심사일 뿐인 스포츠 같은 주제보다는 자신이 정말로 전문가인 분야에 관한 글을 써야겠다고 생각했다. 초보 작가는 흔히 '자신이 아는 것을 쓰라.'는 조언을 듣는데 그는 이 조언을 받아들였다. 이 조건에 맞는 주제는 오직 하나였다. 수의사 활동이었다. 1965년 8월 그는 자신이 포기하고 처박아 두었던 소설 원고를 다시 꺼내 먼지를 털어 낸 뒤 수정을 시작했다. 초고에서 불필요한 미사여구를 빼고 복잡한 문장과 화려한 문체를 버린 뒤 더 간단하고 대화체에 가까운 문체로 고쳐 썼다. 이 과정이 대략 18개월 정도 걸렸다. 1967년 초 수정 작업을 끝내자 좀 더 읽기 좋은 원고가 탄생했다.

그는 수정한 원고를 콜린스 사에 보냈다. 출판사의 원고 담당자 줄리아나 와덤은 이 원고가 마음에 들었지만 그에게 이런 질문을 던졌다. "왜 이것을 소설로 썼나요? 이 이야기들은 실화를 바탕으로 쓴 것이 분명해 보이는데, 왜 굳이 허구의 이야기로 바꾼 거죠? 1인칭 시점의 자전적인 이야기로 다시 쓰면 어떨까요? 그러면 이야기가 더 흥미롭게 느껴지고 이것이 실화에 바탕을 둔 이야기라는 걸 독자가 더 쉽게 알 수 있을 거예요."

그래서 1967년 9월 그는 세 번째 수정 작업에 들어갔다. 그래서 동물병원 고객이자 친구가 제시한 새로운 제목 '그들이 말을 할 수만 있다면If Only They Could Talk'을 붙인 반자전적인 소설로 재탄생했다. 출간되지 못한 소설 원고와 출간된 책의 텍스트를 비교해 보면 꽤 흥미롭다. 8장에서 시그프리드는 제임스를 농장에 데리고 가 동물 사체 부검을 하게 한다. 제임스는 칼을 깜빡하고 두고 오는 바람에 농부의 아내에게 부엌칼을 빌려야만 했다. 출간되지 않은 소설 원고에서는 이 사건을 다음과 같이 서술했다. "집에 도착했을 때 그는 부검용 칼을 두고 온 것을 깨달았다. 그는 부엌칼을 빌리기로 마음먹었다." 글은 단순하고 읽기 쉽다. 불필요한 미사여구도 없고 문장이 복잡하지도 않다. 그러나 밋밋하고 지루하다.

출간된 책에서 이 일화는 매우 다르게 소개된다.

우리는 농장에 도착했고 요란하게 브레이크를 밟았다. 차 엔진의 진동이 채 멈추기도 전에 시그프리드는 자리를 박차고 나가 트렁크를 뒤졌다. "젠장." 그가 외쳤다. "부검용 칼이 없어! 됐어, 여기서 뭐든 빌려서 쓰지, 뭐" 그는 트렁크 문을 쾅 닫고 현관을 향해 달려갔다.

여기서는 생생한 서사와 대화가 시그프리드라는 별난 인물을 잘 표현하고 있다.

혜리엇은 1968년 7월에 『그들이 말을 할 수만 있다면』의 원고를 콜린스 사에 다시 한 번 보낸다. 이 원고가 또다시 거절당했으니, 그의 씁쓸한 절망감을 짐작할 만하다.

작가 데뷔 그리고 성공

와이트의 아내 존은 그에게 마이클 조지프 출판사에 원고를 보내 보라고 말했다. 마이클 조지프는 리처드 고든의 유머러스한 책 '의사' 시리즈를 펴낸 출판사였다. 그러나 와이트는 이 원고를 데이비드 히검 어소시에이츠의 에이전트 진 리로이에게 보냈다. 와이트는 리로이의 책 『이야기를 팔아라Sell Them a Story』를 막 읽은 참이었다. 진 리로이는 그의 원고를 맡기로 했고 처음 연락한 출판사에서 긍정적인 답변을 받았다. 그 출판사는 바로 마이클 조지프였다!

왕립 수의사 협회의 행동 강령은 수의사의 광고 행위를 금지하므로 알프 와이트는 필명이 필요했다. 그는 또한 동물병원 고객들에게 자신의 신원을 숨기고 싶었다. "제가 그들에 대해 쓴 글을 마음에 들어 하지 않을 수도 있으니까."라는 이유에서였다. 1969년 2월 11일 와이트는 자신이 가장 좋아하는 TV 프로그램 〈오늘의 경기Match of the Day〉를 보고 있었다. FA 컵 대회에서 맨체스터 유나이티드가 버밍엄 시티와 맞붙었는데, 버밍엄 시티의 스코틀랜드 출신 골키퍼 짐 헤리엇이 그의 눈길을 끌었다. 연속해서 골을 잘도 막아 내고 있었다. 그렇게 그의 필명이 정해졌다.

제임스 헤리엇의 첫 두 책 『그들이 말을 할 수만 있다면If Only They Could Talk』(1970)과 『수의사에게 일어나서는 안 될 일It Shouln't Happen to a Vet』(1972) 모두 판매 성적이 썩 좋지는 않았다. 그런데 1972년에 이 두 책을 함께 묶어 미국 시장에 내놓은 『이 세상의 모든 크고 작은 생물들All Creatures Great and Small』이 베스트셀러가 되었다. 미국에서 큰 인기를 얻자 영국 시장도 영향을 받았고 앞서 출간된 책들이 베스트셀러 목록에 올랐다. 헤리엇의 책은 두 편의 영화와 1978년부터 1990년까지 방영된 TV 시리즈로 제작되었고 그는 영국에서 가장 인기 있는 작가가 되었다. 1979년까지 그는 골든 팬 상을 여섯 번 수상했다. 그가 발표한 초기작 여섯 권은 각각 100만 부 이상 팔렸다. 당시 그에 맞먹는 판매고를 올린 작가는 이언 플레밍이 유일했다. 1980년이 되어서야 그는 수의사 일을 완전히 그만두고 전업 작가가 되었다. 그는 언제나 자신을 작가보다는 수의사로 여겼다. 그는 "저는 이곳에서는 수의사로 통하고 싶어요."라고 설명했다. "농부가 가축이 아파서 제게 전화를 걸었을 때는 제가 조지 버나드 쇼라고 한들 그건 중요하지 않으니까요."

사실과 허구를 넘나들다

알프 와이트는 1939년에 수의사 자격증을 땄지만 책에는 헤리엇이 1937년에 자격증을 땄다고 나온다. 처음 펴낸 책 네 권은 배경이 제2차 세계대전 발발 전이고 나머지는 주로 1940년대와 1950년대가 배경이다. 그런데 책들은 대부분 1970년대에 쓰였다. 그리고 실제로 책에 기록된 일화들은 글을 쓸 당시에 일어난 것들이다. 그의 아들이나 다른 수의사 보조사가 전해 준 이야기도 있다. (와이트의 아들은 1960년대 후반부터 수의사로 활동했다.) 책 속 일화는 실제 사건과 실제 사람들을 바탕으로 썼다. 다만 다음과 같이 살짝 꾸민다.

> 어떤 개들은 트렌게이트에 들어서면 길 건너편으로 가 꼬리를 내린 채 수술 현장 옆을 슬금슬금 지나갔다. 그런데 블랑코는 벤틀로 씨의 손에 질질 끌려 들어왔고 블랑코가 문턱을 넘지 않으려고 버티는 바람에 벤틀로 씨는 하마터면

넘어질 뻔했다.

와이트의 책은 터스크에서 30마일 가량 떨어진 요크셔 데일즈에서 펼쳐진다. 터스크는 사건 대부분이 실제로 벌어진 장소다. 이런 지역적 배경의 변경은 와이트가 데일즈를 사랑했기 때문일 수도 있고 (때때로 와이트는 웬슬리데일에서 일했는데 웬슬리데일은 헤리엇 부부의 신혼 여행지이기도 했다.) 자신의 글과 자신의 일 사이에 일정한 거리를 두기 위해서일 수도 있다. 와이트의 터스크는 헤리엇의 대로비가 되었고 골든 플리스는 드로버의 암스가 되었다. 헤리엇과 그의 아내가 목요일 오후를 보내는 브로턴은 해로게이트이다. 친절한 그랜빌 베넷이 수의사로 활동하는 하팅턴은 달링턴이다.

그의 이야기에 등장하는 인물들은 실존 인물을 바탕으로 하고 있지만 한 명(1951년부터 1954년까지 와이트의 보조로 일한 존 크룩스)을 제외하고는 신원을 감추고자 허구의 이름을 붙였다. 제임스 헤리엇의 비글 샘은 알프 와이트가 키우는 개 대니와 디나를 하나로 합친 것이다.

엄청난 인기의 비결

제임스 헤리엇의 작품이 엄청난 인기를 얻은 이유를 어떻게 설명할 수 있을까? 다음은 내가 생각하는 여섯 가지 답이다.

인상적인 인물들_헤리엇의 예리한 관찰력과 뛰어난 묘사로 생생한 인물들이 탄생했다. "올리브가 눈에는 거의 보이지 않는 손가락의 움직임과 고정된 손목으로 우유를 짜고 있었다. 올리브의 아버지는 짜낸 우유를 마치 새해를 끌고 들어오려는 듯이 힘겹게 옮겼다." 시그프리드와 트리스탄은 머릿속에 뚜렷이 각인되는 수많은 인상적인 인물 중 일부일 뿐이다.

동물에 대한 연민_동물에 대한 존중이 거의 모든 페이지에 스며들어 있다. 동물을 사랑해 반려동물을 키우는 사람이 많고 동물 복지에 관심이 높은 나라(영국과 미국)에서 그의 책들이 가장 잘 팔린 것도 우연은 아니다. 그러나 감상적이지는 않다. 수의사의 보람뿐 아니라 고뇌도 함께 다룬다.

장소에 대한 강렬한 감각_우리는 요크셔 데일즈를 향한 작가의 애정 어린 시선을 어느새 공유하게 된다. 묘사는 단순하며, 시적인 것과는 거리가 멀지만 효과적이다. "테드의 작은 농장은 골짜기 맨 위쪽 높은 곳에 자리 잡은 회색 얼룩이었다."

자기 비하 유머_우리는 시그프리드, 트리스탠, 그리고 헤리엇의 고객들이 보이는 어리석음과 기벽에 웃음을 터뜨린다. 무엇보다 자신에게 불리한 경우인데도 재미있는 이야기를 들려주고자 하는 의지와 재능 덕분에 헤리엇은 아주 유쾌한 동반자가 된다.

쉬운 글_헤리엇의 책은 묘사와 사실적인 대화문을 적절히 잘 섞은 쉬운 문체로 쓰였다.

기분이 좋아지는 글_무엇보다 헤리엇이 들려주는 이야기들은 하나같이 따뜻한 시선과 인류애로 가득하다. 한 서평가의 표현대로 "삶 그 자체에 대한 찬가"다.

배울 점

· 반복해서 거절당하더라도 포기하지 말자.

· 자신이 잘 알고 좋아하는 것, 자신의 전문 분야에 대해 쓰자.

· 명확하게 설정된, 과장된 인물들은 독자의 뇌리에 박힌다.

· 시적인 것과는 거리가 먼, 단순한 묘사가 장소에 대한 강렬한 감각을 불러일으킨다.

· 자기 비하적인 유머 구사는 작가가 독자의 호감을 사는 한 방법이다.

올더스 헉슬리

『멋진 신세계Brave New World』
(1932)는 그 뒤에 발표된 오웰의『1984Nineteen Eighty-Four』처럼
끔찍한 미래상을 보여 준다. 조지 오웰의 악몽이 인간의 얼굴
에 영원히 남는 부츠 자국이라면 올더스 헉슬리(1894~1963)의 미
래상은 덜 폭력적이지만 여전히 무시무시한 디스토피아다. 소
비 중심 사회의 사람들은 시험관에서 나고 자라며 인간적인 감
정을 느끼지 못하고 아름다움을 감상할 줄도 모른다. 그저 영
원한, 약물로 얻은 만족감만을 누린다.

헉슬리는 작가로 매우 활발하게 활동하면서 47권의 책을 썼
다. 여기에는 시, 희곡, 에세이, 단편 소설, 여행기, 시나리오,
장편 소설이 포함된다. 헉슬리는 소설보다는 에세이 쪽에 더
재능이 있었다고들 말한다. 플롯이나 인물보다는 아이디어에
더 관심이 많았기 때문이다. 그러나 그는 소설가로서 더 유명

하다. 특히 베스트셀러가 된 대중 고전 『멋진 신세계』의 작가로 기억된다.

잡지 기고로 글쓰기 연마

이튼스쿨을 다닌 헉슬리는 옥스퍼드대학교 베일리올칼리지를 1916년에 졸업했다. 그해에 그는 첫 시집을 발표했다. 짧고 불행한 교단생활을 한 뒤(이튼과 렙튼에서 프랑스어를 가르쳤다.) 그는 프리랜서 작가로 생계를 유지하고 싶었다. 글을 쓰기 시작할 무렵 한쪽 눈이 거의 실명 상태여서 보지 않고 타자 치는 법을 배웠다. 상류 지식인층과 친분이 있었던 그는 제1차 세계대전 중에 오토라인 모렐 부인의 집에서 농장 노동자로 일했다. 그리고 그곳에서 캐서린 맨스필드, 로버트 그레이브스, 시그프리드 서순을 만났고, 그 외에도 클라이브 벨과 버트런드 러셀 등 블룸즈버리그룹 일원과 친해졌다.

헉슬리는 문학 잡지 『아테나움』에 글을 실었고, 『웨스트민스터 가제트』에 연극 비평을 썼으며, 『보그』, 『배니티 페어』, 『하우스 앤 가든』, 그리고 『콩데 나스트』에 기고했다. 그는 몇 년 뒤 인터뷰에서 "저는 이런 류의 저널리즘을 작가 수습 과정으로 적극 추천합니다."고 말했다. "하늘 아래 모든 주제에 대해 글을 쓰도록 만듭니다. 그래서 글쓰기 기술을 연마하고, 소재에 재빨리 친숙해지는 법을 배울 수 있고, 사물을 보는 눈을 기르게 되죠." 1920년대에 헉슬리는 아내와 어린 아들과 함께 런던과 프랑스에서 살았으며, 친구 D. H. 로렌스가 지내는 이탈리아에도 머물렀다.

헉슬리는 첫 두 소설 『크롬 옐로Crome Yellow』(1921)와 『어릿광대의 춤 Antic Hay』(1923)을 발표하면서 소설가로 주목받기 시작했다. 『크롬 옐로』는 영국의 시골 저택에서 벌어지는 파티에 관한 이야기로 유행과 패션, 당시 사회의 퇴폐적 분위기를 풍자한다. 『어릿광대의 춤』은 제

1차 세계대전이 끝난 뒤 뚜렷한 목적 없이 방황하는 런던 문화 엘리트층의 자기도취적인 삶을 익살스럽게 그린 소설이다. 두 소설 모두 지적인 관념을 소설에 도입하는 헉슬리의 재능을 잘 보여 준다. 풍자와 진지함이 섞여 있는 헉슬리의 두 소설과 이후 작품들을 비평가들은 공허한 시대의 상징으로 보기도 하고, 이념 소설의 자유롭고 도발적인 실험으로 여기기도 한다.

『멋진 신세계』

헉슬리에 따르면 『멋진 신세계』는 H. G. 웰스의 『신 같은 사람들Men Like Gods』의 패러디로 시작됐다. 과학 판타지 소설인 『신 같은 사람들』은 주인공이 우연히 약 3,000년 후의 미래 세계로 가는 이야기다. 그런데 헉슬리의 원고가 원래 계획에서 점점 벗어나면서 아주 다른 소설이 탄생했다.

　『멋진 신세계』의 주요 특징은 1926년 헉슬리가 미국을 처음 방문했을 때 받은 인상에서 비롯되었다. 헉슬리는 미국의 소비 사회가 추구하는 사치에 실망했고, 사람들이 자유 시간을 자신의 정신세계를 고양시키는 데 쓰기보다는 사소하고 가치 없어 보이는 활동에 쏟는 것에 절망했다. 그는 미국으로 가는 배 안에서 눈에 띈 헨리 포드의 『나의 삶과 일My Life and Work』을 읽었다. 그리곤 소비 중심 사회를 만족시키기 위해 개발된 포드의 대량생산 원칙이 자신의 눈에 보이는 모든 것에 적용되었다는 결론을 내린다. 이 방문으로 그는 유럽 문화의 미래를 부정적으로 바라보게 되었고, 그 문화가 하찮은 취급을 받게 될지도 모른다는 두려움에 빠졌다.

　600년 후의 미래를 무대로 펼쳐지는 이 소설은 사회적 안정과 평화를 추구하다 감정과 사랑, 아름다움이 없는 사회를 만들어 낸 세계를 그리고 있다. 이 세계를 통제하는 권력층은 국제 사회를 운영하는 열

명의 세계 지배자이다. 국제 사회의 시민은 시험관에서 탄생하며, 마음을 무디게 만드는 약물 소마로 사람을 진정시킨다. 또한 엄격한 계급 구조를 유지한다. 각 계급은 그 계급에 어울리는 지적 수준만 허락받는다. 가장 높은 계급은 알파 더블이고 베타, 감마, 델타가 차례로 그 뒤를 잇는다. 가장 낮은 계급은 엡실론 마이너스(반명청이)다. 정부가 주도하는 소비제일주의가 지배하는 사회에서 사람들은 대가를 치르는 일 없이 쾌락을 누린다. 피임은 필수이고 난혼이 덕목인 사회다.

헉슬리의 『멋진 신세계』의 출발점은 대량 생산의 신호탄이 된 모델 T 자동차와 헨리 포드다. 포드는 이 세계의 질서를 설계한 자로 존경받는다. 그리고 대화에는 "오, 포드시여!", "포드의 이름으로", "포드여, 도우소서."처럼 친숙한 표현들의 변형[1]이 간간이 등장한다. 등장인물의 이름은 대부분 역사, 철학, 심리학에서 찾은 영리한 파생어다. 버나드 마르크스(조지 버나드 쇼와 칼 마르크스), 헨리 포스터(헨리 포드), 레니나 크라운(블라디미르 레닌), 무스타파 몬드(무스타파 아타튀르크-제1차 세계대전 후 터키를 건국한 독립 영웅, 알크레드 몬드 경-사업가이자 ICI의 설립자), 모가나 로스차일드(은행가 JP 모건과 로스차일드) 식으로.

제목은 셰익스피어의 『템페스트The Tempest』에 나오는 역설적인 문장에서 따왔다. 처음으로 다른 사람을 본 미란다는 흥분에 차 이 유명한 문장을 내뱉는다.[2] 그러나 그녀가 본 것은 예의 바르게 행동하는 문명인이 아니라 인간의 가장 추악한 면을 대변하는 사람들이었다. 헉슬리는 '야만인[3] 존이 '멋진 신세계'에 대한 자신의 생각을 말하는 장면을 통해 같은 역설을 적용한다. 존은 뉴멕시코의 야만인 보호구역에서 자랐다. 읽은 책이라고는 셰익스피어의 작품뿐이어서 그의 대화문은 셰익스피어를 인용한 구절로 가득하다. 존은 보호구역에서의 경험과 셰익스피어의 작품에 근거한 도덕 규칙을 지키며 살아간다.

'야만인' 존은 이 '멋진 신세계'의 현실을 받아들일 수가 없다. 서유럽에 거주하는 세계 지배인 무스타파 몬드 포드 경은 그런 존에게 이렇게 설명한다.

> 세상은 이제 안정되었어. 사람들은 행복하게 지내고 있어. 자신들이 원하는 것을 얻을 수 있으며 자신이 가질 수 없는 것은 원하지 않으니까. 다들 잘 지내고 있다. 안전하고 절대 아프지 않으며 죽음을 두려워하지 않는다. 열정과 노화를 모르므로 황홀경에 빠져 있고, 짐이 되는 부모도 없고, 특별한 감정을 느낄 아내도, 아이도, 연인도 없어. 자신들이 행동해야 하는 대로만 행동할 수밖에 없도록 조작되었지. 그리고 혹시 뭔가 잘못되더라도 소마가 있다네.

『1984』에서는 정부가 고통을 통해 사람들을 통제한다. 『멋진 신세계』에서는 정부가 쾌락을 통해 사람들을 통제한다.

아이디어만 가지고 소설을 쓰다

헉슬리는 1931년, 단 4개월 만에 『멋진 신세계』를 썼다. 그는 아침에 글을 쓰고, 저녁 먹기 전에도 잠깐 글을 썼다. 그렇게 하루에 네다섯 시간씩 글을 썼다. 그는 원고의 꽤 많은 부분을 고쳐 썼고, 각 페이지마다 몇 번이고 고치고 다듬는 과정을 거쳤다. 소설을 시작할 때면 어떤 일이 벌어질지 아주 개략적인 아이디어만 가지고 글을 쓰기 시작했다. 구체적인 계획이 없는 상태여서 글을 쓰면서 동시에 이야기를 발전시켜 나갔다. 그는 한 장이 만족할 정도로 완벽하게 완성된 뒤에야 다음 장으로 넘어갔다. 다음에 어떤 일이 벌어질지는 실제로 글로 옮겨 쓰기 전까지 본인도 확실하게는 몰랐다.

헉슬리는 『멋진 신세계』가 아닌 『시간은 멈춰야 한다Time Must Have a Stop』(1944)를 자신의 최고작으로 꼽았다. 후자는 플로렌스에 있는 쾌락주의자 삼촌과 함께 휴가를 떠난 젊은 시인의 이야기다. 이 소설을 자신의 최고작으로 꼽은 이유를 헉슬리는 이렇게 설명했다. "내가 쓴 다른 소설에 비해 에세이적 요소를 허구적 요소와 더 잘 결합시킨 작품이기 때문이다." 사망하기 3년 전인 1960년, 『파리 리뷰』와의 인터뷰에서 헉슬리는 이렇게 말했다.

> 저는 플롯을 짜는 게 어려워요. 어떤 사람은 탁월한 스토리텔링 재능을 타고 납니다. 저는 그런 재능을 가져 본 적이 없어요. … 제가 언제나 제일 힘들어하는 작업은 상황을 창조하는 것입니다. … 그런데다 저는 인물 설정에도 별로 재주가 없습니다. 저는 인물 후보 범위의 폭이 넓지 않습니다. 저는 이런 것들이 어렵습니다.

캘리포니아주로 이사한 1937년 이후, 헉슬리는 소설 집필량을 줄이는 대신 철학과 역사, 신비주의에 집중했다. 그는 과학과 기술이 21세기 사람들의 삶에 미치는 영향에(좋든 나쁘든) 평생 관심을 가졌다. 의식을 변형하는 약물의 효과에 관심을 보였고, 『인식의 문The Doors of Perception』(1954)에서 환각유발제 네스칼린을 사용한 경험을 이야기하기도 했다. 인문주의자이자 평화주의자인 헉슬리는 초심리학과 철학적 신비주의 같은 영성 관련 주제를 아주 열심히 탐구했다.

말년의 헉슬리는 당대의 뛰어난 지성인 중 한 명으로 널리 이름을 알렸다. 그러나 허구의 중요성을 늘 믿었으며, 허구야말로 역사 및 자서전과 함께 과거와 현재의 삶의 진정한 모습을 그리는 수단일 뿐 아니라 아이디어를 표출하는 가장 효과적인 수단이라고 여겼다. 그는 노벨문학상 후보에 일곱 번 올랐다.

· 저널리즘은 소설가가 되려는 모든 이에게 훌륭한 글쓰기 훈련 과정이다.

· 소설은 아이디어를 표출하고 탐색하는 효과적인 수단이다.

· 어떤 일이 벌어질지에 관한 개략적인 아이디어만으로 소설을 시작한 뒤, 글을 쓰면서 이야기를 발전시키는 것도 가능하다.

역자 주

[1] God(신)의 자리에 Ford(포드)를 집어넣었다.
[2] "오, 멋진 신세계여. 저런 사람들이 살고 있다니!"
[3] 존의 성이 'Savage'여서 붙은 별칭. 'savage'에는 '야만인'이라는 뜻이 있다.

스티븐 킹

Stephen King

　　　　　　　　　　"디킨스 이후로 이렇게까지 많은 독자를 강렬하게 사로잡은 작가는 없었다."『가디언』에 실린 스티븐 킹(1947~)의 베스트셀러에 대한 서평의 한 구절이다. 세계 최고의 공포 소설가로 손꼽히는 스티븐 킹은 40여 년간 작가 생활을 하면서 50권이 넘는 장편 소설을 썼다. (장르는 공포, 공상 과학, 판타지다.) 스티븐 킹의 느긋한 서사와 깔끔하고 꾸밈 없는 문체는 이야기의 끔찍한 내용과 대비된다. 독자는, 각 장이 클리프행어로 마무리되기 때문에 계속 페이지를 넘기게 되고, 아주 사실적인 묘사 덕분에 쉽사리 믿기 힘든 초자연적인 내용 조차도 불신을 거둬들이고 고스란히 받아들일 수밖에 없다.

　　대부분의 베스트셀러 작가와는 달리 스티븐 킹은 글쓰기 작업 자체에 대한 글을 많이 썼다. 그는 "작가가 되고 싶다면 무엇보다 다음의 두 가지를 반드시 해야 한다. 많이 읽고, 많이 써야 한다. 내가 아는 한 이 두 가지는 절대 소홀히 해서는 안 된다. 지름길은 없다."고 강조한다.

좋은 작가가 되는 법

스티븐 킹은 작가를 네 종류로 분류한다. 형편없는 작가, 기본은 하는 작가, 좋은 작가, 훌륭한 작가. 그는 형편없는 작가가 기본은 하는 작가나 좋은 작가가 되는 것은 불가능하다고 주장한다. 다만 "성실하게 많은 노력을 기울이고 시기적절한 도움을 받으면 기본은 하는 작가가 좋은 작가가 되는 것은 가능하다."고 말한다. 스티븐 킹은 단호하다. "매일 4시간 내지 6시간은 읽고 쓰는 데 할애하라. 그럴 시간을 낼 수 없다면 좋은 작가가 되기를 바라서는 안 된다." 다른 일을 하고 있거나 아이나 부모를 돌봐야 한다면 그런 조건을 충족하는 것이 현실적으로 불가능하다고 생각할 수 있다. 그러나 대부분의 베스트셀러 작가들이 생계유지를 위해 다른 일을 하면서 글쓰기를 시작했다는 사실을 기억하자. 스티븐 킹은 교사로 일하면서 작가로서의 입지를 다지게 해 준 장편 소설 『캐리Carrie』(1974)를 썼다.

스티븐 킹은 글쓰기의 필수 조건으로 다음을 꼽는다.

어휘_"머리에 떠오르는 첫 단어를 써라. 단, 그 단어가 적절하고 생생해야 한다." 킹은 평범하고 직접적인 글이 가장 좋은 글이라고 믿는다. 진부한 직유나 상징을 피하고 신선한 이미지를 쓰는 것이 중요하다는 것이다.

문법_"적어도 개략적으로는 이해하고 있어야 한다."고 킹은 조언한다. 그는 오직 명사와 동사를 나란히 놓아서 만드는 단순한 문장을 선호한다. 특히 싫어하는 것은 부사와 ("He closed the door firmly. / 그는 문을 힘주어 세게 닫았다."고 쓰지 말자. "He slammed the door. / 그는 문을 쾅 닫았다."고 쓰자.[1]) 수동태다. (킹은 수동태를 "비겁하고, 빙 돌아가고, 종종 고문과도 같은" 문장 형태라고 말한다.) 또한 직접 대화문에 '소리치다(shout)', '애걸하다(plead)', '헐떡거리다(gasp)' 같은 동사를 덧붙여서 강조하는 것을 싫어했다. 대화문임을 표시하기 위해 덧붙이는 표현으로는 '말하다'면 충분하다고 믿는다.

문체_킹은 짧은 단락을 선호했다. 그래야 "독자가 환대받는 느낌이 든다."고 생각했기 때문이다. 그는 종종 한 문장으로 이루어진 단락도 썼는데, 이것이 "글로 쓰는 것보다는 말하는 것에 더 가까워서 더 좋기 때문"이라고 설명한다.

이런 조언은 글쓰기에 대한 조지 오웰의 입장과 매우 유사하다. 킹은 작가에게는 집중력을 흐트러뜨리는 것이 하나도 없는 방과 문을 굳게 닫는 의지, 구체적인 목표(킹은 매일 1,000단어 쓰기를 권했다.)가 필요하다고 생각했다.

작가가 되기까지

킹의 첫 소설(10대 도굴단에 관한 이야기)은 그가 10대일 때 출간되었다. 그러나 이후에 쓴 원고는 거절을 많이 당했다. 킹이 정말로 독창적인 아이디어를 처음 떠올린 것은 어머니와 함께 있을 때였다. 당시 병든 어머니가 초록색 우표를 우표첩에 붙이고 있었는데 우표에 침을 바르느라 어머니의 혀가 초록색으로 물든 것을 보고 위조 우표 거래에 관한 이야기를 쓰면 좋겠다고 생각한 것이다. 킹은 이 이야기를 『알프레드 히치콕 미스터리 매거진』에 보냈지만 원고에 대한 조언이 단 하나뿐인 무성의한 거절 통지서를 받았다. "원고를 스테이플러로 박지 마시오. 묶지 않은 종이에 클립을 끼우는 것이 원고를 투고하는 올바른 방법입니다." 그러나 그는 곧 계속 원고를 쓰고 보내라는 격려의 메시지가 담긴 거절 통지서를 받기 시작했다.

킹은 고등학교와 대학교에서 작문, 소설, 영문학을 공부했지만 자신이 지역 신문사 편집자에게 10분간 들은 글쓰기 관련 조언이 훨씬 더 유익했다고 말한다. 그는 아직 학생일 때 그 신문사에 스포츠 기사를 기고했다. 처음 보낸 기사는 엄청나게 수정되어 돌아왔는데 몇몇 장황하거나 과장된 구절은 삭제되어 있었다.

1973년에 『캐리』의 출간이 결정되기 전, 아내와 두 자녀를 부양해야 했던 킹은 희망이 보이지 않는다면서 전업 작가로서의 길을 거의 포기하고 있었다. 잡지에 단편 소설이 실린 게 전부인 데다가 공포 소설과 공상 과학 소설의 인기가 시들해지면서 이 시장도 점점 줄어들고 있었다. 또한 교사 일을 병행하고 있었기 때문에 체력적으로 점점 더 지치고 있었다. 스티븐 킹은 첫 두 소설을 당시 자신의 가족이 머물던 이동식 주택의 세탁실에서 아내의 휴대용 올리베티 타자기로 썼다.

작가는 특별할 것 없는 직업

글쓰기를 대하는 킹의 태도는 단순하다. "영감이 떠오르기를 기다리지 말 것. … 우리가 하는 일은 점괘를 보거나 심령 세계와 소통하는 것이 아니다. 작가는 배관공이나 트럭 운전사처럼 그저 직업의 하나일 뿐이다."

그는 초보 작가에게 일단 장르에 상관없이 자신이 즐겨 읽는 소설과 같은 부류의 소설을 써 보라고 권한다. "자신이 좋아하는 글을 쓰자. 그런 다음 그 글에 생명력을 불어넣고 삶, 우정, 인간관계, 섹스, 일에 대해 자신이 아는 것들을 섞어서 독창성을 더하자. 특히 일이 중요하다." 킹은 독자가 소설 속 인물, 그 인물들의 행동, 그 인물들의 주변 환경과 대화를 이해할 수 있을 때 그 소설에 끌린다고 믿는다. 요컨대 독자는 자신의 삶과 믿음이 투영된 소설을 좋아한다.

서사, 묘사, 인물 설정

킹이 이야기를 접근하는 방식은 한 무리의 인물들을 일종의 위기 상황에 몰아넣은 뒤에 그들이 어떻게 그 상황을 모면하는지 보는 것이다.

> 상황을 먼저 구상합니다. 인물이 그 다음이죠. 그런 다음 서사를 시작합니다. 때로는 제가 상상했던 결말에 이르기도 합니다. 그러나 대개는 제가 전혀 예상하지 못한 결말에 도달하죠. 그리고 제가 예측할 수 없다면 … 이 빌어먹을 상황이 어떻게 될지 … 독자도 분명히 페이지를 넘기지 않고는 못 배길 정도로 불안에 떨고 있겠죠.

킹은 "개요라는 성가신 폭군이나 인물에 관한 기록으로 채워진 노트"에 들일 시간이 없다. 킹이 구상한 상황은 대부분 '만약 ~했다면?'이라는 질문으로 표현될 수 있다. 예를 들어 네바다주의 외딴 마을에서 경찰이 갑자기 미쳐 날뛰면서 눈에 띄는 사람은 모조리 죽이기 시작했다면?(『데스퍼레이션Desperation』(1996)의 전제다.) 킹은 플롯 중심 책도 몇 권 쓴 적이 있지만 그는 플롯을 불신한다. 사람들의 삶은 대체로 플롯과 무관하게 흘러가고, 플롯은 진정한 창작에 필요한 즉흥성과 양립할 수 없기 때문이다.

킹은 이야기의 세 가지 구성 요소는 서사, 묘사, 대화문이며, 훌륭한 묘사는 배울 수 있는 기술이라고 믿는다. 그는 인물의 외모나 옷차림을 장황하게 묘사하는 것을 싫어한다. 예를 들어 캐리 화이트는 안색이 칙칙하고 옷을 엉망으로 입으며 고등학교에서 따돌림을 당하는

231

학생으로 묘사되는데, 나머지 디테일은 독자들이 스스로 채워 나가도록 내버려 둔다. 『샤이닝Shining』(1977)에서 오버룩 호텔 관리인 스튜어트 울먼은 "작고 통통한 남성 고유의 영역처럼 보이는 점잔 빼는 듯한 속도로" 움직인다. "머리 가르마는 깔끔하게 나눴고 짙은 색 양복은 수수했지만 편안했다." 다크 타워 시리즈의 두 번째 소설 『세 개의 문The Drawing of the Three』(1987)에서는 에디 딘이 처음 등장했을 때 "파란 셔츠의 소매를 살짝 걷어 올려서 곱슬곱슬한 검은 털이 드러났다. 손가락은 길었다."고 묘사된다. 이후에는 "대학생처럼 보이는" 그리고 "스무 살 정도 된, 키가 큰 청년으로 살짝 빛바랜 깨끗한 청바지와 페이즐리 무늬 셔츠를 입고 있었다."고 나온다. 킹은 "묘사는 작가의 상상 속에서 시작되지만 독자의 상상 속에서 마무리되어야 합니다."고 말한다. "좋은 묘사는 대개 다른 모든 것을 불필요하게 만들 정도로 잘 고른 소수의 디테일로 구성된다."는 것이 그의 입장이다.

인물 설정을 위해서 킹은 현실에서 사람들이 실제로 어떻게 행동하고 말하는지를 유심히 살펴보는 것이 중요하다고 말한다. 작가가 할 일은 독자가 소설 속 인물과 현실의 삶에 대해 알고 있는 것들을 토대로, 이야기 전개에 도움이 되고 독자에게도 그럴듯하게 보이는 방식으로 소설 속 인물이 행동하게 만드는 것이다.

작업 일정

킹은 되도록 빠르게 초고를 완성한다. 그는 매일 2,000단어를 쓰는 것을 목표로 잡고 있다. (작업 시간은 오전 11시 30분에서 늦은 오후까지이다.) 정말로 엄청난 위기 상황이 발생하지 않는 한 그는 하루 목표 분량을 채우기 전에는 책상을 벗어나지 않는다. 18만 단어 분량의 초고를 완성하는 데는 대개 3개월이 걸린다. 초고가 완성되면 며칠 쉰 다음 곧장 새로운 소설 작업에 들어간다. 완성된 초고는 최소한 6주간 눈에 띄지 않는 곳에 치워 놓는다. 그렇게 6주가량 지난 뒤에 초고를 다시 살펴보면서 사소한 오류(논리적 모순, 오탈자)를 고치고 플롯이나 인물 설정에 부족한 점을 보충한다. 그런 다음 스스로에게 묻는다. 이것은 무엇에 관한 이야기인가? 일관성이 있는가? 반복되는 요소는 무엇인 가? 더 명확하게 쓰려면 어떻게 해야 할까? 그렇게 두 번째 원고에서는 실수를 바로잡고, 빠진 부분을 채우고, 이야기의 일관성을 높이는 장면 과 사건을 더한다. 중요한 것은 이 두 번째 원고를 손보면서 이야기에 도움이 되지 않는 단어를 뺀다는 점이다. "두 번째 원고 분량은 초고에 서 10퍼센트가량을 뺀 분량이어야 합니다." 킹이 어느 잡지 편집자로부 터 받은 조언이다. 킹도 이것이 꽤 좋은 지침이라고 생각한다.

스티븐 킹의 글쓰기에 관한 견해를 더 구체적으로 알고 싶다면 그의 흥미진진한 회고록 『유혹하는 글쓰기On Writing』(2000)를 읽어도 좋겠다.

배울 점

· 많이 읽고 많이 쓰자. 좋은 작가가 되고 싶다면 하루에 4시간 내지 6시간을 읽고 쓰 는 데 투자하자.

· 만약 처음 머리에 떠오른 단어가 적절하고 생생하다면 그 단어를 쓰자.

· 구체적인 목표를 세우자. '매일 1,000단어 쓰기'는 어떨까?

· 처음에는 자신이 즐겨 읽는 부류의 글을 쓰자. 그런 다음 자신의 경험과 지식을 집어 넣자.

· 스티븐 킹의 『유혹하는 글쓰기』를 읽자.

역자 주

[1] 우리말과는 달리 영어에는 부사의 의미까지 같이 담고 있는 동사가 많다. 'slam'이 그런 동사 로, 의미상 'close firmly'에 해당한다.

하퍼 리

2015년 7월 14일 자정, 미국·영국의 서점들이 동시에 문을 열었다. 하퍼 리(1926~2016)의『파수꾼 Go Set a Watchman』이 출간되는 날이었던 것이다. 이 일은 2010년대를 대표하는 최고의 출판 이벤트로 회자되었다. 하퍼 리는『앵무새 죽이기 To Kill a Mockingbird』를 쓰기 전에『파수꾼』의 원고를 먼저 완성했지만 이 원고는 50년도 넘게 금고 속에 감춰져 있었다. 마침내『파수꾼』을 받아든 평론가들은 당혹감에 빠져『앵무새 죽이기』와 비교했다. 두 책은 미국 딥사우스 지역에 만연한 인종차별이라는 동일한 주제를 다뤘지만, 접근 방식은 매우 달랐다.

『파수꾼』과『앵무새 죽이기』의 탄생

넬 하퍼 리는 1926년 앨라배마주 먼로빌에서 태어났다. 상상력이 아주 뛰어나서, 어린 시절부터 아버지에게 물려받은 낡은 타자기로 이야기를 지어냈다. 법대에 진학한 것도, 그것이 작가에게 필요한 절제된 생활 습관을 기르는 데 도움이 될 거라는 생각 때문이었다. 그러나 학위 과정을 마치지는 않았다. 1947년 뉴욕으로 이사 (2007년 뇌졸중으로 쓰러지기 전까지 60여 년간 죽 뉴욕에서 살았다.)한 하퍼 리는, 그곳에서 항공사 직원으로 일하면서 남는 시간에 소설을 쓰기 시작했다. 어린 시절 친구인 소설가 트루먼 커포티와 어울렸고 커포티는 하퍼 리를 자신의 친구 조이 브라운과 마이클 브라운에게 소개했다. 1956년 하퍼 리는 브라운 형제를 통해 에이전트와 계약을 맺었고 이듬해 11월, 작가 지망생이라면 누구나 가장 받고 싶어 할 크리스마스 선물을 받았다. 1년 치 연봉에 해당하는 계약금이라는 선물이었다. 이 선물은 브라운 형제가 쓴 메모와 함께 도착했다. 거기에는 "1년간 휴가를 내서 쓰고 싶은 글은 무엇이든 쓰세요. 메리 크리스마스!"라고 적혀 있었다.

1957년과 1958년에 하퍼 리는 『파수꾼』을 썼다. 그 무렵 미국에서는 인권 운동이 최고조에 달하고 있었다. 1955년 앨라배마주 몽고메리의 한 버스 안에서 로자 파크스가 백인에게 자리 양보를 거절했다가 수감된 일이 있었다. 이 사건은 마틴 루서 킹 목사의 지휘하에 1955년부터 1956까지 일 년 동안 지속된 몽고메리 버스 탑승 거부 운동, 그리고 앨라배마주에서 인종 분리 정책을 실시하는 공공시설에 대한 시위로 이어졌다. 1956년 연방대법원은 대중교통 수단이 인종 분리 정책을 실시하는 것은 헌법에 위배된다는 판결을 내렸고, 앨라배마주 의회는 91대 1이라는 투표 결과에 따라 인종 분리 정책을 철폐하는 대신 차라리 학교를 폐쇄하기로 결정했다.

이것이 하퍼 리가 첫 장편 소설을 쓰기 시작했을 무렵의 시대 상황이었다. 하퍼 리는 『파수꾼』의 원고를 출판사 리핀코트에 보냈지만 거절당했다. 출판사의 편집자 호호프는 『파수꾼』처럼 3인칭 시점으로 이야기를 전개하는 대신 1930년대를 배경으로 스카웃의 어린 시절을 어린아이의 시점에서 들려주면 아주 매력적인 소설이 될 것이라고 생각했다. 그녀는 하퍼 리에게 그렇게 소설을 다시 써 보라고 권했다. 2년 반 동안 경험 많은 호호프의(그리고 아마도 친구 트루먼 커포티의) 조언에 따라 열심히 글을 쓰고, 고치고, 재구성하고 다시 쓰면서 하퍼 리는 자신만의 목소리를 찾을 수 있었다. 바로 여덟 살짜리 소녀 스카웃(이야기가 시작하는 지점에서는 여섯 살이었다.)의 목소리였다. 그리고 덕분에 다소 미흡했던 소설을 수작으로 바꿀 수 있었다.

『파수꾼』과『앵무새 죽이기』는 모두 자전적인 요소를 상당히 많이 담고 있다. 다만 하퍼 리는 이런 점을 잘 인정하지 않으려 했다. 애티커스는 하퍼 리의 아버지가 모델이다. 하퍼 리의 아버지는 앨라배마 주 의회 의원으로도 활동했던 변호사로, 가게 직원을 살해한 혐의로 재판을 받은 흑인 두 명을 변호한 적이 있다. (결국 유죄 판결이 내려지고 부자지간이었던 두 흑인은 사형을 당한다.) 배경이 되는 메이컴은 이름은 다르지만 먼로빌 그 자체다. 스카웃·진 루이스(각각 어린이와 26세 성인 여성)가 마을을 바라보는 시선은 리 자신의 기억과 관점을 반영하고 있음이 분명하게 드러난다. 딜(『앵무새 죽이기』에서는 주요 인물이지만『파수꾼』에서는 거의 언급조차 되지 않는 인물)은 커포티를 모델로 삼았다. 『앵무새 죽이기』에 나오는 부 래들리의 모델은 하퍼 리의 이웃에 살았던 남자로, 그는 부처럼 두 아이가 찾아서 가져갈 수 있도록 물건을 나무에 숨겨 두곤 했다.

『앵무새 죽이기』

1960년대에 출간되어 엄청난 인기와 평단의 호평을 받은『앵무새 죽이기』는 퓰리처상을 받았고 영화로도 제작되었다. 그레고리 펙이 열연한 〈앵무새 죽이기To Kill a Mockingbird〉는 고전으로 꼽힌다. 『앵무새 죽이기』의 주인공은 두 명이다. 한 명은 한계를 모르는 에너지와 호기심으로 가득한 말괄량이 스카웃이다. 다른 한 명은 아주 존경받는 변호사인, 스카웃의 아버지 애티커스다. 애티커스는 이상적인 아버지상을 보여 준다. 정직하고, 유머 감각이 있고, 인내심이 많다. "모든 사람은 동등한 권리를 누리며 누구도 특별 대우를 받을 권리는 없다."고 말하는 그는 인격과 정의의 상징이다. 또한 믿기지 않을 정도로 완벽에 가까운 (그러나 완벽하지는 않은) 인물이다. 그리고 다른 메이컴 남자들과도 다르다. "아버지는 학교 아이들의 아버지가 하는 것을 하지 않았다. 사냥을 하지 않았고, 도박도 하지 않았고, 낚시도 하지 않았고, 술도 마시지 않았고, 담배도 피우지 않았다. 아버지는 거실에 앉아서 책을 읽었다."

애티커스는 무죄 판결을 받을 가능성이 없는 강간 혐의를 받고 있는 흑인 남자의 변호를 맡는다. 무죄 판결을 받을 가능성이 없는 이유는 그 남자가 실제로 죄를 지어서가 아니라 배심원이 모두 백인이기 때문이다. 애티커스는 사건을 맡은 뒤 스카웃에게 자신이 이 사건을 맡은 이유를 설명한다.

> 가장 큰 이유는 내가 이 사건을 맡지 않으면 이 동네에서 떳떳하게 고개를 들고 다닐 수 없기 때문이란다. 주 의회에서 이 지역의 대표 노릇도 할 수 없을 거야. 나는 다시는 너나 젬에게 무언가를 하면 안 된다는 말조차 할 수 없게 될 거야. … 우리가 지난 백 년간 당했다고 해서 이기려는 시도조차 하지 않아서는 안 되기 때문이지.

인권 운동이 점점 더 지지층을 넓혀 가던 1960년에 출간된 『앵무새 죽이기』는 사회적으로 엄청난 반향을 일으켰다.

『파수꾼』

『앵무새 죽이기』의 전신인 『파수꾼』의 제목은 구약성서에서 예언자

이사야가 바빌론의 멸망을 예견하는 구절 중 하나인 "주께서 내게 이르시되 가서 파수꾼을 세우고 그가 보는 것을 보고하게 하되[1]"에서 따온 것이다. 아마도 앨라배마주 출신 작가이자 하퍼 리의 오랜 친구인 플린트가 한 인터뷰에서 논평했듯이 "[하퍼 리가] 먼로빌을 부정한 목소리의 바빌론, 즉 위선"에 비유한 것일 수도 있다.

진 루이스는 26세이며 소설 도입부에서 메이컴으로 돌아온다. 루이스는 여덟 살 스카웃만큼이나 거침이 없다. "그녀는 더 쉬운 길이 바로 코앞에 있어도 언제나 어려운 길을 택하는 그런 사람이었다." 진 루이스는 자신이 예전에 친숙하게 지내고 사랑했던 마을과 마을 사람들이 모두 변했다는 사실을 깨닫게 된다. 인종 간에도 새로운 거리감이 생겼다. "메이컴에 있는 그 누구도 일부러 흑인을 만나러 가지 않는단다."고 이모 알렉산드라가 말한다. 애티커스는 『앵무새 죽이기』의 주인공과는 매우 다른 모습이다. 『파수꾼』에서는 변덕스러운 시골 사람에 불과하며 인종차별을 변호한다. 남부에서 인종차별 철폐를 주장하는 것은 북부에서 인종차별 철폐 운동을 하는 사람들이 생각하는 것만큼 그렇게 이분법적인 사고를 적용할 수 없는 문제라고 말한다. 이 소설에서도 애티커스는 법정에서 강간 혐의를 받는 흑인의 변호를 맡는다. (『앵무새 죽이기』에서와는 달리 이 소설에서는 무죄 판결을 받아 낸다.) 진 루이스는, 백인 우월주의자들과의 회의를 주재하고, "남부의 방식을 지키는 것"에만 관심이 있고, "흑인도 대법원도 기타 어떤 누구도 자신에게, 그리고 모두에게 무엇을 하라고 강요할 수는 없다."고 주장하는 연사를 소개하는 애티커스를 본다. 진은 크게 낙담하며 분노한다. "자신이 유일하게 온 마음을 다해 신뢰한 단 한 사람에게 배신당했다. … 그것도 부끄러운 줄도 모르고 공개적으로, 역겹게."

진 루이스는 헨리(행크)를 꽤 아낀다. 진 루이스가 어린 시절부터 알고 지낸 메이컴에 사는 남자 친구다. 그러나 진 루이스는 실제로는 행

크와 사랑에 빠지지도 않았고 작은 마을에 정착하게 될까 봐 노심초
사한다. "나는 죽을 때까지 교회에 나갈 것이고 죽을 만큼 지겹게 브
리지 게임을 할 것이다." 애티커스처럼 행크도 흑인의 인권을 인정하
는 것에 반대한다. 진 루이스는 제일 먼저 이런 행크에게 따지고("당신
과 결혼하지 않겠어요. … 당신은 잘난 위선자예요."), 똑똑한 잭 삼촌에게 따
지고, 마지막으로 아버지 애티커스에게 따진다. 결말에서는 수수께
끼 장면으로 마무리된다. 애티커스가 진에게 "나는 물론 내 딸이 자신
이 옳다고 생각하는 것을 위해 주장을 굽히지 않기를 원했다. 그리고
무엇보다 나에게 맞서기를 원했다."며 자신이 진을 정말 자랑스러워
한다고 말한다. 그러나 딸이 옳다는 사실은 인정하지 않는다. "그것이
사실이 아닌 한 나는 남이 나를 뭐라고 부르든지 다 감내할 수 있다."
고 말한 것이다. 진은 자신이 애티커스를 패배시킬 수도, 애티커스의
편에 설 수도 없다고 결론 내린다.

스카웃·진 루이스의 어린 시절을 회고하는 장면도 있다. 오빠 젬이
가짜 재림 예배를 시연해 보이면서 강에서 스카웃에게 '세례'를 한다.
같은 학교 남학생과 키스한 스카웃은 자신이 임신했다고 믿는다. 대
학교 댄스파티는 스카웃의 가짜 속눈썹이 학교 광고판에서 불어오는
바람에 흔들리는 것으로 끝난다. 이런 회상 장면이 나오면 이야기가
샛길로 빠진다고 볼 수도 있다. 이야기의 전개에 도움이 되지 않고 인
물에 대한 새로운 정보를 주지도 않는다. 그러나 예리한 안목을 지닌
편집자 호호프는 이것이 완전히 다른 소설의 토대가 될 수 있다는 것
을 알아차렸다. 여덟 살 스카웃의 시선이라는 1인칭 시점으로 1930년
대가 서술되는 이야기의 가능성을 본 것이다.

두 책의 차이

『파수꾼』이 더 복잡한 소설이기는 하지만, 『앵무새 죽이기』가 훨씬 더

감동적인 소설이다. 두 소설 모두 인종차별이라는 동일한 주제를 다룬다. 그러나 주제를 다루는 방식에서 크게 차이가 난다. 인종차별은 중요하고 강한 감정을 불러일으키는 주제다. 그리고 『앵무새 죽이기』가 출간된 1960년에는 뉴스에서 끊임없이 다루는 아주 시사적인 주제이기도 했다. 두 책 모두 애티커스와 스카웃·진 루이스라는 강렬하고 개성이 뚜렷한 주인공 두 명이 등장한다. 두 소설의 인물은 같은 이름을 쓸지라도 앞서 살펴본 것처럼 매우 다르게 설정된다.

『앵무새 죽이기』에는 인상적인 조연들이 나온다. 스카웃보다 한 살 많은 소년 딜은 메이컴에서 여름을 보내면서 숨어 지내는 부 래들리를 집 밖으로 나오게 하는 일에 집착한다. 부는 늘 이야기에 언급되지만 실제로 우리가 그를 만날 수 있는 것은 이야기가 마무리될 무렵이다. 스카웃을 아끼는 오빠 젬은 어린 애티커스라고 해도 좋을 만큼 원칙주의자다. 또한 셰리프 테이트, 돌푸스 레이먼드(백인이지만 흑인과 어울리는 것을 더 좋아하고 사람들에게 자신이 끊임없이 마시는 콜라가 위스키인 척하는 것을 즐긴다.), 커닝햄 씨("기본적으로는 착한 사람"이라고 애티커스는 말하지만 그는 폭력단의 일원이다.), 상냥한 모디 아가씨, 모르핀에 중독된 듀보스 할머니, 악랄하고 역겨운 밥 이웰 등 생생한 부수적 인물들이 등장한다. 하퍼 리는 이모 알렉산드라의 선교 단체를 완곡하게 비웃는다. 이 단체는 메이컴 여자들의 모임으로, 아프리카에 자신들이 믿는 기독교 교리를 전할 뿐 아니라 가난과 부당함을 없애려는 노력을 지지한다. 하지만 자신들의 현관문 바로 앞에서 같은 문제가 벌어지고 있는데도 이를 깨닫지 못한다.

『파수꾼』의 조연들은 이들만큼 인상적이지는 않지만 진 루이스의 삼촌인 의사 핀치, 이모 알렉산드라는 꽤 잘 설정되어 있다. 이모 알렉산드라에 대한 설명은 이렇다. "그런 부류의 마지막 남은 한 사람이었다. 그녀는 보트를 소유했고, 기숙사에서 배운 예의범절이 몸에 배어 있었다. 어떤 도덕적 금언이든 그녀는 모두 지켰다. 그녀는 모든 것을 탐탁지 않게 여기는 사람이었으며 못 말리는 험담꾼이었다." 아주 멋진 세트 피스^{2}도 있다. 이모 알렉산드라의 오전 커피 모임에서 오직 자신의 남편, 라이트 브리게이드("필사 클럽 아마누엔시스, 브리지, 그리고 전자 제품에 관한 한 서로 더 좋은 제품을 소유하려고 애쓰는 데 대부분의 시간을 보내는" 30대 초·중반 여자들의 모임), 세 명의 단골 지원자("인성이 바르고 유쾌하지만 모임에서 받아 주기에는 수준이 낮은 메이컴 아가씨들")에 대해서만 이야기하는 거만한 새댁들의 대화를 들은 진 루이스는 도저히 그들에게 예의 바르게 대할 수가 없다. 그 커피 모임의 거의 모든 대화에는 인종차별주의가 밑바닥에 깔려 있기 때문이다.

『파수꾼』이 차용한 3인칭 시점은 평범하고 독자의 관심을 불러일으키지 못한다. 종종 3인칭 시점이 흐트러지면서 1인칭이나 2인칭 시점으로 전개되어 혼란을 주기도 한다. 『앵무새 죽이기』의 기발한 점은 하퍼 리가 스카웃의 이야기를 어린아이의 목소리로 전하면서도 어른의 관점을 유지하는 데 성공했다는 것이다. 또한 1인칭 시점을 차용한 덕분에 『앵무새 죽이기』는 더 속도감 있게 전개된다. 『앵무새 죽이기』에서는 애티커스가 변호하는 톰 로빈슨 사건이 9장에서 시작되고 법정으로 넘어가면 사건의 진행 속도가 점점 더 빨라진다. 『파수꾼』은 이에 비해 글의 수준이 떨어지고 명확한 구조가 없으며, 때로는 일관성 있는 소설이 아니라 자전적 일화의 모음집처럼 느껴지기도 한다. 『파수꾼』은 진이 행크, 의사 핀치, 애티커스와 벌이는 세 번의 산만한 논쟁으로 이어진다. 이 부분을 특히 꼼꼼하게 편집했다면 더 나은 소설이 되었을 것이다. 첫 소설이었던 『파수꾼』 원고를 접어 두고 『앵무새 죽이기』가 될 이야기에 집중하라고 조언한 편집자에게 거의 아무런 교정도 받지 못했으므로 글의 수준이 떨어지는 것이 당연하다.

두 책은 애티커스라는 인물에서 가장 뚜렷하게 대비된다. 성자 같은 변호사에서 편협한 인종차별주의자로의 무자비한 변신을 어떻게 설명해야 할까? 『앵무새 죽이기』의 텍스트를 일일이 살펴보면서 애티커스가 후에 인종차별주의자가 될 것이라는 징조를 찾는 수고를 해야 할까? 아니면 『앵무새 죽이기』가 펼쳐지는 1935년과 『파수꾼』이 전개되는 1950년대 사이에 고조된 인종 간 갈등이 그런 태도 변화의 원인이라고 봐야 할까? 둘 다 설득력이 떨어지는 설명이다. 일단 『파수꾼』이 『앵무새 죽이기』보다 먼저 쓰였다는 것을 기억해야만 한다. 애티커스의 태도 변화는 매우 간단하게 설명할 수 있다. 작업 과정에서 다소 산만한 첫 소설의 초고에 불과했던 원고가 『앵무새 죽이기』라는 대작으로 거듭났다. 애티커스의 인물 설정 자체가 근본적으로 변한 것이다. 아마도 편집자가 도덕적으로 더 완벽하고 선한 애티커스가 미국 대중에게 더 호감을 살 것이라고 조언하지 않았을까?

배울 점

· 강렬하고 시의적절한 주제를 선택하자.
· 편집자의 조언은 어떤 것이든 받아들이자.
· 시점과 시대를 바꾸면 더 나은 소설이 나올 수도 있다.
· 때로는 자전적 요소를 더하면 더 탄탄한 소설을 쓸 수 있다.
· 혈기왕성한 주인공과 개성이 뚜렷한 조연 인물들을 구체적으로 설정해 보자.

역자 주

1 이사야 21장 6절
2 '기성 형식', '맞춤 전술'이라고도 하는데, 연극·영화·음악 작품 등에서 특정한 효과를 낳기 위해 쓰이는 잘 알려진 패턴이나 스타일을 가리킨다.

힐러리 맨틀

먼저 역사적 사실을 정확하게 . 조사한다. 그런 다음 역사 속 빈 부분을 그럴듯한 내용으로 채운다. 이것이 힐러리 맨틀(1952~)이 역사 소설을 쓰는 방식이다. 2009년『울프 홀Wolf Hall』로 맨부커상을 수상한 맨틀은 수상 작품으로 역대 가장 많은 판매 부수를 올린 수상자가 되었다. 이 소설의 양장본은 영국에서만 22만 부가 팔려 나갔다. 그것만으로는 모자랐는지 맨틀은『브링 업 더 바디스Bring Up the Bodies』로 2012년에 두 번째 맨부커상을 수상했다.『브링 업 더 바디스』는 토머스 크롬웰의 성공과 좌절을 그린 크롬웰 3부작 중 두 번째 소설이다. 3부작의 마지막 소설『거울과 빛The Mirror and the Light』은 크롬웰이 사망하기 전 4년간의 이야기를 다룰 예정이다.

맨틀의 성공은 하루아침에 이루어진 것이 아니다.『울프 홀』은 맨틀의 아홉 번째 장편 소설이다. 1985년에 발표한 맨틀의 첫 장편 소설은 노인 병원에서 사회복지사 보조원으로 일한 경험을 일부 참고해서 썼다. 1970년대를 배경으로 한 이 소설은 블랙 유머를 가득 담은 코믹 사회 소설이다. 맨틀은 그 외에도 현대 소설, 호평을 받은 회고록『유령 포기하기Giving Up the Ghost』(2003), 그리고 단편 소설을 썼다. 단편 소설집『마거릿 대처 암살 사건The Assassination of Margaret Thatcher』(2014)은 "체제 전복적이고 짜릿하고 음울하다."는 평을 받았다. 이 단편집에 실린 같은 제목의 단편 소설은 상당한 주목을 받았다. 대처 여사를 쏘려고 화자의 아파트 창문으로 침입하는 IRA 암살자를 화자가 배관공으로 착각하면서 벌어지는 이야기다.

맨틀을 역사 소설가로 분류하는 것은 실수다. 그러나『울프 홀』,『브링 업 더 바디스』, 그리고 프랑스 혁명을 다룬『혁명 극장A Place of Great Safety』(1992) 같은 역사 소설로 가장 널리 알려진 것은 사실이다. 여기서는 맨틀이 작가로서의 입지를 굳힌『울프 홀』을 집중적으로 다룰 것이다. 이 소설은 헨리 8세의 해결사 토머스 크롬웰이 권력자가 되는 과정을 추적한다. 크롬웰은 아라곤의 캐서린과 헨리 8세의 이혼 절차, 로마 교황청과의 단교, 수도원의 해체, 헨리 8세와 앤 불린의 결혼을 주도한 인물이다. 이야기 자체는 친숙하지만 맨틀은 이것을 낯선 각도에서 펼쳐나간다. 그럼으로써 완전히 다른 관점에서 역사적 사건과 관련 인물을 바라보게 만든다.

철저한 자료 조사

저는 자료 조사는 힘닿는 대로 꼼꼼히, 정확하게 하는 것이 좋다고 생각해요. 추측은 아무런 사실 자료가 존재하지 않을 때만 할 수 있는 거죠. 그리고 그런 추측도 합당해야만 하고요. 자료에 틈이 있어서 그것을 메울 때도 사실에 비추어 봤을 경우 가능한 것이어야 합니다. 이들 인물에게 저는 그 정도의 학문적 연

구를 해야 할 의무가 있다고 생각합니다. 그리고 그 연구 결과가 정확하도록 최
선을 다해야 하고요.

맨틀은 『울프 홀』을 위한 자료를 조사하고 집필하는 데 5년을 보냈다. 역사에 모순되는 이야기를 쓰는 일을 피하기 위해 카드 묶음을 구해 인물들을 알파벳 순서로 정리했다. 각 카드에는 특정 역사 인물이 소설에서 중요한 날짜에 어디에 있었는지를 기록했다. "정말로 잘 알고 있어야만 합니다. 요컨대 서퍽 공작이 그 순간에 어디에 있었는지를 알아야죠. 만약 그가 다른 곳에 있어야 하는 날인데 런던에 있었다고 하면 안 되니까요." 맨틀은 자신이 들려주는 역사적 사건이 실제 역사 기록과 맞아 떨어지도록 만전을 기했다.

『울프 홀』은 시대의 세세한 부분까지 꼼꼼하게 담은 650페이지 분량의 역사물이다. 놀라운 상상력으로 과거에 생생한 생명력을 불어넣은 덕분에 그녀가 묘사한 헨리 8세의 궁정 모습은 매력적이고 신뢰가 간다. 맨틀의 글은 시적이어서 신선하고, 순간적으로 마음을 사로잡는다. 그런 글을 쓰는 능력이 탁월하다. "뼛속까지 얼리는 차가운 아침이다. 강에서 불어오는 바람은 칼처럼 얼굴을 찌른다. 이 차가운 공기를 들이마시는 것만으로도 자신의 운을 시험하게 된다." 맨틀은 사소하지만 무심코 넘어가면 안 되는 세세한 디테일을 놓치지 않는다. 책을 읽다 보면 어디선가 비에 흠뻑 젖은 모직 망토 냄새가 나는 것 같고 발아래 골풀의 날카로운 줄기가 느껴지는 듯하다. 맨틀이 그린 영국의 튜더 왕조는 피와 오물로 얼룩져 있고, 가톨릭교도와 청교도 모두 신의 이름으로 화형과 고문을 행한다.

인물을 재탄생시키다

맨틀이 크롬웰에게 끌린 이유는 그가 대장장이의 아들(대장장이 아버지는 자주 술에 취해 폭력을 휘둘렀다.)에서 에식스 백작으로 급격한 신분 상승에 성공했기 때문이다. 그녀는 '어떻게 그런 게 가능하지?'라고 묻지 않을 수 없었다. 크롬웰의 인물 설정은 한 장의 유서에서 시작됐다. 1520년대에 크롬웰이 가족들의 이름을 나열하고 자신이 가장 아끼는 소유물을 나누는 내용이다. 또한 비슷한 시기에 크롬웰이 친구에게 쓴 편지도 참고했다. 이 편지에서 그는 의회의 과정과 의회가 하는 일을 매우 상세하게 설명하고 있다. 편지는 아주 간단하고 맥 빠지는 문장으로 끝난다. 맨틀은 그 문장을 참고해 소설에서는 "그래서 결론은, 무엇 하나 바뀐 것이 전혀 없다는 겁니다."고 적었다. 이 문장은 크롬웰이 씁쓸한 유머 감각을 지녔다는 것을 보여 준다. 당시에는 구술을 옮겨 적는 형태로 편지를 썼기 때문에 맨틀은 편지(철저하게 공적인 내용을 담은 편지인 경우에도)가 원래 그 내용을 불러 준 사람의 어조와 대화 표현을 포착해서 전달한다고 믿는다.

맨틀은 우리로 하여금 16세기 사람들의 사고방식과 정서를 직접 느끼게 만든다. 스스로 크롬웰의 입장이 되어 그 목소리를 사실적으로 재현한다. 크롬웰을 지칭하는 '그'라는 대명사를 끊임없이 사용하는 간단한 방법으로 독자 자신이 크롬웰의 머릿속에 들어가 크롬웰의 눈으로 세상을 보는 듯한 기분이 들도록 만드는 데 성공한다. 맨틀은 역사적 세부 사항의 절대적인 정확성과 매력적인 극적 긴장감과 사실적인 인물 묘사를 효과적으로 결합한다.

또한 크롬웰을 인간적이고 사실적인 인물로 재탄생시킨다. 역사서와 문학 작품(로버트 볼트의 『사계절의 사나이A Man for All Seasons』 등)에서 크롬웰은 대개 헨리 8세의 잔인하고 무자비한 정책 집행자로 그려지지만, 맨틀의 작품 속에서는 악당이 아니라 성실한 권력자이자 능력이 뛰어난 공무원이다. 크롬웰은 떨어지기 쉬운 튜더 궁정의 아슬아슬한 권력 사다리를 올라가면서 예리한 법적 사고와 많은 재주를 활용해 왕의 소원을 실현하고 자신의 정책을 실시한다. 크롬웰은 협상 꾼이자 설득자지만, 더 고상한 설득 수단이 통하지 않을 때는 폭력도 쓴다. (크롬웰의 적수이기도 한) 스페인 황제의 대사 샤푸이의 표현이 그 것을 보여 준다. "추기경(울시Wolsey)은 닫힌 문 앞에 이르자 그 문에 아 첨을 했어. '오, 꿈쩍하지 않는 아름다운 문이여!' 그런 다음 문을 차서 열어 보려고 했지. 그런데 크롬웰 자네는 여전히 꿈쩍하지 않았어. … 마지막으로 그냥 계속 차는 수밖에."

맨틀이 그린 크롬웰은 다양한 측면을 지녔다. "그는 계약서를 작성 할 줄 알고, 독수리 길들이는 법을 알고, 지도 그리는 법을 알고, 거리 싸움을 말릴 수 있고, 집을 꾸미고, 배심원을 매수할 수 있다.", "그는 프랑스어, 토스카나어, 런던 사투리를 섞어 쓸 수 있었고 여자가 입은 옷의 천이나 털을 보고 그 자리에서 값을 맞혔고, 어디선가 완벽한 베 네치아산 크리스털 손잡이 포크 세트를 대령해서" 변덕스러운 앤 불 린의 눈에 드는 마법도 부렸다. 그는 또한 장인의 스러져 가는 사업을 일으켜 세울 정도로 노련한 사업가였다.

콜라주를 만든다고 생각하고 글쓰기

제가 아는 유일한 작업 방식은 콜라주를 만든다고 생각하면서 글을 쓰는 거 예요. 여기에 대화문 조금, 서사 조금, 맥락에서 단절된 흔한 물건의 묘사를 쓰 고, 정교한 은유를 동원해 이런 조각들을 시간 순서대로 연결하고 서로 다른 서 사를 이어 주는 식이죠.

맨틀은 공책 대신 파일에 자신이 쓴 글을 정리했다. 공책을 쓰면 "서사가 한 방향으로만 흘러간다."고 여겼기 때문이다. "무차별적인 선형적 글쓰기는 작가를 억압하고 작가에게 주어진 서사적 선택지를 일찌감치 한정지어요. 이미 쓴 글을 삭제하기보다는 이리저리 움직여 보면 그것으로 충분한 경우도 많죠."

맨틀은 사람들이 '하루에 몇 단어나 쓰세요?'라고 묻는 이유는 글이 "끊김 없이 술술 흘러나오는 물줄기 … 고칠 필요 없는 서사이며 … 마치 좋은 작가와 나쁜 작가의 차이가 좋은 작가는 글을 다시 손볼 필요가 없는 작가를 의미한다."고 생각하기 때문이라고 본다. 맨틀은 "실제로는 정반대에 가깝다."면서 "좋은 작가일수록 더 야심차고 호기심이 넘치며, 그런 작가일수록 더 자주 샛길로 빠지는데 그렇게 해서 목표 지점까지 반만이라도 다가가면 성공한 것"이라고 믿었다. 명확하지 않은 것, 가식적이거나 진부한 것은 무엇이든 호되게 비판한 맨틀은 먼저 원고를 고치고 다시 쓰고 다듬기 전에는 절대 남에게 보여 주지 않았다.

맨틀은 작가 지망생에게 도러시아 브랜디의 『작가 수업Becoming a Writer』을 읽으라고 권한다. 그리고 가상의 독자나 시장을 염두에 두고 쓰지 말고 자신이 읽고 싶어 할 만한 책을 쓰라고 조언한다.

배울 점

- 꼼꼼하게 자료 조사를 하자. 사실을 철저히 확인하고 사건의 역사적 순서를 정확하게 재구성하라.
- 역사적 사실의 틈새를 상상력으로 채우자. 최선을 다해 가장 직접적이고 엄밀한 방식으로 글을 쓰자.
- 구술을 옮겨 적은 편지가 편지 발신인의 일상 대화와 말투를 짐작하는 자료가 되곤한다.
- 묘사는 그 장소에 처음 왔거나 주변 사물이나 상황에 익숙하지 않은 인물의 관점으

로 표현되었을 때 가장 효과적이다.

· 텍스트를 바꾸거나 삭제하기보다는 이리저리 움직여 보면 더 나은 서사가 나올 수 있다.

마이클 모퍼고

앤터니 호로비츠[1]는 마이클 모퍼고(1943~)를 "가장 탄탄하고 고전적인 아동 소설을 쓰는 작가"라고 평했다. 그는 모퍼고의 책은 "사회의식이 투철하고 정직해서 보편성을 지닌다."고 설명했다. 현재 가장 사랑받는 아동작가인 마이클 모퍼고는 130권 이상의 책을 썼다. 여기서는 그중 세 권을 집중적으로 다루겠다.

작가가 되기까지

모퍼고는 네 살 때부터 어머니가 책 읽어 주는 시간을 좋아했다. 그는 어머니가 읽어 준 이야기와 시 덕분에 단어가 만들어 내는 음악성을 자신이 사랑하게 되었다고 믿는다. 그러나 다른 유명 작가와 달리 어릴 때 독서나 글쓰기를 좋아하지는 않았다. 독서의 즐거움을 느낄 가능성은 학교에서 입시 준비를 하면서 완전히 사라졌다. 그는 프렙스쿨을 다녔는데, 학생들이 자리에서 일어나 글을 낭독해야만 하는, "공포심을 조장해 가르치는" 분위기의 학교였다. 의붓아버지가 찰스 디킨스의 『올리버 트위스트Oliver Twist』를 선물했지만 모퍼고는 책보다는 만화나 에니드 블라이튼의 아동서를 더 좋아했다. 그가 처음으로 재미있게 읽은 책은 로버트 루이스 스티븐슨의 『보물섬Treasure Island』이었다. 문학에 대한 관심은 대학교에 가서야 다시 솟아났다.

저는 킹스칼리지의 노교수님이 먼지 쌓인 교실에서 우리에게 '가웨인 경과 녹색의 기사'를 읽어 주던 것이 기억납니다. 그는 마치 이야기와 사랑에 빠진 사람 같았어요. 그것이 작은 반향을 일으켜 제 머릿속으로 파고들었어요. 그런 식으로 책을 읽어 준 마지막 사람이 바로 제 어머니였으니까요.

대학을 졸업한 뒤 모퍼고는 샌드허스트 육군사관학교에 들어갔다. 그러나 곧 군대가 자신의 적성에 맞지 않는다는 결론을 내렸다. 대신 킹스칼리지 런던에 입학해 영문학과 불문학을 공부했다. 첫 직장은 켄트에 있는 초등학교로, 그곳에서 8년간 교사로 재직했다. 그곳에서 매일 아이들에게 이야기책을 읽어 주던 중 아이들이 지루해한다는 것을 깨닫고 직접 이야기를 지어내서 들려주기 시작했다. 아이들은 그가 지어낸 이야기에 관심을 보였다. 그는 자신의 이야기가 아이들에게 마법을 부리는 것을 목격했으며 그 과정에서 자신도 마법에 걸린다는 사실을 깨달았다. 모퍼고는 처음에 작가가 아닌 동화 구연가로 활동했다. 그러다 1974년 첫 책 『비가 전혀 내리지 않았다It Never Rained: Five Stories』를 발표하면서 작가가 되었다. 그는 훗날 "저는 운이 좋았어요. 마침 당시 출판사가 찾고 있던 부류의 짧은 이야기를 써 둔 원고가 있었거든요."라고 회상했다.

1976년 데번에 있는 농장으로 이사한 모퍼고와 그의 아내 클레어는 '도시 아이들을 위한 농장'이라는 자선 단체를 세웠다. 40년이 지난 지금도 이 단체는 농장 세 곳을 운영하면서 매년 3,000명의 도시 아이들과 400명의 교사에게 일주일간 머물면서 진짜 농장 일을 체험할 수 있는 기회를 제공하고 있다. 『우리 정말 멋진 시간을 보냈지?Didn't We Have a Lovely Time』(2016)는 런던에서 학생들을 인솔해 온 교사의 관점으로 이 농장에서 일주일을 머물면서 경험한 이야기를 적고 있다. 농장에 거주하는 모퍼고는 동물에 둘러싸여 지낸다. 모퍼고의 책이 반복해서 다루는 주제는 인간과 동물 간의 교감이다. "저는 동물과 오래 함께하면 할수록 그들과 더 연결된 느낌을 받습니다."고 그는 말한다. "제가 제일 관심 있는 것은 … 우리가 동물과 어떻게 연결되고 동물이 우리와 어떻게 연결되는가 하는 것입니다."

영향과 영감

모퍼고의 글은 테드 휴스의 『만들어지고 있는 시Poetry in the Making』와 폴 갈리코의 『흰 기러기The Snow Goose』, 그리고 어니스트 헤밍웨이의 『노인과 바다The Old Man and the Sea』의 영향을 받았다. 테드 휴스는 모퍼고의 글 자체에도 큰 영향을 미쳤지만 "영감을 제공하는 존경하는 존재"이기도 했다. 데번 근처에 살면서 낚시를 즐겼던 휴스는 모퍼고의 친구이자 이웃이자 멘토였고, 출간 전 혹은 후에 모퍼고의 책을 읽어 봐 주었다. 휴스와 모퍼고가 나눈 대화가 계기가 되어 1998년 아동 계관 시인상[2]이 제정되기도 했다. 모퍼고 자신도 2003~2005년의 수상자가 되었다. 모퍼고가 가장 좋아하는 책은 테드 휴스의 『무쇠인간The Iron Man』이었다. 그 외에도 로버트 루이스 스티븐슨의 『보물섬The Treasure Island』과 러디어드 키플링의 『어린이를 위한 맞춤 동화Just So Stories for Little Children』를 특히 사랑했다.

『워 호스』

『워 호스War Horse』(1982)는 참혹한 제1차 세계대전에도 불구하고 농부인 앨버트와 망아지 조이가 교감을 유지하는 과정을 그린다. 후에 연극과 스티븐 스필버그의 영화로도 제작되어 더 많은 대중이 이 이야기를 접했다. 모퍼고의 작품 중에서 가장 유명한 이 소설에 주요 영감을 준 것은 세 가지였다.

수년 전 모퍼고는 제1차 세계대전 참전 용사 윌프레드 엘리스를 알게 되었다. 엘리스는 이디즐리의 동네 술집에서 술을 마시곤 했다. 그는 데번 기마 의용병으로 복무했고 그곳에서 말을 다뤘다. 당시 어린 군인이었던 자신이 겪은 일들을 모퍼고에게 이야기하면서 트렌칭 도구와 낡은 사진을 보여 주었다. 모퍼고는 다른 마을 사람도 만났다. 버짓 대위라는 사람은 제1차 세계대전 당시 기병으로 복무했다. 마지막으로 앨버트 윅스가 있는데, 군대가 마을에 와서 말을 사 갔던 일을 기억하는 사람이었다. 전쟁의 참상과 전쟁에서 말의 역할에 대해 직접 들은 모퍼고는 그 이야기들이 너무나 인상적이어서 전쟁과 전쟁이 야기하는 보편적 수난사를 말의 관점에서 서술할 수도 있겠다고 생각했다.

두 번째 영감의 원천은 모퍼고 농장에서 일주일간 머문 소년이었다. 2010년 라디오4와의 인터뷰에서 모퍼고는 이렇게 회상했다.

농장에 버밍엄에서 온 아이가 하나 있었는데 이름은 빌리였어요. 인솔 교사는 아이가 말더듬이라고 나한테 알리면서 질문을 하지 말라고 부탁했습니다. 말을 하지 못하는데 내가 말을 걸면 두려움에 휩싸일 거라는 이유에서였죠. … 나는 그 팀이 머무는 마지막 날 저녁 그들이 투숙하고 있는 커다란 빅토리아풍 저택 뒤에 있는 마당에 갔어요. 그런데 바로 거기에 빌리가 있었어요. 슬리퍼를 신은 채 마구간 문가에 서서 손전등을 머리 위로 치켜들고서는 말에게 이야기하고, 이야기하고, 이야기하고, 이야기하고 있었답니다. 그 말은 헤브였는데, 마구간 문 너머로 머리를 내밀고서 빌리의 이야기를 듣고 있었어요. 헤브의 귀가 빌리를 향하고 있는 것이 눈에 띄었고, 이야기가 계속되는 동안 헤브가 자신이 그곳에 계속 서 있어야 한다는 것을 알고 있다는 생각이 들었어요. 왜냐하면 아이는 이야기를 하고 싶었고, 말은 이야기가 듣고 싶었으니까요. 그것은 쌍방향으로 작동하고 있었어요. … 단어가 술술 흘러나오고 있었어요. 모든 두려움이 사라진 이 관계의 친밀감에서 무언가가, 소년과 말 사이에 단단한 신뢰가 느껴졌어요. 나는 깊은 감명을 받은 나머지 생각했죠. 그래, 제1차 세계대전에 관한 이야기를 말의 시선으로 쓸 수도 있겠어. 그리고 말은 아이가 하는 이야기를 전부 알아듣지는 못하겠지만 자신이 거기에 서 있어야만 한다는 것을 알고 있어. 아이를 위해서 그 자리에 있어야만 한다는 것을.

세 번째 영감의 원천은 모퍼고의 아내가 물려받은 오래된 유화다. "아주 무섭고 충격적인 그림이에요. 절대로 벽에 걸고 싶지 않은 그런 그림이죠. 제1차 세계대전 중에 가시 철망으로 뛰어드는 말들을 그린 그림이에요. 그 장면이 계속 머릿속을 맴돌면서 저를 괴롭혔어요." 모퍼고가 언급한 그림은 F. W. 리드가 1917년에 그린 그림으로 독일 전선으로 달려 들어가는 영국 기병대를 그린 것이었다.

『나비 사자』

『나비 사자The Butterfly Lion』(1996)는 아프리카의 초원에서 구조한 어미 잃은 하얀 아기 사자에 대한 버티의 애정을 그린 이야기다. 아기 사자는 프랑스에서 서커스단에 팔린다. 그리고 버티는 제1차 세계대전 중 프랑스에서 장교로 복무하다가 사자와 다시 만난다. 버티는 어른이 된 사자와 함께 영국으로 돌아와 자신의 대저택 정원에서 행복하게 산다. 사자가 죽자 버티와 버티의 아내는 집과 마주 보는 석회암 언덕에 사자상을 새긴다. 여름에 비가 온 뒤 해가 비출 때마다 부전나비가 날아와 석회암 사자에 고인 물을 마신다.

『나비 사자』의 아이디어는 윌트셔 웨스트버리 근처 하얀 말 석회암 상, 버지니아 맥케나와의 우연한 만남, 하얀 사자의 자부심에 관한 책, 제1차 세계대전 당시 프랑스에서 죽을 위기에 있던 서커스단의 동물을 구조한 군인의 이야기에서 얻었다. 그리고 일곱 살에 기숙사에서 탈출했다가 실패하고 금방 돌아와야 했던 모퍼고 자신의 경험을 더했다. (그는 기숙사에서 3킬로미터가량 떨어진 곳에서 한 작은 할머니를 만났다. 그녀는 모퍼고에게 빵을 먹인 뒤 학교에 다시 데리고 갔다.) 모퍼고가 현실의 요소를 허구 이야기에 능숙하게 엮는 과정은 흥미진진하면서도 배울 점이 많다.

『굿바이 찰리 피스풀』

『굿바이 찰리 피스풀Private Peaceful』(2003)은 이프레의 제1차 세계대전 참전용사 묘지의 한 묘비명과, 전쟁기념관에 전시된 1916년에 쓰인 편지에서 영감을 얻었다. 편지의 발신인은 영국군 장교로 편지 내용은 단 여섯 줄에 불과했다. "애석하게도 귀댁의 아들 이등병 X가 비겁한 행위를 저질러 새벽에 총살당했음을 알립니다." 이 짧은 편지를 본 모퍼고는 맨체스터에서 편지를 받은 이등병의 어머니가 어떤 생각을 하고 어떤 감정을 느꼈을지에 대해 생각하기 시작했다. 그리고 곧이어 제1차 세계대전에 참전한 어린 군인들의 삶과 어려움에 대해 생각했다. 그는 제1차 세계대전 중 영국군에서 300명이 탈영 등 전장에서 나약하게 굴었다는 이유로 총살당했으며(프랑스군과 독일군에서는 그 숫자가 더 많았다.) 그보다 더 많은 수가 셸쇼크를 앓고 있었다는 사실을 알게 되었다. (2006년 이들 모두는 사후에 결백함을 인정받았다.)

이 이야기의 화자는 토머스 피스풀(토모)이다. 형 찰리는 몰리와 결혼했는데 학창 시절에 토모와 찰리는 둘 다 몰리를 사랑했었다. 토모는 제1차 세계대전 중 밤에 참호에 홀로 앉아 시골에서 보낸 유년 시절을 회상한다. 책의 전반부는 전쟁이 발발하기 전 시골 생활이 어땠는지를 전한다. 그러나 그 생활은 목가적인 것과는 거리가 멀었다. 거친 데다 철저한 계급 사회였다. 시계 바늘이 찰리의 사형 시간으로 향하는 동안(그러나 독자는 마지막 페이지까지 이 사실을 알지 못한다.) 독자는 전쟁의 공포와 참혹함에 노출된다. 찰리는 전투에 용맹하게 임하지 않고 겁쟁이처럼 굴었다는 억울한 누명을 쓰고 사형 선고를 받았다. 결말에서 찰리는 사형을 당하고 토모는 찰리와 몰리의 아이를 잘 돌보겠다고 약속한다. 순수, 동료애, 잔인함, 용기를 생생하게 그린『굿바이 찰리 피스풀』은 가슴 시리도록 절절한 비극이다.

어떻게 쓸까?

저는 제 관심을 끄는 것, 제가 사랑하는 것, 저를 화나게 하는 것, 저를 슬프게 하는 것에 대해 씁니다. 비극은 마음에 상처를 내고 일이 원하는 대로 잘 풀리지 않을 때의 실망감도 마음을 아프게 합니다. 그러나 진실은 그것들이 인생과 삶의 일부라는 것입니다. 허구는 그것을 반영해야 합니다. 어린이를 위한 이야기라고 해서 그런 진실을 핑크빛 리본으로 둘둘 말고서 감춰 버려서는 안 됩니다. 나이가 적거나 많거나 우리는 모두 우리가 원하는 세상이 아닌 있는 그대로의 세상을 받아들이게 됩니다.… 저는 독서가 이런 과정을 스스로 헤쳐 나가도록 돕는다고 생각합니다. … 제가 쓴 거의 모든 이야기는 그 이야기의 원천만큼이나 현실에 어느 정도 근거하고 있습니다. 제 경험이든 다른 누군가의 경험이든 역사적 사실에 바탕을 두고 있죠.

"제 글쓰기의 가장 큰 부분을 차지하는 것은 공상입니다. 제 이야기가 알을 깨고 나오기까지 그 이야기에 관한 꿈을 꾸는 겁니다. 그 꿈을 글로 옮겨 적는 일은 언제나 어렵게 느껴집니다." 모퍼고의 아내 클레어는 모퍼고의 작업 과정에서 없어서는 안 될 아이디어 점검 장치 역할을 한다. 그는 언제나 아이디어를 글로 옮기기 전에 아내와 함께 아이디어에 대해 이야기를 나눈다고 한다. 모퍼고는 글쓰기 과정의 가장 중요한 절차로 자료 조사와, 이야기를 엮으면서 그에 꼭 맞는 목소리 찾기를 꼽는다. 예를 들어 제1차 세계대전에 관한 자료를 조사할 때 그는 수많은 서술 자료(전쟁에 참전한 이들이 남긴 편지, 시, 글)만 검토하지 않았다. 거의 백 명에 가까운 사람을 만나 직접 이야기도 나누었다.

그는 연습장에 글을 쓴다. 책상 앞에 앉는 대신 침대에서 베개에 기대앉아 일한다. 그리고 아주 조용해야지만 글을 쓸 수 있다. 편집과 수정은 모퍼고가 별로 좋아하지 않는 작업 단계이다. 원고가 완성되면 그는 큰 소리로 읽어 본다. 그런 다음 손주들에게도 큰 소리로 읽어 준다. 실제로 아이디어를 글로 옮기는 과정은 약 두세 달 정도 걸리고 편집과 수정이 한 달 정도 걸린다. 그래서 새 책을 쓰는 전체 과정은 대개 최대 6개월 정도 걸린다.

배울 점

· 인간과 동물의 관계를 탐구하다 보면 매력적인 이야기가 탄생하기도 한다.

· 자신이 관심 있는 것에 대해 쓰면 독자도 관심을 가질 만한 책이 된다.

· 역사적 사실이나 자신의 경험 또는 다른 사람의 경험이 이야기의 아이디어가 된다.

· 원고를 큰 소리로 읽어 보자. 단어의 리듬에 귀를 기울이면서 귀로 듣기에도 좋은지 확인하자.

· 이야기를 어린이 청중에게 큰 소리로 읽어 줘 보자. 동네 도서관이나 학교에서 기

회를 마련해 보면 어떨까? 이야기가 지루하거나 이해하기 어렵다면 아이들은 그렇다고 말할 것이다.

[1] 아서 코난 도일 재단에서 처음 출간하는 셜록 홈스의 공식 작가로 지정된 소설가이자 각본가
[2] 영국에서 아동용 책의 저자 또는 일러스트레이터에게 2년에 한 번씩 수여되는 상

조지 오웰

간결하고 명확한 영어를 쓰고
싶은 사람에게 조지 오웰(1903~ 1950)의 글보다 더 좋은 모범은
없다. 오웰은 특히 두 편의 매우 뛰어난 소설『동물농장Animal
Farm』(1945)과 『1984Nineteen Eighty-Four』(1949)의 작가로 유명하다.
빅브라더, 101호실, 이중사고, 신언어 등은 모두 오웰이 만든
신조어이다. 이 신조어는 우리의 의식으로 흘러들었고 대중문
화의 일부가 되었다. 오웰은 그 외에도 엄청난 양의 논픽션을
썼는데, 소설가로서보다는 저널리스트나 에세이스트로서의 재
능이 훨씬 더 뛰어났던 것 같다. 오웰이 다룬 주제의 다양성,
지성, 글의 명확성과 생명력에는 그저 감탄할 수밖에 없다.

오웰에 대해 처음 들어 본다면 그의 소설 말고 에세이, 기사,
편지글부터 읽어 보자. 오웰을 단순한 정치 기고가로 취급해
서는 안 된다. 「맛있는 차 한 잔A Nice cup of Tea」, 「영국 요리를

변호하며In Defense of English Cooking」 같은 글이나 장편 에세이 「영국인 The English People」, 수많은 서평, 그리고 『트리뷴』에 실린 '나 좋을 대로 As I Please' 같은 칼럼을 읽어 보면 그의 정치적인 견해보다는 독창적인 사고, 영국적인 것에 대한 감각, 작가로서의 글 솜씨가 훨씬 더 눈에 잘 띌 것이다.

오웰은 거짓과 위선을 언어의 명확성을 해치는 가장 큰 적으로 여겼다. 그의 탁월한 글 「코끼리를 쏘다The Shooting of an Elephant」는 오웰이 젊은 시절 인도 제국 경찰로 복무하는 동안 미얀마에서 일어난 사건을 바탕으로 썼다. 이 글에는 그의 솔직함과 스스로를 현미경으로 엄격하게 점검하기를 주저하지 않는 용기가 담겨 있다. 그는 코끼리를 죽인 이유가 다른 무엇도 아닌 그저 바보처럼 보이기 싫어서라고 고백한다.

오웰은 훌륭한 글을 쓰는 법에 대해 할 말이 많았다. 그런 자신의 생각을 여섯 가지 기본 원칙으로 정리했다. 이 원칙은 오랜 세월에 걸쳐 검증되었고 현대에도 어떤 작가든지 참고하면 좋을 지침이다.

인쇄 매체를 통해 익숙한 상징, 직유, 기타 비유법은 절대로 사용하지 말 것_식상한 직유, 상징, 기타 관용구를 사용한다는 것은 글을 게으르게 쓰고 있다는 증거다. 도버의 절벽을 '눈처럼 하얗다.'고 쓰는 편이, 더 독창적이고 눈길을 사로잡는 수식어를 생각해 내는 것보다 쉽기 때문이다. 혹시 자신의 탐정 소설에 주인공이 '풍파 속에 낚시를 하러 간다go fishing in troubled waters[1]'거나 '돌이란 돌은 하나도 남김없이 다 뒤집는다leave no stone unturned[2]'고 쓰지 않았는지? 이런 상징은 하도 식상해서 안 쓰느니만 못하다. 자신만의 신선한 직유와 상징을 창작하자.

짧은 단어로도 충분하다면 굳이 긴 단어를 쓰지 말 것_영어 단어는 크게 두 가지 기원에서 파생했다. 하나는 라틴어이고 다른 하나는 앵글로색 슨어다. 일반적으로 라틴어에서 파생된 단어가 훨씬 더 길다. 앵글 로색슨어에서 파생된 단어는 거의 예외 없이 짧다. 그리고 때로는 더 구체적이기도 하다. 작가는 가끔씩 라틴어 파생 단어를 쓰고 싶은 유 혹에 빠진다. 그런 단어를 쓰면 독자가 감탄할 거라고 생각하는 것이 다. 오늘날에는 그렇게 생각하는 작가가 많지 않지만 오웰이 활동하 던 시대에는 그런 경향이 지배적이었다. 다만 특히 학문적인 글이나 공적인 글에서는 여전히 그런 관행이 이어지고 있다.

"구체적인 단어는 추상적인 단어보다 낫다."고 오웰은 썼다. "그 리고 무엇을 말하건 가장 짧은 표현이 언제나 가장 좋은 표현이 다." 앵글로색슨어 파생 단어인 'rain(비)' 대신에 라틴어 파생 단어인 'precipitation(강우)'라는 단어를 쓸 작가는 거의 없다. 그러나 'show(보 여 주다)'라는 단어 대신 'demonstrate(제시하다)'라는 단어를 쓴다거나 'try(해 보다)'라는 단어로도 충분한데(게다가 더 짧다.) 굳이 'endeavor(시 도하다)'라는 단어를 쓰고 싶다는 유혹에 빠질 수는 있다. 때때로 라틴 어에서 파생된 긴 단어가 자신이 표현하고 싶은 의미를 가장 잘 담은 단어일 수도 있다. 그런 경우라면 써도 좋다.

단어를 빼도 문제가 없다면 무조건 뺄 것_아무리 훌륭한 문장이라도 대개 한두 단어 정도는 빼도 의미가 그대로 유지되곤 한다. 이런 쓸데없 는 부사나 형용사를 빼면 글이 약해지기는커녕 더 명확해진다. 또한 구문을 한두 단어로 바꾸면 문장이 더 간결해지기도 한다. '내 개인 적인 사견으로는'이라고 쓰지 말고 '나는 ~라고 생각한다.'고 쓰자. '현재 상황으로서는' 대신 '지금은'이라고 쓰자. 그리고 장황한 구문 은 쓰지 말자. '그런 연유로 인해'는 '왜냐하면'으로 쓸 수 있고 '~을 하는 방식' 대신 '~하는 법'을 사용할 수 있다. 나는 글을 다 쓰고 나

261

면 언제나 원고를 잠시 눈에 안 띄는 곳에 둔다. 며칠이 지난 뒤 다시 읽어 보면 그전에는 보이지 않던 것들이 보인다. 빼도 좋을 단어나 구문이 없는 경우는 단 한 번도 없었다. 대개 빼도 좋을 단어나 구문이 두 개 이상 있었다.

능동태로 쓸 수 있는 문장이라면 수동태로 쓰지 말 것_수동태는 객관적이고 간접적이다. 전통적으로 기관(정부, 은행, 회사 등)에서 대중에게 어떤 내용을 전달할 때 사용해 왔다. '매달 1퍼센트의 수수료가 부과될 수 있습니다.' 대신 더 주관적이고 직접적인 '우리는 매달 1퍼센트의 수수료를 부과할 것입니다.'라고 쓰거나 '서류는 ~로 반송되어야 합니다.' 대신 '서류를 ~로 반송해 주세요.'라고 쓸 수 있다.

수동태를 쓰면 문장이 더 모호하고, 더 심심하고, 더 길어진다. 또한 동사가 명사 역할을 하게 된다. 이것을 명사화라고 한다. 공식 문서, 기술 문서, 과학 관련 글에서 흔히 볼 수 있다. '이 보고서의 결론은 ~입니다.' 대신 '이 보고서에서는 ~라는 결론을 내렸습니다.' 또 '위원회는 미래 전략을 결정할 예정입니다.' 대신 '미래 전략에 관한 결정은 위원회에서 이루어질 예정입니다.'라고 쓰곤 한다. 전자가 더 간결한데도 말이다.

그러나 때로는 완곡하거나 간접적인 표현이 필요할 수 있다. 그럴 때는 수동태가 매우 유용하다. 또한 문장에서 주어가 아닌 목적어를 강조하고 싶다면 수동태를 쓸 수 있다. 신문의 부편집자는 종종 수동태를 써서 시선을 사로잡는 제목을 짓는다. '강력한 우승 후보 선수 올림픽 위원회 약물 검사 결과 출전 정지당하다'처럼.

일상어로 같은 뜻을 전달할 수 있다면 외래어, 과학 용어, 전문 용어를 쓰지 말 것_작가는 독자의 관심을 붙들고 재미를 줘야 한다. 그러기 위해서는 자신이 쓴 모든 단어가 일반 독자가 이해할 수 있는 단어인지 확인해야 한다. 애초에 일상어를 쓰는 것이 가장 확실한 방법이다. 일상어는 간단하고 구체적이다. 독자가 이해하기 어려울 것 같은 단어, 이를테면 모호한 기술 용어, 외래어 표현, 그 분야의 사람이라야 완벽하게 이해할 수 있는 전문 용어를 쓰면 바깥세상 사람에게는 도저히 이해할 수 없는 외계 언어처럼 느껴진다. 불필요한 장벽을 세우는 셈이다. 글쓰기 자체만 해도 충분히 어려운 작업이다. 왜 굳이 더 복잡하게 글을 쓰려고 하는가?

누가 봐도 이상한 문장을 쓰느니 앞서 제시한 원칙을 어길 것_앞서 제시한 다섯 가지 원칙을 철저히 지켰는데도 여전히 귀에 거슬리는 이상한 문장이 나올 수 있다. 그렇게 원칙을 지켰어도 보기에(또는 듣기에) 부자연스럽거나 엉망인 문장이 만들어진다면 차라리 원칙을 깨고 더 나은 문장을 쓰자.

오웰은 "좋은 글은 창문과도 같다."고 말했다. 그는 펜을 들고 종이에 글을 쓰기 전에 스스로에게 다음과 같은 핵심 질문 네 가지를 묻고 답해야 한다고 생각했다.

_ 나는 무슨 말을 하고 싶은가?

_ 그 말을 어떤 단어로 나타낼 것인가?

_ 어떤 이미지나 표현이 그 말을 더 명확하게 나타낼 수 있을까?

_ 효과가 있을 만큼 신선한 이미지나 표현인가?

그는 의미를 기준으로 단어를 선택하거나 의미를 명확하게 만드는 이미지를 만들어 내기보다는, 이미 만들어진 구문이나 식상한 관용구를 사용해서 고민을 덜려는 작가들을 호되게 비판했다.

아마도 글을 쓰는 것을 오랫동안 뒤로 미루고 일단 이미지나 감각으로 의미를 가능한 한 명확하게 떠올리는 편이 나을 것이다. 그리고 나서 의미를 가장 잘 담아내는 구문을 선택한다. 그냥 수동적으로 받아들여서는 안 된다. 그리고 입장을 바꿔서 그 단어가 상대에게 어떤 이미지를 떠올리게 할지를 고민해 본다.

내 생각에는 꽤 괜찮은 조언이다. 독자의 입장이 되어 보는 것은 효과적인 글을 쓰는 가장 기본적인 방법 중 하나다.

오웰의 논픽션 글은 대화체를 유지했다. 대화체는 수사학과 함께 사용되면 독자와 직접 마주 보며 말을 하고 있는 듯한 인상을 준다. 오웰이 강조하고 싶은 내용을 이탤릭체로 쓴 것이 좋은 예다. "키플링은 맹목적인 제국주의자가 맞다.", "인간이 직면한 주요 문제는 절대로 해결할 수 없을지도 모른다." 이런 장치를 써서 오웰은 자신이 말하고자 하는 바를 직접 전달했다. 이런 장치가 없다면 오웰은 강조를 위해 더 인위적이고 문학적인 문장을 써야 했을 것이다.

이 장에서는 논픽션 작가로서의 오웰을 집중적으로 다뤘다. 그가 쓴 상당한 분량의 글(에세이, 비평, 편지, 『파리와 런던의 밑바닥 생활Down and Out in Paris and London』(1933), 『위건 부두로 가는 길The Road to Wigan Pier』(1937), 『카탈로니아 찬가Homage to Catalonia』(1938))을 읽은 사람이라면 누구나 오웰이 쓴 글의 명확성과 생명력에 감탄할 수밖에 없다. 소설가로서 오웰의 장점이 무엇인지는 (오웰은 장편 소설 6권을 썼다.) 논쟁의 여지가 있다. 그러나 오웰의 말대로 "작품이 끝까지 살아남느냐의 여부가 궁극적으로는 문학적 우수성을 검증하는 유일한 방법"이라는 기준을 적용한다면 『동물농장』과 『1984』는 20세기 최고의 영국 소설에 포함된다. 『1984』의 첫 문장보다 더 뛰어난 첫 문장이 또 있을까? "눈부시게 맑고 추운 4월의 어느 날이었다. 시계는 13시를 알리고 있었다."

배울 점

· 거짓과 위선은 언어의 명확성을 떨어뜨리는 적이다.

· 독자에게 직접 이야기하는 느낌으로 대화체를 쓰자.

· 짧고 구체적인 단어를 쓰자. 불필요한 단어는 빼자.

· 자신만의 신선한 직유와 상징을 지어내자.

· 독자의 입장이 되어 보자.

역자 주

[1] 풍파 속에 낚시를 하러 가면 이미 물고기들이 거센 파도에 밀려 해안가로 몰리기 때문에 우리말로는 '어부지리'에 해당한다.

[2] 개울에서 물고기를 잡을 때 돌멩이를 모두 뒤집어 본다는 것으로, 백방으로 노력한다는 의미다.

베아트릭스 포터

"들판으로 들어가거나 길을 따라 내려가도 좋지만 맥그리거 씨 정원에는 절대 들어가면 안된단다. 네 아버지도 거기서 사고를 당했어. 맥그리거 부인이 파이 재료로 써 버렸지."

그러나 피터는 말을 듣지 않는 말썽꾸러기 토끼였다. 그래서 엄마 토끼의 경고를 무시한다. 피터의 행동은 버릇 나쁜 아이의 행동을 닮았다. 『피터 래빗 이야기The Tale of Peter Rabbit』(1902)가 그토록 큰 인기를 얻은 것도 당연하다. 베아트릭스 포터(1866~1943)는 그 뒤로 동물 이야기를 담은 베스트셀러를 23편이나 썼다.

화가이자 자연주의자
포터는 아주 어릴 때부터 자연사, 과학, 미술에 매료되었다.

1866년에 빅토리아 시대의 전형적인 중·상류층의 부유한 가정에서 태어난 포터는 유모와 가정 교사의 손에서 자랐다. 집은 켄징턴 볼튼 가든스에 있었다. 포터와 남동생 월리엄은 허락을 받고 집의 3층에 동물원을 꾸렸다. 이 동물원에서, 때에 따라 동물 종류가 조금씩 달라졌지만 토끼, 개구리, 도마뱀, 도룡뇽, 박쥐, 달팽이, 기니피그, 카나리아, 앵무새, 오리, 거북이, 고슴도치 등을 키웠다. 포터는 이런 동물들을 가까이에서 관찰하고 계속 그렸다.

자연사에 대한 포터의 관심은 퍼스셔에 있는 포터가의 별장인 던켈드의 달구스 저택과 하트퍼드셔에 있는 조부모의 집인 캠필드 저택에서 긴 휴가를 보내면서 점점 더 커졌다. 포터의 초기 스케치북 '달구스 1875'에는 애벌레를 꼼꼼하게 관찰해서 그린 수채화를 비롯해 포터가 주변 사물을 관찰해서 그린 그림이 들어 있다. 예를 들어 소와 함께 있는 농부, 강 양편을 연결하는 다리, 산 아래 있는 집 등이다. 같은 시기의 또 다른 스케치북에는 재킷을 입고 모자를 쓰고 스카프를 두른 채 스케이트를 타는 토끼 그림이 있다. 1880년에 이르면 더 진지한, 해부학적으로 완벽한 토끼 그림을 그린다.

어릴 때부터 포터는 남다른 미술적 재능을 보였다. 열두 살부터 열일곱 살까지 포터를 가르친 미술 교사 캐머런은 포터가 재능을 발휘할 수 있도록 격려했다. 동물에 대한 정밀한 관찰은 포터의 예술적 사실주의의 근간이다. 아버지의 친구이자 유명 화가였던 밀레이는 포터에게 이렇게 말했다. "그림을 그릴 줄 아는 사람은 많단다. … 그러나 너에게는 관찰력이 있구나."

『피터 래빗 이야기』가 나오기까지

여덟 살이 채 되지 않은 포터에게 특히 깊은 인상을 남긴 책 두 권은 에드워드 리어의 『넌센스 시집Book of Nonsense』과 루이스 캐럴의 『이

267

상한 나라의 앨리스Alice's Adventures in Wonderland』다. 또한 달구스 저택에서 일하는 스코틀랜드 출신 유모가 읽어 준 책도 포터를 사로잡았다. 유모는 민화, 운문, 모험, 판타지로 가득한 책을 읽어 주었다. (포터는 특히 판타지가 마음에 쏙 들었다.) 포터가 좋아한 책은 『이솝 우화Aesop's Fables』, 『그림 형제 동화Grimm's Fairy Tales』, 안데르센의 『동화집Fairy Tales』, 찰스 킹슬리의 『물의 아이들The Water Babies』, 그리고 월터 스콧 경의 웨이벌리 시리즈였다.

열네 살이 되자 포터는 제임스 보스웰과 새뮤얼 페피스의 작품에 감탄했고 일기도 쓰기 시작했다. 일기 쓰기는 그녀의 문학 수련 과정 역할을 했고, 포터는 에드워드 리어, 루이스 캐럴, 제인 오스틴, 그리고 특히 영웅으로 삼은 패니 버니 등 자신이 존경하는 작가들의 문체를 모방하고 실험하기 시작했다.

포터는 스물네 살에 첫 삽화집을 펴냈다. 자신이 키우는 토끼 한 마리를 참고해서 그린 그림을 모은 것으로, 포터는 이 그림들을 크리스마스나 신년 축하 카드에 쓰곤 했다. 3년 뒤인 1893년 9월 4일 포터는 아파서 집에 있는 노엘 무어(예전 가정 교사의 아들)에게 그림 편지를 보냈다. 그림 편지는 말 안 듣는 말썽꾸러기 토끼 피터에 관한 이야기였다. 그리고 다음 날에는 노엘의 다섯 살배기 동생 에릭에게 개구리 제러미 피셔 이야기를 그린 그림 편지를 보냈다.

1894년 포터는 개구리 그림 9점을 순수 예술 전문 출판사에 팔았다. 이전에도 그녀의 그림을 산 적이 있는 출판사였다. 이 무렵 포터는 균학(곰팡이를 연구하는 학문)에 심취해 있었고 관련 주제로 논문을 썼다. 1892년과 1896년 사이에 포터는 『신데렐라Cinderella』, 『이상한 나라의 앨리스』, 에드워드 리어의 『올빼미와 고양이The Owl and the Pussycat』 등 자신이 좋아하는 이야기와 운문에 판타지풍 삽화를 그렸다. 또한 『잠자는 숲속의 미녀Sleeping Beauty』, 『장화 신은 고양이Puss in the Boots』에 들어갈 그림과『천일야화The Arabian Nights』,『이솝 우화』에 들어갈 삽화도 그렸다. 그중에서도 조엘 챈들러 해리스의『리머스 아저씨의 야화Nights with Uncle Remus』에 들어갈 삽화 8점을 그린 일이 가장 주목할 만하다. 조엘 챈들러 해리스가 구상 중이던 '리머스 아저씨와 브레르 토끼Uncle Remus and Brer Rabbit' 이야기가 훗날 포터의 글에도 영향을 미쳤기 때문이다.[1]

무어가의 아이들에게 보낸 그림 편지는 포터가 삽화가 및 작가로 성장하는 과정에서 전환점이 되었다. 이 일을 통해 포터가 자연과학에서 판타지로 어떻게 이행했고 삽화가 들어간 스토리텔링 기술을 어떻게 키웠는지를 엿볼 수 있다. 포터는 해리스의 터무니없음에 대한 감각과 평범한 것을 평범하지 않게 꾸미는 기법을 익힌 다음 그 위에 자신만의 관찰력과 경험을 더했다.

1900년 1월에 가정 교사였던 애니 무어는 포터가 보낸 그림 편지를 어린아이들을 위한 재미있는 책으로 엮어 보라고 조언했다. 포터는 무어가의 아이들에게 보냈던 그림 편지를 다시 빌려와서 옮겼고 어느 것이 책으로 만들기에 적합한지 고민했다. 그리고 1893년에 가장 처음 보낸 그림 편지인 피터 래빗의 이야기가 좋겠다고 결정했다. 포터는 새로운 텍스트와 흑백 삽화를 더한 다음에 여섯 군데 출판사에 보냈지만 모두 거절당했다.

그런데 그중 한 출판사인 프레더릭 원이 포터의 원고를 거절하면서 "모든 삽화는 채색해서 보내야만 한다."고 통지했다. 결국 포터는 자가 출판을 하기로 했다. 포터는 헬렌 배너먼의『꼬마 블랙 삼보Little Black Sambo』를 본 따 소형 그림책 판본을 적용했다. 이 크기가 어린아이들이 다루기 쉬워 가장 적합하고, 그래서 잘 팔릴 것이라고 생각했다. 포터는 마침내 채색한 삽화를 더 집어넣고 자비로 제작한 책자 한 부를 프레더릭 원에 보냈다. 포터는 낮은 가격과 작은 크기의 판본을 고집했고 프레더릭 윈은 그 조건을 받아들였다. 포터의 그림책은 1902년 10월에 출간되었고 가격은 1실링 6펜스로 책정되었다.

동물 동화의 탄생

『피터 래빗 이야기』가 출간 즉시 성공하자 프레더릭 윈은 같은 형식의 그림책을 더 많이 만들어 줄 것을 요청했다. 1902년 크리스마스 전까지 포터는 적어도 세 권(『다람쥐 너트킨 이야기Squirrel Nutkin』, 『제러미 피셔 아저씨 이야기Mr Jeremy Fisher』, 『글로스터의 재단사 이야기The Tailor of Gloucester』)을 더 기획했다. 이들 원고를 출판사에 보내기 전에 포터는 자신이 아는 어린아이들에게 들려주면서 반응을 살폈다. 『다람쥐 너트킨 이야기』가 출간될 무렵 포터는 자신의 어린 친구들에게 짧은 편지를 보내는 일을 재개했다. 편지에는 자신의 그림책 속 동물들에 관한 일화나 그 동물들 간의 대화를 담았다. 초기 편지 중 하나는 이런 매력적인 내용이 담겨 있다. 다람쥐 너트킨이 늙은 브라운(올빼미)에게 보낸 편지글이다. "친애하는 나리, 만약 제 꼬리를 돌려주신다면 정말 그 은혜를 두고두고 잊지 않겠습니다. 제 꼬리가 정말 그리워요. 우표 값은 제가 부담하겠습니다. 당신의 종 다람쥐 너트킨. 답장은 의무 사항입니다."

1905년 서른아홉 살이 된 포터는 소리에 있는 힐 탑 농장을 매입한다. 소리는 레이크 디스트릭트의 혹스헤드 근처에 있는 작은 마을이었다. 이후 포터는 믿기지 않을 정도로 폭발적인 창의력을 발휘하기 시작한다. 포터는 8년간 힐 탑 농장과 그 주변을 무대로 한 이야기 13편을 썼고, 이 중에는 그녀의 대표작들이 포함되어 있다. 농장 관리인의 아이들을 위해 쓴 『제미마 퍼들덕 이야기The Tale of Jemima Puddle-Duck』(1908)는 오리 알들을 힐 탑 암탉들이 품도록 옮기는 관리인의 아내를 보고 영감을 얻어 쓴 이야기다. 물론 포터 자신이 농장의 오리를 보고 재미있어하기도 했다. 농장 관리인의 아내와 아이들뿐만 아니라 농장을 지키는 개 '켑' 같은 힐 탑 농장의 동물들도 등장한다. 『롤리폴리 푸딩 이야기』The Roly-Poly Pudding(1908)는 힐 탑에 몰려든 쥐 떼와 이들을 상대로 포터가 벌인 전쟁에서 아이디어를 얻었다. 이 이야기에는 힐 탑 농가의 모습과 그 내부 장식 등이 묘사된다.

『토드 아저씨 이야기』The Tale of Mr Tod(1912)는 더 길고, 더 어둡고, 더 폭력적인 이야기다. 포터는 특히 이 이야기의 도입 단락을 자랑스러워했다.

저는 선한 사람들에 관한 모범적인 이야기를 꾸며내는 일에 싫증이 났어요. 저는 토미 브록과 토드 씨라는 이름의 아주 고약한 두 사람에 관한 이야기를 할 거예요.

그러나 출판사의 주장에 따라 '모범적인'이라는 단어를 빼고 '선한'을 '착한'으로 고쳤다. 토미 브록은 오소리이고 토드 씨는 여우다.

『피글링 블랜드 이야기』The Tale of Pigling Bland(1913)는 포터가 농장에서 겪은 일을 소재로 삼았다. 그래서 몇몇 자전적 요소가 들어 있고 포터 자신도 이야기에 등장한다. 포터가 농장에 도착한 직후 작고 검은 돼지를 들인 일이 계기가 되었다.

1914년 포터는 출판사에 다음 이야기인 『장화 신은 아기 고양이 Kitty-in-Boots』의 텍스트를 보냈다. 그런데 여러 '사건들'이 벌어지면서 이 원고는 삽화 하나만 완성한 채로 작업이 중단됐다. 이 '사건들'이란 제1차 세계대전, 결혼, 질병이다. 그래서 이 이야기를 완성하지 못했고, 놀랍게도 100년 후 빅토리아 앤드 앨버트 박물관 보관소에서 노트에 손으로 적은 텍스트가 발견될 때까지 아무도 그 존재를 기억하지 못했다. 이 이야기에는 토드 씨와 티기 윙클 부인, 그리고 조금 나이가 들어 행동이 느려지고 군살이 붙은 피터 래빗 등 앞서 나온 책에 등장하는 주인공들이 몇몇 등장한다. 이 이야기는 포터의 책을 출판했던 프레드릭 원 출판사에서 쿠엔틴 블레이크의 삽화를 더해 2016년에 출간했다.

이 이야기를 출판사에 보내기 한 해 전인 1913년에 포터는 평범한 시골 사람들의 삶을 글로 옮기는 시도를 했다. 그래서 지역 사투리를 적용한 단편 소설 「나막신 요정Fairy Clogs」을 써서 『컨트리 라이프』에 실었다. 4년 뒤 포터가 쓰고 삽화를 넣은 유아를 위한 운문집이 출간되었다. 『애플리 대플리의 동요Appley Dapply's Nursery Rhymes』(1917)라는 제목의 이 책은 1902년 『피터 래빗 이야기』 출간 직후 포터가 먼저 프레더릭 원에 제안한 기획이었다. 당시 금융 스캔들로 망해 가던 출판사를 살리기 위한 제안이었다. 그 다음 해에는 가장 자전적인 요소가 강한 이야기 『도시 생쥐 조니 이야기The Tale of Johnny Town-Mouse』가 출간되었다. 이 이야기는 제1차 세계대전 중에 쓴 글로 동물의 본성에 대한 포터의 깊은 이해를 보여 주며 '시골 생쥐'로 행복하게 지내는 포터의 만족감이 드러난다. 이 책의 삽화는 여전히 매력적이기는 하지만, 포터의 시력이 급격히 퇴화되던 무렵에 그려진 것이라 포터의 한창때만큼 뛰어나지는 않았다.

작가이자 삽화가에서 은퇴

1923년 포터는 트라우트벡 파크 농장 토지 약 8,000제곱미터를 매입하면서 레이크 디스트릭트에서 상당히 넓은 땅을 소유한 지주가 되었다. 그 전해에 풍자로 가득하고 지역색이 강한 『세실리 파슬리의 동요Cecily Parsley's Nursery Rhymes』가 출간되었다. (남편의 골프 친구 닥터 파슨스의 캐리커처가 실려 있다.) 그 후로는 지역 토종인 허드윅 양을 번식시키고 레이크 디스트릭트 주변 자연환경을 복구하고 보호하는 일에 전념하느라 어린이를 위한 글과 그림 작업을 등한시했다.

그러다 소리에 찾아온 미국 출판사와 만난 뒤 이야기를 몇 편 썼고 『요정 캐러밴The Fairy Caravan』(1929)이라는 책 한 권을 미국에서 출간했다. 포터의 마지막 동물 그림책은 『꼬마 돼지 로빈슨 이야기The Tale of Little Pig Robinson』(1930)다. 초기 책과 달리 이 책은 사실성보다는 판타지에 충실했으며 이전 책만큼 주목받지 못했다. 그러나 포터는 이 책에 실린 그림 하나를 특히 마음에 들어 했다. 그녀는 이 책을 출간한 미국 출판사에 보낸 편지에 이렇게 썼다. "저는 꼬마 돼지 로빈슨이 가게 창문을 들여다보는 그림이 제가 그린 흑백 삽화 중 최고라고 생각해요." 그러나 이 무렵 그녀는 작가이자 삽화가에서 은퇴하기로 결심한다. 포터는 1934년에 "나는 동화책에서 '퇴장당했다.' 그림을 그리기에는 눈이 너무 피곤하다."고 적었다.

꾸준한 인기의 비결

포터는 아이들이 무엇을 좋아하는지 직감적으로 알았다. 『피터 래빗 이야기』에서 피터는 무모한 허세를 부리며 명백히 금지된 일(맥그리거 씨 정원에 들어가기)을 하기로 한다. 이것은 '말 안 듣는 말썽꾸러기' 어린 토끼가 할 만한 행동일 뿐 아니라 말 안 듣는 말썽꾸러기 아이가 할 만한 행동이기도 하다. 그렇게 동물과 인간 본성의 매끄러운 조화가 이야기의 핵심에 자리 잡고 있으며, 그래서 포터의 책들이 지금까지도 꾸준히 인기가 있는 것이리라.

포터는 작업을 할 때 동물의 외형과 자연스러운 행동을 출발점으로 삼았다. 동물의 행동을 관찰해서 그 행동을 중심으로 인물을 설정했다. 동물을 그릴 때는 절대로 감상적으로 접근하지 않았다. 포터는 자연이 거친 면이 있으며 잔인할 때도 있다는 것을 잘 알았다. 폭력이 아이들에게 환영받을 때가 있다는 것도 알았다. 생쥐는 언제나 고양이와 올빼미에게 위협당하고 있고, 작은 개구리는 큰 물고기에게 잡아먹히기도 하며, 토끼는 언제나 정원사를 경계한다. 포터는 자연을 좋아했지만 자연이 무자비하다는 사실도 받아들였다. 평생 예술적 사실주의에 관심을 가졌던 포터의 동물 그림은 포터 자신이 잘 아는 정원, 집, 자연 등 늘 주변의 실제 풍경을 배경으로 삼았다.

포터의 직설적이고 유머러스한 어조는 어린 독자의 관심과 동정을 사기에 완벽했다. 포터는 단어의 리듬, 억양, 소리를 매우 중요하게 여겼다.(그만큼 단어를 신중하게 골랐다.) 또한 책의 시작 또는 결말에 많은 공을 들였다. 대개 이야기는 종이 노트에 적고 그림은 가제본에 붙여 넣었다. 특히 마지막 완성본의 겉모양에 신경을 많이 썼다.

포터는 어린이를 위한 책이라고 해서 일부러 쉽게 쓰려고 하지 않았다. 이런 점은 『글로스터의 재단사 이야기』의 첫 문장만 봐도 알 수 있다.

검과 페리위그[2]와 폭이 넓은 코트와 꽃무늬 레이스 장식의 시대, 신사들이 주름 장식 옷을 입고 금색 실로 꾸민 두껍고 얇은 견직물로 만든 조끼를 입던 시절에 글로스터에 재단사 한 명이 살고 있었습니다.

어린이를 위한 책이라는 점을 감안하면 위 문장에 담긴 어휘는 과도하게 어려워 보인다. 포터의 초기 그림책 독자보다는 살짝 나이가 많은 어린이(아마도 열한 살 내지 열두 살)를 위한 책이기는 하지만 말이다. "이 책은 제가 쓴 아동서 중 가장 마음에 드는 책입니다."고 그녀는 기획 원고에 썼다. 이런 식으로 아이들을 위해 굳이 쉬운 어휘를 쓰지 않는 성향은 그 후로도 바뀌지 않았다.

· 일기를 쓰자. 직접성과 진정성이 뚜렷한 글은 후에 글을 쓸 때 참고 자료가 될 수 있다. 규칙적으로 쓴 일기(혹은 오늘날의 블로그)는 발레 무용수가 바에서 연습하듯 본격적인 창작 작업에 대비한 연습 역할을 한다.

· 동물의 행동을 관찰해 그 행동을 중심으로 캐릭터를 꾸미자.

· 단어를 신중하게 선택하자. 그리고 이야기의 시작과 끝에 공을 들이자.

· 어린이를 위한 글이라고 해서 훈계조로 쓰거나 일부러 쉽게 쓰지 말자. 어린이를 동등한 인격체로 여기면서 이야기해야 한다.

역자 주

[1] 조엘 챈들러 해리스의 『리머스 아저씨와 브레르 토끼』는 포터의 『피터 래빗 이야기』보다 늦은 1907년에 출간되었다. 그러나 이 책의 저자는 조엘 챈들러 해리스가 작업 중이던 원고에 포터가 영향을 받았을 것으로 보고 있다.

[2] 대개 남성들이 착용했던 머리형 가발

이언 랜킨

J. K. 롤링이 가장 유명한 스코틀랜드 출신 현대 작가라면 그 뒤를 바짝 쫓고 있는 사람은 이언 랜킨(1960~)일 것이다. 영국에서 판매된 범죄 소설 10권 중 한 권은 랜킨의 책이며 영국에서 베스트셀러인 그의 소설은 25개 국어로 번역되었다. 랜킨은 어떻게 이런 성공을 거둘 수 있었을까? 작가 지망생은 랜킨으로부터 어떤 점을 배워야 할까?

존 리버스 경감 시리즈의 여덟 번째 소설 『블랙 앤 블루Black and Blue』(1997)는 랜킨을 베스트셀러 작가 반열에 올린 화제작이다. 이전 책들도 호평을 받았지만 판매량은 보통이었다. 랜킨은 창작 수습 기간이 끝날 무렵 무엇이 리버스를 움직이는지 깨달았다. 그래서 제임스 엘로이처럼 뚝뚝 끊어지는 문체를 쓰고 리버스의 세계를 진짜 범죄와 진짜 악당으로 채우기로 마음먹었다.

이언 랜킨의 책은 한번 들면 손에서 놓기가 쉽지 않다. 손에 땀을 쥐게 하는 플롯은 정교하고 진행 속도도 적절해서 독자를 꽉 붙들고서 페이지를 계속 넘기게 만든다. 랜킨은 이질적인 줄기들을 하나로 엮는 굉장한 재주가 있다. 소설의 대단원은 예상 밖이면서도 당연해 보이곤 한다.

그러나 서스펜스로 가득한 플롯은 괜찮은 범죄 소설이라면 당연히 갖추고 있는 조건이다. 랜킨의 소설이 그토록 인기를 얻고 랜킨이 이 시대의 대표적인 범죄 소설가로 평가받는 진짜 이유는 따로 있다. 바로 장소에 대한 강렬한 감각과 사실적인 인물, 그리고 대화문이다. 이런 요소가 냉소적인 위트, 효율적인 어휘와 어우러져 랜킨은 물론 그가 만들어 낸 존 리버스 경감을 그저 그런 범죄 소설들 속에서 돋보이는 존재로 끌어올렸다.

소설 속 에든버러

리버스를 떠올리면 에든버러도 반드시 함께 생각난다. 모스[1]가 옥스퍼드에, 매그레가 파리에 속하는 것처럼, 리버스는 에든버러에 속한다. 에든버러는 단순히 랜킨 소설의 배경에 머물지 않는다. 리버스가 곧 에든버러다. 리버스는 에든버러의 특성을 고스란히 반영한다. 랜킨의 소설 속 에든버러는 조지시대풍 주택, 고급 상점과 찻집, 성과 축제 등으로 관광 안내 책자에 실리는 스코틀랜드의 멋진 수도가 아니다. 랜킨은 리버스와 함께 에든버러의 속살까지 파고들면서 이 도시의 어두운 지하 세계로 우리를 안내한다. 관광객의 눈에는 보이지 않는 곳이다. 그리고 에든버러의 소리, 냄새, 맛을 보여 준다. 마치 에든버러에 내리는 빗줄기가 피부에 닿는 것처럼 느껴진다. 리버스의 에든버러는 지저분한 뒷골목, 초라한 술집, 좁은 통로, 그래피티투성이 주택가, 주정뱅이, 약쟁이, 매춘부의 도시다. 낮에는 시의원, 밤에는 절도범으로 활동했던 디컨 브로디의 도시, 자신들이 살해한 희생자의 시체를 훔쳐 메디컬칼리지에 해부용으로 팔아넘긴 버크와 해어의 도시…. 이처럼 에든버러는 어두운 역사를 간직한 도시다. 랜킨이 '타탄 누아르[2]'의 제왕으로 불리는 것도 무리가 아니다.

랜킨은 책 속에 진짜 거리와 진짜 건물 이름을 잔뜩 욱여넣는다. 『탈출 음악Exit Music』(2007)을 예로 들어 보자.

> 그는 계속 걸었고 포레스트 로드에 도착했다. 더마운드 방향으로 곧장 가는 대신 그레이프라이어스 바비의 갈림길을 택했고 그래스 마켓 쪽으로 내려갔다. 여전히 많은 술집이 영업 중이었고 사람들은 노숙자 호스텔 주변을 서성대고 있었다. … 흡연자들은 비하이브와 라스트드롭 같은 술집 밖에 옹기종기 모여 서 있었다. 피시앤칩 가게 앞에 사람들이 줄 서 있었다. 리버스가 그 옆을 지나가자 지방 타는 냄새가 확 몰려왔다. 그는 그 냄새를 깊이 들이마시면서 음미했다. 한때는 그래스 마켓에 교수대가 있었다. 수십 명의 서약자[3]들이 이곳에서 죽어 갔다.

이 부분을 읽으면서 독자는 에든버러의 거리 풍경을 눈앞에 그릴 수 있고, 덕분에 글은 진정성을 얻는다.

아덴 스트리트에 있는 리버스의 아파트(랜킨이 리버스 시리즈의 첫 소설 『매듭과 십자가Knots and Crosses』(1987)를 처음 구상할 무렵 살았던 아파트)와 리버스의 단골 술집 옥스퍼드 바는 이제 월터 스콧 경, 로버트 루이스 스티븐슨 관련 장소와 함께 에든버러 문학 관광의 필수 코스가 되었다. 랜킨의 에든버러 묘사는 디킨스의 런던, 챈들러의 로스앤젤레스, 발자크의 파리 묘사에 비견되고 있다. 그만큼 장소에 대한 느낌이 압도적으로 잘 표현되어 있다.

리버스의 매력

리버스(Rebus, 사전적 정의는 '수수께끼 그림 퍼즐'이다.)는 복잡하고 결함 많은 인물이다. 냉소적인 데다 닳고 닳은, 애주가지만 냉철함을 잃지 않는 리버스는 레이먼드 챈들러의 필립 말로, 제임스 엘로이의 『L. A. 컨피덴셜』의 계보를 잇는 거친 남자다. 불행한 어린 시절을 보냈고 영국 특수부대 SAS에서 복무하는 동안 심리적으로 상처를 받았으며 결혼에 실패한 리버스는 세상의 어두운 면만 보는 '반항적인' 인물이다. 『매듭과 십자가』에서 리버스는 새벽 귀갓길에 아무런 죄책감 없이 빵과 우유를 훔친다. 경찰이 되기 전의 과거가 파이프에서 보낸 어린 시절의 기억이라는 형태로 잠깐씩 내러티브에 끼어든다. 랜킨은 파이프에서 자랐고 리버스의 기억으로 서술되는 것들이 랜킨 본인의 기억인 경우가 많다.

여느 작가와는 달리 랜킨은 인물 설정을 미리 하지 않는다. 랜킨은 리버스가 그야말로 완전한 형태로 페이지 위에 등장했다고 말한다. 리버스의 조수 시오반은 원래 부수적 인물로 계획되었지만 너무나 흥미로운 인물이 되는 바람에 주요 인물로 지위가 격상했다. 랜킨은 최소한의 묘사로 생생하고 사실적인 인물을 만들어 내는 재주가 있다. 대개 대화와 음악(리버스는 록 음악에 열광한다.)을 통해 인물을 표현하며 곧잘 마음속으로 들어가 그 인물에 대한 이해에 깊이를 더한다.

리버스는 아웃사이더이자 독불장군이다. 자신의 수사팀을 믿지 않으며 용의자와 상급자 모두의 신경을 긁는다. 그것이 리버스의 유일한 낙이다. 범죄 수수께끼를 푸는 것만큼이나 주변 사람들의 화를 돋우는 것에서 만족감을 느끼는 듯하다. 리버스에게 일은 전부다. "리버스는 쉬는 시간은 질색이었으며 쉬는 일요일이 끔찍했다."[『출혈Let it Bleed』(1995)] 리버스는 자신의 결점을 생각하지 않으려고 수사에 몰두

한다. 랜킨의 말을 빌리자면 "그는 유능한 경찰이었다. 사회적으로 무능한 인간이었기 때문이다." 그러나 천연덕스러운 유머 감각을 부여함으로써 리버스라는 인물을 조금은 말랑말랑하게 만들었다. 『탈출음악』에서 경찰 동료 한 명이 "도대체 캐퍼티는 왜 러시아 시인을 죽이고 싶어 한 걸까?"라고 묻자 리버스는 이렇게 답한다. "운율이 맞지 않는 시에 짜증이 났나 보지."

냉소주의자이고 무뚝뚝한 강인함을 보이지만 리버스는 어쩐지 불안정하고 연약해 보이는 구석이 있다. 아마도 그래서 전 세계의 독자들이 그와 사랑에 빠지게 되었는지도 모르겠다. 리버스는 흑과 백으로 확실히 구분할 수 없다. 그는 선함과 악함을 동시에 지니고 있으며 자신의 감정과 정서를 주변 사람들에게 감춘 채 지낸다. 우리도 대부분 그렇지 않은가?

사실적인 대화문

랜킨은 사실적인 대화문을 알아보는 감각이 있다. 그래서 대화문으로 인물을 발전시키고 정보를 제공하고 플롯을 전개한다. 랜킨이 존경하는 작가 중 한 명은 엘모어 레너드다. 그는 레너드에 대해 "그는 모든 것을 다 깎아 내고 뼈대만 남깁니다. 형용사나 부사를 거의 쓰지 않는 레너드의 소설은 대화문으로 진행됩니다."고 말했다.

『블랙 앤 블루』는 첫 문장에서부터 독자의 시선을 사로잡는다. "왜 그들을 죽였는지 다시 한 번 말해 봐." 대화문이 첫 장의 대부분을 차지하며 그 장이 끝날 무렵 리버스를 처음 접하는 이는 누구나 그가 어떤 인물인지 꽤 자세한 이미지를 떠올릴 수 있다. 랜킨은 대화문을 직접 큰 소리로 읽는 것이 작가가 사실적인 대화문 쓰는 법을 배울 수 있는 유일한 방법이라고 믿는다. "자연스럽게 들리면 실제로도 자연스러울 것"이기 때문이다.

범죄보다 더 큰 쟁점을 다루는 작가

랜킨의 많은 팬들은 랜킨이 스스로를 범죄 소설가로 여기지 않는다는 사실에 놀랄 수도 있다. "저는 스코틀랜드의 현재, 즉 스코틀랜드의 기벽과 정신병에 대한 논평을 쓰고 있습니다."고 그는 말한다. 랜킨의 소설이 그리는 사회의 자화상은 깊이와 생명력에서 디킨스의 소설에 비견된다. 독자가 페이지를 계속 넘기게 하는 것은 범죄라는 소재지만, 랜킨의 소설은 더 큰 쟁점을 함께 다루곤 한다. 예를 들어『죽은 자의 이름The Naming of the Dead』(2006)은 아프리카의 빈곤 문제를 주제로 2005년 글레니글스에서 열린 G8 정상회담을 배경으로 삼고 있다. 리버스는 당연히 록 스타, 콘서트, 행진이나 시위가 정치인의 생각이나 국제 상황을 바꿀 수 있으리라고 믿지 않는다. 랜킨은 이 소설의 중심에는 이런 질문이 자리하고 있다고 말한다. "개인이 변화를 일으킬 수 있는가?"

단편 소설 쓰기에 대한 조언

랜킨은 "작가가 되려면 스스로를 믿고 자신의 글을 믿어야 합니다."고 말한다. "당연히 거절당할 겁니다. 제 첫 소설은 아예 출간조차 되지 못했어요." 랜킨은 단편 소설이 훌륭한 작가 수습 과정이며 "모든 작가에게 끝내주는 훈련 수단"이라고 믿는다. 그리고 단편 소설 쓰기에 대해 다음과 같은 세 가지 조언을 건넨다.

_ 느슨한 부분 잘라 내기: 무언가를 적고 난 다음에는 단어나 구문을 빼 보자. 여전히 단락의 의미가 통하는가? 이렇게 하다 보면 많은 단어나 구문을 뺐는데도 의미 전달에 아무 문제가 없다는 것에 놀랄 것이다. 그리고 대개 더 나은 글이 된다.

_ 독자의 시선 붙들기: 첫 문장이 가장 중요하다. … 처음부터 독자를 꽉 붙

들어야 한다. … 독자에게 두 번째 문장, 세 번째 문장을 읽어야 할 명분을 줘
야 한다.

_ 상자에서 벗어나서 생각하기: 단편 소설은 훌륭한 실험실이다. … 다른 목
소리, 관점, 시간 틀을 가지고 이런저런 실험을 하는 것이 중요하다. … 미래나
과거를 무대로 한 단편 소설을 쓸 수도 있다. … 이전에 한 번도 겪어 보지 못한
상황에 놓인 주인공이 필요하다.

랜킨 본인도 단편 소설 쓰기에 뛰어들었다. 자기 가문의 역사 속 사
건을 토대로 쓴 이야기가 라디오 포스가 실시한 대회에서 우승을 차
지했고 1983년에는 파이프에 있는 공장 폐쇄를 다룬 「게임The Game」으
로 싱클레어 단편 소설 공모전에서 2등을 차지했다. (우승자는 이언 크라
이튼 스미스[4]였다.)

랜킨은 글을 쓰고 싶은 사람은 무조건 많이 읽어야 한다고 조언한
다. "마음에 드는 작품을 필사하게 될 것입니다. 그러다 보면 결국에
는 자신만의 목소리를 찾을 수 있죠." 랜킨이 좋아하는 작가는 뮤리
엘 스파크, 엘모어 레너드, 레이먼드 챈들러, 로렌스 블록, 앤서니 버
지스, 로버트 루이스 스티븐슨 등이다. 랜킨은 자신의 소설이 한 사람
안에 공존하는 선과 악(빛과 그림자)이라는 주제를 다룬 스티븐슨의 『지
킬 박사와 하이드 씨Strange Case of Dr Jekyll and Mr Hyde』의 영향을 받았다
는 점을 인정한다.

저는 로버트 루이스 스티븐슨과 스티븐슨이 태어난 이 도시에 큰 빚을 졌습
니다. 둘 다 제 삶을 바꾸어 놓았으니까요. 에든버러의 이중적인 면모가 없었다
면 스티븐슨은 결코 『지킬 박사와 하이드 씨』를 상상해 내지 못했을 것입니다.
그리고 『지킬 박사와 하이드 씨』가 없었다면 저는 결코 저의 또 다른 자아인 존
리버스 경위를 창조하지 못했을 것입니다.

배울 점

· 실제로 존재하는 거리와 실제로 존재하는 건물의 이름을 풍경, 소리, 냄새의 단편적
  인 묘사와 함께 섞으면 장소에 대한 강렬한 감각을 창조할 수 있다.

· 대화문과 음악으로 인물을 표현하라.

· 천연덕스러운 유머는 거친 남자 주인공을 조금 부드러운 인물로 만드는 데 도움이 된다.

· 필요 없는 단어는 빼라.

· 첫 문장부터 독자를 사로잡아라.

역자 주

1 콜린 덱스터의 범죄 수사물인 모스 경감 시리즈의 주인공

2 타탄은 스코틀랜드의 전통 직물로 스코틀랜드를 상징한다. 범죄와 폭력을 다루면서 도덕적
  모호함이나 성적 동기에 초점을 맞추던 전통적인 누아르 장르에서 벗어나 도덕적 모호함에
  대한 고민을 담는 등 현대적 장르로 변화시켰다는 의미에서 평론가들이 리버스 시리즈에 '타
  탄 누아르'라는 별칭을 붙였다.

3 기독교의 장로파 교리 지지자

4 영어와 스코틀랜드 게일어로 글을 쓴 스코틀랜드의 시인이자 소설가(1928~1998)

루스 렌델

루스 렌델(1930~2015)은 70권이 넘는 범죄 소설을 썼다. 그러나 소설가로서의 출발이 썩 산뜻하지는 않았다. 언론계에서 금기시되는 일을 해서 『치그웰 타임스』에서 나와야 했기 때문이다. 렌델은 자신이 참석하지 않은 행사에 관한 기사를 썼다. 지역 테니스 클럽의 연례 만찬에 관한 기사였는데, 거기에는 만찬 초청 연사가 행사 중에 사망한 사실이 빠져 있었다.

렌델은 두 편의 장편 소설 원고가 출간을 거절당한 뒤 마침내 웩스퍼드 경위 시리즈의 첫 소설 『밑바닥에서 지옥으로From Doon with Death』(1964)로 75파운드짜리 출판 계약을 맺었다. 렌델의 범죄 소설은 웩스퍼드 경위 시리즈, 『악마 그림의 공포To Fear a Painted Devil』(1965) 같은 단권 소설, 『어둠에 익숙해진 눈A Dark-Adapted Eye』(1986)을 시작으로 바버라 바인이라는 필명으로 쓴 심리학 범죄 소설의 세 부류로 나뉜다.

웩스퍼드의 창조

웩스퍼드 경위는 렌델이 창조한 인물 중 가장 유명한 주인공이다. 조지 베이커가 출연한 TV 프로그램의 성공 덕분이기도 하다.(1987~2000년에 48편이 방송되었다.) 렌델은 웩스퍼드를 처음 등장시켰을 때는 딱히 중요한 인물이 아니었다고 말했다. "수사관이 필요했기 때문에 제가 읽은 탐정 소설에 나올 법한 인물을 만들었어요." 그런데 상황이 바뀌었다. "시리즈가 진행될수록 웩스퍼드 경위는 더 진보적이고, 교양 있고, 이해심 많고, 참을성 있고, 호감 가는 인물이 되었어요. 효과가 있었던 것 같아요. 사람들이 그를 마음에 들어 하잖아요." 렌델은 교사였던 아버지를 개략적인 모델로 삼았다. 웩스퍼드의 진보주의 성향은 부하인 마이크 버든 경사를 보수주의적인 성향의 인물로 설정해 균형을 맞췄다.

렌델은 웩스퍼드 시리즈 소설을 24권 썼다. 그녀는 한 인터뷰에서 "저는 웩스퍼드가 지겨워지지가 않아요. 웩스퍼드가 바로 나니까요. 물론 저랑 외모는 다르죠. 하지만 그의 사고방식, 신념, 사상, 취향은 저랑 똑같아요. 웩스퍼드가 좋아하는 책은 제가 좋아하는 책이에요."라고 밝혔다. 렌델은 시를 좋아했고 런던을 산책하는 것을 좋아했다. 웩스퍼드도 마찬가지다.

웩스퍼드는 세련된 교양인이다. 관대하고 인정 많은 사람이다. 그렇다고 완벽한 것은 아니다. 때로는 자신이 해롭다고 경고하는 바로 그런 사회 관습에 굴복하기도 한다. 웩스퍼드의 범죄사건 해결 능력은 종종 다른 관계자들이 놓친 사람의 감정과 동기를 포착하는 능력에서 나온다. 웩스퍼드는 살인자의 정체를 밝히는 것만큼이나 살인자의 심리 상태를 이해하는 데 집중한다. 조르주 시므농의 탐정 매그레와 비슷한 점이다.

수년간 웩스퍼드는 수사 과정에서 페미니즘, 인종차별주의, 환경 문제, 노동 착취, 가정 폭력, 여성 할례, 이민, 소아 성애자 등 감정을 자극하는 온갖 쟁점에 맞닥뜨렸다. 살인 등 웩스퍼드 시리즈에서 다루는 범죄 사건은 직접적으로든 간접적으로든 언제나 사회적 불평등과 관련이 있다.

단권 범죄 소설

렌델의 두 번째 책 『악마 그림의 공포』는 웩스퍼드가 등장하지 않는 범죄 스릴러물이다. 렌델은 이 책을 발표한 후 20년간 웩스퍼드 시리즈와 단권 소설 한 권씩을 번갈아 가며 썼다. 단권 소설은 웩스퍼드 시리즈에 비해 사회적·정치적 쟁점을 더 직접적으로 다룬다. 그래서 범죄와 사회적·경제적 불평등의 연결 고리가 더 노골적으로 제시된다. 범죄는 사회적 배제와 사회의 주변부에서 살아가는 이들에 대한 부르주아 집단의 무관심이 낳은 결과라는 것이다.

단권 소설은 서스펜스의 비중이 상대적으로 적고 살인자의 동기에 초점이 맞춰진다. 심지어 살인자와 희생자의 정체를 초반부에 밝힐 때도 있다. "유니스 파치먼은 읽고 쓰지 못했기 때문에 코버데일 가족을 살해했다."라는 충격적인 첫 문장으로 시작한 『돌에 새겨진 판결A Judgement in Stone』(1977)이 그런 예다.

렌델은 단권 소설을 통해 주인공의 어두운 충동을 탐구하고, 실패한 작가(『무단 침입의 얼굴The Face of Trespass』(1974)), 강박증에 시달리는 교살범(『내 시야 속 악마A Demon in My View』(1976)), 문맹인 가정부(『돌에 새겨진 판결』), 악마에게 영혼을 판 10대(『살인 인형The Killing Doll』(1984)) 등 하나같이 사회에서 소외된 인물을 등장시켜 독자들이 공감할 수 있도록 만든다.

필명은 바버라 바인

1986년 렌델은 바버라 바인이라는 필명으로 자신의 첫 심리 소설『어둠에 익숙해진 눈』을 발표했다. 바버라 바인으로 발표하는 소설들은 범죄의 심리학적인 측면을 더 부각하며 단권 소설에 비해 더 일관된 사회 비평을 담고 있다.

『피의 의사The Blood Doctor』(2002)에서는 가족 유전이라는 주제를 혈우병의 의학적인 측면과 1999년의 상원 개혁안[1]이라는 정치적 측면에서 살펴본다.『미노타우로스The Minotaur』(2005)에서는 1960년대 영국 시골에서 가족 구성원이 정신병을 앓고 있다고 말하는 한 낯선 가족의 삶에 끼어들게 된 외부인이 의학 진단의 선입견과 부정확성을 고발한다.

『생일 선물The Birthday Present』(2008)에는 두 명의 대조적인 화자가 등장한다. 부유한 회계사 롭 델가도와 자기 집착에 빠진 외로운 30대 여성 제인 애서턴이다. (제인 애서턴은 일기글로만 등장한다.) 이 책은 1990년대 초의 정치적 혼란과 스캔들, IRA의 폭탄 테러 등을 배경으로 롭의 매형 아이버 테샴의 파멸 과정을 그리고 있다. 아이버 테샴은 자신과 자신의 경력 외의 것에 관심을 두는 것이 불가능한, 오만함으로 가득한 정치인이다. 제인의 자기 집착은 그럴듯한 자기 동정, 질투, 억울함과 한데 뒤섞여 있다. 이야기의 중심인물은 테샴이지만 제인이 가장 강렬하고 인상적인 인물이다.

렌델은 도덕성의 진화를 다루는 소설을 쓰고 싶을 때 바버라 바인이라는 필명을 쓴다.

저는 제가 살고 있는 사회의 변화를 성찰하려고 노력합니다. 아주 오랫동안 이어져 온 불평등 두 가지가 있습니다. 오로지 사회의 부당한 악랄함에서 비롯 된 불평등이죠. 하나는 사생아가 견뎌야 하는 끔찍한 낙인과 사생아를 낳은 어

린 여자들이 겪는 고통입니다.

또 다른 하나는 동성애에 대한 박해라고 말했다. 『그 아이의 아이 The Child's Child』(2012)는 혼외자 두 명에 관한 이야기다.

글쓰는 방식

렌델의 하루 일과에는 자기 절제와 규칙이 각인되어 있다. 그녀는 6시에 일어나 강도 높은 운동을 한 뒤 가벼운 아침 식사를 하고서 오전 8시 30분부터 11시까지 또는 정오까지 글을 썼다. 주중에는 매일 오전에 글을 썼고 세상을 떠나던 85세의 나이까지 매년 책 한 권씩을 발표했다.

렌델은 미리 계획을 세우거나 플롯을 짠 뒤에 글을 쓰는 대신, 머릿속에 있는 서사를 그대로 옮겼다. 그녀는 자신의 글쓰기 방식을 이렇게 설명했다.

> 이야기의 계획을 세우려고 멈추면 이야기가 사라져 버리더라고요. 그래서 이야기가 떠오르는 대로 그냥 적어요. 대신 다시 살펴볼 때 꼼꼼히 보죠. … 많은 사람들이 제가 쉽게 글을 쓰는 줄 알아요. 제 안에서 그냥 흘러나온다고요. 그러나 그렇지 않아요. 저는 글을 쓰는 일이 어려워요. 왜냐하면 공을 많이 들이니까요. 저는 몇 번이고 다시 써요. 뭔가 엉성하거나 큰 소리로 읽기 곤란하다면… 그 글은 쓸 수 없어요. 누구나 자기가 쓴 글을 혼자 큰 소리로 읽는 과정을 꼭 거쳐야 한다고 저는 생각해요.

"저는 문자 그대로 인물의 입장이 되어 봅니다."고 그녀는 말했다. "저는 독자가 제 소설 속 사이코패스에게 동정심을 느끼도록 노력하는데, 실제로 성공했다고 생각해요. 제가 그 사람을 동정하니까요. 도

대체 왜 그런 짓을 했을까, 그동안 어떤 일을 겪었던 걸까, 그 사람 삶의 어떤 면들이 그런 일을 하게끔 몰아갔을까를 생각해 봐요. 사람들은 이런 짓들을 거의 우발적으로 저지르니까요. 아니면 화가 나서, 분노가 폭발해서, 미쳐서 하죠. 그리고 아마 그들도 후회할 겁니다." 렌델의 소설은 보통 외톨이와 혈혈단신인 사람들, 정신질환자, 중독자 등 사회 주변부에 있는 사람들을 다룬다. 렌델은 도덕적 잣대를 들이대는 일은 하지 않는다. 대신 사람들이 도덕성을 아무런 기준 없이 접근한다는 사실에 주목한다. 『상자 속 괴물Monster in the Box』(2009)에서 렌델은 이렇게 적고 있다.

> 이런 일이 처음은 아니지만 웩스퍼드는 사람들의 선택적 도덕성에 혀를 내둘렀다. 짐작컨대, 야스민에게는 아들이 죽인 남자의 시체를 숨길 수 있도록 돕고 그 남자의 차를 숨기는 계획에 동참해서 경찰을 속이는 행동은 옳은 일이지만, 동거하는 커플에게 자신의 건물을 임대하는 것은 잘못된 행동이리라.

렌델은 서스펜스, 그리고 독자가 다음에 무슨 일이 벌어질까 궁금해서 계속 페이지를 넘기도록 만드는 능력이 범죄 소설의 필수 요소라고 생각했다. 그는 『가디언』과의 인터뷰에서 이것이 정확하게 무슨 뜻인지 설명했다. "좋은 서스펜스 작가는 일종의 보류를 할 줄 알아야 해요." 그러면서 제인 오스틴의 『에마Emma』에 나오는 제인 페어팩스를 예로 들었다. "우리는 그녀에게 뭔가 이상한 점이 있다고 느낍니다. 그러나 거의 결말에 가까워져서야 그녀가 내내 프랭크 처칠과 약혼 중이었다는 사실을 알게 되죠. … 전혀 엉성하지 않아요. 사기를 친 것처럼 느껴지지도 않고요. 그저 보류를 했을 뿐이에요. … 첫 장에서 모든 것을 밝히는 초보 작가도 있어요. … 그러면 궁금증을 유발할 것이 아무것도 남아 있지 않죠. 저는 어떤 이야기든, 즉 탐정 소설이든 아니든, 잘 서술된 이야기라면 보류하는 내용이 있어야 한다고 생각합니다. 독자가 '이게 무슨 의미일까?', '왜 그렇게 했을까?'라고 궁금해하도록 만들어야 해요."

배울 점

· 인물에게 작가 자신의 원칙, 사상, 취향을 부여해도 된다.
· 주인공의 머릿속으로 들어가 주인공의 입장이 되어 보자.
· 독자에게 너무 일찍 많은 정보를 주지 말자. 계속 의문을 품게 하고 궁금증을 유발하자.
· 범죄 소설에서도 온갖 진지한 쟁점을 탐색할 수 있다.
· 살인자의 심리 상태를 이해하고 동기를 파악하는 것이 범죄 해결의 실마리가 될 수 있다.

역자 주

[1] 1999년 영국 정부는 1,300여 명에 달하는 상원의원 수를 670여 명으로 줄이고, 그중 세습 귀족 숫자를 92명으로 죽이는 개혁을 추진했다.

J. K. 롤링

1997년에 출간된 J. K. 롤링 (1965~)의 첫 소설 『해리 포터와 마법사의 돌Harry Potter and the Philosopher's Stone』의 초판은 1,000부만 인쇄되었다. 원고는 블룸 즈버리 출판사와 계약을 체결하기 전까지 10여 곳 이상의 출판 사에서 거절당했다.

해리 포터 시리즈가 시작된 지 10년이 지난 2007년 7월 20일, 영국과 미국 전역의 서점마다 수천 명의 해리 포터 팬들이 (어른과 어린이 모두) 장사진을 이루었다. 자정에 모든 서점이 문을 열었으며, 해리 포터 시리즈의 일곱 번째 소설이자 마지막 소설인 『해리 포터와 죽음의 성물Harry Potter and the Deathly Hallows』 은 출간 당일 영국과 미국에서 무려 1,100만 부가 팔리는 전무 후무한 기록을 세웠다. 해리 포터 시리즈는 67개국어로 번역되 었고 전 세계적으로 4억만 부가 팔렸다. 이보다 많이 팔린 책은 성경과 마오쩌둥의 『마오 주석 어록The Little Red Book』뿐이다.

롤링은 어떻게 이런 성과를 올릴 수 있었을까? 해리 포터의 어떤 점이 전 세계의 어린이 독자 (그리고 어른 독자) 수백만 명의 마음을 사로잡았을까? 해리 포터 시리즈는 페이지를 넘기지 않을 수 없게 하는, 선과 악을 대비한 구도의 신나는 모험 소설이다. 그러나 그런 책은 많다. 마법사나 기숙학교도 독특한 소재는 아니며 J. K. 롤링이 그 둘을 결합한 첫 작가도 아니다. 도대체 J. K. 롤링의 비결은 무엇일까?

해리 포터 시리즈의 핵심 요소 몇 가지에 대해 알아보자. 액션으로 가득한 플롯, 기발한 마법, 영국 기숙사, 매력적인 인물, 유머 순으로 살펴보겠다.

주제와 플롯

해리 포터 시리즈의 중심에는 선과 악의 투쟁이 자리하고 있으며 그 외에 모든 스토리텔링에서 쉽게 찾을 수 있는 두 가지 주제가 있다. 바로 '괴물 길들이기'와 '탐험'이다. (둘 다 크리스토퍼 부커의 뛰어난 안내서 『기본 플롯 일곱 가지The Seven Basic Plots』에 나온다.)

롤링의 정교한 플롯, 빽빽하고 속도감 있는 글, 교묘한 반전은 페이지에서 눈을 뗄 수 없게 만든다. 시리즈의 여섯 번째 소설 『해리 포터와 혼혈 왕자Harry Potter and the Half-Blood Prince』(2005)에서는 이 시리즈의 이전 책에서 나온 사소한 디테일이 한데 엮이면서 마침내 의미를 지니게 된다. 여전히 신나는 이야기지만 이 소설과 마지막 소설에서는 서사가 점점 더 어둡고 복잡해진다. 마지막 두 책의 중심 주제는 죽음이다. 즉, 죽음을 정복하고야 말겠다는 볼드모트의 집착과 부모의 죽음을 둘러싼 진실을 밝히고 받아들이는 해리의 여정이 핵심을 이룬다.

기발한 마법

해리 포터 시리즈에 나오는 마법 생물이나 괴물 중에 독창적인 것은 거의 없다. 그러나 우리는 거인, 유령, 폴터가이스트, 트롤, 고블린, 귀신, 요정, 켄타우로스, 늑대 인간, 불사조의 등장에 즐거워한다. 불사조 꼬리 깃털로 만든 마법 지팡이, 끊임없이 새로운 모델이 나오는 빗자루(10대들의 휴대폰처럼) 등 기본적인 마법 도구들은 참신하게 변형되었다. 움직이고 말하는 초상화, 방향을 바꾸는 계단, 퀴디치라는 멋진 스포츠 경기, 그리고 (아마도 가장 기발한 마법 관련 아이디어인) 종종 터무니없는 결과를 낳는 기이한 마법 주문이 등장한다.

배경

호그와트 마법학교는 험준한 바위산 위에 위치한 고딕풍 성으로 주변에는 깊은 호수와 금지된 숲이 있으며, 학교 안은 수수께끼와 위험으로 가득하다. 그런데 네 모서리에 기둥이 있고 덮개가 달린 침대와 커다란 쟁반에 담긴 음식이 있어 이상하게도 안전하고 안락하게 느껴진다.

호그와트는 기이한 장소임에도 불구하고 여전히 많은 면에서는 익숙한 장소다. 토머스 휴스의 『톰 브라운의 학창 시절Tom Brown's Schooldays』(1857)은 기숙학교를 배경으로 삼아 인기를 누린 소설 계보의 시조에 해당한다. 호그와트에서 볼 수 있는 익숙한 특징들로는 스포츠 정신의 강조, 학교 내 기숙사 간 경쟁, 적수를 만난 주인공과 주인공을 돕는 몇몇 친구 무리, 그리고 조연으로 출연하는 기숙사 대표와 괴짜 교사들 등이 있다.

풍부한 상상력으로 창조한 호그와트, 호그스미드, 다이애건 앨리라는 마법 세계는 우리가 아주 잘 아는 일상 세계(잘 알려진 런던 거리, 술집과 교회가 있는 마을)와 대조된다. 위즐리의 집인 버로우는 행복하고 꽤 정신없는 대가족의 모습을 잘 보여 준다. 반면 프리벳가 4번지는 더슬리 가족의 지루하고 생기 없는 삶과 관습에 대한 집착을 대표한다.

인물

우리는 해리를 처음 만났을 때, 계단 밑 창고에서 잠을 자는 고아가 더슬리 가족으로부터 푸대접당하는 모습에 즉시 동정심을 느끼게 된다. 해리는 평범하고, 학교에서 두각을 나타내지도 않으며, 다소 옛 시절을 연상시키는 평범한 소년이다. 유쾌하고 친절하고 게임을 잘하고 상당히 양심적이다. 또 정직하고 용감해서 자신이 옳다고 믿는 것을 위해서라면 주저하지 않고 맞선다. 그러나 결코 완벽하지는 않다. 때로는 실수를 저지르기도 하고 사람을 잘못 판단하기도 하며 버럭 화를 내기도 한다.

잘나가는 형들에게 뒤지지 않으려고 노력하는 론과 똑똑하고 고지식한 책벌레 헤르미온느도 이야기가 전개되면서 변화를 겪고 성장하는 인상적인 인물들이다. (롤링은 헤르미온느가 자신을 닮았다고 말했다.) 해그리드, 덤블도어, 스네이프는 조연 중에서도 특히 생생하게 그려져서 독자의 머릿속에 각인되는 인물들이다.

해리와 친구들은 전형적인 10대다. 숙제를 베끼고 방을 어지르고 수업에 지각하고 운동 연습을 한다. 그리고 나이가 들면서 연애도 한다. 이들의 대화가 언제나 사실적이지는 않지만 모두 그럴듯한 인물들이다. 초자연주의적인 일들이 계속 벌어지지만 롤링은 소설 속 인물들의 정서, 두려움, 승리를 모두 인간 세계의 것에 맞춘다.

유머

해리 포터 시리즈 전반에 스며들어 있는 재기발랄한 유머가 이 시리즈의 매력 중 하나다. 이런 유머를 보여 주는 예를 들자면 기괴하고 뾰족한 마법사 모자, 버티 봇 가게의 온갖 맛 젤리빈, 개구리·두꺼비 초콜릿, OWLs(표준 마법사 시험), 프레드와 조지의 괴짜 발명품, 해그리드의 마법 주문으로 더들리 엉덩이에 난 돼지 꼬리, 폭탄 꼬리 스크루트, 웃긴 암호, 머리가 셋 달린 개 플러피(아주 사납지만 헤르미온느의 피리로 한두 음만 연주해도 잠이 든다.) 등이 있다.

시리즈 후반으로 갈수록 책의 내용이 점점 더 어두워지고 익살과 개그가 줄어들지만 『해리 포터와 죽음의 성물』에서조차도 남학생들이 할 법한 유머가 끼어든다. 죽음을 먹는 자에게 귀 하나를 잘린 뒤 귀가 있던 자리에 구멍이 남은 조지가 "기분은 어때?"라는 질문을 받자 이렇게 답한다. "성인(holy)이 된 것 같아. 보다시피 나는 구멍이 났으니까(holey). 성스럽다고. 프레드, 알아듣겠지?"[1]

그리고 제대로 듣지 않는 마법 주문도 있다.

> *"아씨오 안경."* [안경을 놔둔 어지러운 책상을 향해 마법 지팡이를 가리키며 *해리가 주문을 외웠다.] 자신을 향해 날아오는 안경을 볼 때마다 뭔가 엄청난 만족감이 느껴졌다. 적어도 안경이 눈을 찌르기 전까지는 말이다.*
>
> *"멋지군."* 론이 코웃음을 쳤다.*

풍자와 도덕적 가치

롤링은 리타 스키터와 『데일리 프로펫The Daily Prophet』을 통해 타블로이드 신문을 웃음거리로 삼는다. 심지어 짤막한 정치 풍자도 집어넣는다. 예를 들면 위즐리의 아버지가 "스크림저[마법부 장관]는 '그 사람'이 그렇게 강력하다는 것을 인정하고 싶어 하지 않아."라고 말하자 해리는 "그렇겠죠. 대중에게 진실을 알려 뭐하게요?"라고 대꾸한다.

사회에 대한 논평도 들어 있다. 헤르미온느는 집 요정의 근무 환경 개선을 촉구하는 운동에 열을 올리고 해리는 루핀이 아내와 아직 태어나지 않은 아기를 기꺼이 버리겠다는 결심에 (루핀이 나중에 마음을 바꾸지만) 분노한다.

『해리 포터와 마법사의 돌』에서는 해리, 론, 헤르미온느가 각자의 재능(용기, 기술, 논리적 사고)을 발휘한 덕분에 그리핀도르가 기숙사 우승컵을 쟁취한다. 『해리 포터와 불의 잔Harry Potter and the Goblet of Fire』 (2000)에서는 덤블도어가 "옳은 것과 쉬운 것 중에서 하나를 선택"해야 한다고 강조한다. 반면에, 볼드모트와 그의 추종자인 죽음을 먹는 자들이 보이는 순수 혈통주의에 대한 맹목적인 추구, 이런 신조를 받아들이지 않는 이들에 대한 박해(나치 정권 등의 인종 학살을 연상시킨다)를 통해 볼드모트와 추종자들의 비열함을 드러낸다.

영향과 선례

저는 제 아이디어가 어디서 오는지, 제 상상력이 어떻게 작동하는지 전혀 모릅니다. 민담과 신화를 마음대로 활용했지만 그 점을 부끄럽게 여기지 않아요. 왜냐하면 영국의 민담과 신화는 신화들 사이에서도 철저히 사생아에 불과하니까요. … 우리는 타국의 침략을 받았고 그들의 신을 차용하고, 그들의 신화 속 괴물을 받아들이고, 그것들을 전부 융합해서 … 세계에서 가장 풍성한 민담을 지닌 국가 중 하나가 되었어요. … 그래서 저는 민담과 신화를 마음껏 빌려서 썼고 저만의 독창적인 것은 조금밖에 없다는 점에 죄책감을 느끼지 않아요.

롤링이 영향을 받았다고 인정한 글과 작가에는 '일리아드The Iliad', 성경, 셰익스피어, 제인 오스틴, C. S. 루이스, 에디스 네스빗[2], 도로시 세이어스[3] 등이 있다. 평론가와 학계에서는 다른 작품과 작가를 든다. 그중 당연해 보이는 작품은 J. R. R. 톨킨의 『반지의 제왕The Lord of the Rings』이다. 롤링의 볼드모트와 톨킨의 사우론, 그 외에도 디멘터와 나

즈굴, 웜테일과 웜텅 등의 유사성이 특히 눈에 띈다. 마법 교육을 받는 어린 마법사에 관한 작품으로 질 머피의 『꼴찌 마녀 밀드레드The Worst Witch』(1974), 다이애나 윈 존스의 『마법에 걸리다Charmed Life』(1977), 어슐러 르귄의 『어스시의 마법사A Wizard of Earthsea』(1968), 제인 욜런의 『마법 학교Wizard's Hall』(1991)를 들 수 있다.

　모든 작가는 그전에 존재하는 것들을 빌려 원천으로 삼는다. 롤링은 문학, 신화, 민담, 종교에서 얻은 아이디어를 혼합해 자신만의 창작물을 만들었다.

해리 포터 시리즈의 성공 비결

내가 보기에 롤링의 해리 포터 시리즈가 경이에 가까운 성공을 거둔 이유는 세 가지다. 첫째, 롤링은 해리와 친구들이 이 시리즈의 독자와 나란히 성장하는 쪽을 선택했다. 그래서 첫 책에서 해리 포터를 만난 독자들이 그 뒤로도 해리 포터와 자신들을 동일시할 수 있었다. 둘째, 활기가 넘치고 포용력이 큰 그녀의 글에는 여러 장르의 요소가 담겨 있다. 셋째, 마법 세계와 일상 세계를 훌륭하게 섞었고, 게다가 유머와 인간애도 더했다.

필명 로버트 갤브레이스

해리 포터 시리즈가 아닌 롤링의 첫 장편 소설은 2012년에 내놓은 『캐주얼 베이컨시The Casual Vacancy』다. 이 책은 그해에 베스트셀러 목록에 올랐다. 2013년에는 로버트 갤브레이스라는 필명으로 범죄 소설 데뷔작 『쿠쿠스 콜링The Cuckoo's Calling』을 발표했다. 『쿠쿠스 콜링』은 작가와 평단으로부터 "훌륭한 데뷔작"이라는 평을 받았는데 로버트 갤브레이스가 사실은 J. K. 롤링이라는 사실이 밝혀지자 책의 판매 부수가 4,000퍼센트나 치솟았다.

그 뒤로 사립 탐정 코모란 스트라이크를 주인공으로 하는 『실크웜The Silkworm』(2014)과 『커리어 오브 이블Career of Evil』(2015)을 발표했다.

롤링은 이미 첫 두 편의 범죄 소설을 쓰면서 신체 절단, 법의학, 시체 해부에 대해 깊이 조사했다. 그러나 『커리어 오브 이블』을 쓸 때는 색깔로 표시한 스프레드시트를 활용하는 등 이전보다 훨씬 더 꼼꼼히 계획을 세웠다. 각각의 작품은 신중하게 플롯을 짠 추리 소설로, 대부분 상처를 받았거나 무례하기 짝이 없는 아주 사실적인 인물들이 등장하며, 독자들이 만족해할 만한 결론을 내린다. 코모란 스트라이크도 매우 인상적인 주인공이다. 전직 영국 육군 헌병대 수사관으로 아프가니스탄에서 복무하던 중 다리가 잘리는 부상을 입는다. 코모란 스트라이크는 키가 크고 초라하고 살짝 지친 상태이다. 시리즈가 진행되면서 변하고 발전하는 영리한 젊은 비서 로빈 엘라코트와의 관계가 이 시리즈의 중심 줄기다. 롤링은 코모란 스트라이크 시리즈를 몇 권 더 쓸 계획이라고 밝혔다.

배울 점

· 선과 악의 대결 구도는 오래되었지만 매우 강력한 주제다.
· 이전에 있었던 것에서 빌리고 토대로 삼자. 예를 들어 친숙한 마법 생물, 괴물, 물건에 새로운 특징을 부여하거나 변형을 가하면 새로운 것이 탄생한다.
· 안전과 위험을 적절히 뒤섞으면 서스펜스를 유지할 수 있다. 호그와트의 신비로운 고딕풍 환경과 전통적인 기숙사의 계보를 잇는 안전하고 안락한 환경의 대비에 주목하자.
· 속도감 있는 글에 유머가 더해지면 독자는 계속 페이지를 넘기게 된다.

[1] 'holey(구멍이 뚫린)'와 'holy(성스럽다)'의 유사성을 가지고 친 말장난이다.

[2] 영국의 시인이자 아동 문학가(1858~1924)

[3] 영국 추리 소설가 겸 극작가(1893~1957). 탐정수사물인 피터 윔지 경 시리즈와 해리엇 베인 시리즈가 특히 유명하다.

살만 루슈디

초보 작가는 종종 자신이 존경하는 작가를 모방하는 것부터 시작하라는 조언을 듣는다. 이것이 글쓰기 훈련 과정 역할을 하고 그 과정에서 글쓰기 기법을 익히고 자신의 목소리를 찾을 수 있다고들 한다. 그런데 여러분이 존경하는 작가가 살만 루슈디(1947~)라면?

인도 문화와 서구 문화에서 찾은 주제를 함께 엮은 루슈디의 소설에는 허구화된 역사적 관점, 판타지와 사실의 혼재, 매력적이고 화려한 문장이 있다. 루슈디는 확실히 독특한 재능을 지니고 있어서 모방하기가 불가능하다. 그러나 앞으로 살펴보겠지만 그에게는 모든 작가와 작가 지망생이 배울 점이 아주 많다.

1993년에 『한밤의 아이들Midnight's Children』은 맨부커상 25년 역사상 이 상을 수상한 최고의 소설이라는 평가를 받았고, 거의 30년간 루슈디는 세계 문학계를 선도하는(때로는 논쟁도 불러일으키지만) 작가로 인정받고 있다.

마술적 사실주의

루슈디의 이야기는 종종 역사적 진실에 의문을 제기하고 대안적 진실을 제안한다. 루슈디는 "굳건한 모든 것이 허공으로 사라지고, 진실과 도덕성은 변하지 않는 사실이 아니라 인간이 만들어 낸 불완전한 것이라는 점을 받아들일 때, 허구는 시작됩니다."고 말했다.

> 문학은 제가 인간 사회와 인간 영혼의 가장 고귀한 면과 가장 비참한 면을 탐색하러 가는 곳입니다. 제가 그곳에서 기대하는 것은 절대적 진리가 아니라 이야기의 진실, 상상력의 진실, 마음의 진실입니다.

마술적 사실주의는 일반적으로 루슈디의 작품을 묘사할 때 쓰는 표현이다. 원래는 기이한 사건을 지극히 사실적인 서사에 집어넣는 남미의 문학 장르를 가리킬 때 썼다. 이 장르는 일반적으로 우화, 신화, 민담을 토대로 삼았지만 동시에 현대 사회와의 연결 고리를 굳게 유지했다. 루슈디는 『한밤의 아이들』에서 이렇게 말한다. "때로는 전설이 진실을 만들고 사실보다 더 유용하다." 『수치Shame』(1983)에서는 또 이렇게 말한다. "나는 일종의 현대판 동화를 들려주고 있는 것뿐"이라고. 『수치』에서는 주인공 같지 않은 주인공 오마르 카이얌 샤킬이 "마음에 들지 않는 꿈속 진실에서 벗어나 일하며 사는 일상적인 삶이라는, 살짝 더 받아들이기 쉬운 허상으로 탈출하겠다는 놀라울 정도로 어른스러운 결심"을 한다.

귄터 그라스의 『양철북The Tin Drum』과 가브리엘 가르시아 마르케스의 『백년의 고독One Hundred Years of Solitude』은 일반적으로 마술적 사실주의라고 소개되는 또 다른 유명한 작품들이다. 그러나 이 표현 자체도 논란의 여지가 있다. 테리 프래챗은 마술적 사실주의가 "판타지 소설을 썼다는 말을 더 예의 바르게 표현한 것"에 불과하다고 주장했다. 진 울프(미국 공상과학 및 판타지 소설가)는 마술적 사실주의가 "스페인어를 쓰는 사람이 쓴 판타지 소설"을 가리킨다고 말했다.

그러나 평론가는 대부분 판타지와 마술적 사실주의가 다른 부류라고 말한다. 가장 중요한 차이점은 새로운 세계를 창조하느냐 아니면 현실 세계의 마법적인 측면을 부각하느냐다. 후자는 무엇보다 판타지와 현실의 경계를 무너뜨린다. 현실이라는 틀에서 비논리적인 상황이 벌어진다. 인물들은 초자연적인 힘을 지니고 평범한 것과 비범한 것 모두를 똑같이 받아들인다.

『한밤의 아이들』

한 평론가는 『한밤의 아이들』에 대해 "자신의 목소리를 찾아 나선 대륙의 이야기처럼 들린다."고 평했다. 주인공이자 화자인 살림 시나이의 삶은 인도의 탈식민 이후의 역사를 상징하는 것으로 볼 수 있다. 이 소설의 제목에서 가리키는 아이들의 수는 모두 1,001명이다. (아이들이 열 살이 될 무렵에는 581명으로 줄어든다.) 살림처럼 인도가 독립국이 된 1947년 8월 15일 시계가 자정을 가리킨 뒤로 한 시간 사이에 태어난 아이들이다. 이 아이들은 하나같이 특별한 재능을 타고났다. 이를테면 비행 능력, 완벽한 기억력, 거울을 이용한 공간 이동 능력, 자유자재로 몸집 크기를 바꾸는 능력, 시간 여행 능력과 예지력, 날카로운 말로 신체적 고통을 유발하는 능력 등이다. 살림은 "그중 가장 탁월한 능력을 지녔다. 사람의 머리와 가슴을 꿰뚫어 보는 능력이다." 그리고 이런 텔레파시 능력 덕분에 자신의 정체성을 둘러싼 진실을 밝힐 수 있었다.

『한밤의 아이들』은 1915년 살림의 할아버지가 의사 자격증을 따고 카슈미르로 돌아오는 장면으로 시작한다. 그러나 책의 중심 줄거리는 자신이 부유한 이슬람 신자 가족의 아들인 줄로만 알고 자란 뒤 인도의 탈식민 역사를 연상시키는 과정을 밟는 살림의 인생 궤적이다. 루슈디는 "조용한 구석이 없는 이 세계에서는 역사, 시끌벅적한 소리, 끔찍하고 요란한 호들갑에서 쉽게 벗어날 방법이 없다."고 말한다. 방대한 역사(살림의 이야기가 전개되는 21세기에 국한되지 않는다.)를 다루는『한밤의 아이들』보다 그 사실을 더 잘 보여 주는 작품도 없다.

주제와 문체

이슬람교와 힌두교와 서구 문화적인 주제를 한데 모아 엮는 것이 루슈디 작품의 대표적인 특징이다. 『한밤의 아이들』에서 루슈디는 "옛날 옛적에 라드나와 크리슈나, 라마와 시타, 그리고 라일라와 마즈누가 있었다. 또한 (우리는 서구의 영향에서 자유롭지 않으므로) 로미오와 줄리엣, 스펜서 트레이시와 캐서린 헵번이 있었다."고 적고 있다.

루슈디의 글에는 화려한 문장과 숨 막힐 정도로 놀라운 말장난, 두운과 각운, 병치, 재담이 펼쳐진다. 간단한 예 두 가지를 들어 보겠다. 먼저 살림에게 준 멋진 리듬의 짤막한 구자라트어 운문 "Soo che? Saru che! Danda le ke maru che!/수 체? 사라 체! 단다 레 케 마루 체!(어떻게 지내요? 잘 지내요! 막대기를 가져다가 죽을 만큼 패 드릴게요!)"를 들 수 있다. 그리고 살림의 할머니와 누나에게 지어 준 인상적인 별칭인 원장 수녀, 놋쇠 잔나비[2]는 할머니와 누나의 특징을 잘 포착하고 있으며 머릿속에 남을 정도로 인상적이다.

1981년에 출간된『한밤의 아이들』이 루슈디의 대표작으로 꼽히지만 그 외에도 9권의 소설을 썼고, 그중 몇 권은 이 장에서도 다뤄진다. 그의 첫 소설『그리머스Grimus』(1975)는 주목받는 일이 거의 없지만 중요하다. 루슈디의 이후 작품에서 다뤄지는 강제 이주, 불안정한 정체성, 문화적 잡종성 같은 주제 다수가 처음으로 등장하는 소설이기 때문이다. 맨부커상 후보에 오른 루슈디의 세 번째 작품 『수치』는 군부 독재자와 정신적 문제가 있어서 급기야는 살인을 저지르는 독재자의 딸을 둘러싼 한 가족의 극적인 이야기를 통해 거의 노골적으로 파키스탄의 역사를 풍자적으로 서술했다. 이 소설 속 인물 중 하나(탈바르 울하크)에게는 예지력이 주어지고, 또 다른 인물(빌키스 하이더)이 낳은 사산아에게는 온전한 삶이 부여된다.

> 소년은 돌처럼 딱딱한 시체라는 장애는 … 극복했다. 몇 주 안에 … 시체로 태어난 비극적인 신생아는 학교와 대학교에서 '우등생'이 되었고 전쟁에 참전해서 용감하게 싸웠으며 동네에서 가장 부유한 미인과 결혼해 정부 고위 관료가 되었다. 그는 인물이 훤칠했고 인기가 많았으며 매력이 넘쳤다. 그리고 그가 시체라는 사실은 이제 절름발이나 경미한 언어 장애보다도 사소해 보였다.

루슈디의 『악마의 시The Satanic Verses』(1988)는 영국의 이민 실태를 풍자하면서 선과 악, 종교적 신념, 광적인 믿음을 탐구한다. 이 소설은 많은 사람들의 격분을 샀고 예언자 무함마드를 비판적으로 묘사하고 이슬람교의 역사를 허구적으로 재구성했다는 점 때문에 이슬람교의 비난을 샀다. 그 외에도 루슈디는 단편 소설, 아동 소설, 논픽션, 에세이, 평론도 썼다. 그러나 루슈디는 소설가로서의 재능과 재주로 명성과 명예를 얻었다.

루슈디에게 배울 점

루슈디의 소설을 살펴보면 네 가지의 공통된 구성 요소를 찾을 수 있다. 바로 문화적 잡종성, 역사적 방대함, 기발한 문장, 판타지와 현실의 확실한 결합이다. (그런데 각 요소는 다른 작가의 소설에서도 찾을 수 있다. 다만 이런 요소들이 루슈디의 소설, 특히 『한밤의 아이들』에서 융합되는 방식만큼은 확실히 독특하다.)

그렇다면 이 네 가지 요소 중 하나를 골라 우리가 쓰는 글의 토대로 삼고 이야기를 발전시켜 나가면 어떨까? 판타지와 현실을 결합하는 방식이 마음에 드는가? 방대한 역사적 시각에 매료되었는가? 아니면 서로 다른 문화적 요소를 한데 엮는 것에 매료되었는가? 혹은 문장의 풍성함과 독창성 그 자체에 마음을 빼앗겼는가? 어느 경우든 이 중 하나를 골라 글을 쓰는 출발점으로 삼을 수 있을 것이다.

만약 루슈디 소설의 특징 중 어느 하나도 우리의 상상력을 자극하지 않더라도, 여전히 배울 점이 한 가지 있다. 내가 보기에는 이것이 가장 중요한 요소다. 그리고 가장 신나는 요소이기도 하다. 글을 쓸 때는 무엇이든 가능하다. 루슈디는 자신은 제임스 조이스와 귄터 그라스 같은 작가에게서 이 사실을 배웠다고 말했다. 경계는 사람에게 부여된 임의적인 제한일 뿐이며 어떤 관례든지, 그것이 얼마나 굳게 지켜지는 관례든지 간에 다시 규정될 수 있다. 그러니 실험하는 것을 두려워하지 말자. 시행착오를 겪어야 자신에게 맞는 것을 찾을 수 있다.

날개를 펴고 훨훨 날아가자. 글쓰기에 관한 기존 관념에 얽매일 필요가 없다. 사실과 허구를, 과거와 현재(그리고 미래)를, 가능할 법한 것과 가능하지 않을 법한 것을 섞어도 된다. 심지어 확실하게 가능한 것과 확실하게 불가능한 것을 섞을 수도 있을 것이다. 자신이 원하는 곳이라면 어디든 갈 수 있다. 한계는 없다. 이것이야말로 이 장의 핵심 교훈이다. 우리 모두 이 점만큼은 루슈디에게 배울 수 있다.

· 판타지와 현실을 더하면 마술적 사실주의가 나온다.

· 장르에 대한 좁은 정의에 스스로를 가두지 말자. 그냥 자신이 쓰고 싶은 것을 쓰자.

· 완전히 다른 문화들과 시대의 상황이나 요소를 병치시키는 것도 가능하다.

· 매력적이고 기발한 문장으로 독자들의 눈을 사로잡자.

역자 주

[1] 영국의 아동문학 및 판타지 소설가

[2] '몹시 추운, 혹한'을 의미한다. 너무 추운 나머지 황동 원숭이의 불알이 떨어질 정도라는 속뜻이 있다.

닥터 수스

Dr Seuss

　　　　　　　"닥터 수스(1904~1991)와 함께라
면 읽기를 배우는 것이 즐거워집니다." 『더 캣 인 더 햇(모자 속
고양이)The Cat in the Hat』(1957)의 뒤표지에 적힌 안내 문구다. 닥
터 수스가 낸 초보자 시리즈의 첫 번째 책에 실린 이 문구에 토
를 달 사람이 과연 있을까? 재미있는 운율, 기상천외한 이야기,
그리고 페이지에서 튀어나올 듯 활기 넘치는 그림이 한데 모여
매력적인 책이 탄생했다.

만화가에서 작가로

닥터 수스의 진짜 이름은 시어도어 수스 가이젤이다. (여기서
는 수스라고 부르겠다.) 1904년에 태어난 수스는 뉴햄프셔주에 있
는 다트머스대학교를 졸업하고 옥스퍼드대학교 링컨칼리지에
서 영문학을 전공했다. 그는 1927년 학위 과정을 끝까지 마치

지 않은 채 옥스퍼드를 떠나 미국으로 돌아왔다. 영어 교사가 되겠다는 꿈을 버리고 그림 그리는 일을 직업으로 삼기로 마음먹었기 때문이다. 1927년에 처음으로 그의 만화가 미국의 전국적인 매체에 실렸고 그해 말에 『저지』라는 유머 잡지에 작가 겸 일러스트레이터로 취직한다. 그는 이 잡지에서 '닥터 수스'라는 별칭을 쓴다. ('닥터'를 붙인 이유는 그의 아버지가 아들이 의사가 되기를 바랐기 때문이다. 그로부터 약 30년이 지난 1956년에 다트머스대학교는 그에게 명예박사 학위를 수여한다.) 수스는 10여 년간 꽤 인정받는 만화가이자 일러스트레이터로 활동했고 광고계에서 상당한 성공을 거둔다.

1936년 수스는 아내와 함께 유럽에서 휴가를 보내고 돌아오는 길에 배의 엔진을 소재로 쓴 운문에 홀딱 빠진다. 첫 아동서의 주요 문장을 쓸 때 이 운문에서 아이디어를 얻었다. "그리고 그것이 아무도 뛰어넘을 수 없는 최고의 이야기야. 그리고 그것이 내가 멀베리 거리에서 목격한 이야기라니 믿기지가 않아And that is a story that no one can beat/And to think that I saw it on Mulberry Street." 여기서 말하는 '그것'은 소년이 학교에서 집으로 돌아오는 길에 상상해 낸 환상이다. 아버지가 "마르코, 눈을 떠 / 그리고 보이는 것을 봐."라고 말한 후였다. 소년은 동물, 사람, 자동차가 멀베리 거리를 따라 행진하는, 실제보다 훨씬 더 화려한 행렬을 상상한다. 그러나 집에 돌아왔을 때 아버지가 무엇을 봤는지 묻자 마르코는 부끄러움에 얼굴이 빨개지고 진실을 털어놓는다. 그가 본 것은 말과 마차가 전부였다.

『그리고 그것이 내가 멀베리 거리에서 목격한 이야기라니 믿기지가 않아And to Think That I Saw It on Mulberry Street』(1937)의 원고는 20여 곳 이상의 출판사에서 거절당했다. 거절 이유로는 환상적인 내용이 부족하다는 것, 아동서를 운문으로 썼다는 것, 뚜렷한 도덕적 교훈이 없다는 것 등이었다. 수스는 이런 반응에 분노를 터뜨렸다고 한다. "아이가

훈계당하지 않고 그냥 재미있게 읽는 게 뭐가 문제라는 거야?" 수스의
아내는 만화 같은 그림체와 허황된 공상에 빠지고 부모에게 거짓말하
는 행동을 부추긴다고 해석될 수도 있는 내용이 거절당한 이유일 수
있다고 생각했다.

다행히 운이 따라서 『그리고 그것이 내가 멀베리 거리에서 목격한
이야기라니 믿기지가 않아』는 결국 출판 기회를 얻는다. 수스가 뉴욕
매디슨 애비뉴에서 오래전 다트머스대학교를 같이 다닌 동기를 우연
히 만난 것이다. 그 동기는 밴가드 프레스 출판사의 아동·청소년 도
서 편집자가 된 참이었고 제목을 바꾼다는 조건으로 (원제목은『그리고
그것이 아무도 뛰어넘을 수 없는 최고의 이야기야』였다.)『그리고 그것이 내가
멀베리 거리에서 목격한 이야기라니 믿기지가 않아』를 출판하기로 했
다. 수스도 훗날 자신이 운이 좋았음을 인정하면서 "그리고 만약 그날
제가 매디슨 애비뉴의 건너편 인도에 있었으면 지금쯤 세탁소를 운영
하고 있었겠죠."라고 말했다.

이 책은 호평을 받았다. 『뉴요커』에는 수스가 말년에도 여전히 기
억하고 인용하던 한 문장짜리 서평이 실렸다. "어린이를 위한 책이
라고들 하지만 당신도 얼른 한 권 사서 닥터 수스의 기상천외한 그림
과 현명한 처사는 아니지만 과장을 지나치게 잘하는 어린 소년이 전
하는 교훈적인 이야기에 푹 빠져 보시길."『뉴욕 타임스』는 "매우 독
창적이고 재미있다."면서 "혼자 즐기기 위해, 그리고 자존감을 높이
기 위해 이야기를 꾸며 내는 행위를 하는 아이의 마음을 훌륭하게 그
려 냈다."고 평가했다.

하지만 평론가들은 대부분 수스의 이후 책들을 더 높이 평가했고
수스 자신도『그리고 그것이 내가 멀베리 거리에서 목격한 이야기라
니 믿기지가 않아』에 대해서는 아쉬움을 표현했다. "다소 거리감이 있
어요. 너무 멀리 물러서 있었던 거죠. 제 입장에서 글을 썼고 아이의

입장에서 글을 쓰지 못했어요."

수스는 그 뒤로『바솔러뮤 커빈즈의 모자 500개500 Hats of Bartholomew Cubbins』를 포함해 네 권의 책을 더 냈다. 그러다 1917년에 미국이 제2차 세계대전에 참전한 뒤 뉴욕의 신문인『PM』의 정치 만화가가 되어 2년간 400편이 넘는 만화를 그렸다. (대부분 히틀러와 무솔리니를 비하하고 전쟁에 개입하지 않는 국가들을 비판하는 내용이었다.) 1942년부터는 재무부와 전시생산국을 위한 포스터를 그렸고 그 다음 해에 미국 육군 대위로 자원입대해서 육군 영상 연대의 애니메이션 부서를 지휘했다.

『더 캣 인 더 햇』

'아이들이 손에서 내려놓을 수 없는 책 부활시키기.' 이것이 1954년 수스에게 던져진 과제였다. 문맹 실태에 대한 보고서는 미국 아이들이 읽기를 배우지 않는 이유로 책이 지루해서라고 결론을 내렸기 때문이다. 수스에게는 여섯 살짜리 아이라면 누구나 읽고 이해할 수 있어야 하는 단어 348개가 적힌 목록이 주어졌다. 그는 이 목록의 단어 수를 250개로 줄인 뒤 그 단어들만으로 책을 쓰라는 주문을 받았다.

9개월 뒤 수스는 단 236개의 단어로 쓴『더 캣 인 더 햇』을 완성했다. 상당히 제한된 단어 수로 이야기를 쓰는 작업이 너무 어려워서 좌절감에 빠진 수스는 주어진 단어 목록을 훑어 내려가면서 운이 맞는 첫 두 단어를 고르기로 했다. 그리고 그 두 단어를 중심으로 이야기를 풀어 나가기로 했다. 물론 그렇게 찾은 두 단어는 캣cat과 햇hat이었다. 이 책은 발표 즉시 평단의 호평을 받았고 시장의 반응도 폭발적이었다. 딕과 제인 시리즈 같은 기존 교재를 대신할 수 있는 아주 획기적인 대안 교재로 인정받아 출간 3년 만에 100만 부 이상이 팔렸다. 랜덤 하우스가 펴낸 입문용 읽기 교재 시리즈의 첫 번째 책인『더 캣 인 더 햇』은 1970년까지 미국에서 3,000만 부 이상이 팔려 나갔다.

『더 캣 인 더 햇』은 어린아이가 있는 가정이라면 익숙할 풍경에서 시작한다. 아이의 '심심해. 뭐 하지?'라는 말은 지겹도록 자주 들었을 것이다. 남매인 두 아이가 비가 부슬부슬 내리는 날 집에 있다. 아이들은 지루하다. "나가자니 비가 오고 / 공놀이를 하자니 너무 춥고. / 그래서 우리는 집에 앉아 있었어. / 아무것도 하지 않았어. … / 그리고 우리는 그게 싫었어. / 하나도 좋지 않았어."

아이들은 갑작스런 고양이의 등장에 깜짝 놀란다. 고양이의 겉모습은 매우 인상적이다. 빨갛고 하얀 줄무늬 모자를 쓰고 있고 목에는 빨간 나비넥타이를 둘렀다. 게다가 의인화한 고양이라서 사람 같다. 고양이는 다양한 재주를 부려 아이들을 즐겁게 한다. 아이들이 키우는 금붕어는 당연히 이를 염려스럽게 바라본다. 고양이는 두 개의 똑같은 동물이 들어 있는 커다란 빨간 상자를 들고 온다. 1호와 2호다. 이 동물들은 머리가 파랗고 빨간 옷을 입었다. 1호와 2호가 연을 가지고 와 집 안에서 연날리기를 하는 바람에 결국 엄청난 소동이 일어나고 집은 엉망진창이 된다. 남자아이는 1호와 2호를 붙잡는 데 성공하고 고양이는 1호와 2호를 다시 상자에 가둔다. 아이들의 엄마가 집에 돌아오기 전, 고양이가 다시 돌아온다. 그리고 아주 환상적인 다목적 기계를 타고 돌아다니면서 모든 것을 제자리에 되돌려 놓고 깨끗이 치운다. 집은 깔끔하고 말끔해진다. 고양이는 아슬아슬하지만 때를 잘 맞춰 떠난다. "그때 우리 엄마가 들어왔지. / 그리고 우리 둘에게 물었어. / '다들 재미있게 지냈니? / 오늘 뭘 했는지 이야기해 줄래?' 남매는 뭐라고 답해야 할지 몰라 당황한다. '엄마에게 무슨 일이 있었는지 이야기해야 할까? / 이제 어떻게 해야만 할까? / 글쎄… / 너라면 어떻게 하겠니? / 너는 엄마가 묻는다면 어떻게 답할래?" 아주 멋진 질문이지 않은가? 내 생각에는 이 이야기에 딱 맞는 아주 환상적인 마무리다.

고쳐 쓰기의 반복

수스는 완벽주의자였다. 『그리고 그것이 내가 멀베리 거리에서 목격한 이야기라니 믿기지가 않아』를 작업할 때는 노란 종이에 연필로 한 단어씩 적었고 그 다음에는 모든 페이지를 한번에 한 장씩 꺼내 해당 페이지에 대해 아내와 토론을 벌였다. 수스는 책 한 권을 쓰는 데 최소한 6개월의 시간을 들였다. 모든 단어를 하나씩 검토했고 원고를 고쳐 쓰는 일을 수없이 반복했기 때문이다. 그는 어린아이들을 위한 책을 총 46권 썼다. 어휘가 단순하고 줄거리가 간단하다 보니 분량이 아주 짧지만, 그렇다고 해서 그 책들을 쓰는 일이 쉬웠던 것은 아니다. 오히려 그 반대였다. 주제를 정하기 전까지 수스는 자신이 구상한 자료의 95퍼센트를 폐기했다. 그래서 책 한 권을 쓰는 데 늘 1년이 걸렸다.

『초록색 달걀과 햄』

1960년 랜덤하우스 출판사의 설립자 베넷 서프는 닥터 수스가 단 50개의 단어만을 활용해 재미있는 입문용 읽기 교재를 쓸 수 없을 거라는 데 50달러를 걸었다. 수스는 『초록색 달걀과 햄Green Eggs and Ham』을 써서 이 내기에서 이겼다. 이 책은 2억만 부 이상 팔려 나가 영어로 쓴 모든 아동서 중에서 베스트셀러 4위에 올랐다. 수스가 활용한 50개 단어를 나열해 보자. a, am, and, anywhere, are, be, boat, box, car, could, dark, do, eat, eggs, fox, goat, good, green, ham, here, house, I, if, in, let, like, may, me, mouse, not, on, or, rain, Sam, say, see, so, thank, that, the, them, there, they, train, tree, try, will, with, would, you.

이 이야기의 화자는 '샘-아이-앰Sam-I-Am'이다. 샘-아이-앰은 이름은 나오지 않는 등장인물에게 초록색 달걀과 햄 요리를 먹어 보라고 계속 조른다. 무명의 등장인물은 이야기가 진행되는 내내 샘-아이-앰의 요청을 거부하면서 이렇게 답한다. "나는 초록색 달걀과 햄을 좋아하지 않아. 나는 그걸 좋아하지 않는다고, 샘-아이-앰." 샘-아이-앰이 무명의 등장인물에게 계속 먹어 보라고 반복해서 권하는 행위는 각양각색의 동물이 등장하는 각기 다른 장소에서 이루어진다. 그러나 무명의 등장인물은 매번 거절한다. 마침내 무명의 등장인물은 샘-아이-앰의 끈질긴 요청을 이기지 못하고 한입 먹어 본다. 그는 자신이 초록색 달걀과 햄 요리를 아주 좋아한다는 것을 알게 되고 기뻐하면서 이렇게 말한다. "나는 초록색 달걀과 햄을 정말 좋아해. 고마워. 고마워, 샘-아이-앰."

한계의 힘

50달러를 건 내기(오직 50개의 단어로 이야기 쓰기)에서 이긴 수스의 일화는 한계 설정의 힘을 보여 준다. 어떤 작가든지 귀담아 들으면 좋을 유용한 교훈이다. 스스로에게 뚜렷한 한계를 설정한 뒤 작업하면 텅 빈 하얀 캔버스 앞에서 아무런 제한 없이 작업하는 것보다 더 나은 결과를 얻을 수 있다. 직관에 반하는 조언 같겠지만 자신의 글에 엄격한 조건(쓸 수 있는 단어의 수 또는 유형, 원고의 마감 기한 등 뭔가 지키기 쉽지 않은 도전 과제)을 부여하면 좋은 글쓰기 습관을 기르는 데 도움이 될 뿐 아니라 더 독창적인 글을 쓸 수 있게 된다. 한계를 설정하면 글 쓰는 것을 더 이상 미룰 수 없게 된다. 한계는 종이나 화면 위에 어떤 단어라도 옮겨 쓰게 만든다. 그리고 어떤 단어라도 옮겨 쓰는 것, 그것이 바로 글쓰기 아닌가.

배울 점

· 어린이를 위한 책을 쓰려면 어린이의 머릿속에 들어가야만 한다.

· 어휘가 단순하고 줄거리가 간단한 이야기 책은 쉽게 쓸 수 있을 것이라고 지레짐작
  해서는 안 된다. 그런 책을 쓰기 위해서는 엄청난 시간과 노력을 들여야 하고 실제로
  대단한 기술과 기교가 필요하다.

· 한계를 뚜렷하게 설정하고 엄격한 조건 아래에서 글을 쓰는 것은 좋은 글쓰기 습관
  을 기르고 창의성을 키우는 데 도움이 된다.

· 원고에 많은 공을 들이고 원고의 모든 페이지를 각각 한 장씩 현미경으로 보듯이 샅
  샅이 훑어보면서 검토하자.

조르주 시므농

1931년 조르주 시므농(1903~1989)
은 낡은 노란 봉투 뒷면에 메모를 휘갈겨 넣는다. 이 메모가 매
그레 경감 시리즈의 첫 소설인『수상한 라트비아인Pietr-le-Letton』
의 출발점이 되었다. 이후 시므농은 새 소설을 쓸 때마다 노란
봉투에 메모하는 것을 일종의 의식처럼 반복했다.

매그레는 시므농이 그 몇 해 전 탐정 소설 잡지에 기고한 단
편 소설에 처음 등장했다. 시므농은 열다섯 살에 학교를 그만
두었지만 독서를 폭넓게 했고 니콜라이 고골과 표도르 도스토
옙스키의 작품에 특히 매료되었다. 자신의 고향인 벨기에 리에
주에서 저널리스트로 일했지만 곧 단편 소설을 쓰기 시작했다.

노란 봉투

시므농이 봉투 뒤에 쓴 메모가 플롯 개요였다고 설명하면 안

될 것이다. 그 메모로는 대략 어떤 이야기인지 전혀 짐작할 수 없기 때문이다. 시므농은 먼저 배경을 결정하고 인물을 설정한다. 이것들이 소설의 첫 구성 요소(그리고 시므농이 보기에는 가장 중요한 구성 요소)였다. 노란 봉투의 메모는 일반적으로 책의 제목(나중에 바꾸기도 하지만), 주요 인물의 구체적인 이력, 사건이 벌어지는 장소의 스케치(예를 들어 카페, 술집, 가게, 누군가의 아파트, 지하철역 등 주요 장소를 표시한 거리 구상도) 등이 포함되었다.

노란 봉투 작업이 끝나면 시므농은 이틀간 일종의 계획안을 작성했다. 그러나 이 계획안에도 플롯과 관련된 내용은 없다. 이 계획안은 두 가지 요소로 이루어진다. 하나는 인물의 이력과 배경을 구체적으로 서술하는 것이다. 다른 하나는 이야기의 출발점이 될, 비교적 심각하지만 일상적인 사건을 창조하는 것이다. 이런 예로는 심각한 병, 죽음, 이별, 과거 부정행위의 발각, 가족 간 갈등 등이다. 이런 사건이 벌어지면 흔히 누군가가 그 사람답지 않은 행위를 하게 된다. 다만 그 행위는 과거와 연속선상에 놓여 있다.

시므농은 "저는 모든 인물의 가족에 대해 알아야 해요. 비록 실제로 소설에서 쓰지는 않더라도 조부모까지는 알아야 하죠."라고 말했다. "저는 과거 전체를 알아야 합니다. … 어린 시절, 출신 학교, 열여덟 살에 입었던 옷까지도요. 각 인물이 사는 집의 도면, 전화번호, 주소, 하루 일과, 형제자매, 기타 시댁이나 처가 식구가 있는지, 서로 자주 연락하는 사이인지도 알아야 합니다." 일단 (전화번호부에서 찾은 이름을 붙인) 주요 인물이 구체적으로 설정되고 나면 시므농은 이제 지리적 공간에 대해 고민하기 시작한다. 그래서 지도, 거리 도면, 기차 시간표 등을 자세히 살펴보고, 구체적인 사항들을 확인한다. 시므농은 역사 자료 조사는 피했다. 사건은 대개 자신이 글을 쓰는 그 순간에 일어나는 것으로 상정한다.

이 모든 것을 마친 다음에야, 그래서 인물과 배경에 대한 구상이 명확해지고 나서야 그는 이야기를 어떻게 시작할지에 대해 생각한다. 그리고 이것은 언제나 자신이 만들어 낸 인물에서 직접적으로 도출된다.

이 사람에게, 그러니까 이 사람이 있는 장소, 이 사람의 집, 이 사람이 사는 곳의 날씨, 이 사람의 직업, 일, 가족 등 이 사람에게 주어진 모든 것을 고려했을 때 어떤 일이 벌어지면 이 사람을 한계로 몰아넣게 될까?

따라서 인물의 삶에 급격하고 갑작스러운 변화를 가져오는 사건을 만들어 내는 것이 핵심이다. 이 사건은 소설의 출발점이 되고 종종 소설의 첫 장 전체를 차지한다.

천재 소설가

일단 주요 인물, 배경, 인물에게 극심한 압박을 가하는 사건이 정해지면 시므농은 글을 쓰기 시작했다. 이야기가 어떻게 전개될지 또는 어떻게 끝날지에 대해서는 모르는 채로 쓴다. 소설을 쓸 때면 시므농은 거의 수도사처럼 생활했다. 그 누구와도 만나거나 이야기를 나누지 않았고 전화도 받지 않았다. 그는 방해받지 않고 집중적으로 빠르게 글만 썼으며, 매일 오전 6시 30분부터 9시까지 하나의 장을 완성했다. 이 아침 시간에는 대개 그 전날 저녁에 손으로 쓴 원고를 타자로 옮기는 작업을 했다. (시므농은 각 소설을 쓰기 시작하기 전에 늘 네 다스 정도 되는 연필을 새로 깎아 두었다.) 손으로 쓴 원고와 타자로 옮긴 원고가 거의 똑같을 때도, 꽤 다를 때도 있었다.

지금 노트북으로 이 글을 쓰는 내 옆에는 매그레 시리즈 책이 대여섯 권 정도 쌓여 있다. 각 소설은 정확히 8장으로 구성되어 있으며 대부분 184~186페이지 정도 된다. 내가 보기에 짧은 분량과 제한된 어휘 사용이 이 소설의 매력 중 하나다. (내가 프랑스 사전을 자주 뒤적거리지 않고도 읽을 수 있을 정도다.)

시므농이 쓴 매그레 시리즈 75권 중 4분의 3 정도는 8일 만에 썼다. 그리고 전성기에는 매년 4권에서 6권까지 펴냈다. 집중적으로 글을 쓰던 이 시기에 그는 자신이 무아지경에 가까운 상태였다고 말했다. 소설 원고가 완성되면 마지막 수정 작업을 하기 전에 최대 한 달간은 그 원고를 치워두었다. 마지막 수정 작업은 이삼 일이면 충분했다. 그는 이것을 "문체의 화장실"이라고 불렀다. 이 과정에서 형용사, 부사, 불필요하거나 과장된 문장을 뺐다. 시므농은 자신이 받은 가장 유용한 조언은 그의 초기 소설에 대해 편집자가 "너무 문학적이다. 언제나 지나치게 문학적이다."라고 말해 준 것이라고 밝혔다.

시므농은 일단 자신이 창조한 매그레 경감이란 인물로도 유명하지만, 매그레 시리즈 외의 소설로도 못지않게 유명하다. (『눈 위의 얼룩 The Stain on the Snow』(1948)이 일반적으로 시므농의 최고 작품으로 꼽힌다.) 그리고 그의 자전적 글들도 유명한데, 가장 주목받은 것은 『친밀한 기억 Mémoires Intimes』(1981)이다. 작가이자 평론가이자 철학자인 앙드레 지드는 시므농을 21세기 최고 작가, "천재 소설가"로 여겼다. 시므농의 작품량은 어마어마하다. 86년간 그는 192권의 장편 소설, 158편의 단편 소설, 두세 권의 자서전을 자신의 이름으로 냈다. 그리고 수많은 필명으로 그와 비슷한 양의 작품을 썼다.

시므농에 관한 장은 매그레로 끝나야 마땅할 것이다. 매그레가 지속적으로 인기를 유지하는 비결은 무엇일까?

매그레라는 인물

매그레라는 인물이 어느 정도 그 질문에 대한 답을 제공한다. 내 옆에 놓인 책의 홍보 문구 그대로 그는 "쌀쌀맞을 때도 있지만 너무나 마음이 따뜻하다." 시므농은 과묵한 남자다. 누군가 "어떻게 생각하세요?"라고 물으면 그는 언제나 "저는 아무것도 모릅니다."고 답한다. 그리고 용의자가 범인이 맞는지 아니면 결백한지 질문을 받으면 그의 기본 답변은 "모릅니다."다.

소박한 취향을 지닌 매그레는 자신이 익숙한 서민적인 환경에 있을 때 가장 편안함을 느낀다. 부유하고 권력을 쥔 자들을 불신하며 그런 무리에 있는 것을 불편해한다. 그는 자기와 함께 일하는 경위들(루카, 장비에, 토렌스, 라푸앙트)을 제2의 가족처럼 대한다. 아내의 간단한 정통 프랑스 요리를 좋아하고(블랑켓 드 보가 가장 좋아하는 요리다.[1]) 점심을 먹으러 집에 들르지 못하거나 신문이 길어질 때면 도피네 식당에서 맥주와 샌드위치를 주문해 먹는다. 또 술 한잔하는 것을 좋아하고 신문을 진행하는 동안 상당량의 술을 마신다. (대개 맥주나 화이트 와인을 마시지만 코냑을 마실 때도 있다.) 한 달에 한 번 매그레와 그의 아내는 친구인 파르동 의사 부부를 초대해 함께 저녁을 먹고 한 달에 한 번은 그들 부부의 집으로 가서 저녁을 먹는다. 일주일에 한 번 아내와 영화를 보러 간다. 매그레는 자신의 일에 열정적으로 임한다.

파이프 담배를 피는 매그레는 푸아로도 셜록 홈스도 아니다. 그는 특출난 지능이나 분석력을 지니지 않았다. 조용히 인간의 본성을 관찰하며 푸아로나 홈스와는 매우 다른 방식으로 수사를 한다. 매그레는 먼저 범죄 현장에 가서 그곳의 환경과 분위기를 온몸으로 느낀다. 수사 방향에 대한 감을 잡지 못한 채로 주변 사람들을 관찰한다. 어느 정도 시간이 지나면 그는 자신이 관찰한 것과 느낀 것을 파악하고 분류하기 시작한다. 이 과정을 거치다 보면 첫 번째 가설이 도출되고 그는 이 가설을 어떤 식으로든 시험해 본다. 확신을 못하거나 실패를 하기도 하며 수사가 때로는 방향을 잃고 앞으로 나아가지 못하고 오히려 거꾸로 가는 것처럼 보이기도 한다. 결국 범죄 시나리오 전체가 명확하게 밝혀지고 매그레는 범인을 잡는다.

아마도 매그레의 가장 매력적인 특징은 인류애일 것이다. 매그레는 범죄자에게 도덕적 비난을 가하지도, 어떤 판단도 내리지 않는다. 다만 범죄자를 이해하려고 노력한다. 이를테면 애거서 크리스티와는 달리 시므농에게는 살인자를 밝히는 것이 주된 관심사가 아니다. 범죄 사건에 뜻밖의 해결을 제시하는 것도 아니다. 시므농은 범죄의 동기에 관심이 있으며 범죄자의 심리에 초점을 맞춘다.

간결한 묘사

시므농은 자신이 모르는 곳을 배경으로 이야기를 쓰는 일이 절대 없었다. 매그레 소설의 대부분은 전후 파리의 모습을 아주 생생하고 멋지게 재현한다. 시므농은 상황과 분위기 묘사의 대가였고 다음 예에서도 볼 수 있듯이 그런 묘사에 계절과 날씨를 동원하곤 했다.

그날 아침, 봄비가 내린 뒤 갑자기 기온이 올라서 매그레는 창문을 열고 셔츠만 입은 채로 일하고 있었다.

벌써 3월 25일이었지만 처음으로 진정한 봄이 왔다고 느껴지는 날이었다. 간밤에 저 멀리서 천둥소리를 내며 마지막으로 비가 한 차례 쏟아진 뒤여서 공기가 훨씬 더 맑았다. 그해 처음으로 매그레는 사무실 벽장에 코트를 두고 나왔고 시시때때로 단추를 잠그지 않은 재킷 사이로 부드러운 바람이 흘러들었다.

이 단락들은 간결한 묘사로 장면을 그려 보인다. 시므농은 추상적이거나 시적인 표현을 피하고 구체적인 일상 용어를 사용해 간단한 한두 문장만으로 생생한 그림을 그리고 있다.

배울 점

· 이야기를 시작할 때 배경 선정과 인물 설정을 먼저 하자.

· 주인공이 그 인물답지 않은 행동이나 극단적인 행동을 하도록 압박을 가하는 심각하
면서도 일상적인 사건을 고안해 내자.

· 쓸데없는 형용사, 부사, 불필요하거나 장황한 구절을 빼자.

· 구체적인 일상 용어, 짧고 간단한 문장으로 생생한 그림을 그리자.

역자 주

[1] 화이트소스를 가미한 송아지 고기 스튜

마틴 크루즈 스미스

마틴 크루즈 스미스(1942~)를 세계적인 베스트셀러 작가의 반열에 올린 작품은『고리키 파크 Gorky Park』(1981)다. 독자의 시선을 사로잡는 첫 장면(고리키 파크 의 쌓인 눈 속에서 발견된 냉동 시체 세 구)부터 흥미진진한 이야기가 펼쳐지면서 페이지를 넘기지 않을 수 없게 만든다. 이 책은 로 널드 레이건 미국 대통령의 "악의 제국" 발언이 나온 시기에 출 간되었다. 당시 미국에서는 러시아인을 주인공으로 내세운 소 설을 쓴다는 것이 큰 도박처럼 여겨졌지만 스미스의 도박은 성 공적이었다. 『타임 매거진』은 "드디어 미국에도 미국 태생 르 카레가 탄생했다."고 선언했고 『뉴욕 타임스』는 "크루즈 스미 스는 일반적으로 문학으로 분류되지 않는 장르에서 아주 탁월 한 소설을 써 냈다. … [그는] 단순히 훌륭한 서스펜스 작가일 뿐 아니라 단언컨대 이 시대 최고의 작가다."고 평했다.

영향과 시작

10대 시절 스미스는 에벌린 워, 조지 오웰, 올더스 헉슬리의 작품에 매료되었다.

오웰과 헉슬리는 소설을 통해 세상에 대한 논평을 했죠. 그래서 그런 것들에 관심 있는 열네 살 소년에게 엄청난 영향을 끼쳤고요. 오웰의 솔직함에 완전히 충격받았던 것이 기억납니다.

스미스는 펜실베이니아대학교 문예창작과를 다녔고 아이스크림을 팔아서 유럽 여행 경비를 모았다. 유럽 여행 뒤 미국으로 돌아온 그는 신문발행인협회에서 일하다가 타블로이드 신문 『필라델피아 데일리 뉴스』로 이직한다. 이후 뉴욕으로 가서, 대부분 남성을 위한 글을 쓰고 편집하는 매거진 매니지먼트에서 일한다. 그곳은 상업적인 글을 쓰는 재능을 최대한 쥐어 짜내는 출판 회사였다. 매거진 매니지먼트에서 일한 또 다른 작가로는 마리오 푸조와 미국 소설가이자 저널리스트인 존 바워즈가 있다. 존 바워즈는 매거진 매니지먼트의 작업 방식을 이렇게 설명했다. "우리는 누군가를 문으로 들어가게 하는 데 단어를 낭비하지 않았어요. 헨리 제임스 같은 표현은 시도도 하지 않았죠. 우리는 독자의 시선을 붙들고 사람들의 정서를 재빨리 움직이게 하는 법을 배웠습니다. 초보 작가에게는 어려울 수 있는 글쓰기 방식이죠."

매거진 매니지먼트에서 일하는 동안 스미스는 독자에게 공감을 불러일으키는 이해하기 쉬운 인물이 등장하는 이야기를 생생하고 속도감 있게 전달하는 글쓰기 방식을 배웠다. 1969년 스미스는 잡지에 더 성적인 글을 집어넣기를 거부한다는 이유로 해고당한다. 당시 가정을 꾸리고 가장이 된 스미스는 포르투갈로 이주해서, 후에 그의 말을 빌리자면 "출간되지 않은 정말 정말 형편없는 책"을 썼다. 내용은 곧 평판이 추락할 미국 부통령 스피로 애그뉴의 연설문 작성이라는, 도덕적으로 부정한 일을 하게 된 젊은 남자의 이야기였다. 미국으로 돌아온 뒤 그는 소설 데뷔작인 『인디언이 이겼다The Indians Won』(1970)를 썼다. 미국 중부가 여전히 인디언의 지배를 받고 있다는 가정하에 쓴 가짜 다큐멘터리 형식의 스릴러였다. 그런 다음 로먼 그레이를 주인공을 내세운 범죄 소설 시리즈를 쓰기 시작했다. 로먼 그레이는 예술 작품과 골동품을 보는 안목이 뛰어난 집시다. 『집시를 위한 노래Canto for a Gypsy』(1972)는 유럽에서 출간된 스미스의 첫 책이다. 스미스는 훗날 이 시리즈에 대해 "그 자체로 괜찮은 책이었어요. 다만 살짝 이국적인 탐정을 내세우고 TV용 영화에 어울릴 법한 틀 안에서만 이야기를 전개시켰다는 점에서 여전히 꽤 전형적이었죠."라고 평가했다.

『고리키 파크』

스미스는 『고리키 파크』가 실제로 출간되기 거의 10년 전인 1972년에 이 소설을 쓰기 시작했다. 공동 작업으로 사회적·정치적 의식을 반영한 범죄 소설을 쓰는 스웨덴의 페르 발뢰와 마이 셰발의 작품을 접한 스미스는 "러시아를 소재로 한 뭔가 대단하고 다른 것"을 쓰겠다고 생각한다. 그러나 출판사는 그 아이디어에 난색을 표했고 오랫동안 이 아이디어를 두고 논쟁이 벌어졌다. 그동안 스미스는 간간이 『고리키 파크』의 원고를 쓰면서 사이먼 퀸과 제이크 로건 등의 필명으로 공식을 충실히 따르는 범죄 소설, 추리 소설, 서부 개척 시대 소설을 많이 발표했다.

친구들은 그를 '빌'이라고 부르지만 스미스는 1977년 자신의 중간 이름을 윌리엄에서 '크루즈'로 바꾼다. (크루즈는 그의 외할머니 이름이었다.) 마틴 스미스라는 이름으로 소설을 쓰는 다른 작가가 있다는 것을 알게 되었기 때문이다. 흡혈 박쥐를 소재로 한 스릴러 『나이트윙 Nightwing』(1977)이 스미스의 첫 흥행작이다. 이 책의 페이퍼백 판권은 40만 달러에 팔렸고 후에 영화로도 제작되었다. 이 책의 성공 덕분에 그는 『고리키 파크』에 전념할 수 있었고 결국 『고리키 파크』로 100만 달러를 벌어 들였다.

『고리키 파크』에서 묘사한 당시 소비에트 연방에서의 삶이 혀를 내두를 정도로 정확했기 때문에 이 책은 소비에트 연방에서 금서가 되었다. 무엇보다 놀라운 것은 스미스가 1973년 관광 상품으로 소비에트 연방을 2주간 여행하면서 모스크바에서 고작 닷새만 머물렀음에도 그 경험을 바탕으로 모스크바와 모스크바 사람들을 그렇게 잘 묘사했다는 사실이다. 스미스는 러시아어를 전혀 할 줄 모르지만 관광 안내원이 인도하는 코스에서 벗어나 혼자 여기저기를 찾아다녔다. 모스크바를 산책하고 트램, 버스, 택시를 탔고, 몇몇 건물의 스케치를 그렸다. 미국으로 돌아오는 길에 그는 자신이 수집한 정보와 받은 인상이 정확한지 확인하기 위해 뉴욕에 사는 러시아인들(이민자와 망명자)을 만나 이야기를 나누었다. 또한 소비에트 연방법의 번역서를 공부하고 해골을 가지고 인간의 얼굴을 재현하는 과정과 기술에 대해 읽었다. 이 기술은 『고리키 파크』의 쌓여 있는 눈 속에서 발견된 여성 피해자의 신원을 파악하는 데 사용된다.

스미스가 세세한 디테일까지 꼼꼼하게 살려서 그린 모스코바는 책 곳곳에 스며들어 있다.

『고리키 파크』는 배경을 특징으로 내세운 첫 책일 겁니다. 이 책을 쓰는 데 시간이 한없이 걸린 이유는 정확하게 써야 했기 때문입니다. '이 작가는 자기가 무슨 말을 하는지 아는 거야, 모르는 거야?'라는 질문이 아예 나올 수 없도록 말이죠.

실제로 그는 그렇게 했다. 나는 브레즈네프가 정권을 잡고 있을 때 모스크바에서 2년 반 동안 일하면서 머문 적이 있는데 스미스가 그린 모스크바의 진실성을 기꺼이 보증할 준비가 되어 있다.

분위기를 환기하는 스미스의 능력이 『고리키 파크』의 강점 중 하나다. 또 다른 장점은 주인공인 아르카디 렌코라는 인물이다. 렌코는 한편으로는 전형적인 착한 경찰이다. 그리고 불가피하게 상사·권력자와 충돌한다. 그러나 그게 전부가 아니다. 가학적인 성향의 소비에트 연방 장군(현재는 퇴역한)인 아버지와 자살한 어머니를 둔 렌코는 문제가 많고, 담배에 중독됐고, 포기를 모르는 경감이다. 냉소주의자이면서도 낭만주의자인 렌코는 자신의 조국을 사랑하는 동시에 혐오한다. 소비에트 연방 영웅의 아들로 어린 시절 특권을 누렸던 그는 체제에 맞섰고, 불편한 진실을 카펫 아래로 밀어 넣고 감춰 두기를 거부하는 바람에 신임을 잃었다. 그는 이중적인 면이 있는 다층적인, 그리고 아주 매력적인 인물이다.

지도부의 신임을 잃고 소위 정신 질환으로 '치료'를 받는 그에게 의사가 오싹한 진단을 내리는 장면이 있다.

> 당신은 비현실적인 기대를 갖고 있어요. … 당신은 … 병적이단증pathoheterodoxy[1] 증후군을 앓고 있어요. 당신 개인의 힘을 과대평가하고 있어요. 당신은 사회로부터 고립되었다고 느끼죠. 흥분과 우울을 오가고요. 당신을 돕고 싶어 하는 사람들을 불신하고 있어요. 당신은 권위에 분노를 느껴요. 당신도 그 권위에 속해 있는데도요. 당신은 자신이 모든 규칙에서 예외에 해당된다고 믿고 있어요. 집단 지성을 과소평가하죠. 옳은 것이 틀리고 틀린 것이 옳다고 주장해요.

사실적인 인물 설정은 스미스의 장기다. 이런 '치료'가 실시되는 모스크바 근교의 시골집에서 렌코는 KGB 소령 프리불루다와 직접 맞붙게 된다. 책 초반부에서는 프리불루다 소령이 살인을 마다하지 않는 상투적인 악당처럼 그려진다. 그는 명령에 따라 그런 행위를 했으므로 자신은 임무를 수행했을 뿐이라고 생각하는 듯하다. 그러나 정말로 도덕적인 결정을 내려야 하는 순간이 오자, 즉 렌코를 죽여야 하는지 살려 두어야 하는지 선택해야 하는 순간이 오자 프리불루다는 더 흥미로운 인물, 더 사실적인 인물이 된다. 렌코 시리즈의 두 번째 소설 『북극성Polar Star』(1989)에서 대령으로 승진한 프리불루다는 알고 보니 아군이었고, 모스크바의 세르브스키 법의학 정신과학 연구소에 억류된 렌코를 구출한다.

렌코와 친구 사이가 되는 뉴욕 경찰국 형사 윌리엄 커월도 매우 사실적으로 설정된 인물이다. 렌코가 커월의 시체를 발견하는 장면을 한번 살펴보자.

> 커월은 다음 모퉁이에서 그들을 기다리고 있었다. 커다란 느릅나무 앞에서 팔 하나를 치켜든 채 그들을 맞이했다. 레이는 커월의 시체에서 1미터 떨어진 곳에 차를 세웠다. 커월은 움직이지 않았다. 그의 두 눈만이 차를 뚫어져라 노려보고 있었다. 그의 어깨, 모자, 치켜든 소매 위로 눈이 소복이 쌓여 있었다. … 커월의 가슴에 난 핑크빛 구멍 두 개가 눈에 가려져 있었다. 커월의 얼굴은 핏기 하나 없이 새하얬다. 그제서야 커월의 허리와 손목을 나무에 묶은 밧줄이 아르카디의 눈에 들어왔다. … 커월의 눈동자는 그 어느 때보다도 희미했다. 홍채는 사라졌다. 커월은 지친 표정을 하고 있었다. 마치 평생 등에 나무를 짊어지도록 저주받은 사람 같았다.

『고리키 파크』는 당연히 소비에트 연방 지도부의 심기를 건드렸다. 소비에트 연방 지도부는 이 책을 금서로 지정하면서 스미스를 가리켜

"반소련주의 쓰레기"라고 했다. 그러나 스미스가 1980년대 말 모스크바를 다시 방문했을 때는 많은 것이 변해 있었다. 모스크바에서 그는 환대를 받았고 이 책도 마침내 러시아에서 출간되었다.

냉전 시대에서 푸틴 집권 시대로

스미스는 러시아가 30여 년간 겪은 역사적 소용돌이를 반영한 아르카디 렌코 시리즈를 8권 썼다. 이 시리즈는 냉전 시대 브레즈네프 정권이 지배했던 소비에트 연방부터 고르바초프의 페레스트로이카와 글라스노스트를 거쳐 민주화에 실패한 옐친 정부, 소비에트 연방의 몰락 뒤에 찾아온 마치 서부 개척 시대를 연상시키는 무질서한 기업가 시대, 그리고 최근의 독재적인 푸틴 정권에 이르는 정치적·사회적 연대기 역할을 한다.

변화하는 정치 상황을 투영하는 스미스의 재주를 잘 보여 주는 예를 『북극성』에서 찾을 수 있다.

> 볼로보이는 "죽음은 비극입니다. 그렇지만 수사는 정치적인 결정이죠. 더 이상 선상에서 수사를 계속하는 것은 실수입니다. 당을 대변해 강력하게 권고하는 것입니다." … "그게 말입니다." 선단 기술자는 마치 뭔가가 막 생각났다는 듯이 입을 열었다. 그의 목소리는 리드에 금이 간 목관 악기 같았다. 그는 볼로보이를 향해 말했다. "동지, 과거라면 당신이 한 말이 모두 옳습니다. 그러나 제가 보기에는 상황이 변했습니다. 우리의 실수를 더 주도적으로, 그리고 더 솔직하게 돌아보라고 촉구하는 새로운 지도부가 들어섰으니까요. 마르추크 선장은 이런 새롭고 솔직한 지도 체제를 상징하는 존재이기도 합니다."

『타티아나』

"좋은 점이라고는 하나도 없는 그런 망할 놈의 날이었다." 레이먼드 챈들러가 썼을 법한 문장이다. 실제로는 아르카디 렌코 시리즈의 여덟 번째 소설 『타티아나Tatiana』(2013)의 첫 문장이다. 1995년부터 파킨슨병을 앓고 있다고 공식적으로 밝힌 뒤에 발표한 책으로 아내 에밀리에게 구술했다. 우리의 기대를 저버리지 않고 소설의 첫 도입부부터 시선을 확 사로잡는다. 이상한 기호가 잔뜩 적힌 노트를 가지고 있던 통역사가 항구 도시 칼리닌그라드 근처 외딴 해변에서 살해된다. 범인은 지붕에 웃고 있는 돼지 풍선을 단 밴을 타고 해변을 샅샅이 훑고 다니는 사이코패스 살인마다.

『타티아나』를 쓰게 된 계기는 안나 폴리코브스카야 살해 사건이다. 폴리코브스카야는 러시아 지도부에 맞서 체첸 전쟁을 비판하는 기사를 쓴 저널리스트로 2006년 모스크바에서 살해당했다. 타티아나 페트로브나는 건물에서 스스로 몸을 던진 걸까, 아니면 누군가 그녀를 밀어서 떨어뜨린 걸까? 이것이 렌코에게 던져진 질문이다. 이 질문의 답이 무엇인지에 대해서는 의심의 여지가 별로 없다. 러시아가 좀 더 문명화될 거라고 굳게 믿고 있는 데다 투철한 사명감을 지닌 저널리스트 타티아나는 자살을 할 만한 인물이 아니다. 그러나 보이는 것이 전부가 아니다. 누가, 그리고 무엇보다 왜 그런 짓을 했는지 렌코가 진실을 밝히기 전에 이야기는 반전을 맞이한다.

『타티아나』는 러시아 사회의 각계각층의 인물 군상(화가, 시인, 불량배, 관료, 지친 경찰관, 사회 주변부에서 살아가는 실패자 등)을 사실적으로 담고 있다. 여느 렌코 시리즈처럼 이 소설도, 분열되었지만 매혹적인 나라에서의 우울하고 종종 터무니없는 일상을 그리고 있다.

· 공감을 불러일으키는 인물을 내세워 빠르게 전개되는 생생한 이야기는 독자의 집중
  력을 높인다.

· 직접 얻은 정보를 바탕으로 세세한 디테일에 대한 꼼꼼한 묘사로 그려 낸 무대는 그
  자체로 인물과도 같은 역할을 한다.

· 여러 상충하는 면을 지닌 이중적인 주인공은 독자로 하여금 그 인물에 대해 더더욱
  알고 싶게 만든다. 그리고 그래서 계속 책을 읽게 만든다.

· 소설을 통해 역사적 전환기나 정치적 혼란기를 탐색할 수도 있다.

역자 주

1 '병적·병의'라는 뜻의 patho와 '이단'이라는 뜻의 'heterodoxy'를 결합해 지은 병명

로버트 루이스 스티븐슨

인간은 흑과 백으로 명백하게 나눌 수 없다. 우리 모두에게는 선한 면도, 선하지 않은 면도 조금씩 있다. 3만 단어가 채 되지 않는 중편 소설『지킬 박사와 하이드 씨Strange Case of Dr Jekyll and Mr Hyde』는 이런 단순한 생각을 오싹할 정도로 공포스러운 극단으로 확장한다. 로버트 루이스 스티븐슨(1850~1894)의 이야기는 선과 악, 그리고 어둠과 빛을 한 남자 안에서 동시에 체화했을 뿐 아니라 그로 인해 그 남자의 외모와 성격까지 바꿔 놓는다.

1886년에 출간된『지킬 박사와 하이드 씨』가 스티븐슨에게 명성을 안겨 주긴 했지만, 그는 그전에도 상당히 많은 작품을 발표했었다. 그중 가장 주목할 만한 작품은 첫 장편 소설인『보물섬Treasure Island』(1883)이며, 1886년에 발표한『납치Kidnapped』 또한 상업적으로 성공을 거뒀다.

스티븐슨(혹은 사람들이 그에게 붙인 별칭인 RLS)은 한곳에 가만히 있지 못하고 늘 어딘가로 여행을 다니는 모험가였다. 주로 시간을 보낸 곳은 프랑스, 미국, 태평양제도였다. 이렇듯 끊임없이 돌아다닌 이유는 타고난 방랑벽 때문이기도 했지만 건강을 위해서기도 했다. 스티븐슨은 평생 결핵을 비롯해 심각한 병에 시달리곤 했다. 그리고 (결핵이 아니라 뇌졸중으로) 마흔넷의 나이에 사망했다. 짧은 일생이었지만 그는 단편 소설 작가, 여행 작가, 에세이 작가, 시인으로 활발하게 작품 활동을 했으며, 특히 소설가로 기억된다. 이제 앞서 언급한 세 편의 소설을 살펴보자.

『보물섬』

『보물섬』은 특히 세 가지 특징이 돋보이는 소설이다. 첫째, 독자를 붙들고 놓아 주지 않는 흥미진진하고 화려한 액션으로 가득한 플롯이다. 이런 플롯은 정통 모험담이 갖춰야 할 요소다. 따라서 소년, 보물 지도, 해적, 외딴 섬, 감춰진 금을 찾기 위한 긴박한 경쟁을 다루는 이 소설의 플롯이 아주 독창적이라고는 할 수 없다.

둘째, 독특하고 비범해서 머릿속에 각인되는 인물이다. 대다수의 사람들에게 존 실버는 역사책에 나오는 그 어떤 해적보다도 더 해적다운 해적일 것이다. 끊임없이 마음을 바꾸는 이중적인 성격에다 태도와 행동이 손바닥 뒤집듯 급격하게 변하는 인물(온화한 선상 요리사에서 피에 굶주린 폭도로의 전환)을 사실적으로 잘 그렸다. 또한 실버와 사환 짐 호킨스(이 책 대부분에서 1인칭 화자 역할을 한다.) 사이에 싹트는 뜻밖의 우정과 상호 존중도 완벽하게 설득력을 지닌다. 짐은 순진한 어린 소년에서 제 몫을 하는 젊은 청년으로 거듭나고 곧 함께 항해하는 동료 선원들의 인물 됨됨이를 판단하는 안목도 갖게 된다.

마지막으로 『보물섬』은 흥미진진한 모험담이기는 하지만 결코 감상에 빠지지 않는다. 해적들은 과거에 야만적으로 행동하면서 악랄하고 잔인한 짓도 많이 저질렀으며 그들 때문에 죽은 사람도 많다. '애드머럴 벤보우'에서 폭군 플린트 선장이 처음 들려주는 해적의 노래는 이들 해적이 어떤 식으로 행동하는지에 대한 단서를 제공한다. "죽은 이의 가슴 위에 열다섯 명이 앉아 있었네 / 요호호, 그리고 럼주 한 병이 있었지! / 마시자, 나머지는 악마가 하리니 / 요호호, 그리고 럼주 한 병이 있었지!" 스티븐슨은 해적을 결코 근사하게 미화하지 않는다. 짐을 둘러싼 세계 또한 (의사 리브지만은 제외하고) 탐욕과 이기주의로 점철된 세계다.

스티븐슨은 캘리포니아주 몬트레이 해안을 보물섬의 자연 환경 모델로 삼았다. 그는 1879년에 이곳에서 두세 달 머물렀다. 존 실버는 시인이자 비평가인 W. E. 헨리를 모델로 삼았다. 헨리는 뼈결핵을 앓고 있었고 왼쪽 무릎 아래를 절단해서 목발을 짚고 다녔다. 스티븐슨은 헨리에게 "소리로 지배하고 두려움의 대상이 되는 장애인이라는 아이디어는 전적으로 당신에게서 얻었습니다."고 말했다. 그러나 존 실버라는 인물은 쥘 시모노를 염두에 두고 설정한 면도 있는 듯하다. 58세의 시모노는 프랑스 출신으로 몬트레이 해안에서 여관을 운영했으며 스티븐슨이 이곳에 머무는 동안 아주 친한 사이가 되었다.

『지킬 박사와 하이드 씨』

스티븐슨은 『지킬 박사와 하이드 씨』의 아이디어를 꿈에서 얻었다. 그러나 실존 인물인 에든버러의 디컨 브로디의 이중 생활에 관한 일화에서 영감을 받았다고도 밝혔다. 디컨 브로디는 낮에는 존경받는 시의원으로, 밤에는 도둑으로 활동했다. 스티븐슨의 소설 배경은 런던이지만 미로 같은 올드 타운과 깔끔한 뉴 타운으로 나뉜 에든버러의 도심을 참고한 듯 보인다. 스코틀랜드의 수도인 에든버러처럼 빅토리아 시대의 런던 또한 다양한 계급과 특권층이 뒤엉켜 있었다. 스티븐슨은 이 점을 잘 활용한다. 의사 레이넌이 사는 메이페어는 하이드가 사는 소호와 서로 붙어 있다. 19세기 고딕 소설은 빅토리아 시대 사회의 모순점과 문명과 야만을 나누는 경계를 탐구하곤 했다.

『지킬 박사와 하이드 씨』는 고딕 멜로드라마이다. 그러나 거기에 머물지 않는다. 이 소설은 이원론(하나가 대개 서로 반대되는 두 부분으로 이루어져 있는 것)이라는 개념을 탐구한다. 지킬은 "삶의 근본적인 이중성"에 대해 이야기한다. 그리고 "사람은 진정 하나가 아니라, 진정 둘이다."라고 말한다. 지킬의 고귀함과 하이드의 부패함은 같은 몸 안에서 동시에 존재한다. 하이드는 지킬의 악한 면이고, 하이드가 탐닉하는 악은 (스티븐슨은 이 악이 어떤 것인지 특정하지 않으려고 조심한다.) 저명한 의사에게 기대되는 중산층의 인격적 기준에 자신을 맞추기 위해 지킬이 억눌렀던 욕구들이다. 또한 지킬·하이드라는 인물은 겉으로는 도덕적 가치를 강조하면서도 실제로는 실천하지 않는 사회의 위선을 폭로하는 장치로도 해석할 수 있다.

『납치』

납치의 플롯은 매우 단순하다. 한 소녀가 자신의 운을 시험하기 위해 세상으로 나간다. 여행 중에 그는 위험에 빠지고 어려움을 겪는다. 마침내 성인이 된 그는 자신의 유산을 받기 위해 고향으로 돌아온다. 이 소설이 꾸준히 인기를 얻고 있는 이유는 '고전적인 모험담'이라는 이유도 있다. 그러나 그런 이야기는 넘쳐나지만 『납치』만큼 지속적인 사랑을 받지는 못했다. 따라서 다른 이유를 찾아봐야 한다. 아마도 최고의 단서는 이 이야기의 진정성일 것이다. 역사적·지리적 배경을 사실에 근거해 정확하고 신중하게 그리고 있으며 다큐멘터리 같은 직접성을 보여 주는 장면도 몇몇 있다. 인물들 또한 상당히 설득력 있게 설정되었다. (스티븐슨이 스코틀랜드 사람에 대해 잘 알고 있었기에 가능한 일이었다.) 스코틀랜드 롤런드[1] 지방을 대변하는 데이비드 밸푸어(1인칭 화자)와 하이랜드[2] 출신 재커바이트[3] 앨런 브렉(봉건주의적인 낭만주의자)은 서로 대비되는, 그러면서도 매우 사실적인 성격과 관점을 지니고 있다. 『보물섬』과 달리 『납치』는 사실주의에 뿌리를 두고 있다.

작가가 되기 위한 수습 과정

스티븐슨은 자신이 작가가 되기 위해 거친 수습 과정에 대해 이렇게 설명했다.

> 이 일을 익히기 위해 나만큼 노력한 사람도 없을 것이다. 나는 매일매일 하루도 빠짐없이 묵묵히 버텨 냈다. 그리고 솔직히 말해 (지독하게 노력한 덕분에) 세상의 다른 어느 작가보다도 부족한 재능으로 더 많은 것을 이뤘다고 생각한다. … 나는 특히 마음에 드는 책이나 단락을 읽으면 … 무언가 두드러진 힘이나 만족할 만큼 독특한 문체가 있으면 그 자리에 앉아 그런 특징을 흉내 내려고 시도한다. 성공하지는 못해도 … 리듬, 조화, 구성, 부분의 조정에 대한 연습이 되었다. 그래서 나는 해즐릿, 램, 워즈워스, 토머스 브라운 경, 디포, 호손, 몽테뉴, 보들레르, 오베르망을 온 정성을 다해 원숭이처럼 흉내 냈다.

연구하고, 연습하고, 모방하기. "그것이, 좋든 싫든 글쓰기를 배우는 방법이다."고 스티븐슨은 말했다. 다른 작가에게 자신이 진 빚을 스티븐슨은 "온 정성을 다해 원숭이처럼 흉내 내기"라고 표현했다. 이는 재치 있는 문학 어휘가 되었다.

정리하자면 작가가 스티븐슨에게 배울 점은 두 가지다. "매일매일 하루도 빠짐없이" 버티는 것이 중요하다. 그리고 자신이 좋아하는 작가의 문체를 필사하면 도움이 된다. 화가도 그런 식으로 자신만의 기법을 익혀 나가지 않던가. 화가도 자신이 높이 평가하는 그림을 모방하면서 회화 기술을 배운다.

평단의 평가와 대중적 인기

스티븐슨은 생전에 매우 유명한, 높이 평가받는 작가였다. 1914년 무렵 스티븐슨의 작가로서의 명성이 급격히 하락했는데 최근에 다시 회복되었다. 20세기 대부분 동안 스티븐슨은 B급 작가로 여겨졌고 주목받지 못했다. (예를 들어 1973년 『옥스퍼드 영문학 선집』에서는 그의 작품이 제외되었다.) 그리고 간혹 그의 이름이 언급되는 경우에도 오직 아동서와 공포 소설 작가로만 소개되었다.

그러나 최근 단순한 액션의 연속을 가장 신선하고 흥미로운 방식으로 묘사하는 스티븐슨의 재능이 재조명되고 인정받고 있다. 그의 글에 담긴 문장의 리듬과 흐름 또한 재평가받고 있다. 비평가들은 "문체의 깔끔하고 가벼운 명확성"과 "놀라울 정도로 간결하고 꾸밈없는 문장"을 가리키면서 그의 글이 보이는 "언어적 정밀성과 효율성", 그의 이야기에 담긴 "도덕적 핵심"을 높이 평가한다.

현재 많은 비평가들이 스티븐슨을 조지프 콘래드나 헨리 제임스와 같은 반열에 올리고 있다. 그리고 오늘날 스티븐슨은 전 세계에서 가장 많이 번역된 작가 중 30위를 차지한다. 그는 말년을 사모아에서 보냈다. 그곳에서는 원주민 이름 투시탈라를 썼다. 투시탈라는 '이야기꾼'이라는 뜻이다. 다른 무엇보다 탁월한 이야기꾼이었던 그에게는 썩 나쁘지 않은 묘비명이다.

· 자신이 존경하는 작가의 문체를 연구하고 모방하자.

· 흥미진진하고 액션으로 가득한 속도감 있는 플롯으로 독자가 계속 페이지를 넘기도록 만들자.

· 페이지에서 튀어나올 듯이 강렬한 인물은 그가 선한 인물이든 악한 인물이든 독자의 관심을 사로잡는다.

· 단순한 주제(『지킬 박사와 하이드 씨』의 선과 악 구도나 『보물섬』의 보물 사냥)도 상당히 매력적인 이야기가 될 수 있다.

· 정확한 지형 묘사와 검증된 역사적 배경은 이야기에 사실성과 직접성을 부여한다.

역자 주

[1] 남동쪽 평야 지대
[2] 북서쪽 고원 지대
[3] 명예혁명 후 망명한 스튜어트가의 제임스 2세와 그 자손을 정통의 영국 군주로서 지지한 영국의 정치 세력

에벌린 워

"도련님은 학교 선생님이 되실 거예요. 부적절한 행동을 해서 내쳐지는 귀족은 대부분 학교 선생님이 되잖아요." 에벌린 워(1903~1966)의 데뷔작 『쇠퇴와 타락 Decline and Fall』(1928)에 나오는 문장이다. 이 소설은 워가 옥스퍼드대학교에서 보낸 학부 시절과 그 이후 잠시 동안 교사로 지낸 경험(그는 옥스퍼드대학교에서 내쳐진 것은 아니었고 다만 방종한 생활을 해서 졸업 성적이 나빴을 뿐이다.)을 바탕으로 썼다.

'자신이 아는 것을 써라.'는 초보 작가가 늘 듣는 조언이다. 그리고 이 예를 워만큼 잘 보여 주는 작가도 없다. 넓은 의미에서 워의 장편 소설 17권은 자신의 삶에서 경험한 주요 사건들을 허구화한 이야기들이다.

초기의 풍자 소설

1925년 위는 노스 웨일스의 한 사립학교에서 6개월간 교사로 일했다. 이때의 경험이 『쇠퇴와 타락』의 첫 장에 고스란히 묻어난다. 주인공은 웨일스의 교사 구인 광고를 보고 지원을 고려한다.

오거스터스 페이건, 향사, 박사, 라나바 성, 노스 웨일스, 고전과 영어를 대학 수준으로 가르칠 보조 교사 즉시 구함. 부차적으로 수학, 독일어, 프랑스어도 가르쳐야 함. 우수한 크리켓 실력 필수….

"딱 자네를 위한 자리인 것 같은데." 레비 씨가 말했다.

"그렇지만 저는 독일어는 한 글자도 몰라요. 경험도 없고, 추천서도 없고, 크리켓도 할 줄 모르는걸요."

"겸손 떨어서 좋을 것 없네." 레비 씨가 말했다. "일단 해 보면 가르칠 수 있을 테니 멋지지 않은가."

『쇠퇴와 타락』과 『타락한 사람들Vile Bodies』(1930)은 1920년대 세련된 런던 사회를 선도하던 브라이트 영 피플Bright Young People[1]의 무도덕성과 쾌락주의를 풍자한 소설이다. 『타락한 사람들』에서 꼬리에 꼬리를 물고 이어지는 광기 어린 파티 장면은 위가 1924년부터 1927년까지 간간이 겪었던 극단적인 사회생활 경험을 토대로 지어냈다. 『타락한 사람들』은 가식적인 태도를 폭로하는 재주와 어리석은 것에 대한 그의 예리한 포착 능력을 보여 주는데, 아주 좋은 코믹한 문장들도 나온다. "같이 자는 걸 가지고 이렇게들 호들갑을 떨다니. 육체적 쾌락이 필요하면 나는 언제든 차라리 치과에 가겠어."라고 주요 여성 인물이 말한다. 가장 재미있는 장면은 애거서 런시블이 의도하지 않게 다우닝가 10번지에 초대도 받지 않고 쳐들어가는 장면인데, 이것은 실제 있었던 일을 참고해 썼다. 위와 친하게 지내던 두 젊은 여성이 파티에 갔다가 열쇠를 두고 왔다. 그래서 너무 당황한 나머지 아주 늦은 저녁 스탠리 볼드윈 총리의 집을 무작정 찾아간 것이다.

『쇠퇴와 타락』과 『타락한 사람들』은 모두 워가 속하고 싶어 한 똑똑한 런던 상류층 사회를 풍자한다. 워가 묘사하는 세계는 한없이 가볍고 공허하다. 많은 등장인물이 평면적이고 현실감이 떨어지지만 이 두 소설은 세월의 검증을 받았다. 무엇보다 영리하면서도 정말 재미있는 대화문을 쓰는 워의 탁월한 재능 덕분이다.

이와는 대조적으로 『특종Scoop』(1938)의 주인공 윌리엄 부트는 상당히 사실적으로 설정된 희극 인물이다. 윌리엄 부트는 순진한 괴짜지만 예의 바르고 마음이 선하다. 그래서 독자는 그를 관심 있게 지켜보게 된다. 유독 과장된 문체를 지닌 별 볼 일 없는 자연 분야 기자인 부트는 자신이 사랑하는 외딴 시골집에서 끌려 나와 종군 기자가 되어 아프리카의 이스마엘리아 공화국에 보내진다. 이것은 코퍼 경이 윌리엄 부트를 다른 사람으로 착각했기 때문이다. 『데일리 비스트』의 사주인 코퍼 경은 플리트 스트리트[2]의 제왕적 존재다. 또한 뛰어난 기자를 발굴하는 자신의 안목에 자부심을 가지고 있다. 이렇듯 스스로를 과대평가하는 코퍼 경은 한편으로는 『데일리 메일』의 경영인 로더미어 경, 다른 한편으로는 『데일리 익스프레스』의 경영인 비버브룩 경을 염두에 두고 만든 인물로 여겨지고 있다. 또한 코퍼 경이 습관적으로 사원들에게 터무니없는 지시를 하는 행동은 노쇠한 노스클리프 경[3]을 참고한 것으로 보인다. 현대 독자들은 코퍼 경을 로버트 맥스웰[4], 콘래드 블랙[5], 루퍼트 머독[6]처럼 과대망상증에 시달리는 언론인의 전신이라고 생각하면 된다. 『데일리 비스트』의 직원들은 절대로, 감히 코퍼 경에게 "아닙니다."고 말하지 않는다. 코퍼 경과 대화를 나눌 때는 자신의 답변을 긍정 표현으로만 제한한다. 코퍼 경이 한 말이 옳으면 "물론입니다."고 답하고, 틀리면 "어느 정도는 그렇죠."라고 답한다.

『특종』은 저널리즘과 해외 통신원을 다룬 풍자 소설이다. 워는 자신이 아비시니아[7]에서 임시 종군 기자로 일한 경험을 토대로 이 소설을 썼다. 부트는 아마도 빌 디데스를 어느 정도 참고해서 만든 인물로 여겨진다. 빌 디데스는 『모닝 포스트』 소속의 아비시니아 전쟁 기사를 보도한 젊은이로 이후 저명한 저널리스트 및 정치가가 된다. 그러나 진실은 그보다 더 복잡할 수도 있다. 디데스 본인은 "워는 다른 훌륭한 소설가와 마찬가지로 하나 이상의 인물을 참조해서 등장인물을 만들었어요. 저를 참조한 이유는 제가 끌고 다닌 엄청난 짐 때문이었겠죠. 아마도 제 순진함도 한몫했을 거고요."라고 말했다. 또 다른 모델은 윌리엄 비치 토머스임이 거의 확실하다. 토머스는 시골에서 자유기고가로 멀쩡히 잘 지내고 있다가 『데일리 메일』의 형편없는 종신 기자가 된다. 그는 솜 전투에서 영국의 첫 전투일을 이렇게 묘사했다. (이날 전투에서 1만 9,000명의 영국인이 사망했다.) "다 순조롭게 진행되었다." 토머스와 그의 종군 기자 동료들은 육군 정보국이 주는 가짜 보도문을 그대로 전달했다.

『다시 찾은 브라이즈헤드』

『다시 찾은 브라이즈헤드Brideshead Revisited-The Sacred and Profane Memories of Captain Charles Ryder』(1945)는 위의 이전 풍자 소설과는 다른 부류의 소설이다. 육군 장교로 복무하던 중 6개월 휴가를 받았을 때 데번의 차그퍼드에서 썼다. 그는 일기에 소설 작업을 이렇게 기록했다. "8시 30분에 일어나 … 10시가 되기 전에 작업 시작 … 저녁 식사 전에 1,300단어를 썼다. 거의 전부 다시 쓴 것이고 시간 순서와 장면 전환이 마음에 들 때까지 몇 번이나 다시 써야 했다." 그 뒤에 쓴 일기에는 이렇게 기록했다. "꾸준히 작업 중. 다시 쓰기가 대부분. 하루에 1,500~2,000단어씩 쓰고 있다. 오늘은 열심히 수정하고, 다시 쓰고, 재배열했다." 워는 손으로 원고를 썼고 각 장이 완성될 때마다 타이피스트에게 보내 옮겨 적게 했다. 그런 다음 인쇄된 원고를 다시 수정했다. 그는 1944년 2월 1일『다시 찾은 브라이즈헤드』를 쓰기 시작했고 4월 16일 일기에는 이렇게 적었다. "수정을 끝냈다. 소설의 첫 두 장을 많이 고쳤다." 워는 6월 6일에 마지막 장을 완성했다.

브라이즈헤드는 아마도 우스터서의 마드레스필드 저택을 모델로 삼은 것으로 보인다. 마드레스필드 저택은 제7대 보샹 백작인 윌리엄 라이건 가문의 저택으로 워가 자주 방문했던 곳이다. 백작의 아들인 휴 라이건은 워의 옥스퍼드대학교 동기이며 세바스찬 플라이트의 모델임이 거의 확실하다. 보샹 백작 또한 브라이즈헤드에서 추방당한 마치메인 경의 모델로 알려져 있다.『다시 찾은 브라이즈헤드』는 미국과 영국 두 국가 모두에서 엄청난 인기를 끌었다. '전미 이달의 책'으로 선정되면서 미국에서의 판매량이 영국에서의 판매량을 넘어섰다. 1981년 그라나다 방송국이 제작한 TV 드라마가 흥행에 성공하면서 이 소설은 신세대 독자들에게 다시 소개되었고 다시 한 번 세간의 주목을 받는다.

이 작품은 워의 가톨릭 신앙과 보수주의적 정치 성향이 뚜렷하게 부각되는 첫 소설이다. 처음부터 끝까지 하급 사관 후퍼라는 인물을 통해 워의 전후 소설을 지배하는 주제인 '보통 사람의 시대에 만연한 평범함'에 대해 이야기한다.

『다시 찾은 브라이즈헤드』는 엇갈린 평을 받았다. (그리고 지금도 평이 엇갈리고 있다.) 일부는 중복되는 부분이 지나치게 많다는 것을 지적하고 귀족 계급에 대한 맹종과 우월 의식을 비판하면서 워가 초기 소설에서 보인 아이러니와 객관성이 사라졌다고 평가했다. 이 소설을 매우 높이 평가하는 비평가도 많았다. 그리고 일부는 이 소설을 워의 최고작으로 꼽기도 했다.

일기, 논픽션, 문체

워는 소설가로 널리 알려져 있지만 단편 소설과 여행기(특히 1930년대 빈번한 해외여행 경험에 대해 썼다.), 전기, 기고문, 에세이, 서평, 자서전 등 논픽션도 상당히 많이 썼다. 워는 편지를 열심히 썼으며 일곱 살부터 사망 전해인 1965년까지 일기를 꾸준히 썼다.

『데일리 메일』(1930년 7월 28일자)에 기고한 글에서 그는 규칙적으로 일기를 쓰라고 권한다.

> 유명한 사람과 접촉해야만 가치 있는 일기를 쓸 수 있는 게 아니다. … 남이 인생, 종교, 정치에 대해 어떻게 생각하는지를 읽고 싶어 하는 사람은 아무도 없다. 그러나 제대로 기록만 하면 사람들의 일상은 언제나 흥미롭고 해가 갈수록 주변 상황이 바뀌면서 더 흥미로워진다.

워의 일기는 그의 고약한 성미를 잘 기록하고 있다. 일부 일기는 그가 우월 의식에 차 있고, 포용심이 부족하며, 자신보다 열등하다고 생각하는 사람들을 경멸한다는 주장을 뒷받침한다. 친구나 지인에 대한 워의 평가는 솔직하면서 재미있고 때로는 악의적이다. 새로운 육군 부대에 편입한 워는 "부사관으로 삼을 만한 장교가 단 한 명도 없었다. … X 대령은 제정신이 아니다. … Y 장교는 알코올 중독자다."고 적었다. 1944년 후반기에 함께 크로아티아(유고슬라비아)로 가서 자신이 지휘하는 군사 작전에 참여하자고 권한 랜돌프 처칠에 대해서는 "자신보다 약한 사람에게는 무조건 호통치고 윽박지르는 것을 즐기면서 자신보다 강한 사람이 나타나면 아첨하느라 호들갑을 떠는 군살덩어리 불량배 … 지적인 창의성이나 순발력이 전혀 없이 지루한 사람 … 개성이라고는 조금도 없다."고 기록했다. 워는 훗날 이런 내용도 적었다. "랜돌프에게 모든 것을 두 번씩 말해야 하는 일이 얼마나 지루하던지. 취했을 때 한 번, 정신 차렸을 때 한 번 해야만 했으니까."

워가 쓴 일기의 매력은 그가 다른 사람에게 엄격했던 것만큼이나 자신에게도 엄격했다는 점이다. 그는 랜돌프를 향한 비난을 이런 현실적인 평가로 마무리한다. "그는 오래 함께 지내기에는 별로 좋은 사람이 아니지만 결론은 언제나 같다. 다른 사람이라면 나를 절대로 선택하지 않았을 것이다. 또한 나 외에 다른 사람이라면 랜돌프를 절대로 선택하지 않았을 것이다." 다른 사람과 잘 못 지내는 두 사람이 그럭저럭 함께 어울린 셈이다.

더 주목할 점은 워의 일기를 보면 그가 아무리 작가라고는 해도 놀라울 정도로 주변을 예리하고 꼼꼼하게 관찰하는 능력이 있었다는 사실이다. 워의 일기는 분명 그가 소설과 논픽션을 쓰는 데 유용한 자료를 풍부하게 제공했다. 워의 일기는 그가 굉장히 뛰어난 지력, 어리석은 것을 알아보는 예민한 감각, 희화화에 필요한 날카로운 안목을 지니고 있었다는 것을 보여 준다.

워는 일반적으로 문체의 대가로 알려져 있다. 비평가 클라이브 제임스의 말을 빌리자면 "워만큼 꾸밈없이 우아한 영어를 쓴 사람은 아무도 없다." 그레이엄 그린은 『타임스』에 기고한 편지에서 워를 "우리 세대에서 가장 뛰어난 소설가"라고 평가했다. 『타임 매거진』은 워의 소설을 이렇게 평가했다. "비평가 V. S. 프리챗이 '워의 악의에 담긴 아름다움'이라고 표현한 것을 음미할 줄 아는 독자가 있는 한 세월이 흘러도 계속 살아남을 것이다."라고.

배울 점

· 자신이 아는 것을 써라. 자신의 삶을 가지고 허구의 이야기를 지어낼 수 있다.

· 자신이 아는 사람들을 혼합해서 허구의 인물을 만들자.

· 희극적인 인물은 사실적으로 설정해야 한다.

· 끊임없이 자기 주변의 세계를 관찰하라.

· 현대 삶의 어리석은 면들은 풍자를 하기에 충분한 자료를 제공한다.

역자 주

[1] 타블로이드 신문이 자유분방한 생활을 즐기는 젊은 엘리트층에게 붙인 별칭
[2] 과거 많은 신문사가 있던 런던 중심부
[3] 『데일리 메일』의 창간인
[4] 『데일리 미러』 등을 발행하는 거대 언론사 미러 그룹 신문사의 경영인
[5] 『데일리 텔레그래프』 등을 발행하는 거대 언론사 홀린저 인터내셔널의 경영인
[6] 세계 최대 미디어 그룹 뉴스 코퍼레이션 설립자이자 회장
[7] 오늘날의 에티오피아

본문에서 직접 인용한 부분이 있는 책의 목록이다. 작가 이름을 기준으로 일파벳순으로 나열했다. 각가 영국과 미국에서 초판을 출간한 출간일과 출판사명을 기록했고, 20세기 이후에 출간된 책은 출판사 소재지와 함께 이 책의 원고를 마무리할 당시(2017년 4월)에 유통 중인 페이퍼백에 관한 정보도 실었다.

Austen, *Jane Sense and Sensibility*. 1811. UK and US pb Penguin.

Pride and Prejudice. 1813. UK and US pb Penguin.

Emma. 1815. UK and US pb Penguin.

Ballard, J. G. *The Drowned World*. London, Gollancz, 1962. New York, Berkley, 1962. UK pb Fourth Estate; US pb Liveright.

Empire of the Sun. London, Gollancz, 1984. New York, Simon & Schuster, 1984. UK pb Fourth Estate; US pb Simon & Schuster.

Miracles of Life. London, Fourth Estate, 2008. New York, Liveright, 2008. UK pb Fourth Estate; US pb HarperCollins.

Bronte, Charlotte *Jane Eyre*. 1847. UK and US pb Penguin.

Bronte, Emily *Wuthering Heights*. 1847. UK and US pb Penguin.

Brown, *Dan The Da Vinci Code*. New York, Doubleday, 2003. London, Bantam Press, 2003. UK pb Corgi Adult; US pb Doubleday.

Bryson, Bill *The Lost Continent: Travels in Small-Town America*. London, Secker & Warburg, 1989. New York, Harper & Row, 1989. UK pb Secker & Warburg; US pb HarperCollins.

Neither Here Nor There: Travels in Europe. London, Secker & Warburg, 1991. New York, William Morrow, 1992. UK pb Black Swan; US pb Harper Perennial.

Notes from a Small Island. London, Doubleday, 1995. New York, William Morrow, 1995. UK pb Black Swan; US pb HarperCollins.

The Road to Little Dribbling: More Notes from a Small Island. London, Doubleday, 2015. New York, Doubleday, 2015. UK pb Black Swan; US pb Anchor Books.

Notes from a Big Country. London, Doubleday, 1998. New York, Broadway Books, 1999 (*I'm a Stranger Here Myself*). UK pb Black Swan; US pb Bantam Doubleday Dell.

Burgess, Anthony *A Clockwork Orange*. London, William Heinemann, 1962. New York, W. W. Norton & Company, 1963. UK pb Penguin; US pb W. W. Norton & Company.

Le Carre, *John The Constant Gardener*. London, Hodder & Stoughton, 2001. New York, Scribner, 2000. UK pb Hodder & Stoughton; US pb Scribner.

The Pigeon Tunnel: Stories from My Life. London, Viking, 2016. New York, Penguin, 2016. UK and US pb Penguin.

Tinker Tailor Soldier Spy. London, Hodder & Stoughton, 1974. New York, Alfred A. Knopft, 1974. UK pb Sceptre, Hodder & Stoughton; US pb Scribner.

Carroll, Lewis *Alice's Adventures in Wonderland*. 1865. UK pb William Collins; US pb Dover Publications.

Through the Looking Glass, and What Alice Found There. 1871. UK pb Macmillan; US pb Random House.

Chandler, Raymond *The Big Sleep*. London, Hamish Hamilton, 1939. New York, Alfred A. Knopf, 1939. UK pb Penguin; US pb Vintage Crime/Black Lizard.

Farewell, My Lovely. New York, Alfred A. Knopf, 1940. London, Hamish Hamilton, 1940. UK pb Penguin; US pb Vintage Crime/Black Lizard.

The Long Good-Bye. London, Hamish Hamilton, 1953. Boston, Houghton Miffl in, 1953. UK pb Penguin; US pb Vintage Crime/Black Lizard.

Chevalier, *Tracy Girl with a Pearl Earring*. London, HarperCollins, 1999. New York, Dutton, 1999. UK pb HarperCollins; US pb Penguin.

Child, Lee *Killing Floor*. New York, Putnam, 1997. London, Bantam Press, 1998. UK pb Bantam; US pb Berkley.

Christie, Agatha *Appointment with Death*. London, Collins Crime Club, 1938. US, Dodd, Mead and Company, 1938. UK pb HarperCollins; US pb William Morrow.

Cat Among the Pigeons. London, Collins Crime Club, 1959. New York, Dodd, Mead & Company, 1959. UK pb HarperCollins; US pb William Morrow.

Coben, Harlan *Deal Breaker*. New York, Dell, 1995. London, Orion, 2001. UK pb Orion; US pb Dell.

Dahl, Roald *James and the Giant Peach*. New York, Alfred A. Knopf, 1961.

London, George Allen & Unwin, 1967. US and UK pb Puffin.

Charlie and the Chocolate Factory. New York, Alfred A. Knopf, 1964. London, George Allen & Unwin, 1967. US and UK pb Puffi n.

The BFG. London, Jonathan Cape, 1982. New York, Farrar, Straus & Girouz, 1982. UK and US pb Puffin.

Ellroy, *James L. A. Confidential*. New York, The Mysterious Press, 1990. London, Mysterious Press, 1990. US pb Grand Central Publishing; UK pb Windmill Books.

Fielding, Helen *Bridget Jones's Diary*. London, Picador, 1996. US, Viking, 1998. UK pb Picador; US pb Penguin.

Fleming, Ian *Thunderball*. UK, Jonathan Cape, 1961. New York, Viking, 1961. UK pb Vintage; US pb Thomas & Mercer.

Dr. No. London, Jonathan Cape, 1958. New York, Macmillan, 1958 *(Doctor No)*. UK pb Vintage; US pb Thomas & Mercer.

Ford, Madox Ford *The Good Soldier: A Tale of Passion*. 1915. UK pb Collins; US pb Penguin. *Parade's End*. 1924-928. UK pb Wordsworth; US pb Vintage.

Grahame, Kenneth *The Wind in the Willows*. 1908. UK and US pb Penguin.

Greene, Graham *Brighton Rock*. London, William Heinemann, 1938. New York, Viking, 1938. UK pb Vintage; US pb Penguin.

The Third Man. London, William Heinemann, 1950. New York, Viking, 1950. UK pb Vintage; US pb Penguin.

Our Man in Havana. London, William Heinemann, 1958. New York, Viking, 1958. UK pb Vintage; US pb Penguin.

Grisham, John *A Painted House*. New York, Doubleday, 2001. London, Century, 2001. US pb Dell; UK pb Arrow Books.

Hardy, Thomas *The Return of the Native*. 1878. UK pb Wordsworth; US pb Penguin.

The Woodlanders. 1887. UK pb Wordsworth; US pb OUP.

Hemingway, Ernest *A Farewell to Arms*. London, Jonathan Cape, 1929. New York, Scribner, 1929. UK pb Vintage; US pb Scribner.

A Moveable Feast. London, Jonathan Cape, 1964. New York, Scribner, 1964. UK pb Arrow Books; US pb Scribner.

Herriot, James *If Only They Could Talk*. London, Michael Joseph, 1970. New York,

St.
Martin's Press, 1972 *(All Creatures Great and Small)*. UK pb Pan Books; US pb St Martin's Griffin.

Let Sleeping Vets Lie. London, Michael Joseph, 1973. New York, St. Martin's Press, 1974 *(All Things Bright and Beautiful)*. UK pb Pan Books; US pb St Martin's Griffin.

Every Living Thing. London, Michael Joseph, 1992. New York, St. Martin's Press, 1992. UK pb Pan Books; US pb St. Martin's Griffin.

Huxley, Aldous *Brave New World*. London, Chatto & Windus, 1932. New York, Doubleday Doran, 1932. UK pb Vintage; US pb Harper Perennial.

King, Stephen *The Shining*. New York, Doubleday, 1977. London, New English Library, 1977. US pb Anchor; UK pb Hodder & Stoughton.

The Drawing of the Three. West Kingston, Donald M. Grant, 1987. London, Sphere Books, 1989. US pb Scribner; UK pb Hodder & Stoughton.

Lee, Harper *To Kill a Mockingbird*. Philadelphia & New York, J. B. Lippincott Co., 1960. London, William Heinemann, 1960. US pb Harper Perennial; UK pb Arrow Books.

Go Set a Watchman. New York, HarperCollins, 2015. London, William Heinemann, 2015. US pb Harper Perennial; UK pb Arrow Books.

Mantel, Hilary *Wolf Hall*. London, Fourth Estate, 2009. New York, Henry Holt & Co, 2009. UK pb Fourth Estate; US pb Picador.

Orwell, George *The Collected Essays, Journalism and Letters of George Orwell*. London, Martin Secker & Warburg, 1968. US Harcourt, Brace & World, 1968. UK pb Penguin; US pb David R. Godine.

Nineteen Eighty-Four. London, Martin Secker & Warburg, 1949. New York, Harcourt, Brace & Company, 1949. UK pb Penguin; US pb Signet.

Potter, Beatrix *The Tale of Peter Rabbit*. 1902. UK pb Frederick Warne & Co.; US pb Penguin.

The Tailor of Gloucester. 1903. UK pb Frederick Warne & Co.; US pb Penguin.

Rankin, Ian *Exit Music*. London, Orion, 2007. Boston, Little, Brown and Company, 2008. UK pb Orion; US pb Back Bay Books.

Let it Bleed. London, Orion, 1995. New York, Simon & Schuster, 1996. UK pb Orion; US pb Minotaur Books.

Black & Blue. London, Orion, 1997. New York, St. Martin's Press, 1997. UK pb
Orion;

US pb Minotaur Books.

Rendell, Ruth *A Judgement in Stone*. London, Hutchinson, 1977. New York,
Doubleday

1978. UK pb Arrow Books; US pb Vintage Crime/Black Lizard.

The Monster in the Box. London, Hutchinson, 2009. New York, Scribner, 2009. UK
pb Arrow Books; US pb Scribner.

Rowling, J. K. *Harry Potter and the Deathly Hallows*. London, Bloomsbury, 2007.
New York, Arthur A. Levine, 2007. UK pb Bloomsbury; US pb Arthur A. Levine.

Harry Potter and the Goblet of Fire. UK, Bloomsbury, 2000; US, Arthur A. Levine,
2000. UK pb Bloomsbury; US pb Scholastic.

Rushdie, Salman *Midnight's Children*. London, Jonathan Cape, 1981. US, Alfred A.
Knopf, 1981. UK pb Vintage; US pb Random House.

Shame. UK, Jonathan Cape, 1983. New York, Alfred A. Knopf, 1983. UK pb
Vintage; US pb Random House.

Seuss, Dr. *And To Think That I Saw It On Mulberry Street*. New York, Vanguard
Press, 1937. London, HarperCollins, 1937. US and UK pb HarperCollins.

The Cat in the Hat. New York, Random House, 1957. London, HarperCollins, 1958.
US pb Random House; UK pb HarperCollins.

Green Eggs and Ham. New York, Random House, 1960. London, HarperCollins,
1960. US pb Random House; UK pb HarperCollins.

Simenon, *Georges Maigret et le Clochard*. Paris, Presses de la Cite, 1963. London,
Hamish Hamilton, 1973 *(Maigret and the Dosser)*. New York, Harcourt Brace
Jovanovich, 1973 *(Maigret and the Bum)*. US pb Harcourt Brace Jovanovich.

Smith, Martin Cruz *Gorky Park*. New York, Random House, 1981. London, Collins,
1981. US pb Ballantine Books; UK pb Simon & Schuster.

Polar Star. New York, Random House, 1989. London, Macmillan, 1989. US pb
Ballantine Books; UK pb Simon & Schuster.

Tatiana. New York and London, Simon & Schuster, 2013. US and UK pb Simon &
Schuster.

Steinbeck, John *Sweet Thursday*. New York, Viking, 1954. US and UK pb Penguin.

Stevenson, Robert Louis *Treasure Island*. 1883. UK pb Alma Classics; US pb Dover

Publications.

Strange Case of Dr Jekyll and Mr Hyde. 1886. UK and US pb Penguin.

Waugh, Evelyn *Decline and Fall*. London Chapman & Hall, 1928. New York, Doubleday, Doran & Co, 1929. UK pb Penguin; US pb Back Bay Books.

Vile Bodies. London, Chapman & Hall, 1930. New York, Jonathan Cape/Harrison Smith, 1930. UK pb Penguin; US pb Back Bay Books.

Scoop. London, Chapman & Hall, 1938. Boston, Little, Brown and Company, 1938. UK pb Penguin; US pb Back Bay Books.

The Diaries of Evelyn Waugh. London, Weidenfeld & Nicolson, 1976. Boston, Little, Brown and Company, 1976. UK pb Penguin; US pb Phoenix.

베스트셀러 작가의 글쓰기 비결이
궁금한 당신에게

인공지능이 이 책을 읽으면 베스트셀러 작가가 될 수 있을까?

갑자기 인공지능 이야기를 꺼내게 된 것은 얼마 전 접한 소설 공모전 소식 때문이다. 한국콘텐츠진흥원과 모 통신업체가 주최한 인공지능 소설 공모전 이야기다. 이 공모전에서는 인공지능 알고리즘을 거쳐 창작한 소설만을 받는다. 그리고 이 역자 후기를 쓰는 오늘이 공모작 제출일이다. 아마도 이 책이 출간되고 얼마 지나지 않아 공모전 결과 발표가 날 것이다.

물론 인공지능은 인간처럼 이 책을 '읽는 행위'는 할 수 없다. 이 책을 읽은 누군가가(즉, 사람이) 이 책을 읽고 베스트셀러 작가처럼 글을 쓸 수 있는 알고리즘을 개발하거나 이 책에 나오는 베스트셀러로 꼽히는 작품들을 데이터 삼아 학습하는 형태가 될 것이다. 알파고가 바둑을 배웠듯 베스트셀러 작가의 비결을 학습한 인공지능이 쓴 소설이 베스트셀러 목록을 독차지하게 되는 것은 아닐까?

그런데 바둑과 글쓰기에는 다른 점이 있다. 바둑에는 승자가 있지만 글쓰기에는 승자가 없다. 즉, 베스트셀러는 있어도 1등은 없다. 누구나 자신이 1등으로 꼽는 책이 있을 것이다. 그런데 모두가 1등으로 꼽는 책은 없다.

이 책만 봐도 다양한 장르의 책들이 베스트셀러가 되었다는 것을 알 수 있다. 작가들의 면면을 살펴보더라도 글을 쓰게 된 계기도, 글을 쓰는 방식도 제각각이다. 어릴 때부터 작가를 꿈꾸고 그 꿈을 이룬 작가가 있는가 하면 어른이 되어서야 글을 쓰고 싶다고 생각한 작가도 있다. 인물이 제일 중요하다고 여기고 인물이 이야기를 이끌어 나가도록 하는 작가가 있는가 하면, 플롯이 제일 중요하다고 여기고 정교한 플롯에 공을 들이는 작가도 있다. 이야기의 세세한 부분까지 치밀하게 결정해 놓아야 비로소 글을 쓸 수 있는 작가도 있지만, 계획을 세우는 사이에 이야기가 머릿속에서 사라진다면서 떠오르는 대로 글을 쓴다는 작가도 있다. 초고를 쓴 뒤 몇 번이고 다듬고 고치는 작가도 있지만, 원고를 쓰는 틈틈이 고치는 일은 있어도 일단 원고가 완성되면 그대로 제출하는 작가도 있다.

그렇다면 베스트셀러 작가의 비결이란 것은 존재하지 않는 걸까? 이 책에 실린 작가들의 조언에서 공통되는 원칙을 찾는다면 다음 세 가지를 꼽을 수 있다.

1. 일단 써라.
2. 규칙적으로 써라.
3. 포기하지 말고 계속 써라.

너무 빤한 원칙이지만 베스트셀러 작가가 되고 싶다면 계속 글을 쓰면서 시행착오를 통해 자신만의 베스트셀러 창작 공식을 만들어 내는 수밖에 없다. 적어도 이 책에서 내가 찾은 비결은 이것뿐이다.

그렇다면 이 책을 굳이 읽을 이유가 있느냐고 물을지도 모르겠다. 물론 여러분이 나처럼 베스트셀러 작가를 꿈꾸지는 않지만 책을 좋아하고 독서를 즐긴다면 그런 질문은 하지 않을 것이다. 나에게는 1등이 아니더라도 베스트셀러인 책과 작가를 접할 수 있고 내가 좋아하는 책이 만들어진 뒷이야기를 전해들을 수 있는 것만으로도 읽을 이유가 충분하니까. (원래 본이야기보다 뒷이야기가 더 재미있는 법이다.)

만약 여러분이 베스트셀러 작가를 꿈꾸는 작가 지망생이라면 이 책은 일종의 합격 수기라고 말하고 싶다. 합격생의 처지와 공부 방법은 제각각이지만 합격 수기를 읽는 이유는 내가 가고 있는 길이 옳다는 확신을 얻거나 내가 시도해 볼 만한 아이디어를 얻기 위해서다. 여러분도 이 책에서 자신과 비슷한 처지이거나 비슷한 글쓰기 방식을 적용하는 작가를 만나 확신을 얻을 수도 있다. 아니면 현재 슬럼프에 빠졌다면 어려운 시절을 극복한 작가의 사례에서 용기를 얻거나 돌파구가 될 아이디어를 얻을 수도 있다. 무엇보다 모두들 입을 모아 누구나 쓰면 쓸수록 더 좋은 글을 쓰게 된다고 증언하고 있으니 그 말을 믿고 일단 쓰자. 그리고 이 책을 길동무 삼아 규칙적으로, 포기하지 말고 계속 쓰자. 인공지능과는 달리 여러분은 이 책을 읽으면서 재미도 느낄 수 있을 테니까.

HOW TO WRITE LIKE A BESTSELLING AUTHOR

By Tony Rossiter

Copyright © Tony Rossiter, 2017

All rights reserved.

Published by arrangement with Summersdale Publishers Ltd.

Korean translation copyright © 2018 by Bookmentor Publishing Co. Ltd.

그들의 글쓰기는 뭐가 다를까?
베스트셀러 작가들의 글쓰기 비법

1판 1쇄 발행일 2018년 7월 31일

글쓴이 토니 로시터 옮긴이 방진이

펴낸곳 (주)도서출판 북멘토 펴낸이 김태완

편집장 이미숙 책임편집 김란영 편집 오지숙 디자인 안상준 마케팅 이용구, 강동균

출판등록 제6-800호(2006. 6. 13.)

주소 03990 서울시 마포구 월드컵북로 6길 69(연남동 567-11) IK빌딩 3층

전화 02-332-4885 팩스 02-332-4875 이메일 bookmentorbooks@hanmail.net

© 토니 로시터, 2018

ISBN 978-89-6319-271-0 03800

이 도서의 국립중앙도서관 출판예정도서목록(CIP)은 서지정보유통지원시스템 홈페이지 (http://seoji.nl.go.kr)와 국가자료공동목록시스템(http://www.nl.go.kr/kolisnet)에서 이용하실 수 있습니다. (CIP제어번호: CIP2018021055)